X 4

Les Loups de Prague

SF
PA 6

LA DENTELLE DU CYGNE

DU MÊME AUTEUR

Structura Maxima, Flammarion, « Imagine »
PRIX IMAGINALES DES LYCÉENS, 2005

Olivier Paquet

Les Loups de Prague

L'ATALANTE
Nantes

Illustration de couverture : Yoz

© Librairie L'Atalante, 2011

ISBN 978-2-84172-533-5

Librairie L'Atalante, 11 & 15, rue des Vieilles-Douves, 44000 Nantes
www.l-atalante.com

CHAPITRE PREMIER

D'UN ACTE, MILLE VARIANTES

Václav courait pour suivre Janík et Antonín. Un vent frais balayait la poussière des rues, faisant frissonner les feuilles naissantes sur les arbres. Les trois hommes longeaient les immeubles et fuyaient la lumière des réverbères.

Une heure auparavant, ils s'étaient retrouvés à la station Flora du métro. Ils ne se connaissaient pas. Ils savaient seulement qu'ils porteraient tous un lapin en chocolat : Pâques approchait. Janík avait l'air franchement le plus ridicule. Il se demandait comment tenir l'objet et semblait se débattre avec, empêtré dans son allure massive et musculeuse. Antonín n'affichait pas la même gêne, une élégance naturelle lui conférait de l'allure, même avec un lapin couvert de papier multicolore. L'intelligence de son regard avait réconforté Václav. Il ne voulait pas que sa vie repose dans les mains de cette brute de Janík. Une fois réunis, ils avaient jeté leurs lapins en chocolat dans la première poubelle venue et s'étaient dirigés vers la voiture d'Antonín.

Ils s'étaient garés à plus de cinq cents mètres de l'objectif. Les sacs pesaient lourd et Václav s'était inquiété en voyant Janík glisser un pistolet dans sa ceinture.

« Vous ne m'avez pas dit que le bâtiment était sans risque ?

— Ça ne signifie pas qu'il est désert, avait grogné Janík. La sécurité est principalement passive, sauf la nuit, des gardes y demeurent en faction. Nous les éviterons, mais au cas où...

— Au cas où, oui. Seulement pour nous défendre. »

En guise de réponse, le mercenaire avait enfilé un bonnet puis refermé le coffre de la voiture. Ils étaient partis immédiatement.

En approchant de l'objectif, Václav en vint à regretter sa participation. Il était en congé pendant deux jours et une excursion à sa *cháta*, sa maison de campagne, aurait été plus convenable. Avec l'arrivée du printemps, le travail s'accumulait dans le jardin. Olga adorait s'occuper de l'intérieur et s'ingéniait à redécorer chaque année le salon. Depuis la naissance de leur fils, Pavel, elle se montrait encore plus joyeuse que d'habitude. Elle avait naturellement accepté d'aller seule à leur résidence secondaire : Václav lui avait promis de la rejoindre lorsqu'il aurait terminé un petit boulot. Tendre et brave Olga ! Une fille toute simple, rencontrée lors d'un reportage à l'Hôpital général. Il l'avait remarquée pour son sourire et son caractère joyeux. Il n'avait pas été difficile de la séduire. Ce soir, Václav s'en voulait de ne pas être avec elle et de lui avoir menti : elle n'aurait pas compris.

Qui pourrait croire que Václav Matransky, grand reporter de la MT2*, se transformait en terroriste la nuit ? Qui penserait qu'il appartenait au seul mouvement de résistance contre le pouvoir du Commandeur Bláha ? L'ancien pouvoir avait été renversé huit ans plus tôt, mais personne n'était parvenu à chasser l'armée. Ce régime autoritaire aurait une fin. Václav et son groupe avaient juré de lutter et de combattre jusqu'à ce que démocratie s'ensuive.

* Město Televize.

Ce soir, ils lançaient leur premier coup d'éclat : l'annonce du changement. La préparation avait été longue, minutieuse. Elle se basait sur un fait que toute la population reconnaissait : les systèmes de sécurité des bâtiments officiels semblaient fragiles. Le Commandeur avait une telle confiance dans son autorité et dans sa puissance qu'il avait allégé tous les dispositifs de défense depuis quatre ans. Ce soir, cette confiance serait brisée.

Les pavés brillaient de reflets jaune orangé quand le trio passa sous des arcades. L'atmosphère devenait étouffante, silencieuse et triste. La Ville dormait, à la lumière des réverbères. La rue accusant une pente prononcée, le groupe coupa par un escalier et accéléra le pas. Ils arrivèrent en vue de leur objectif : un immeuble récent, à la façade en verre dépoli. Coincé dans un carrefour, il jaillissait comme une saillie de cristal au milieu des frontons de pierre. Dans l'anonymat de son rez-de-chaussée, on ne pouvait détecter l'importance du bâtiment. La bijouterie aux rideaux d'acier juste à côté n'aurait pas pu servir pour acheter un mètre carré de cet immeuble. Douze étages de technologie précieuse et efficace. Un point vital.

Le centre de contrôle du civi-satellite.

Les trois hommes se cachèrent à l'abri d'un porche de bois, sous les gueules menaçantes de lions sculptés. Václav leva la tête, cherchant dans la nuit les éclats clignotants du civi-satellite. Les lumières parasites de la Ville l'en empêchaient. Il ne voyait que le réseau des circuits de renouvellement d'air posé entre ciel et terre. Il pouvait entendre la faible respiration des turbines avalant l'air pollué par les usines et les véhicules, et recrachant un air plus léger et pur. La structure massive du réseau pulsant s'étalait sur la Ville et sa périphérie, quadrillant le ciel. Fugitivement, Václav crut percevoir de la lumière dans les canaux, mais pensa qu'elle venait d'une étoile. Il serra sa ceinture et suivit Janík et Antonín.

Longeant les murs à s'y fondre, le trio se précipita vers l'entrée de l'immeuble. Antonín s'accroupit près de la double porte et posa un boîtier noir contre la serrure. Dix secondes plus tard, il tira vers lui l'un des battants et pria les deux autres hommes de venir. L'éclat orangé des réverbères faisait briller le sol carrelé et marbré à l'intérieur. Les grandes colonnes d'obsidienne formaient des abris temporaires aux déplacements des trois intrus. Dans le silence du hall, chacun avait son rôle, Antonín s'occupait des caméras et des capteurs, Janík de la défense du groupe, et Václav montrait le chemin. Il avait déjà eu l'occasion par son métier de pénétrer dans le centre de contrôle du civi-satellite. Il n'en connaissait qu'une partie, mais suffisamment pour servir de guide.

Dans la salle de collecte, les informations se bousculaient en une ligne continue de chiffres et d'images. La Ville se manifestait dans un jaillissement de données diffusé en permanence sur des moniteurs. La plupart étaient traitées par des ordinateurs, formant la trame quotidienne, l'image de fond de la Ville. Ce murmure d'informations, recyclées et retravaillées sans cesse, n'avait aucun intérêt en soi. La vieille qui promène son chien et le cadre en retard à un rendez-vous, l'aveugle mendiant et le jeune couple s'embrassant, tout était jugé équivalent : un arrière-plan de la Ville, sans valeur, sans contraste et sans éclat, aussi vite oublié que capté par les objectifs du satellite et des caméras de surveillance aux carrefours. Les ordinateurs tiraient de ce magma des constantes et des variables, un état de la Ville à un instant donné. Des intelligences artificielles détectaient alors le moindre écart, la moindre anomalie dans cette routine. Un chiffre hors norme, une courbe s'éloignant de ses plages autorisées, et l'alerte se déclenchait. Le mécontentement des citoyens, une épidémie en préparation, des accidents de circulation plus fréquents, tout était détecté et transmis aux autorités. La réaction se devait d'être rapide, avant l'apparition d'une menace claire, afin d'assurer, comme depuis huit ans, la stabilité du régime militaire : prévention sans répression. Une forme d'anesthésie puissante naissait de ce système, car il guérissait si vite les symptômes que nul ne cherchait à comprendre l'origine de la maladie. Personne ne s'inquiétait de l'atonie générale, de l'absence de presse libre, du repli grandissant de la Ville sur elle-même. Personne ne voyait, ou ne voulait voir, que derrière les apparences un mensonge se formait : personne n'avait choisi Bláha et personne ne savait ce qu'il faisait. Son action demeurait opaque, le budget secret et confidentiel se trouvait placé sous sa seule responsabilité. Où se trouvait l'armée ? On ne rencontrait pas d'uniformes dans le centre-ville, pas de chars à la périphérie. Les milliers de soldats sous le commandement de Seidl, le bras droit du Commandeur, ne se tournaient pas les pouces, ils devaient bien avoir une occupation. Mais laquelle ? Pourquoi tout restait-il caché ?

C'est pour toutes ces questions et de nombreuses autres que Václav avait choisi d'entrer dans la résistance. Un journaliste de sa trempe ne pouvait accepter ce voile noir sur l'armée et le dirigeant de la Ville. Le centre de contrôle représentait un atout puissant pour bouleverser le jeu et obliger le Commandeur à réagir et abattre ses cartes.

« Quelque chose ne va pas, murmura Antonín. Les systèmes de sécurité sont endormis.

— Quelqu'un les a débranchés ? demanda Janík.

— Non, pas du tout, ils fonctionnent. J'ai dit qu'ils étaient endormis, pas déconnectés. Les caméras se déplacent au ralenti, les seuils de sensibilité des infrarouges et ultrasons ont été considérablement diminués. Je n'ai aucune difficulté pour couper les fils. Je dirais que le bâtiment sommeille.

— Toi, t'as trop bu, reprit Janík de manière abrupte. Un système de sécurité fonctionne ou ne fonctionne pas, il ne peut pas être en "sommeil". Dépêche-toi de faire ton boulot. »

Un bruit se fit entendre à dix mètres du trio. Václav comprit rapidement que des gardes effectuaient une ronde. Il conseilla à ses équipiers de tourner à gauche pour s'en éloigner. Ils le suivirent et s'engouffrèrent dans un corridor. Deux portes plus loin, ils rejoignirent un escalier et grimpèrent.

Arrivé à l'étage qui les intéressait, le trio se reconfigura. Janík en prit le commandement. Cela déplut à Václav, mais il ne possédait pas assez d'autorité pour diriger un baroudeur comme cet équipier, et Antonín respectait plus le mercenaire que le journaliste. Ce dernier se contenta de suivre en indiquant, de temps à autre, la direction de la salle de collecte. La facilité de l'opération le surprenait. Il pensait que les bâtiments stratégiques auraient été mieux gardés. Sans doute l'habitude et la confiance avaient-elles eu raison de la paranoïa maladive des militaires. En l'absence de toute action terroriste, les mesures de sécurité avaient dû être assouplies. Le fruit mûrissait et Václav allait le cueillir. Les opérations se compliqueraient dans les mois à venir, quand l'armée aurait pris la mesure de la menace du VIRUS★. Bientôt, elle aurait peur de cette organisation et pourchasserait ses membres.

La tuile se présenta sous la forme de deux gardes assis en face de la salle de collecte. Ils ne bougeaient pas. Des électrodes posées sur leurs nuques diffusaient des programmes de divertissement à la périphérie de leur champ visuel dont le centre était consacré à la surveillance de la porte. Ces gardes se comportaient comme des caméras armées et mobiles : un obstacle infranchissable. Sans que Václav eût dit un mot, Antonín et Janík avaient sorti leurs couteaux. Le journaliste inspecta la salle pour repérer d'éventuels pièges. En face du couloir d'où

★ Vojácí o intenzívní revoluci pro uzdravení společnost : Combattants de la Révolution intensive pour la guérison de la société.

ils venaient montait un escalier donnant sur un palier. Si nécessaire, il pourrait leur permettre de s'enfuir, même s'il fallait
redescendre ensuite. De chaque côté de la porte de la salle de
collecte, des ficus finissaient de s'étioler dans leurs bacs. Le
décor aride et froid ne montrait aucun endroit où se cacher.
L'affaire s'engageait mal.

Antonín et Janík se concertèrent longtemps avant d'avancer.
Le premier était persuadé que, comme le reste du bâtiment, les
gardes souffraient du symptôme d'anesthésie. Malgré le caractère fou et dangereux de cette hypothèse, l'homme se montra si
convaincant que Janík acquiesça. Il ôta quand même la sécurité
de son pistolet et suivit son équipier. Václav resta en retrait.
Les deux hommes rampèrent sur le sol avec grâce et rapidité.
Sans un bruit, ils s'approchèrent des gardes et passèrent dans
leur dos. Le bras de Janík parut se lover autour de la nuque de
sa victime. Václav vit distinctement l'éclat des lames de couteaux et ferma les yeux lorsqu'elles se couvrirent de sang. Il
perçut seulement un souffle étranglé puis Janík lui demanda de
venir.

Les gardes, toujours fixés sur leurs supports, semblaient
dormir mais leur sang s'étalait en flaques sur la moquette.
Václav se dirigea vers la porte de la salle de collecte lorsqu'un
bruit jaillit de l'escalier. Le trio se figea, armes en main. Le pistolet levé, Janík accueillit un nouvel arrivant.

L'homme, habillé de noir, se déplaçait discrètement. Il
repéra Václav et ses compagnons puis ralentit le pas. Silencieux, il se dirigea vers les deux corps égorgés. Le trio restait
paralysé par cette apparition. Les veilleuses qui diffusaient une
maigre lumière dans la pièce permettaient toutefois de voir distinctement les cicatrices sur les bras de l'individu. Les stries se
croisaient et se décroisaient, formant des signes cabalistiques
sur la peau sombre. Les marques paraissaient profondes et

irrégulières. Ils remarquèrent aussi la masse métallique posée sur les épaules de l'inconnu. Celui-ci se tourna enfin vers Janík et s'adressa à lui d'une voix froide et dure :

« Vous n'auriez pas dû les tuer, vous vous êtes inutilement mis en danger. Nous avions endormi ces hommes, ils n'avaient aucune chance de vous repérer.

— Comment aurions-nous pu le deviner ? Et qui êtes-vous d'abord ?

— Mon nom ne vous dira rien, je vous conseille de ranger votre arme, nous n'avons pas le temps de nous entretuer. »

La voix était si puissante, si calme, que Janík obtempéra, terrorisé. L'inconnu remonta par l'escalier pour parler avec d'autres personnes.

« Vous avez vu ? s'exclama Antonín. L'armure. Sur les épaules.

— C'était une armure ? ce bloc de métal ?

— Oui, expliqua Janík, toujours secoué, comme s'il avait vu le diable en personne. La plupart de leurs porteurs sont morts pendant le coup d'État de Bláha. Y aurait-il encore des Loups en vie ? Je crois me souvenir que je les ai connus…

— Les Loups ? » demanda Václav, incrédule.

Antonín allait répondre lorsqu'une dizaine d'hommes en noir investirent la pièce et entourèrent le trio. La main sur le manche de leurs poignards, ils se montraient menaçants mais attendaient un ordre. Celui qui pouvait le donner arrivait par l'escalier. Václav s'avança pour mieux le voir, et personne ne l'en empêcha.

L'homme avait la trentaine bien tassée. Les joues creusées, les traits tirés, il semblait fatigué. Même le jean qu'il portait était usé, tanné par les années. Sa carrure athlétique disparaissait sous un blouson noir épais et une casquette de cuir dissimulait ses cheveux. Chacun de ses pas résonnait sur les marches comme autant de coups. Le mouvement, souple, témoignait d'une parfaite assurance. Son corps dégageait une atmosphère trouble, envoûtante. Ses mains, longues et fines, paraissaient tranchantes comme l'acier. Chaque courbe de la silhouette exprimait la même ambiguïté, un mélange de splendeur et de noirceur qui fascina Václav. L'homme suscitait répulsion et attraction dans un même mouvement. Un parfum que l'on détectait derrière un tas d'ordures. Une fragrance qui disparaissait dès qu'on le fixait, dès que l'on cherchait son regard. Il émettait une puissante énergie, impalpable : un trou noir descendait les marches, et personne ne pouvait l'atteindre. Il avançait dans la pénombre. Accompagnait-il les ténèbres ou bien lui obéissaient-elles ? Ses yeux étaient à la fois deux puits obscurs et deux lumières incandescentes, deux corbeaux s'entretuant et deux émeraudes. Il ne pouvait susciter aucun véritable amour, juste une folie pour un papillon de nuit aventureux. Rien qu'en le voyant, Václav sut que cet homme était sang, orage et tempête mais aussi tendresse et passion. De ce paradoxe naissait le malaise, de cette horreur jaillissait le prestige.

L'inconnu aux cicatrices, toujours près des gardes, s'adressa au nouvel arrivé :

« Les soldats étaient reliés aux nerfs du centre *pařížsky*, Miro. La réponse du système viendra dans quatre minutes et trente-deux secondes. »

Václav suivit des yeux l'homme au blouson noir. Il n'avait jamais rencontré une personne dégageant une telle impression de puissance et de lassitude. Le journaliste ne chercha pas à comprendre ce que signifiait cette fameuse réponse du système. Tout sombrait dans un magma étrange, tant la scène paraissait irréelle.

« Seuls les hommes aux couteaux ont tué les gardes. Le dernier est inoffensif, poursuivit l'individu aux cicatrices. (Václav ne se rendit pas compte que l'on parlait de lui.) *Kníže*, il faut prendre une décision. »

L'homme au blouson hocha la tête. Il sortit d'un étui une arme étrange au large canon. Et Václav ne put s'empêcher de trouver de la beauté dans les formes de la crosse. Le doigt sur la détente, l'homme fixa le journaliste. Il parla d'une voix claire et belle :

« Tu as dix secondes pour me convaincre de ne pas te tuer, pas plus. »

Václav sursauta et commença par bredouiller, tant les mots se bousculaient dans son cerveau : « Je... J'ai... Je suis. J'appartiens à un mouvement de résistance contre le gouvernement, je voulais détruire le civi-satellite, il faut en finir avec cette dictature, je suis journaliste, j'ai peur, je ne veux pas mourir, j'ai une famille et mon fils Pavel a besoin de moi...

— Je n'avais besoin que d'une raison... » commenta sobrement l'homme.

Il tira.

Václav fut choqué par cette trahison. Il aurait pu se prosterner devant cet individu, pourquoi le tuait-il ? Le journaliste s'effondra en maudissant le destin et plongea dans un abîme noir d'incompréhension.

Janík s'indigna et fit mine de sortir son couteau. Aussitôt, d'autres armes furent tirées hors de leurs étuis et le mercenaire dut se résigner. L'homme au blouson renifla en regardant le corps du journaliste. Avec mépris, il s'adressa aux deux autres membres du trio :

« De toute façon, vous n'avez plus longtemps à vivre. Vous ne deviez pas attaquer ce bâtiment. Vous n'êtes pas de taille. Croyez-vous qu'un centre aussi stratégique n'est protégé que par quelques gardes et de l'électronique ? Si nous n'étions pas venus, vous n'auriez pas fait dix mètres. Je suis certain qu'on peut suivre votre trace depuis le carrefour. Imprudents, mal préparés, incapables, quelle équipe! Cet immeuble punit les destructeurs et les assassins comme vous. »

Les deux hommes, secoués par ces mots, se regardèrent. Janík se frottait le front, envahi par une douleur soudaine. Antonín paraissait lui aussi perturbé mais demanda : « Vous allez nous tuer? Qui êtes-vous? Vous êtes des voleurs, non?

— Mon nom est Miroslav Vlk. J'appartiens au clan des Loups et j'agis au nom de la Guilde du crime. Nous reprenons le pouvoir et j'annihilerai votre mouvement de résistance s'il menace la Ville! »

Janík releva la tête et fixa Antonín : « Je me souviens. Je sais désormais pourquoi je les connais. J'ai retrouvé ma véritable identité.

— Comment ça?

— Nous appartenons au… »

Janík allait poursuivre lorsqu'un grand bruit de succion jaillit derrière lui. Le mercenaire bondit en avant, roula à terre et se retourna. Il fut saisi par l'apparition. Deux masses spongieuses de plus de deux mètres avaient émergé du sol. Celle derrière Antonín s'incurva pour l'enserrer. L'homme eut juste le temps de voir les reflets bleutés de la chose au-dessus de sa tête. Des pseudopodes grossissaient et surgissaient de la matière gluante et sombre. Soudain, des centaines de piques de métal transpercèrent Antonín. L'explosion d'acier fut si rapide qu'il ne cria même pas. Son sang coula sur le sol, se répandit en mares brillantes, avant que son corps soit plongé dans le conglomérat visqueux. La masse se courba et s'allongea sur le sol dans un bruit de craquements d'os. Janík, terrorisé par la mort de son ami, comprit que son temps était compté. Les voleurs de la Guilde regardaient la scène sans aucune émotion. Ils attendaient la mise à mort. Le mercenaire savait qu'on ne le laisserait pas rompre le cercle des Loups, il devait affronter seul le deuxième monstre. Ce dernier n'avait pas bougé mais ses pseudopodes s'agitaient en rythme, oscillant sous l'effet d'un vent imaginaire. Qu'était-ce ? Cela n'avait rien à voir avec des machines d'autodéfense, cela ne ressemblait ni à un robot ni à un engin militaire. Un monstre organique et terriblement dangereux.

« Miro, cria Janík. Avec ma mort, vous allez perdre la meilleure occasion de vaincre votre ennemi. Vous agissez avec des coups de retard ! »

L'homme s'empara de son pistolet et visa le monstre. Il avait repéré une lumière rouge en plein milieu de la masse gélatineuse. Un noyau vital. Un instant, le mercenaire regretta ne pas avoir emporté des balles perforantes. Ses pauvres 9 mm lui paraissaient trop légères. Il augmenta la vitesse de propulsion du canon en actionnant une mollette du pouce. Il devait s'approcher, juste un peu. Son adversaire, immobile, se contentait d'observer l'humain. Janík s'avança, puis tira. Les détonations explosèrent dans la pièce et les bras du mercenaire se tétanisèrent sous l'effet du recul. Il tirait mais le métal était englouti, digéré par l'organisme spongieux. Aucun tir ne parvenait au noyau. Au moment où l'homme rechargea son pistolet, les pseudopodes grandirent et jaillirent dans sa direction. Paniqué, enragé, Janík visa et tira, sans faire attention au contact gluant dans son cou, aux membres informes qui lui enlaçaient les jambes et agrippaient sa taille, obsédé qu'il était par la rougeur brillante au centre du monstre. Il ne résista même pas lorsqu'il fut entraîné en avant. Les balles s'accumulaient dans le corps de son adversaire, mais aucune ne le blessait. Janík cria de fureur, sa colère décupla avec le sentiment d'injustice. Des hommes l'entouraient et le laissaient mourir. Ils assistaient à un spectacle. Peut-être y prenaient-ils du plaisir ? Au moins le monstre avait-il l'excuse de sa fonction : protéger le bâtiment.

Mais eux ? Ces voyous demeuraient invisibles aux yeux de cette sentinelle gluante et mortelle. Ivre de rage, des injures plein la bouche, Janík se transperça sur les centaines d'aiguilles de métal. Concentré sur une sorte de malédiction qu'il voulait envoyer à ces spectateurs impitoyables, il ne ressentit aucune douleur, juste l'odeur de son sang coulant sur lui. La mort se présenta comme un unique voile rouge.

Les pseudopodes se refermèrent autour de leur proie et l'immense organisme défenseur se coucha sur le sol et se couvrit de plaques brunes. Un des voleurs, colosse au regard clair, frissonna au bruit des craquements d'os.

« Quelle saleté, ce projet Gaïa ! »

Miro sourit avec amertume. Ses hommes autour de lui admettaient leur dette. La meute n'avait jamais autant assuré leur protection. Le *kníže* finit par hausser les épaules.

« Svetlana, à toi de jouer. Dépêche-toi ! »

Une jeune femme sortit de l'ombre et s'approcha de la porte de la salle de collecte tout en se tenant à distance des deux masses noires.

« T'inquiète pas, Miro. L'immeuble est anesthésié pendant un quart d'heure encore. J'ai largement le temps de récupérer la séquence d'initialisation et le code d'entrée du filtre. »

Elle remonta ses lunettes sur son nez et sourit, consciente de son importance. Elle savait que la Guilde avait besoin d'elle pour sa survie. Elle sentait aussi que certains hommes de Miro n'aimaient pas sa présence : elle était une femme et un chef de clan. Jamais auparavant ce poste n'avait échu à une femme. Mais les temps changeaient, et Miro en tenait compte.

Elle était un maillon indispensable, elle s'appelait Svetlana Orel.

Ysengrin frotta les cicatrices de ses bras et s'approcha de son chef.

« Je rêve ou elle nous taquine ? »

Miro sourit.

« Les Aigles ont toujours joué avec nous. Bon, emmenez le journaliste au bloc 21. Je veux qu'on me prévienne dès qu'il se réveillera. Il peut nous être utile.

— Ce n'est qu'un reporter, lança Serval assis près du corps de Václav. Pourquoi le sauver ?

— Il appartient à un mouvement de résistance, reprit Miro. Il faudra l'infiltrer avant qu'il ne s'attaque aux bâtiments stratégiques de la Ville. Les hommes comme lui sont des amateurs et n'ont aucune idée de la nature du projet Gaïa. Et puis, je n'oublie pas ce qu'a dit le gars avant de mourir. Je déteste qu'un élément m'échappe. »

Ysengrin, second du chef des Loups, acquiesça et fit signe à deux de ses hommes de s'occuper de Václav.

J'ai la nausée. Une épouvantable nausée qui me prend les tripes et bourgeonne dans mon cerveau. Je sens mon estomac rugir, hurler de douleur sans pouvoir l'exprimer. Dans un état de semi-conscience, survolant une plaine noire et grise, je cherche de quoi calmer cette souffrance, cette indignation.

On m'a tué, j'en suis certain.

Pourtant, au moment où cette idée fait son chemin, je me rends compte de son absurdité : je ne devrais pas penser. La mort ne serait-elle que la poursuite de la pensée sous une autre forme ? Non, bien sûr que non, les protestations de mon estomac m'assurent que j'ai un corps et qu'il se défend. Qu'il se taise un peu, je ne m'entends plus.

Que s'est-il passé exactement ? Je me souviens d'un grand éclair rouge dans ma tête. La colère plus que la douleur physique. Je pensais avoir convaincu cet homme, comment s'appelle-t-il déjà ? On s'adressait à lui avec l'ancien titre de prince, *kníže*. Un prince, oui, mais un assassin, un voleur, un monstre. Pourtant, jamais je n'ai ressenti une telle impression de sinistre puissance, une telle force désespérée. Peut-on rencontrer deux fois dans sa vie un tel individu ? Non, puisqu'il m'a tué.

Je n'en suis plus si certain. Je détecte une respiration en moi et à côté de moi. Je perçois la différence des rythmes. Un tempo plus lent, plus calme, à un mètre sur ma gauche. Un léger sifflement de l'air qui survient périodiquement, un soupçon de lassitude. Le bruit des étoffes lors d'un changement de position. Des jambes qui se croisent et se décroisent. Une personne me surveille. Je voudrais ouvrir les yeux. Je suis condamné pour l'instant à me concentrer sur ce que j'entends. Un reniflement. Des ongles qui frottent du tissu. Une respiration un peu sifflante. Je devine qu'il s'agit d'une femme. Peut-être suis-je dans un hôpital ? Une infirmière donc ? Elle attend mon réveil. Pourquoi Olga n'a pas été prévenue ? Elle devrait être là.

Je dois ouvrir les yeux, il le faut. Je dois montrer que je suis vivant. Je dois savoir où je suis.

La pièce est inondée de lumière. C'est trop fort. Retourner dans le noir.

Il fait jour. Je suis vivant, et quelqu'un s'est assis près de moi. Ce sont des informations importantes bien que je ne parvienne pas à les analyser. Pourtant c'est mon métier de synthétiser et d'assembler des éléments divers et séparés. Tout disparaît dans la brume, malgré la lumière. Il me faut plus d'infos, retentons l'expérience.

Même en plissant les yeux, la luminosité me fait mal. Le soleil donne directement dans une grande pièce aux murs unis. Cela n'a pas l'allure d'un hôpital. Une salle de repos, un dortoir peut-être. Si je bougeais la tête, je pourrais voir la personne assise à ma gauche. Comme elle n'est pas devant la fenêtre, je verrais son visage. Tout est difficile, ouvrir les yeux, bouger. J'ai l'impression de tout réapprendre. Je ne suis pas paralysé, je peux bouger mes orteils. Il doit exister une explication, mais elle ne me vient pas à l'esprit. Elle dort en moi.

M'habituant au soleil, je peux observer mon environnement. Le plafond est gris, les murs jaunes accentuent la lumière et la captent. Je ne repère aucun instrument médical autour de moi, juste une table, une chaise près d'une fenêtre fermée. Le ciel est bleu.

La femme assise me regarde attentivement, je vois l'éclat de ses yeux verts à travers le masque qu'elle porte. Deux ailes de papillon pailletées posées sur son visage. Les reflets bleutés dessinent une allure fragile que le regard contredit. Il n'a pas la même légèreté que celui d'Olga : il en a fini avec l'enfance. Les traits des pommettes sont durs, aiguisés. C'est une femme et rien en elle ne laisse transparaître un soupçon de faiblesse. Olga me paraît encore plus vulnérable en comparaison. Sans même la connaître, je sais que la femme masquée est plus mûre, plus dangereuse.

Plus désirable.

Elle s'est rendu compte que je me réveille. Elle se lève. Grande, les cheveux châtains, ses habits noirs forment un contraste envoûtant avec le jaune des murs. Arrivée à la fenêtre, elle descend le volet roulant. Mes yeux apprécient ce geste et je trouve la force de me relever pour regarder la pièce. Je m'appuie sur mes coudes et tente un mouvement. Un vertige me prend et me ramène immédiatement contre l'oreiller.

« Tout doux, vous n'êtes pas en état. Reposez-vous encore. »

Comme sa voix est étrange. Par certains accents, elle me rappelle celle de l'homme qui m'a tiré dessus. Quelle clarté dans les intonations ! Quelle douceur ! S'il n'y avait cette volonté dans le regard, on serait totalement en confiance avec ces mots-là. Je sais pourtant que je suis emprisonné et qu'elle joue le rôle de gardienne.

« Où suis-je ? » Ma voix chevrote, et je maudis mon manque d'assurance, cette faiblesse que je ne peux cacher.

« Ni en sécurité ni en danger, une sorte de purgatoire avant d'être présenté au *kníže*. Il désire vous rencontrer.

— Que m'avez-vous fait ? »

La femme soupire, les reflets de son masque scintillent.

« Vous auriez pu mourir. Il vous a épargné. Vous devez la vie au *kníže*, rappelez-vous toujours cela lorsque vous vous adresserez à lui. Il est notre chef, et la seule personne autorisée à nous donner des ordres sans discussion. Vous êtes en sursis. Je vous recommande d'être prudent, si vous voulez sortir vivant.

— Qui êtes-vous ? »

La femme masquée sourit.

« Vous pouvez m'appeler par mon titre, cela ne me gêne pas.

— Quel est-il ?

— La Louve. Je suis la compagne du *kníže*, sa plus proche partenaire. Il a toute confiance en moi et sait que je ne le trahirai jamais. En son absence, je peux commander les autres membres de la meute. Souvenez-vous-en... »

Elle sourit de nouveau. Elle parvient admirablement à me transmettre la menace qu'elle représente.

« ... Si je vous tue, je n'aurai pas à me justifier. »

Comment peut-on être si belle et si dangereuse ?

J'ai dû m'endormir de nouveau. À mon réveil, la Louve est toujours là. Deux hommes discutent avec elle, visages masqués, eux aussi. De simples morceaux de tissu noir. Mais j'ai reconnu l'un d'entre eux, aux longues cicatrices sur ses bras. L'homme que nous avons rencontré au centre du civi-satellite.

« Écoute, le Vlk veut voir ce type, alors on l'emmène par le transréseau. Nous aviserons ensuite. Ne sois pas si méfiant, Fen.

— Je ne suis pas méfiant, reprend l'homme que je n'identifie pas. Je ne comprends pas où il veut en venir. Il amène ici un étranger, un danger potentiel. Nous restons vulnérables. Le *kníže* semble l'oublier.

— Suffit, vous deux, martèle la Louve. Amenez-le, j'ai mieux à faire que le surveiller… »

On me considère donc comme quelqu'un d'important. Voilà un point positif, peu réconfortant mais positif, même si je n'ai pas vraiment de choix. Je n'ai pas la force de m'échapper. D'ailleurs, les trois individus près de la porte n'hésiteraient pas à me tuer. Aucun doute sur ce point.

Je croyais connaître la Ville, mais c'est faux, il existe une autre réalité. Vivrai-je assez longtemps pour la comprendre ? Pour l'instant, je me trouve dans un flou mortel. Mon existence est suspendue à la volonté d'un homme qui, une nuit, m'a tiré dessus et m'a sauvé, en apparence. J'ai hâte de revoir Olga. Et Pavel, que fait-il en ce moment ?

Une chaise roulante est avancée dans la pièce et les deux hommes me soulèvent pour m'y poser. On me bande aussitôt les yeux et me bâillonne. On me met un casque sur les oreilles. Je n'ai plus qu'à me laisser emporter, aussi cotonneux qu'insensible, vers une destination que j'ignore. Dans un sens, ces précautions me rassurent : il se passe quelque chose, même si mon destin ne m'appartient plus. J'avais plus peur durant l'approche du civi-satellite. Là-bas, je craignais d'être découvert par la police, d'être blessé ou tué. Ici, je sais que tant que je ne me rebelle pas, tant que je reste sagement assis sur cette chaise, je ne risque rien. À moi d'être attentif et intelligent. Je suis entouré de criminels, pas de génies. Si je joue bien, je peux non seulement m'en sortir vivant, mais tirer un bon parti de cette expérience.

Je ne sais pas s'ils tentent volontairement de brouiller mes repères, mais mes geôliers font des tours et des détours. J'ai renoncé depuis longtemps à établir un plan de là où je suis. Qu'ils me conduisent à celui que tous nomment le *kníže* ou *Vlk* ! Je suis monté dans un véhicule rapide, dans un ascenseur, une plateforme glissante, j'ai reconnu leurs tressautements, leurs allures, est-ce cela leur « transréseau » ?

On m'a immobilisé et ôté le bandeau, le casque et le bâillon. Je reste dans le noir le plus total. Pas d'amélioration de ce côté-là. Ce luxe d'attentions me ravit et m'amuse. On me prend pour quelqu'un d'utile. J'ai donc quelque chose à échanger : s'ils veulent des informations, ils les auront, mais je les négocierai cher.

Une lumière. Une ampoule qui se balance au milieu de la pièce. Le mouvement, lent et ample, ne me permet pas de voir distinctement mon environnement, mais je peux au moins juger que la salle est grande, avec des colonnes sur les côtés. Un fauteuil en face de moi.

Et le *kníže* assis dedans.

Il est aussi impressionnant que la nuit dernière, mais il me paraît plus dangereux, plus sombre sous la faible clarté de l'ampoule. J'ai beau reconnaître la mise en scène, l'effet recherché, je frissonne. J'ai vu et revu dans mon métier ce genre de manipulations, je sais qu'elles sont censées me faire peur. Je ne devrais pas tomber dans le piège, mais la mise en scène n'explique pas tout. Il y a l'aura de cet homme, l'âme furieuse et lumineuse dans les yeux. Je ne rencontre pas un humain.

« Bienvenue ici, Václav. C'est bien votre nom ? »

Je hoche la tête, incapable de répondre.

« Je m'appelle Miroslav Vlk et je dirige la Guilde. Nous avons à discuter, vous et moi. »

La pause à la fin de la phrase s'éternise trop pour ne pas être volontaire. Il imprime à chacun de ses mots une telle force ! Je dois l'affronter, je dois montrer qu'il n'est pas le maître et que je suis son égal, en cet instant.

« Votre assaut du civi-sat était une imbécillité. Les bâtiments de la Ville sont divisés en trois catégories : alpha, gamma, oméga. La plupart des casernes, des lieux publics, appartiennent à la classe oméga : leur système de défense est fondé sur des êtres humains, l'électronique s'y fait rare. Ils demeurent les bâtiments les plus fragiles pour qui sait les approcher. Vous auriez pu attaquer et détruire un classe oméga. Pas avec trois hommes, quoique, mais vous auriez pu. Il n'en va pas de même avec les alpha et les gamma. Ces bâtiments-là bénéficient d'une protection particulière et absolue. Elle est sans faille, vous ne deviez même pas passer l'entrée.

— Pourquoi me dites-vous ça ? Qu'attendez-vous de moi ? »

Le *kníže* se lève de son siège et marche quelques instants dans la salle, je suis toujours séparé de lui par l'ampoule qui oscille devant ma tête.

« Par chance, vous n'avez pas mis votre vie en danger dans cette opération. Les classes alpha et oméga ont des moyens de défense simples : si vous blessez le bâtiment, ils vous tuent. Tout élément étranger est éliminé dès qu'il est repéré. Vos compagnons en ont fait l'expérience : vous êtes le seul survivant. Comme vous êtes l'unique personne à nous avoir vus et que notre existence doit rester secrète, tout me commande de vous tuer. Logiquement. Après réflexion, il m'est apparu plus intéressant de vous garder en vie. Aussi, je vous le demande : qu'avez-vous à me proposer ? »

Ah, merde ! Je n'avais pas prévu ça. Je pensais qu'il commencerait par acheter mon silence. Il est plus intelligent que cela. Il passe directement à l'étape de la négociation. Non, du marchandage. Ma vie, il s'en fout, c'est ce que je représente qui l'intéresse.

Václav, réfléchis plus vite et mieux !

« Si vous m'avez amené ici, c'est que mes activités ont une importance pour vous. Il s'agit du mouvement de résistance, n'est-ce pas ? »

Le *kníže* se rassied et balaye l'air de la main.

« En partie, disons qu'il interfère avec mes intérêts. Vous verrez les modalités de votre participation avec mon lieutenant. N'ayez crainte : vous ne vous compromettrez pas trop. »

Alors, que veut-il ? Je suis un journaliste, il ne désire pas...

« Ce que je souhaite, reprend l'homme, c'est garder un contact avec vous. Trouvez un prétexte, mais j'aimerais que vous fassiez un reportage sur nous.

— Comment ?

— Nous n'avons pas besoin de publicité pour l'instant, mais si nous réussissons dans notre tâche, elle deviendra une alliée précieuse contre Bláha et son gouvernement. La Guilde doit se préoccuper des *relations publiques*, si vous voyez ce que je veux dire. Montrez qui nous sommes, que l'on nous craigne ou nous aime n'est pas mon problème. Mais lorsque vous aurez terminé votre reportage, lorsqu'il sera diffusé, amplifié, déformé, nous renaîtrons dans l'esprit des gens. Sinon, nous n'aurons été qu'un acteur comme les autres.

— Vous êtes sûrs de ce que vous voulez ? Ne craignez-vous pas... »

Le *kníže* se lève de nouveau et me désigne un écran vidéo. Je comprends tout de suite. L'enregistrement des caméras de sécurité n'a pas été perdu pour tout le monde. Bien sûr, je pourrais tout révéler, laisser des pistes, mais une seule de ces images ruinerait ma carrière. Je ne me considère pas comme un égoïste, pas plus qu'un autre, en tout cas. Mais j'ai une famille maintenant, je ne suis plus libre de mes décisions. En dix secondes au civi-sat, sous la pression d'un canon dirigé vers moi, j'ai avoué toutes mes faiblesses. L'homme en face de moi le sait, il n'a même pas besoin de menacer ma vie, ni celle de ma famille : je suis trop lâche pour les risquer. Je me mettrai à son service, sans contrat, au prix d'être démasqué. Je suis un livre ouvert dans les mains du *kníže*.

Il a toujours su que je n'avais rien à lui proposer. Tel était le sens de la phrase de la Louve : je lui suis reconnaissant de m'avoir épargné. Mais ensuite ?

« Que m'avez-vous injecté la nuit dernière ? »

Le *kníže* se renfonce dans son siège et me regarde avec insistance.

« J'ai apposé en vous une signature, un élément de reconnaissance, un passe-droit. Ainsi vous pourrez nous suivre dans nos actions. N'ayez pas peur, nous ne vous avons pas injecté un poison à retardement. Votre liberté, votre soumission volontaire à nos règles constituent un bien précieux. La prochaine fois que nous vous contacterons, vous aurez accès à notre tanière. Vous partagerez notre vie et rentrerez vous occuper de votre famille après. Personne n'en saura rien si vous vous faites discret. »

L'indépendance constitue la base fondatrice du journalisme, nous disait-on à l'école. Je constate son aspect illusoire : c'est en multipliant les dépendances qu'on acquiert un peu de liberté. Ma nouvelle chaîne me paraît trop légère pour ne pas se révéler redoutable plus tard. On me fait confiance, pour mieux me soumettre. Je suis condamné à comprendre les mystères qui m'entourent, à accepter la forme de pensée de ces Loups. Olga, j'ai hâte de te retrouver et d'oublier tout cela. Je vois trop de noirceur chez le *kníže* pour en ressortir indemne.

Je dois partir.

L'inspecteur Nikolaj Beránek sortit de sa voiture en grognant. Dans la marée mouvante des gyrophares, il avait repéré les limousines noires de l'armée. Des képis entraient et sortaient du centre de contrôle du civi-satellite, ils apportaient des informations à leurs supérieurs qui fumaient autour d'un café. Mais ce qui dérangeait le plus Nikolaj, c'était le camion gris foncé dissimulé plus loin dans la rue. Plusieurs autres avaient tourné dans les rues comme s'ils patrouillaient. Certains collègues avaient vu des médecins en descendre et se glisser dans les égouts. Ce type de véhicule aux vitres teintées était fréquent au début du coup d'État. Jamais rien n'avait pu être découvert sur leurs activités et leur nature. La rareté de leurs apparitions par la suite avait fait taire les rumeurs par asphyxie. Il était évident que tout appartenait à l'armée, mais elle se restait silencieuse à ce sujet. La transparence affichée par les services de communication des militaires avait ses limites.

Nikolaj retrouva Benedikt dans les couloirs, elle discutait avec des membres de l'équipe scientifique. La jeune femme parlait fort et semblait très étonnée par le rapport qu'on lui faisait.

« Comment ? Il n'y a pas eu d'effraction ? Des individus se sont introduits dans ce bâtiment sans neutraliser les systèmes de détection et d'alarme ? C'était quoi ? L'homme invisible ? »

Son interlocuteur paraissait gêné. Il actionna plusieurs fois le cliquet de son stylo à bille avant de répondre :

« Écoutez, inspecteur, je vous fais mon rapport, vous me fournissez l'explication ! Je vous dis seulement que l'on n'a rien trouvé. C'est comme si tout le bâtiment avait été anesthésié !

— Mais…

— Bene, puisqu'ils te disent qu'ils n'ont rien, c'est qu'ils n'ont rien. Cherche des réponses plutôt que de remettre en cause le travail des autres. Allez, viens, et explique-moi ce qui se passe ! »

La jeune femme secoua la tête, énervée. Elle rangea son *paměčitač* dans sa veste après l'avoir mis en veille. L'appareil électronique émit un sifflement d'indignation. Celui que portait Nikolaj perçut la réaction de son congénère et vibra de compréhension. L'inspecteur haussa les épaules et suivit Benedikt qui montait l'escalier sans l'attendre.

Une quinzaine de militaires gradés discutaient devant la salle de collecte. Nikolaj n'en reconnut aucun, ce qui l'étonna : d'habitude, on retrouvait toujours le sergent Malíř ou le capitaine Vorosinov. Il commençait à les apprécier, même si le sergent l'énervait avec ses allusions salaces. Militaire jusqu'au bout de la queue, disait-on. L'inspecteur estima l'importance de l'affaire en comptant le nombre de barrettes étincelant sous les lumières. Rien en dessous du commandant. Un coup d'État n'aurait pas déplacé plus de monde.

Personne ne prêtait attention aux inspecteurs. Benedikt montra du doigt deux grandes taches noires sur le sol. Chacune, oblongue et sombre, faisait une longueur de deux mètres.

« Voilà ce qui a rameuté la quincaillerie et les galons, indiqua-t-elle. Ils ne disent rien, mais ils paniquent.

— Nous ne devrions pas être ici…

— Comment ?

— Je veux dire que si tout ce monde est rassemblé, c'est que cet événement n'aurait jamais dû se produire, aux yeux des militaires. Donc, je te pose la question essentielle : qu'est-ce qu'on fout ici ? »

Benedikt regarda Nikolaj de travers, tout en comprenant que sa présence dans un bâtiment militaire sensible, en plein milieu d'une affaire bizarre, n'allait pas de soi. Les gradés avaient besoin d'eux, mais pour quoi ?

Comme si l'on avait deviné ses pensées, un colonel s'approcha de Nikolaj. Grand, les épaules larges, il représentait l'archétype du militaire aguerri. Aux tempes grisonnantes, l'inspecteur en déduisit qu'ils devaient avoir peu ou prou le même âge, ce qui lui donna un sentiment d'égalité quand il lui parla.

« Inspecteur Beránek, je suis le colonel Hus. Je souhaite vous présenter quelqu'un. »

Le visage de Benedikt s'assombrit, mais elle laissa Nikolaj s'éloigner avec le militaire. Le *paměčítač* de la jeune femme poussa un ululement d'indignation, synchronisé sur la colère de sa propriétaire. Elle s'accroupit et posa la main sur l'une des taches sombres. Au moment du contact entre la peau et le sol, l'inspecteur sentit un picotement. Elle regarda sa paume et fit jouer ses doigts dans le vide. À terre, à l'endroit où sa main s'était posée, le sombre de la tache avait disparu, comme nettoyé. Benedikt allait recommencer l'expérience lorsqu'un militaire l'aperçut et l'interpella. Il l'invectiva, l'obligea à reculer et à s'éloigner. Elle insista en montrant sa carte, mais on la pria de quitter le bâtiment. En deux minutes, elle se retrouva sur le trottoir, incrédule. L'inspecteur n'était pas en colère, son *paměčítač* miaula en réponse à l'incompréhension de sa propriétaire. Elle le sortit de sa poche et regarda l'écran.

« Tu sais, *milačku*, je crois que c'est trop fort pour nous. L'armée a des mystères qui nous dépassent. »

L'ordinateur ronronna dans la main de Benedikt. Elle sourit et retourna à sa voiture.

La salle de collecte s'était vidée depuis le départ des experts. Les données défilaient sur les écrans, mais aucun opérateur ne les regardait. Deux hommes discutaient dans le kaléidoscope des images, et leurs traits se creusaient ou s'effaçaient complètement sous ces reflets colorés. Nikolaj avait d'emblée reconnu le militaire qu'Hus lui avait présenté, même si la moitié de son visage était vert : une caméra filmait le parc du Vyšehrad. Il faisait face au général Seidl en personne, l'homme qui avait commandé les troupes de l'armée lors du coup d'État, le bras droit du Commandeur Bláha. Rien que ça. La personnalité la plus importante de la Ville s'entretenait avec un flic à cinq ans de la retraite.

« Nous avons les identités des intrus neutralisés. Des voyous de la banlieue. Négligeable en principe…

— En principe… C'est donc que ça l'est, en vérité ? »

Le général sourit, satisfait d'avoir un interlocuteur intelligent et rapide.

« Ce bâtiment est conçu pour ne pas laisser entrer ce type de personnes. Nous avons retracé leur parcours, ils sont passés par la porte d'entrée. Jamais ils n'auraient dû fracturer la serrure électronique.

— Des complicités ?

— Exclu. Le centre de contrôle du civi-sat est essentiel et le personnel bien trop surveillé pour autoriser le moindre doute. Nous avons déjà procédé aux vérifications. Non, ces hommes ont agi seuls, mais le système d'alarme a été affaibli. »

Nikolaj se hissa sur la pointe des pieds, puis se laissa retomber. Chez lui, il s'agissait d'un tic nerveux quand il avait l'impression qu'on le menait en bateau. Il voulait la conclusion.

« Donc ?

— L'armée ne s'occupe pas des enquêtes. Nous surveillons, nous veillons sur la sécurité des citoyens, mais pas plus. Vous, vous êtes le fouineur, le limier. »

Nikolaj s'estima flatté par la remarque. À cinquante ans, il avait à peu près tout connu : l'impuissance lors du règne de la Guilde et le « renouveau » de la police avec l'armée. Bien sûr, il n'y avait pas de grands vols, pas de banditisme complexe, ni de meurtres intéressants. L'activité de la brigade consistait surtout à chercher des maris n'ayant pas versé leur pension, à punir des vols à l'étalage, des déprédations, quelques viols. En somme, une criminalité résiduelle et limitée, rien de comparable avec l'époque de la Guilde. On ne voyait plus ces bandes de tueurs dévaster des entreprises, piller des banques. On ne devait plus fermer les yeux devant les camions remplis de cocaïne qui faisaient la navette entre les banlieues nord et sud. Plus personne pour protéger ces forfaits, plus de hiérarchie complaisante et corrompue.

Mais plus de crime non plus. L'armée, en arrivant au pouvoir, l'avait fait disparaître.

« Qu'attendez-vous exactement de moi ? Me faites pas croire que je suis le meilleur policier de cette ville ? Il ne s'agit même pas d'un cambriolage. »

Seidl sourit, se massant le menton.

« En effet. Votre discrétion nous intéresse. Nous contrôlons la Ville, mais nous n'y apparaissons pas, pour des raisons que je ne veux pas vous expliquer. Nous avons besoin de quelqu'un qui y vive, qui la connaisse intimement et qui ressente ses mouvements. Nous avons des yeux avec le civi-sat, mais nous avons besoin d'agents plus ciblés et plus précis. Dès que vous aurez identifié la menace, nous agirons.

— En somme, je deviens un informateur de l'armée. Ensuite, je vous laisse faire le travail.

— L'affaire est trop dangereuse pour la police, ayez confiance en nous. Vous ne vous en plaignez pas, jusqu'à présent, non ? »

Nikolaj ne rendit pas son sourire au général. Il comprenait les mots, mais cherchait la cohérence. Il devinait trop de secrets dissimulés.

« Si j'accepte, m'aiderez-vous pour mon enquête ? Je devrai accéder aux dossiers sur le système de surveillance du bâtiment... »

Seidl secoua la tête.

« Secret absolu. Vous n'avez pas besoin de le savoir. Je vous donnerai simplement l'identité des deux intrus, et vous vous débrouillerez avec. C'est vous le flic. Nous vous paierons en conséquence. »

Le ton n'appelait aucune discussion possible, et le reflet marron de l'écran enfouissait le visage du général dans les ténèbres. Nikolaj comprit qu'il était inutile d'argumenter. Il se contenta du plaisir d'ouvrir une véritable enquête.

Le général Seidl marchait à grandes enjambées vers le centre de commandement, l'ancienne salle où se réunissait le gouvernement de la Ville. Il avait été rappelé d'urgence par Bláha et s'inquiétait. Il n'aimait pas rester loin de ses hommes et la Ville lui semblait minuscule depuis la fin de la Guilde. Pendant deux ans, il avait franchi les plaines, parcouru les forêts. Dehors. La nuit dernière, le chef d'état-major avait eu une voix terrifiée en passant la communication à Seidl : Bláha lui-même était à l'autre bout de la ligne. Si Vlásak avait été là, il aurait ri. Lorsque Bláha s'adressait à Seidl, c'était à l'ami, non à un subordonné qu'il parlait. Au moment d'entrer, le général ôta ses gants et les confia au garde à la porte. Le jeune soldat se raidit d'émotion et ouvrit le battant.

Le Commandeur Bláha était assis face aux fenêtres, une grande carte tridimensionnelle devant lui.

« Vous devriez fermer les volets, Commandeur, la qualité de la projection s'améliorerait. »

Bláha sourit et se leva pour accueillir son ami.

« Seidl, j'adore tes conseils… Bienvenue à la maison, général !

— Je suis heureux de vous revoir, Commandeur. »

Les deux hommes se serrèrent dans les bras l'un de l'autre. Puis s'écartèrent, un peu gênés de cette intimité silencieuse. Seidl regarda la carte et pointa quelques noms sur la projection :

« Marianské est tombée hier, ainsi que Chomu et Tepl. Liberč et Chebičko sont encerclées et nous appartiendront dans une semaine. Tout se passe comme prévu.

— Et les grandes cités ? demanda Bláha, sans paraître ému par ces nouvelles.

— Nos contacts avec les garnisons de Wien s'annoncent très positifs : au pire, nous affronterons la garde civile. Je n'ai pas d'inquiétude. Par contre, Münch se montre moins docile. Nous aurons besoin de moyens importants pour en venir à bout. Et je ne pense pas qu'ils nous laisseront franchir tranquillement les montagnes.

— Décidément, nos amis du nord restent toujours aussi difficiles à soumettre. »

Seidl hocha la tête et marcha autour de la carte, considérant le terrain conquis. Sur la projection, on pouvait voir, en temps réel, les flux de données qui transitaient. La pulsation régulière et à double sens comblait le général. Il y voyait le signe de la vie renaissant sur Terre après la fin de l'ère corporatiste et l'anéantissement de la Guilde. Les Villes-États, isolées, perdues, seraient forcées de se rejoindre et de renouer contact. L'armée voulait mettre fin au grand hiver qui s'était étendu sur l'humanité. Quelque chose de nouveau naissait, qui n'était pourtant qu'un recommencement. Seules les échelles différaient. Jamais l'histoire ne se répète, disait-on dans les académies militaires, mais rien n'empêchait Seidl de voir dans toutes ces opérations un air de déjà-vu.

« Je ne t'ai pas fait venir pour entendre ton rapport. Il s'est passé quelque chose hier…

— Je sais, j'ai déjà pris mes dispositions, Commandeur. Un policier va superviser l'affaire et nous ramener les informations. »

Bláha se frotta le menton et éteignit la projection tridimensionnelle. Un silence nouveau, plus tendu, couvrit la pièce.

« Je n'aime pas l'idée de lancer un policier sur ce type d'enquête. Il va se rapprocher du projet Gaïa. Tu n'as personne qui peut s'en charger ?

— L'armée contrôle la Ville, mais nous devons rester à l'extérieur. Nous voyons, sentons, entendons, uniquement à travers des filtres. Le projet Gaïa garantit la sécurité et l'équilibre. Nous ne pouvons agir de manière discrète avec nos chars et nos soldats. Nous intervenons après la manifestation de la menace, lorsqu'elle est identifiée par d'autres. Gaïa générera la réponse appropriée et nous appellera si besoin. Nous ne risquons rien, ne vous en faites pas, Commandeur. »

Bláha renifla et retourna s'asseoir, les mains sur les accoudoirs.

« Tu me décris le processus normal, je le connais bien. Toutefois, depuis l'initialisation du projet Gaïa, il n'a jamais été mis aussi directement à l'épreuve. La police détecte la vermine et la traite avec ses propres moyens. Nous n'avons jamais enclenché la procédure de réponse spécifique, celle qui demande notre action. Est-ce que la Ville y est préparée ?

— Tout cela ne serait jamais arrivé si nous en étions restés au plan initial : les flics, la Guilde et nous, rien de plus. À cause du projet Gaïa, nous nous inquiétons à la moindre alerte, au moindre écart, comme si la Ville entière allait disparaître en une nuit. Nous sommes paralysés.

— Hanna nous a offert une opportunité unique et huit ans de calme total. La Guilde a été prise de court et nous avons triomphé. Cependant je suis d'accord avec toi, je n'aime pas ça. On s'est attaqué au centre du civi-sat et aucun de nos experts ne peut me retrouver l'objectif de ces intrus. Et, surtout, quelqu'un dans cette ville peut endormir Gaïa. Quelqu'un qui connaît sa nature et sait s'en servir.

— Vous pensez à Miro. »

Le général n'avait pas lancé cette phrase comme une interrogation, mais comme une certitude. Depuis la fin de la Guilde, ce nom rendait les deux hommes très nerveux. Malgré leurs recherches, le *kníže* et les chefs de clan n'avaient pu être arrêtés. On avait bien ramassé le corps d'un membre important, Pavel Orel, abandonné en pleine rue, mais le doute persistait. Les rumeurs avaient annoncé leur départ pour une ville voisine comme Bnor ou Budjovič. Ne croyant pas à la disparition de la Guilde, Bláha avait attendu quelques années supplémentaires avant de lancer le plan de conquête hors de la Ville : il ne voulait pas être surpris par-derrière. Seules des informations sur les trafics de drogue à travers la campagne témoignaient de l'activité réduite de la Guilde. Des sommes d'argent énormes parcouraient les chemins, gravissaient les montagnes et s'aventuraient dans les plaines de Bohême. Quelqu'un prenait de gros risques en filant entre les patrouilles, en traversant forêts et rivières pour se procurer des marchandises que l'armée ne parvenait pas à identifier.

Pourtant, confiants dans le projet Gaïa, les deux hommes en avaient conclu que le renouveau de la Guilde n'arriverait pas avant dix à vingt ans. Entre-temps, le territoire qu'ils bâtissaient deviendrait si grand que le pouvoir de nuisance de ces criminels serait confiné.

« Cet événement survient trop tôt, reprit Bláha. Nous élargissons notre sphère d'influence et nous pourrons bientôt couper les routes par lesquelles transitent la drogue et l'argent de la Guilde, mais pas avant six mois. Il faut ramener des troupes en périphérie de la Ville. Je ne crois pas que cette affaire restera isolée. Il faudrait contacter Ombre Blanche, nous allons avoir besoin de lui. »

Seidl hocha la tête.

« Comme vous voulez, Commandeur. Je fais venir un détachement anti-émeute dès que possible. Concernant notre informateur, je doute qu'il vienne à nous rapidement. Après sa trahison de la Guilde, il doit se faire discret. Il nous préviendra seulement s'il estime que ses intérêts sont menacés. Ombre Blanche demeure notre unique allié face à Miro. Il n'a jamais cru en notre capacité d'abattre la Guilde en une nuit, mais il a prévu un plan de secours. J'en suis persuadé. »

Le général se retourna et marcha vers la porte. Au moment où il allait l'ouvrir, la voix de Bláha résonna.

« J'ai besoin de toi, Seidl. Si Miro revient, il se vengera sur nous deux. Moi pour sa fille, toi pour le clan. »

Seidl quitta la pièce et reprit ses gants des mains du soldat. En traversant la grande galerie des fêtes, il se rappela la haute colonne de feu, les hommes tombés à terre, et la neige. La neige blanche recouvrant tout, mais n'offrant pas l'oubli.

PRAGUE – HUIT ANS AUPARAVANT (1)

Un peu de neige, un peu d'eau qui tombe. La vapeur s'échappe en nuages de la bouche du commandant Seidl. Il se frotte les mains pour se réchauffer et retourne dans son command-car. Il s'assoit à l'avant, à côté de son aide de camp. La rue est déserte au bord du grand bâtiment gris. Pourtant, tout autour, cinq compagnies d'assaut, douze chars à brouillage et charge d'ondes, quatorze automitrailleuses à guidage laser et deux mortiers courte portée, attendent un signal : un code chiffré déverrouillant les armes et libérant les démarreurs. Cela fait des mois que le commandant prépare cette attaque. Des mois à placer ses unités en rêve et sur des plans. Au matin, tout sera terminé.

Le major Vlásak chausse ses lunettes-IR. Il inspecte la tour de béton de cent mètres de haut, repère la position des sentinelles. Les allées et venues à l'entrée indiquent une activité modérée : le chef n'est pas de retour. Sur un moniteur, Seidl voit la lumière bleutée des lampes derrière les fenêtres, des hommes et des femmes se reposent. Personne ne dort.

La porte arrière du command-car s'ouvre et une silhouette massive s'engouffre dans l'habitacle. Elle se secoue pour chasser l'eau et la neige de son pardessus, puis pose son képi sur ses genoux. Dans le rétroviseur, Seidl voit l'individu se recoiffer d'un geste de la main. C'est à peine si l'on aperçoit la fine cicatrice qui descend du front jusqu'à la joue gauche. Le général Bláha est venu, en personne, participer aux préparatifs.

« Alors, Bohumíl, ça se présente bien, non ? »

La voix enjouée, presque nonchalante, choque le commandant. Pour lui, il s'agit de la première opération militaire dont il a la responsabilité et il n'oublie pas son rôle dans cet acte illégal.

« Nous sommes prêts, mon Général. Nous attendons vos ordres pour lâcher nos fauves. Le civi-satellite ne nous signale aucune activité de la Guilde depuis qu'il a été connecté, il y a maintenant deux heures. Tous ses membres semblent consignés dans les QG. Ombre Blanche nous a donné de bonnes informations : les chefs de clan sont en réunion, ce soir. Et pour le gouvernement ? »

Le général sourit et s'enfonce dans son siège. Il regarde par la fenêtre la neige tomber, les flocons grossir. Une fine pellicule blanche colle au bitume, imprègne les trottoirs.

« Ce n'est pas un problème. Ces clowns ne s'apercevront de rien : ils gesticulent depuis longtemps en s'imaginant avoir du pouvoir. Je vais les réveiller. Mais mon principal obstacle réside ici, dans cet immeuble… »

Le pouvoir… Le général Bláha passe la main au-dessus de la console insérée dans l'accoudoir. Trois écrans à diodes descendent du plafond. Le premier transmet une image à travers le viseur d'un tireur d'élite : une femme qui nettoie ses bottes. Le réticule rouge suit les rondeurs du décolleté avec trop d'insistance. Le deuxième offre une vue d'ensemble de l'édifice depuis un satellite. Une tour carrée, grise et sale, un toit noir, des angles sombres et tristes, rien n'indique la nature et l'importance des propriétaires. Discrets et pourtant présents, si indispensables aux politiciens et aux entreprises. Voilà le véritable pouvoir, celui que l'armée va disperser et détruire. Car depuis une semaine Bláha a les moyens d'assurer seul la sécurité de la Ville, sans l'approbation de la Guilde, sans la compromission. Un processus s'inscrit dans les rues et les pierres : il empêchera toute riposte. Le temps est compté.

Le troisième moniteur se concentre sur la façade du palais gouvernemental : la dernière scène du dernier acte, celle de la consécration du général.

Il sort alors du command-car de Seidl et regarde une dernière fois la façade du bâtiment, une dizaine de fenêtres montrent de la lumière et un minimum d'activité.

« Miro et Perle, murmure-t-il, je vous ai laissé le choix entre le sacrifice et la fuite. Votre temps ici est révolu. Je prendrai soin d'Hanna, comme je l'ai toujours fait. »

Recoiffant son képi, le général s'éloigne et va rejoindre son propre QG.

La nuit va être courte.

« Miro ! Comment veux-tu que je tienne ces objectifs ? Tu sais très bien que ça marche pas très fort pour mes filles en hiver ! »

Ratislav Lev, les pieds sur la table de réunion, faisait jouer le degré d'opacité de ses lunettes photosensibles. Ses yeux bleus se cachèrent dans le noir absolu de ses verres. Il avait réduit l'abondante crinière de ses cheveux blonds en une natte sobre et raffinée. Il râlait sans trop d'espoir. Le *kníže* était connu pour sa patience et sa volonté. Si dans le passé Miro avait usé des services offerts par Ratislav, c'était terminé, et le chantage n'existait pas dans la Guilde. Ils avaient beau mentir, voler, tuer, les criminels respectaient un certain ordre interne. Outre le fait qu'il conditionnait leur survie, il représentait aussi la source de leur pouvoir. S'habiller de manière élégante, de tissu aux broderies holographiques, les mains lourdes de bagues et d'alliances, n'y suffisait pas : rien n'impressionnait le *kníže*. Son clan supervisait la Guilde depuis longtemps, et Miro, bien que jeune, tenait son rang et jouait avec les susceptibilités des autres.

Au centre de la table, soutenue par l'holoprojecteur, une représentation des résultats de l'année balançait ses reflets colorés dans la pièce. Une balle bleue rebondissait de mur en mur pour agrandir un détail ou effacer une page. Ratislav sortit de la poche de sa veste une pointe tridi et surligna les chiffres qui le concernaient. Il entoura plus particulièrement le « + 4,8 % » qui pulsait au bas d'une colonne et illuminait la page comme un gyrophare en pleine nuit.

« Tu te rends compte, *kníže*, on est en hiver ! Même en construisant trois fois plus de bordels, ça ne fera pas sortir plus le client. Quand il fait froid, il préfère rester au *domácí*, avec sa petite famille, plutôt que de se faire sucer par moins dix ! Si j'arrive à chauffer les apparts correctement cette année, je pense que j'aurai plus de chance. Tu ne veux pas non plus que je te rappelle comment j'ai perdu trois de mes garçons à cause de la vague de froid sibérien, l'année dernière ? Je peux te donner les détails, les médecins en vomissent encore.

— Du calme, Ratis, coupa Miro, la voix calme. À chaque réunion d'hiver, tu me sers la même litanie, et à chaque réunion de printemps, tu m'annonces des résultats fabuleux. Me fais pas rire, l'hiver dernier tu as progressé de douze pour cent, alors... Tu vas gentiment allumer des lanternes aux fenêtres, acheter des couvertures chauffantes, et voilà ! Bon, c'est réglé pour vous, les Lions. Quoi d'autre ? »

Ratislav secoua la tête en souriant. Miro l'amusait malgré tout. Un brigand devait conserver intacte sa mauvaise foi. Chacun se complaisait dans un jeu de négociations connu d'avance. Le rituel importait plus que le résultat.

Pavel Orel intervint soudain. La tête en arrière, la nuque bien enfoncée sur l'interface neuronale intégrée dans le fauteuil, il recevait directement dans son cerveau les informations dont il se nourrissait. Extension d'un réseau planétaire, il paraissait déplacé dans cette assemblée. Détaché, et pourtant devenu maille indispensable de la Guilde, le chef des Aigles semblait flotter au milieu de ce ballet bigarré de chiffres et de diagrammes. Mais il ne partageait rien avec ces hommes autour de lui, uniquement des informations. Comment aurait-il pu se sentir proche d'eux et de la Guilde, alors qu'il faisait corps avec tous les membres de son clan ? Il jouissait de cette union absolue, de cet abandon total jusqu'à l'évanescence. Il n'était plus personne, seulement un contact avec la réalité. Son corps l'y représentait, tandis que son esprit s'était dissous dans l'Éther, ce grand mythe des Aigles, l'esprit collectif qui unissait chaque membre, atomisant les personnalités dans des connexions multiples et des échanges à l'infini. Au milieu de cette nage éternelle, dieu sans visage et les mains vides, il recrachait des données dans le réel. Chacun de ses mots sortait avec douleur, car il devait s'éloigner de l'Éther, s'égotiser pour intervenir dans cette réunion.

« Code alpha *Mes nuits sont trop belles* / @ Miroslav Vlk : Déplacement, temps – 3 heures, armée Bláha, pour palais.

— Je déteste cette sibylle » éructa le vieux Jan Myš.

Miro sourit, amusé par l'attitude du chef des Rats. Ce dernier entamait son propre jeu dans ce théâtre multicolore.

« Ne t'énerve pas… Il nous signale seulement que nos galonnés tentent un coup d'État. Laissons faire Bláha, et nous ramasserons la mise plus tard. Les militaires ont toujours été nos clients les plus fidèles, non ?

— Oui, répliqua Myš, mais je ne sens pas cette info. Pourquoi l'étoilé attaquerait-il le jour de notre réunion ? Mes indics sont tous muets. Une chape de silence s'est étendue sur la Ville, mais je ne parviens pas à en deviner l'origine. »

Miro haussa les sourcils et ramena ses longs cheveux blonds en arrière. Il fit le tour de la table, silencieux, faisant claquer le talon de ses bottes.

« Tes infiltrés ont été détectés ? Des morts, des désertions ? »

Le vieux Jan parut flatté de l'intérêt du *kníže* et se redressa sur son siège, il lissa son gilet de cuir noir et jeta un coup d'œil méprisant à Orel.

« Non, tout le monde paraît opérationnel. Mais ils n'ont rien à dire. Pour eux, il ne se passe rien. Rien au gouvernement et rien dans l'armée. Je n'aime pas ce silence. Miro, j'ai pas de preuve, mais je crois que mes indics ont été achetés, et cher ! »

La voix d'Orel rompit la tension qui s'installait : « Code Gamma *Tu es ma lumière* / @ Réunion Guilde. Flux éco armée normal. Pas de versement sur comptes indics. Désertion ? Incompétence ?

— Ferme ta gueule, connard décérébré, gueula Jan. J'étais dans la Guilde avant même que tu sortes de ta couveuse. Lorsque je suis devenu chef du clan des Rats, tu ne savais même pas taper ton nom sur les ordinateurs de l'époque. Alors tu te tais ou je te déconnecte à coups de pied dans le cul !

— Suffit ! »

Miro s'énervait à contrecœur. Il tolérait cette haine entre les Aigles et les Rats : elle naissait d'une compétition qu'il ne pouvait empêcher. Tous les renseignements qu'obtenaient les espions et indicateurs des Rats s'avéraient de plus en plus redondants avec ceux que recueillaient les pirates informatiques des Aigles. Le réseau et l'informatique avaient fait des progrès rendant obsolètes les anciennes méthodes d'espionnage. Cependant, Miro partageait l'inquiétude de Jan : elle lui semblait logique, bien qu'instinctive. Que faire alors ? Se pouvait-il que Bláha le trahisse et qu'il rompe les accords ?

« Et quand bien même ils nous attaqueraient, conclut Miro, nous sommes solides. Ils n'oseront pas se priver de nous. Ils ne parviendraient jamais à réguler le crime comme nous le faisons. Les forces de police de la Ville sont insuffisantes. Imaginez l'armée au pouvoir et une explosion de délinquance et de crimes. C'est impossible! Ils seraient balayés. Ils auront tôt ou tard besoin de nous.

— Soit. »

Ludvík Hadʼ, du clan des Serpents, aimait jouer les modérateurs. Il se leva et marcha directement vers Miro. L'homme était de trois ans l'aîné du *kníže*, mais il le traitait en égal. Il s'approcha et prit le jeune homme dans ses bras, le serrant fort et tendrement. Et toute l'assemblée comprit ce qu'il faisait. Tout le monde savait que dans ses bras, ses mains et ses doigts, Ludvík avait assez de poisons et drogues diverses pour tuer un troupeau d'éléphants. Les assassins se considéraient comme la branche la plus noble de la Guilde, mystérieuse et rapide, efficace et terrifiante. L'accolade entre Miro et Ludvík renforçait le pouvoir du *kníže*, une démonstration de la confiance du clan le plus puissant envers un homme que tous respectaient. Un jeune homme d'à peine trente ans, à la silhouette longiligne. Mais qui portait dans son regard une volonté appréciée de tous.

Et chaque chef de clan aurait aimé qu'il fût heureux.

Un point clignotant bondit dans la représentation holographique et s'écrasa sur la table en parcelles de couleurs. Miro prit immédiatement l'appel après s'être assuré de sa confidentialité. Il s'éloigna et s'isola dans la pièce, subvocalisant son entretien avec son correspondant. Des gestes d'énervement trahirent son inquiétude. Il trépignait et ne cessait de bouger la tête. Dans ce silence, ses gesticulations le rendaient menaçant. Ses épaules s'affaissèrent soudain et il retourna dans la réalité de la réunion.

« C'est le docteur Lockmaid, commença-t-il. Je dois partir.

— C'est au sujet de ta fille ? demanda Ludvík.

— Presque. Pavel ! Tu peux me trouver une ligne avec le QG, je dois parler à Perle immédiatement. Ondřej, tu as une idée pour retourner discrètement en ville ? »

Le grand Svatoušek sursauta dans son siège. Il se frotta les yeux en même temps qu'il forçait son cerveau à bloquer les récepteurs à la cocaïne. L'homme imposant, la peau d'ébène luisante sous les lumières, fit craquer les jointures de ses doigts. Des implants versaient perpétuellement dans son sang des quantités variables de drogues puissantes. Ses yeux, hallucinés, ne fixaient rien ni personne. Ils flottaient à la recherche d'un repère. Contrairement à ses clients, il pouvait quitter son état pour retrouver la terre ferme. Son intelligence se révélait vive, rivalisant sans peine avec la société-individu qu'était Orel.

« J'ai mon circuit de transport souterrain. Mes boîtes ne sont pas grandes, mais tu tiendras à l'intérieur. Juste pour dire que ça va secouer : on passe par les égouts. »

Miro accepta et se tourna vers Orel. Une étoile bleu-argent traversa la projection et orbita autour de la tête du *kníže*. Il leva la main et l'étoile explosa dans une poussière dorée.

« Perle ? C'est Miro. Lockmaid veut nous voir tous les deux, immédiatement. »

Un brouillard noir se forma devant le *kníže*, il tourbillonna sans parvenir à se stabiliser. On percevait l'éclat de deux yeux bleus, farouches, à travers le nuage. Mais l'image ne se précisait pas.

« Tu fais chier, Miro ! Il fait froid et j'ai pas envie d'aller chez ce monstre ! Tu n'as pas besoin de moi.

— Il s'agit de notre fille, Perle ! »

Le ton était sec, sans amour, sans colère. L'esprit du commandement jaillissait naturellement de Miro. À l'autre bout de la ligne surgit une respiration profonde, brutale.

« Elle est morte, Miro ! Si seulement tu pouvais l'accepter ! Elle était condamnée dès sa naissance et rien de ce que nous avons pu faire ne l'a sauvée. Tu as juste prolongé ses souffrances.

— Tu étais d'accord pour Lockmaid. Et pour le reste. Viens avec moi…

— Tu crois toujours qu'on ne peut te résister, mais je ne joue plus. Laisse-moi faire mon deuil, débrouille-toi. »

Le brouillard se convulsa, les yeux bleus s'effacèrent et se dissipèrent dans les diagrammes qui continuaient de s'agiter dans la pièce. Le *kníže*, la tête basse, tentait de retrouver sa contenance. Le chef du clan des Loups, Miroslav Vlk ne cachait pas sa fatigue ce soir.

Ni le froid, ni la neige, ni l'importance de la réunion n'en étaient la cause. Miro se souvenait d'un sourire d'enfant aux cheveux blancs, d'une voix qui dit « Papa ! » avant de se transformer en rire. Presque un rêve, à peine une illusion. Un regret et une plaie ouverte.

Ondřej accompagna le *kníže* sous terre. La réunion s'était terminée dans le calme, sans éclat de voix. Par respect pour leur chef, les clans avaient reporté leurs querelles et leurs mesquineries. Le jeu avait été gâché par l'intervention de Perle, mais la fête aurait bien lieu. Boire et danser ensemble, avec le soutien des filles de Ratislav et des cadeaux d'Ondřej. La Guilde célébrait son pouvoir, sa symbiose avec la Ville. Elle jouissait de ce contrôle. Elle se déplaçait sans entrave, utilisant la corruption, la drogue et le sexe pour lever les obstacles. Elle exploitait les faiblesses de chaque habitant pour son seul profit. Aucun ne pouvait résister.

Un homme portant le tatouage des Cafards vint à la rencontre d'Ondřej et de Miro, puis les emmena au quai d'embarquement.

Grésillant sur ses rails magnétiques, un cercueil de verre attendait son occupant. Auparavant, des conteneurs gris métal étaient partis dans des chuintements sourds. L'opérateur suivait sur ses moniteurs le trajet des cargaisons, la réception des colis. Chaque lot avait son code, sa signature, une marque pour assurer le consommateur de la qualité du produit. Le plus gros de la marchandise était constitué d'héroïne et de cocaïne pour les banlieues huppées. Mais les Cafards devaient lutter contre une concurrence. Personne ne peut détenir le monopole de la distribution des drogues et stupéfiants. À coups d'attentat et de menace, de règlement de comptes et d'assassinat, le clan d'Ondřej Svatoušek assurait sa position face à la diffusion des drogues de synthèse.

Miro contempla longuement le caisson de verre et ses reflets froids. Sa main en caressa les bords lisses avec application.

« Qu'est-ce que t'attends ? demanda Ondřej.

— Vous n'avez rien d'autre qu'un cercueil de verre ? Je pensais que vous utilisiez des caissons métalliques.

— Tu ne pourrais résister à la résonance du métal. Le double vitrage atténuera le bruit. Ne crains rien, tout est blindé, ça ne se brisera pas en route.

— Je n'ai pas peur, mais je n'aime pas les cercueils de verre. Puisque je n'ai pas le choix, allons-y ! »

Miro s'étendit dans le caisson. Ondřej referma délicatement le couvercle.

« Tu as déjà utilisé ce truc ? lui demanda le jeune homme.

— Oui, *knížku*. Ne t'inquiète pas, personne ne connaît ce circuit. Même l'armée a abandonné ces égouts. Ça date du XVIIIe siècle. À part de la poussière, tu ne risques rien. »

Ondřej verrouilla le couvercle et s'écarta de l'embarcadère. Le caisson glissa pour s'insérer dans le tunnel magnétique. L'air s'électrisa un instant, juste avant que l'opérateur ne donne l'ordre d'envoi. Sur les moniteurs, le corps de Miro parut luire d'un rouge vif. Enfermé dans ce cercueil, il fut avalé par la bouche noire du tunnel, entre des pierres couvertes de moisissures et suintantes d'humidité. Mais il n'y avait pas de rats pour regarder son départ, juste le noir de l'eau saumâtre en dessous. Et la solitude.

CHAPITRE II

À NOS TÉNÈBRES

J'ai quand même hésité lorsque la Guilde m'a recontacté. Olga s'était montrée inquiète après ma disparition, et j'avais dû déployer des trésors de mensonges pour m'en sortir. Pardonne-moi, mon amour, mais des êtres mystérieux peuplent la Ville. Combien sont-ils ? Que font-ils exactement ? Je veux le savoir. Ils me paraissent si éloignés du minable petit mouvement de résistance auquel j'appartiens. Là au moins, je détecte de la grandeur, et ces voyous dégagent une noblesse que j'admire. Surtout, j'ai rencontré Miro. Je veux le revoir, sentir sa présence et tutoyer ses ténèbres.

En revanche, je ne m'attendais pas à un tel lieu de rendez-vous. Une organisation si clandestine aurait dû choisir un terrain vague ou un souterrain, bref un lieu désert et secret.

Pas la pleine lumière des néons.

Pas dans le quartier le plus branché de la Ville.

Le bar est situé à l'angle d'un des plus vastes carrefours, près des grands magasins. Les deux artères les plus chargées s'y croisent, déversant des flots de voitures et de bus, de camions et de tramways. J'y suis arrivé en fin de journée, lorsque les bureaux se vident et les bars se remplissent. La foule sur les trottoirs profite de la température agréable, se déplaçant à des allures différentes : les couples traînent, les célibataires se pressent. Dans cette indifférence volontaire, les habitants se mêlent et s'ignorent.

Je regarde le carrefour à travers l'immense baie vitrée fermant tout l'angle du bar. Je peux tout voir. Mais je ne me sens pas à l'aise. J'ai envie de partir et seul le rendez-vous me retient. La musique est assourdissante, technoïde et froide, ses pulsations me donnent la nausée. J'aurais pu la supporter si je n'étais pas dans un bar homo. En l'espace de vingt minutes, j'ai été abordé trois fois par des types plus âgés, habillés à la mode et puant le fric. Je suis tolérant, mais j'ai dû me retenir pour ne pas leur foutre mon poing dans la gueule. Cette ambiance me rend malade : les minets jouant les gigolos pour des vieux en cuir, des gogodancers se balançant sur leur plateau, à moitié nus, voire totalement à poil pour certains. J'ai l'impression de devenir fou, et l'envie de vomir monte à tel point que je n'ai pas touché au cocktail offert par l'un de mes « admirateurs ». Le rendez-vous a été fixé à 18 heures, Miro a dix minutes de retard.

Je suis en train de repousser une avance lorsqu'il entre dans le bar. Toujours dans son blouson de cuir, ses cheveux sous sa casquette, il ne détone pas dans le paysage. Il se dirige tout droit vers moi, en souriant. Il s'approche et m'embrasse longuement sur la bouche. Je veux me débattre mais sa main me retient fermement la nuque. Je sens sa langue contre la mienne et le dégoût me submerge. Au moment où je vais me cabrer, une boule d'acier s'insère dans ma gorge. Je perçois immédiatement le déploiement des branches métalliques et la sonde plongeant vers mes cordes vocales. Miro me caresse l'oreille et y dépose un appareil auditif. Il sourit.

« Vous m'entendez ? »

Je hoche la tête.

« Vous pouvez parler normalement, continue-t-il en s'asseyant sur un tabouret du bar. L'implant doit s'être installé maintenant. »

Ma langue demeure pâteuse mais, à part une gêne au fond du palais, je peux parler.

« Oui, crié-je pour couvrir le bruit de la musique.

— Pas la peine de hurler, l'implant a pour fonction de nous permettre de discuter tranquillement. Réfléchissez, Václav ! Pourquoi sommes-nous ici ? »

Tout me parait clair en un instant. Le lieu constitue un choix délibéré assurant une sécurité maximale à Miro. Le bar est stratégique : un angle ouvert permettant de voir très loin dans chaque avenue. Le monde, cette foule et son mouvement continu représentent une autre protection. Et la nature même du bar : l'un des rares endroits où deux hommes peuvent se donner rendez-vous et discuter longtemps sans susciter d'interrogations. L'un des rares espaces de liberté où deux hommes peuvent s'embrasser. La musique, par son volume et son rythme, couvre les voix et empêche la pose de micros dans la salle. On ne peut choisir endroit plus discret pour des rencontres si clandestines. VIRUS a toujours préféré les hangars, les souterrains, à ces lieux de lumières. Nous nous trompions. La résistance au régime de Bláha a besoin d'une organisation comme celle de la Guilde : intelligente et calculatrice, pas romantique et stéréotypée. Voilà pourquoi je suis venu à ce rendez-vous : je veux comprendre la Guilde et convaincre VIRUS d'adopter ses méthodes plutôt que se fier à des livres ou des films. Comme nous sommes des enfants à côté ! Nous nous prenons pour des grands, une élite au service du peuple, mais nous restons fragiles. Malgré toute sa puissance, la Guilde a failli être démantelée, et nous pensons renverser le pouvoir ! Le véritable contre-pouvoir, le véritable élément révolutionnaire n'est pas VIRUS et sa bande d'intellectuels distingués. Le chef que je veux suivre n'est pas un brillant orateur comme le *doktor* Radek, il ne porte pas une moustache parfaitement taillée et ne s'habille pas d'une veste élégante. Non, celui qui a le droit de me commander, celui en qui j'ai confiance, est un homme aux yeux fatigués. Son sourire m'émeut et me trouble. Ses mains sont puissantes et sûres. Je deviendrai le porte-parole dévoué et volontaire de Miroslav Vlk, chef du clan des Loups et dirigeant de la Guilde du crime, rénovée et reconstruite.

« J'admire l'endroit, finis-je par dire. Et si vous aviez rendez-vous avec une femme ?

— Regardez l'angle en face. Il s'agit du pendant de celui-ci. »

Miro sourit. Il paraît détendu et calme.

« Mais je ne vais pas dans ce bar à lesbiennes, évidemment. Plume s'en charge. Heureusement pour elle, nous recrutons rarement des femmes...

— Elle est contre ce type de relations ? »

Pourquoi ai-je posé cette question ? Je dois ma vie à l'homme en face de moi et je lui demande si... Pauvre taré de journaliste !

Miro manque d'éclater de rire : « Pas sur le plan moral, seulement sur le plan pratique. »

Il ne m'en dira pas plus, et j'ai perdu le droit de lui demander des précisions. Si je veux apprendre de lui et d'elle, je dois me montrer patient. Je dois perdre certains de mes réflexes professionnels. Miro peut me tuer, je ne dois pas l'oublier.

« Cette nuit, je vais vous présenter l'homme qui infiltrera votre mouvement. J'ai confiance en lui, il ne vous mettra pas en danger. Ensuite, je vous emmène dans les airs ! »

La voix de Miro est plus joyeuse, sans cette tension habituelle : une musique étrange dans ses tonalités, comme un soupçon d'enfance.

« Les airs ? Vous savez que j'ai une famille, je ne souhaite pas...

— Aucun risque. Ne vous inquiétez pas. Si vous gardez le silence, il ne vous arrivera rien.

— Que voulez-vous me montrer ? »

Miro quitte son tabouret et regarde le gogodancer enlever son string et lui balancer son sexe sous ses yeux. Il l'observe, l'air intéressé, tandis que les habitués arrivent. Puis il me fixe : « Ce soir, nous lançons notre première opération en huit ans. Le premier cambriolage depuis l'arrivée au pouvoir du général Bláha en tant que Commandeur. »

La nuit est un immense carambolage de bruits. Sautant d'un toit à l'autre, j'en entends les échos assourdis, la cacophonie des rues et le sombre bourdonnement des cours endormies, lorsque le vent s'engouffre par les soupiraux. Chaque pâté de maison possède sa tonalité. Elle correspond au claquement des étendoirs sur le montant métallique des balcons, à la fenêtre de l'escalier à moitié ouverte, à un tuyau oscillant sur l'arête d'un mur. Chaque défaut de construction devient un instrument pour le vent. Lorsque l'homme a déserté, lorsqu'il s'enferme pour boire et s'ensommeille, la Ville prend un autre aspect, plus lugubre et tout aussi vivant. Rien n'est plus significatif que ce clocher oublié dont les tuiles se soulèvent. La maçonnerie n'en finit pas de mourir, abandonnée, délaissée. Elle résiste pourtant, elle ne s'éteindra pas sans lutter et explosera dans un grand fracas, un dernier bruit, une dernière note pétaradante avant le silence. De ces débris, de cette tombe béante, naîtra un nouveau bruit, un nouveau bémol dans la mélodie perpétuelle qui se joue. La Ville est faite de ces morts et de ces naissances, de ce renouvellement continu des cellules. Tout meurt et se remplace, et les débris sont balayés au matin. Les hommes ne sont que des passagers, des spectateurs inattentifs et tapageurs. Seuls les voleurs écoutent les villes, ils en perçoivent la moindre fausse note, le moindre écart. C'est ainsi qu'ils se dirigent, précautionneux, vigilants pour ne pas modifier la mélodie.

On m'a chaussé de semelles de crêpe, de vêtements serrés et noirs, et d'une cagoule me recouvrant le visage. L'équipe conduite par Miro se déplace en silence, ses mouvements sont rapides. J'ai des difficultés pour suivre et Ysengrin, l'homme aux cicatrices, me pousse pour ne pas ralentir le groupe. Il me chaperonne et me surveille. Pourtant, on m'a donné une arme, un petit pistolet glissé dans ma ceinture. Je ne dois m'en servir que si je suis isolé et en danger : l'équipe assure ma sécurité. Miro m'a appris que les armes ne sont presque jamais utilisées, car elles témoignent le plus souvent d'un échec des hommes chargés du repérage. Dans un cambriolage classique, la fierté exige de ne provoquer aucun mort. Je vérifie pourtant la présence du pistolet. Ysengrin le voit et me gratifie d'un sourire étrange lorsque je porte la main à ma ceinture. Il devine en moi, comme Miro. Je me sens si transparent pour ces hommes que j'en suis vexé. On aimerait parfois être plus complexe, plus flou que l'image que l'on donne. Pour le *kníže* et son second, je ne dissimule rien, il n'y a rien en moi qu'ils ne peuvent connaître : j'incarne mon image et juste elle. J'aimerais leur montrer le contraire, moi qui les comprends si peu. Peut-être n'y a-t-il rien de plus ? Peut-être ne sont-ils que des voyous déguisés en princes ?

L'immeuble est coincé dans la Vieille Ville, une façade de béton et de métal emprisonnée dans une rue pavée et tortueuse. Tout le groupe s'arrête sur le toit du bâtiment. Miro fait crisser le gravier sous ses pieds. Il attend quelqu'un. Ysengrin s'est éloigné de moi et inspecte les alentours. L'équipe se déploie dans le calme et cette atmosphère déteint sur moi : je n'arrive pas à m'indigner contre ce cambriolage. Une intrusion, un vol, quelle que soit la manière, c'est un crime. Peut-être Miro peut-il justifier son action : le besoin d'argent pour son combat contre l'armée. Il n'a même pas jugé utile de me le dire. Il semble joyeux tout en restant concentré sur sa tâche.

Moi, j'observe mais je n'approuve pas : comment des êtres si puissants peuvent-ils s'abaisser à de tels actes ? Il faudrait s'emparer des bâtiments stratégiques de l'armée, bousculer, renverser. Le pouvoir ne peut s'acquérir grâce à des petites rapines, aussi rocambolesques soient-elles. Une explication m'échappe. Je me souviens de Janík et d'Antonín, de leurs précautions, de la peur qu'ils m'inspiraient aussi. Eux, au moins, se battaient pour une cause. Le *kníže* ne justifie rien, n'explique rien, il vole. Quel honneur ! Quelle fierté !

Une forme humaine s'approche de nous et descend sur le toit par une échelle. Je la vois passer derrière les cheminées puis s'arrêter à deux pas de Miro. La voix est suffisamment forte pour que je l'entende.

« *Nazdar kníže !* Alors, on m'attend ? Je suis désolée, mais je viens de me réveiller.

— À onze heures du soir, s'étonne Serval, moqueur. Il était beau, j'espère ! Je serais vexé si tu m'abandonnais pour un boutonneux d'informaticien ! »

La femme étouffe un rire. Elle ne porte pas de cagoule comme nous et un grand sac ballotte contre sa hanche. Dans la pénombre, je distingue mal ses traits. Elle envoie un baiser à Serval.

« La nuit prochaine, je serai tout à toi, mon petit Grand Loup ! »

Elle pose son sac et sort un tube d'un mètre de longueur environ. L'une des extrémités s'allume de diodes rouges et vertes. Aussitôt après, à l'autre bout, une pointe sort et émet un bourdonnement.

« Bon, dit la femme, je vous donne vingt-trois minutes et quarante-huit secondes d'amusement.

— Dis, Svetlana, intervient Miro. Quand nous donneras-tu des temps plus "simples", des chiffres ronds ? »

La femme glousse.

« Parce que je ne veux pas vous décevoir. Vous aimez bien que votre chère Orel se comporte de manière fantasque, non ? N'est-ce pas, Serval ? »

Personne ne répond, mais je devine la complicité qui les lie tous. Orel joue avec le tube, elle le fait tournoyer dans l'air et se déplace lestement sur le toit. Elle passe derrière Serval et lui caresse la joue. Quand elle s'approche de moi, je discerne un peu mieux sa chevelure ébouriffée, les fines lignes de son visage, ses pommettes rebondies. C'est une jeune femme plantureuse dont les yeux sont cachés derrière des lunettes. À deux mètres devant Ysengrin, Svetlana Orel s'arrête, brandit son tube, et enfonce la pointe dans le sol. Des pattes métalliques glissent hors de leur logement et se posent pour stabiliser l'ensemble debout. Les diodes lumineuses s'agitent. Deux claquements secs.

« Vous pouvez y aller », lance Svetlana.

Aussitôt, Serval et deux femmes s'accrochent aux filins qu'ils avaient installés et descendent le long du mur. En me penchant près du bord du toit, je les vois atterrir sur un balcon. Je n'ai pas le temps de les regarder qu'Ysengrin me tire en arrière.

« On descend. Maintenant, silence… »

Je hoche la tête et je le suis. Miro ouvre la trappe du toit et déplie l'échelle. Un par un, nous descendons. J'ai juste eu le temps de jeter un dernier coup d'œil à Orel, penchée sur son tube. Qu'est-ce que c'est que ce truc ?

Nous nous arrêtons près d'une porte en bois précieux, aux poignées dorées. Miro et Ysengrin ont allumé des petites lampes torches. Les faisceaux se croisent et s'éloignent dans la cage d'escalier. Le second pointe sa torche sur une partie du mur, près de la porte. Le nom gravé sur une plaque de marbre vert sombre ne m'évoque rien de particulier. Le *kníže* me regarde, mais son expression demeure indéchiffrable. Je perçois sa nervosité dans ses gestes, dans sa façon de s'échauffer les mains. Lorsque Serval ouvre la porte, nous nous engouffrons à l'intérieur de l'appartement.

C'est feutré et chaud. Cela sent la cire et l'argent. La richesse s'affiche, insultante. Chaque détail, chaque ornement sur les murs et les meubles déversent une impression de puanteur. Certaines personnes sont capables de transformer l'argent en boue et excréments, et nous sommes dans la demeure de l'une d'elles. De ses gants noirs, Miro caresse une statue de Vénus, puis un tableau de Vermeer. S'agit-il d'originaux, de copies ? Non, je contemple évidemment un vrai Vermeer, un vrai Uccello, un vrai Picasso. Les œuvres s'alignent sans goût, pour la seule joie d'être vues par l'invité, de l'assommer avec de l'opulence. Tout sonne vulgaire dans cet appartement.

Arrivé dans le salon, je vois Serval penché sur la serrure d'un coffre. Il a posé dessus plusieurs boîtiers comme celui que possédait Antonín et ils passent en revue des combinaisons. Ysengrin m'apprend que depuis longtemps les empreintes digitales ne posent plus de problème. Avec la fin de la Guilde, les systèmes de combinaison des coffres n'ont guère fait de progrès : à quoi bon les perfectionner puisque les cambriolages ont disparu ? En revanche, l'électronique n'a pas abandonné la lutte.

Soudain, Serval se tourne vers Miro et porte la main à son œil. Le *kníže* acquiesce et nous fait signe, à Ysengrin et moi, de le suivre. Nous quittons le salon et traversons l'appartement. J'en profite pour examiner un peu chaque pièce. Nous atteignons les parties d'habitation où la fortune gagne moins à se montrer. Le couloir est sobre, juste encombré d'un petit meuble avec des photos. La luminosité des lampes torches ne me permet pas d'examiner les visages, mais je devine un couple et des enfants. Des gens vivent ici, dans ce musée, cette vitrine. S'y plaisent-ils ?

Nous nous arrêtons tous les trois devant une porte. Miro éteint sa lampe. Délicatement, il tourne la poignée et inspecte d'un coup rapide l'intérieur de la pièce : la chambre des propriétaires, sans doute. Il dessine une série de signes avec les mains et Ysengrin paraît comprendre. Le *kníže* rouvre la porte et entre, le second à sa suite. Je les regarde s'approcher du couple endormi. Je distingue la forme d'un homme massif et ventru, ronflant paisiblement. À côté de lui, son épouse paraît fragile, j'aperçois à peine sa chevelure sous le duvet. Chacun d'un côté du lit, Miro et Ysengrin se penchent vers leurs victimes. Leurs mains se posent sur les bouches et y déposent un large bout de sparadrap. Avant même que le couple se débatte, les deux voleurs leur immobilisent les mains avec des menottes de plastique. Miro fait signe au mari de cesser de gesticuler. L'homme tente de se lever, mais se trouve gentiment ramené sur le matelas. La scène reste silencieuse un instant. Je m'approche et aperçois le regard terrifié du gars. Miro le tire soudainement par le bras et le soulève hors du lit. Je suis impressionné, car l'individu est replet, lourd, ridicule dans sa chemise de nuit froissée. Il me regarde, me prenant sans doute pour le chef des deux autres, implorant je ne sais quoi. Ysengrin demeure toujours près de la femme. Il attend un signal de Miro. Ce silence. Je sais, à regarder les chiffres du réveil, que le temps passe plus lentement qu'il ne devrait. La tension et le silence perdurent. La mise en scène est évidente, accentuant la peur pour affaiblir la volonté. Tout cela me paraît inutile. Je le vois aux tremblements du corps du mari : il a abandonné toute idée de résistance. Pourquoi Miro insiste-t-il ?

Le *kníže* hoche la tête. Aussitôt, Ysengrin retire le duvet. Il maintient la femme sur le dos. Elle grelotte dans sa combinaison satinée. C'est moi qui ai peur. J'ai peur d'avoir deviné la suite. Je vois le second monter sur le lit. Ses jambes bloquent celles de la femme. Je ne peux pas crier, on me tuerait. De toute façon, je suis tellement paralysé que je ne peux même pas m'enfuir. J'ai honte de ma lâcheté, mais je reste. De tous les Loups que j'ai rencontrés à présent, Ysengrin m'a paru le plus doux et le moins violent, bien que peu bavard. Il n'a pas la repartie de Serval, cette joie de vivre étrange. Et il ne porte pas en lui la fatigue et la violence qui se débattent chez Miro. Le second me semblait humain, j'en étais persuadé. Je ne comprends pas ces gens. Ce qu'il va se permettre me révulse à l'avance. J'avais raison sur un point : les hommes de la Guilde ne sont que des voyous et des criminels. Je ne pensais pas qu'ils pouvaient s'y complaire.

Ysengrin a sorti son couteau, il en fait miroiter la lame sous les yeux de la femme. Terrifiée, elle hurle, mais le sparadrap m'empêche d'entendre autre chose qu'un grognement assourdi. Le voleur, penché sur elle, accroche la combinaison avec la pointe de son arme. Avec lenteur, il déchire le tissu d'un trait droit et ferme. Une fois fait, il range son couteau et écarte les deux pans. La femme est nue sur le lit. Ysengrin s'éloigne et je découvre un visage, usé et vieilli par trop d'autocontrôle et de sérieux. Tout le corps est flétri, desséché. Les seins flasques et plats tombent de chaque côté du corps. Il y a du renoncement dans cette femme, comme une réaction à l'obésité du mari. Combien d'années passées à voir le corps mourir ainsi, à petit feu ? La maigreur et la tristesse de cette femme finissent par me répugner. Ysengrin a quitté le lit et abandonne cet objet décharné et inutile. Dans toute cette richesse, dans toute cette opulence, derrière tous ces tableaux réunis et ces sculptures amassées, derrière cet être dodu et gras, demeure une femme absente, tout entière consacrée à son image d'épouse. Il n'y a dans ce couple qu'une forme de coexistence pacifique autour de l'argent. Miro emmène l'homme transi de peur hors de la chambre. Il ne le pousse même pas, l'autre a accepté le commandement. Ysengrin reste un moment avec moi. Nous regardons la femme ramener sur elle les deux pans de sa combinaison déchirée. Les menottes rendent ses gestes maladroits. Le second remet le duvet en place, recouvre le corps. La honte reste. Le voleur me fixe des yeux et je n'arrive pas à ordonner mes pensées. Je suis à la fois embarrassé d'avoir pénétré cette vérité intime et en colère contre ce monde sordide des riches. J'éprouve de la pitié, mais je ne sais pas pour qui : les enfants peut-être... que deviendront-ils ? Suivront-ils les traces de leurs parents ? Je le crains, oui. C'est écrit sur ces murs, en bibelots de métal et de pierre, sur les dorures des cadres des tableaux, dans les lustres de cristal du salon. Prison des apparences, prison des corps. Misère des vies.

Ysengrin m'emmène dans le salon. Le mari a le visage collé contre la serrure du coffre. Une serrure à reconnaissance rétinienne ! Le seul verrou que les passes ne peuvent ouvrir. Serval tourne la poignée et fait basculer le panneau vers le bas. Toute l'équipe a le souffle suspendu à mesure que le voleur promène sa torche sur les liasses, les coffrets et les mémodisques. L'argent, le papier-monnaie, le symbole de la fin de l'ère corporatiste. Serval et un autre voleur enfournent les liasses, les grosses coupures comme les petites, dans des sacs de plastique noir. Le coffre est vidé en dix minutes. Ysengrin regarde régulièrement sa montre, sans aucun signe d'inquiétude. Depuis notre arrivée, plusieurs petits tableaux et décorations sont partis dans d'autres mains. L'appartement se vide de ses objets, pas les plus précieux, pas les grands tableaux, uniquement les moins connues des pièces, facilement vendables par des receleurs. Je devrais être indigné, mais après avoir vu cette femme nue, cette détresse, je sais que tous ces objets n'appartiennent pas à cette demeure. Rien dans ces pièces ne parle de la personnalité de ses occupants, rien n'indique qu'ils y vivent, pleurent et rient. Ces objets sont sans âme, parce qu'ils n'expriment aucun des sentiments, aucune des émotions de leur propriétaire. Il n'y a

pas de perte en les volant. Pas de justice non plus. Juste réintro-
duire dans le circuit des antiquités qui trouveront des acheteurs
plus sensibles peut-être.

Une fois le couple attaché aux montants de leur lit, nous
quittons l'appartement. Svetlana Orel nous attend sur le toit,
surveillant son tube.

« Il vous reste trois minutes et trente-cinq secondes !

— Tu vois, Svetlana, lance Miro, vingt minutes nous suffisaient. À quelques secondes près. Nous ne nous sommes pas
pressés.

— Ne me tente pas, *kníže* ! Je peux avoir envie de jouer
encore plus avec vous. J'espère au moins que cela valait la
peine. »

Miro lève l'un des sacs noirs qu'il tenait dans les mains.

« Je pense que certains de nos débiteurs vont se réjouir. Žralok commençait à me rappeler trop souvent notre contentieux
financier ! Il va se calmer. Et ce n'est qu'un début. Les affaires
reprennent !

— Vous souviendrez-vous que les Requins ne sont pas les
seuls chez qui vous avez des dettes ? »

Serval s'approche de la jeune femme, se glisse derrière elle
et l'enlace, lui caressant les seins.

« Je te paierai en nature dès ce soir, si tu le désires ! »

Svetlana se retourne et s'écarte du voleur.

« Pour me rembourser, il faudra que tu sois en forme ! Je suis
une créancière redoutable. »

Serval secoue la tête. La voix douce et monocorde d'Ysengrin ramène tout le monde à la raison.

« Rentrons, le nœud du transréseau le plus proche se situe
trois cents mètres sur notre gauche. Nous discuterons plus
tard. »

Miro acquiesce et m'invite à le suivre. Nous repartons, laissant derrière nous une famille choquée et déstabilisée. Aucun

vol n'est innocent, et j'ai été le complice de ce crime. Je ne peux plus revenir en arrière et me cacher. VIRUS est une organisation beaucoup plus confortable pour un observateur. Puisque j'ai suivi Miro, je dois accepter de devenir un acteur, de participer moi-même à ces cambriolages. Et pourtant, j'y vois la prolongation de mon métier de journaliste : scruter l'intimité des gens, dans sa crudité et sa cruauté. Ma profession n'est qu'une autre forme de vol, par les images. Je pense que si je visionnais mes reportages, ils se révéleraient tout aussi scandaleux qu'Ysengrin dénudant cette femme. Ici, j'étais le seul spectateur, à la télévision, ils sont des millions.

Je vais m'habituer au transréseau, comme l'appelle la Guilde. Il est principalement constitué des tuyaux de renouvellement d'air, suspendus au-dessus de la Ville. Des navettes robustes et inconfortables glissent sur des rails, poussées par le souffle des conduites. Les dangers provoqués par ce mode de locomotion doivent exiger des précautions énormes. Des refuges ont été mis en place pour permettre l'arrêt des navettes sans couper le flux généré par les turbines. Chaque compartiment porte la trace des chocs contre les parois. Ce moyen de déplacement rapide demande peu d'énergie. Le plus angoissant, ce sont les ténèbres. Construis pour être fonctionnels avant tout, personne n'a jugé utile d'éclairer les tunnels, excepté aux intersections. Nous nous déplaçons donc dans le noir. Seules les lumières du tableau de bord à l'avant prodiguent une clarté dans la navette. L'équipe dort à moitié dans le fracas du vent nous propulsant vers le repaire des Loups. Miro m'a donné un implant vocal, sans m'embrasser cette fois : « Pas trop écœuré par votre dépucelage, Václav ? »

Toujours cette façon de désamorcer les questions. Comme s'il connaissait la moindre de mes pensées.

« Était-ce nécessaire pour la femme ? »

Miro s'étend sur sa banquette et regarde le plafond un instant.

« Que pensez-vous de nous ? Que nous sommes des justiciers volant aux riches pour donner aux pauvres, hein ? Des voleurs romantiques avec un code de l'honneur ? Rien de tout cela. Nous volons et utilisons tous les moyens pour faire pression. Tant que les verrous à reconnaissance rétinienne existeront, nous aurons besoin des propriétaires. Voyez le bon côté des choses, nous n'avons pas énucléé le propriétaire.

— Mais cette femme, vous avez… enfin, Ysengrin a…

— D'un certain côté, nous avons montré à cet homme qu'il avait une femme et pas une statue que l'on promène pour les dîners. Pour moi qui étais près de lui, je peux même dire qu'il y a trouvé du plaisir. Il a dû être déçu de ne pas voir mon second sauter sa femme. Les gens sont étranges, vous savez.

— Mais vous agissez toujours ainsi ?

— Avec les femmes ? Dans ce cas précis, je pouvais m'en passer. Parfois, c'est à nous de repousser des avances.

— Comment ça ? »

Miro sourit et passe la main dans ses cheveux. Il parle sans me regarder et je ressens une certaine gêne, comme si j'étais de trop.

« Lors d'un de mes premiers cambriolages en solitaire, mon premier gros "truc", le repérage m'avait indiqué que la combinaison était connue par le mari et la femme. Il s'agissait d'une banale serrure digitale, avant l'invention des passes à logique floue. J'ai donc profité d'une absence du mari pour agir. Une affaire facile. Lorsque je suis entré dans la chambre, la femme n'a opposé aucune résistance. Tout allait pour le mieux. C'est quand je l'ai sortie du lit que je me suis aperçu qu'elle était nue. J'étais jeune à l'époque, et elle était belle. Je n'ai pas résisté. J'ai passé un peu plus de temps que prévu dans cet appartement. Une fois la serrure ouverte et l'argent dans mes sacs, je me la suis faite sur la table du salon. Évidemment rien ne s'est passé comme elle l'avait prévu. J'imagine sa déception le lendemain.

— Pourquoi ? Elle aurait dû avoir honte !

— Trois jours auparavant, on nous avait prévenus contre ce type de pièges. Certaines femmes font l'amour avec leur cambrioleur, elles profitent de sa tension et de son excitation. Le lendemain, elles vont à la police et dénoncent le viol. Une analyse de sperme plus tard, on retrouve le voleur. Classique, imparable, redoutable. La mienne ne s'est même pas rendu compte que j'avais mis un préservatif. Je dois avoir un certain talent pour le faire oublier. De toute façon, j'étais déjà un Grand Loup, je ne risquais pas grand-chose. »

Je n'aime pas la façon qu'a Miro de parler des femmes avec condescendance. Même si cette victime me paraît vicieuse dans son attitude, il pourrait avoir un peu de compassion pour ce geste de défense. Olga… ma douce, toi tu n'es pas ainsi.

« Grand Loup ? Que voulez-vous dire ? »

Miro soupire et sature mon oreillette. La navette oblique à droite. Ce terme de Grand Loup revient régulièrement dans les conversations, mais personne ne m'en a vraiment parlé.

« Vous l'apprendrez un jour. Sachez cependant que les Grands Loups ne vivent pas parmi les hommes, ils ne connaissent que la vie de la meute et n'apparaissent sur aucun fichier d'identification ADN. Nous sommes des animaux sauvages. »

Je n'aurai pas plus d'information, la navette dévie de sa course et vient heurter un butoir recouvert de mousse. Nous arrivons au centre d'entraînement des Loups.

Nous avons tous les deux passé le premier barrage. Mon compagnon me suit, toujours sombre, les yeux baissés vers le sol. Sa tête nue, ses cheveux rasés, le lieutenant de Miro me fait peur. Je sens sa respiration sifflante dans mon dos, son impatience en suivant mes pas.

Il joue déjà son personnage.

En vérité, celui qui m'accompagne incarne la sérénité et la discrétion même. Il porte un blouson sale avec du cambouis sur les manches, et ses bas de jeans sont couverts de boue séchée. À peine une heure auparavant, son regard était plus aiguisé, ses gestes plus précis et son allure moins nerveuse.

VIRUS peut se cacher au fond d'un hangar, près d'un souterrain ou dans une usine désaffectée. Même au début, lorsque les réunions auraient pu se tenir dans une *buňka* d'hôtel bon marché, les lieux de rendez-vous valsaient chaque semaine. Un jour en banlieue, l'autre en plein centre-ville, près de la rivière, à côté de la Prašna brána, sur l'île Kamp, une vraie visite guidée. Avec l'arrivée de nouveaux conspirateurs, le choix s'était réduit à une dizaine d'endroits réputés sûrs. Cette nuit, nous nous dirigeons vers un hangar de la banlieue nord, près des grandes barres d'immeubles.

J'y ai habité quelque temps, avant l'arrivée de l'armée. Je ne me suis jamais habitué à la promiscuité. Cette façon qu'ont les gens de supposer que, parce qu'ils vous entendent prendre votre douche tous les matins, ils peuvent vous taper dans le dos en vous croisant dans l'ascenseur. Je n'ai jamais aimé le regard complice de ma *babička* de voisine lorsque je descendais les poubelles. Je suis certain qu'elle établissait un décompte précis et circonstancié du nombre de filles passant la nuit chez moi. Je me souviens qu'elle avait eu l'air désolée lorsque Anděl était partie en claquant la porte. Elle l'aimait bien cette fille, moi aussi d'ailleurs, mais je n'avais rien à lui dire. Je ne supportais plus de me réveiller chaque matin avec une femme qui ne m'attirait plus : il ne faut jamais aimer par compassion.

Le hangar est surveillé par deux Cerbery électroniques. Les deux cylindres, montés sur des chenilles, tournent leurs yeux dans toutes les directions. Notre présence focalise un instant l'œil vide de leurs caméras, mais ma présence les rassure. Ils grognent en laissant passer mon compagnon. Quelqu'un les rappelle à l'ordre et ils se calment. Qu'ils aillent faire voir leurs chenilles ailleurs !

« Ces antiquités existent encore ? me demande le lieutenant de Miro lorsque nous passons la porte du hangar. Il suffit d'un nuage de confettis métalliques pour les faire paniquer. Totalement inefficaces, ces machins !

— Peu chers, surtout. Nous n'avons pas les mêmes moyens que vous.

— Nous ne nous abritons pas derrière de la technique… »

Un garde du corps nous attend près d'une seconde porte. Il me fouille et fait de même pour celui qui m'accompagne. Il porte ostensiblement une petite mitraillette à l'épaule. Chacun joue un rôle et je suis le seul ici à en percevoir le ridicule.

Une fois rassuré, le garde nous laisse pénétrer dans la dernière pièce, éclairée de lampes au néon. Les ombres portées sur les murs grandissent les silhouettes des individus assemblés. Tous entourent le chef de VIRUS, assis devant une petite table, dessinant des plans compliqués sur une feuille blanche.

L'homme à la barbe noire et au regard doux me fixe sans sourciller. Il n'a pas le mouvement de surprise des autres, pas la même inquiétude dans ses yeux bleus. Toujours élégant dans sa veste, il ne dissimule pas son dandysme et ne cherche pas à faire oublier l'intellectuel, le professeur qu'il est le jour. Radek représentait la personne la plus étrange et la plus intéressante que je connaissais avant de rencontrer Miro. De toute la bande de révolutionnaires mous et bavards, il est le seul un tant soit peu efficace et courageux. C'est lui qui m'avait contacté le premier après un reportage au Carolinum où il dispensait ses cours. Qu'avait-il vu en moi ce jour-là ? Peut-être l'imperceptible distance que je gardais avec les gradés qui paradaient dans la cour, cette méfiance envers le doyen de l'Université nommé par Bláha, pantin articulant les mots d'un autre. Radek, impeccable dans son costume blanc, s'était approché de moi pendant que mon cameraman visionnait les images tournées. Il s'était un peu moqué du pas des militaires, de leur air idiot pendant la musique. J'avais souri. Nous nous étions compris. Un premier rendez-vous dans une *pivnice*, puis un autre : le noyau du VIRUS était né. En y repensant aujourd'hui, je me dis que je suis chanceux. J'ai fait aveuglément confiance à trop de personnes. Radek pouvait être un indicateur de l'armée, Miro aurait pu me tuer rapidement. Je reste en vie, mais perpétuellement en danger. On m'utilise et je l'accepte, pour comprendre le décor et le jeu qui s'y déroule.

« Alors, tu t'en es sorti ? me demande Radek, la voix sévère.

— J'ai eu de la chance, on s'est fait piéger par les gardes. Janík et Antonín ont voulu répliquer, et ils y sont restés. J'ai préféré sauver ma peau. »

Le lieutenant de Miro ne cesse de dévisager chacun des hommes présents dans la pièce. Il profite du fait qu'ils se focalisent sur ma personne. Moi, je me contente de débiter mes mensonges.

« En sortant de l'immeuble, j'ai eu peur d'être repéré par le civi-satellite. J'ai longé la rue et je suis tombé sur Stanislav. »

Mon compagnon se raidit en entendant son nom et hoche la tête vers l'assistance. Personne ne semble s'intéresser à lui, sauf Radek qui l'inspecte et plisse les yeux, intrigué. L'homme de la Guilde ne fuit pas le regard. Bon sang, ils sont tous idiots ou quoi ? Ils ne voient pas le piège ? Ne m'écoutez pas, c'est l'autre qu'il faut interroger. Ils ont confiance en moi alors que je peux les trahir. VIRUS m'apparaît soudain comme une organisation trop fragile, je ne vois que des parleurs, des penseurs alignant des concepts, rêvant d'une révolution sans meurtres et sans tueries. Heureusement la Guilde peut s'opposer sérieusement à l'armée. Eux seuls savent se fondre dans la Ville, y disparaître pour mieux agir. Ce sont des criminels, mais ils ne cherchent pas à justifier moralement leurs actions. Ils vivent une guerre et comptent les morts. La majorité des membres de VIRUS croient avoir gagné, parce que la cause est juste, et imaginent déjà la reconstruction. Ils pensent aux élections, aux fonctionnaires, à un nouveau gouvernement. Comment leur expliquer qu'ils se trompent, que leurs illusions n'ont pas plus d'effet qu'un ricochet sur l'eau ? Pour vaincre, il faut connaître la Ville, là est la clé. Miro le sait.

« Cet homme m'a caché chez lui. Il avait repéré notre entrée dans l'immeuble du civi-satellite. Il n'aime pas l'armée, comme beaucoup de gens dans la population. Il m'a convaincu de sa sincérité. C'est pourquoi je l'ai amené ici. »

Qui a amené l'autre ?

« Vous avez pas peur du civi-sat ? Il peut repérer vos Cerbery », demande mon compagnon.

Radek sourit. L'assemblée se détend, se moquant de la naïveté du nouveau venu. Endormir la méfiance, dissimuler son intelligence, c'est évident ! L'homme sait très bien ce qu'il faut faire, il passera pour un homme de main, un homme d'action sous les ordres des intellectuels binoclards entourant le chef du VIRUS. Ridicule ! Comme il est aisé de les flatter, ces imbéciles !

« Le civi-sat ne passe sur les quartiers périphériques qu'une fois par heure pendant la nuit : il est focalisé sur les bâtiments stratégiques. Tant que les banlieues sont calmes, il n'a aucune raison d'étendre son champ d'observation. Nous profitons de cette tache noire dans l'œil qui surveille la Ville. »

Radek, satisfait de son explication, reporte son regard vers moi.

« Václav, dans trois jours nous montons une nouvelle opération. Nous serons mieux préparés, cette fois : nous avons des armes et des explosifs. Murnek a recruté des mercenaires plus compétents et plus fiables que Janík. J'y participe, tu viens ?

— Vous voulez attaquer quoi ?

— L'échangeur B15. Le nœud du système de renouvellement d'air. Nous n'avons repéré aucun garde à l'extérieur et le civi-sat nous laisse une fenêtre d'une demi-heure pour agir. Alors ? »

Alors, c'est une idiotie. Ce que vous voulez détruire, c'est ce qui rend l'atmosphère respirable dans la Ville pendant que les usines déversent leur oxyde de carbone. Mais surtout, vous attaquez directement la Guilde et son transréseau. Le commando que vous mettez en place va être massacré.

« Je peux venir, moi ? demande Stanislav d'une voix forte et enthousiaste.

— Nous ne te connaissons pas encore suffisamment pour t'emmener dans une opération aussi délicate. Il n'y aura que des hommes expérimentés, aptes à se défendre par eux-mêmes. Sais-tu te battre, Stanislav ?

— J'ai fait de la boxe dans ma jeunesse. »

Radek sourit.

« Il faudra plus que de la boxe pour réussir. Tu nous accompagneras la prochaine fois, camarade. Nous t'entraînerons. »

Je dois me retenir de rire. Si seulement le chef du VIRUS savait à qui il parlait. Comment peut-il imaginer entraîner au combat un tel individu ? Il ne l'a pas vu dans la salle de simulation du repaire des Loups. Il n'a pas vu l'homme face aux trois mannequins. Cette agilité, cette rapidité dans les gestes. Ce corps qui se contorsionne et saute, dansant entre les simulacres, jouant entre leurs bras métalliques, poupée vivante virevoltant dans l'air. Un drôle de jeu dans la pénombre, entre l'homme et des robots. Non, Radek n'a pas vu le premier mannequin se tordre sur son socle, les reins enfoncés sous un coup de pied. Il n'a pas assisté à la mort du second, la nuque brisée. Combien de secondes entre ces deux exécutions ? deux, trois ? Les gestes fluides, presque sans violence, comme si le combat représentait un élément naturel, un exercice de l'esprit autant que du corps. J'avais contemplé une œuvre artistique, un ballet éphémère, où la mort était simulée. Confronté au dernier mannequin, l'homme avait changé de tactique. Il n'avait pas choisi d'éviter les coups, il n'avait même pas cherché à se glisser derrière son adversaire mécanique. Non, il l'avait calmement attendu à l'autre bout de la salle, ralentissant le rythme de sa respiration. Puis, tassé sur lui-même, il s'était tourné sur sa gauche. Le corps comprimé comme un ressort, attendant un signal. Et lorsque le mannequin avait couru vers lui, lorsqu'il s'était présenté à la bonne distance, l'homme s'était contenté de pivoter, la jambe levée. Je pourrais revoir cette scène dix fois, j'aurais toujours la même sensation de facilité, d'absence d'effort. Le corps est un élément des plus fragiles et des plus solides, tout dépend de son utilisation. Dans le trajet de la jambe, la tête du mannequin fut emportée et balancée à l'autre bout de la salle.

Le vainqueur s'était redressé, retrouvant son équilibre, satisfait de sa performance, comme un artiste après son spectacle. Les yeux avaient perdu l'éclat fiévreux de la concentration, ils étaient redevenus ceux d'un être discret. C'est ainsi que m'était apparu le lieutenant de Miro, Fenris de Myš. La particule expliquait tout de cet individu : un transfuge. L'un des rares criminels à avoir quitté son clan, échangeant une fidélité contre une autre et offrant leurs talents et leur vie. Le *kníže* avait poussé la confiance au plus haut point en faisant de Fenris un Grand Loup et son lieutenant. Je devais apprendre par la suite la somme de tensions que cette nomination avait causées dans la meute. Certains n'acceptèrent jamais qu'un *cizínek* reçoive le privilège d'engendrer une descendance. Il avait le droit d'avoir une femme et des enfants alors que la majorité des Loups en étaient privés. En tant qu'espion, Fenris représentait une unité précieuse, et Miro le savait. Tous ces avantages constituaient une récompense. Fenris acceptait les regards de méfiance, les gestes d'inimitié des autres Loups, tant qu'il avait la confiance du *kníže*.

C'est sans doute pour cela que je n'apprécie pas vraiment cet individu : je sais que mon admiration pour Miro ne me conduira jamais à un tel sacrifice. Il représente ma limite, un mur dont les fondations reposent sur deux êtres : Olga et Pavel. Aucun risque ne vaut la peine de les perdre. Je dois garder suffisamment de lucidité pour ne pas m'éloigner d'eux.

Plume est assise sur le balcon. Les pulseurs de l'échangeur soufflent le dioxyde dans l'atmosphère au-dessus d'elle. La nuit, la Ville prend des teintes vert émeraude et jaune cuivre. Sur la colline au loin, les façades de l'ancien château sont balayées par des faisceaux blancs. Le rythme est si lent. Dans le bruit des générateurs, la jeune femme n'entend pas les sons des ruelles au-dessous. Elle se contente de regarder ces pierres sans vie, ces constructions disparates, aux styles mêlés, qui se contorsionnent. De ces clochers abandonnés, de ces toits fatigués, jaillit un autre souffle. Un être vivant respire dans ce paysage urbain. On le sent si l'on s'arrête, si l'on se coupe des sollicitations quotidiennes, si l'on s'oublie pour se laisser bercer par les lumières, par le souffle du vent. Même les monolithes grisâtres de la banlieue nord, même les tours de verre de l'est renvoient l'écho de la Ville : une pulsation, bien plus rapide que celle des circuits de renouvellement d'air. Elle témoigne de cette existence souterraine, de cette folie présente dans chaque pierre, dans chaque pavé.

La compagne de Miro sait que des années d'observation montreraient les changements. Une ville, ça bouge. Certaines maisons meurent, abandonnées par leurs occupants, d'autres naissent. Et le va-et-vient entre la vie et la mort bouscule les cartes, redresse les avenues, raccourcit les ruelles, dissimule les passages couverts. La Ville possède un autre mécanisme d'évolution, une sorte de vieillissement lent et contrôlé qui renforce certains piliers, élimine des murs usés et poreux. Le système de défense ne se contente pas de protéger les bâtiments essentiels, il s'accomplit partout, empêche les secteurs fragiles de contaminer les autres, les consolidant et les soignant au jour le jour. Chaque blessure se répare. Qui voit le travail mystérieux se déroulant sous les pieds ? Peu de monde, bien entendu. Qui connaît le projet Gaïa ?

Miro est entré dans la chambre. Plume l'a entendu claquer la porte et s'effondrer sur le lit. Il est heureux. Il a retrouvé un peu de sa jeunesse, lorsque les cambriolages étaient faciles. Ce temps sans responsabilités, où la meute se commandait sans discussion, sans effort. Chacun à sa place, chacun son rôle. Tout change. Des Grands Loups, il n'en reste plus qu'une centaine, répartie dans la Ville. Seules les femelles restent dans la tanière, parce que leur possession constitue le privilège du chef. Pourquoi toujours reproduire des schémas archaïques, se demande Plume. Le *kníže* a modifié tant de paramètres : il a accepté un transfuge et l'a fait lieutenant, il a disséminé la meute, il a fait d'une femme un chef de clan et a reconstruit la Guilde autour des Loups. Pourtant, il ne peut aller plus loin, Plume le sait : les Grands Loups se révolteraient si le rôle des femelles était modifié. Le pouvoir se fonde sur des compromis et les Loups sont jaloux de la hiérarchie sexuelle qui ordonne leur société. Miro doit donc composer. Les femelles restent les femelles, au service des mâles dominants.

Plume se lève. Elle défait la fermeture éclair de sa combinaison et se déshabille sur le balcon. Elle sent un souffle d'air chaud sur son corps. Elle regarde une dernière fois la Ville. Elle sait ce qui se joue en dessous, ce que Miro appelle Trahison et qui peut s'appeler Amour. Plume le nomme Obstacle. Un mur infranchissable entre elle et le *kníže*, ou une faille béante qu'aucune caresse, qu'aucun baiser ne refermera. Machinalement, Plume met la main à l'intérieur de sa cuisse, sur la marque noire gravée à même la peau. Elle vit cela comme un souvenir, et y rêve comme un futur. Les changements naissent des mots que l'on ose dire.

« Il faut accepter la mort. »

Elle sait qu'elle est trop loin pour qu'il l'entende, elle sait qu'il n'acceptera jamais cette phrase. Les douleurs sont des cercueils, et celle de Miro a des parois de verre.

Plume entend l'appel de Miro. Elle pourrait refuser. Jamais il ne l'a forcée à venir dans son lit. Il a trop de magnétisme pour contraindre par la force. Il connaît l'effet qu'il produit sur les êtres. C'est son aspect monstrueux, cette assurance. La femelle alpha ne peut résister aux exigences du *kníže*. Alors, laissant ses vêtements sur le balcon, Plume écarte les rideaux et referme la porte-fenêtre derrière elle. Miro l'attend, ils feront l'amour.

Mais elle sait qu'il n'a pas besoin d'elle.

CHAPITRE III

EXPLOIT

Le soleil brillait particulièrement fort, ce matin. Ses reflets aveuglants rebondissaient sur les façades de verre, démultipliant la silhouette de l'astre dans la rue. Dans le chemin désert, on remarquait à peine la voiture de la police civile garée en plein sur le trottoir. Un homme qui promenait son chien perdit l'équilibre sur les pavés disjoints. Nikolaj se racla la gorge et tira les dernières bouffées de sa cigarette pendant que son café finissait de refroidir sur le capot du véhicule. Benedikt arriva en courant, des *chlebíčky* dans les mains. Même en service, le vieil inspecteur ne savait pas démarrer sa journée sans déjeuner. Le printemps s'annonçait chaud cette année, mais les os avaient toujours froid.

Le *paměčítač* de Nikolaj émit un gémissement de bonheur en reconnaissant le ronronnement de celui de Benedikt. Les deux machines adoraient travailler ensemble. Et si on les laissait tous les deux dans une pièce, il est à peu près certain qu'on retrouverait une progéniture le lendemain. Si tant est que les concepteurs des *paměčítač* aient prévu cette possibilité. Leurs propriétaires n'avaient pas la même intimité. Les deux inspecteurs se respectaient sur le plan professionnel, mais une génération les séparait. Nikolaj avait connu la police de l'ère de la Guilde, pas Benedikt. Cela faisait une sacrée différence. Et puis, il n'était pas son genre. Elle sortait avec un jeune garde municipal. Il l'avait vu une ou deux fois à Noël et avait jugé que les goûts de Benedikt manquaient vraiment trop d'originalité.

« Je n'étais pas pressé à ce point de manger, lança Nikolaj.

— Ça me permet de me tenir en forme, papy. Je veux finir dans les trois premières du cross de la police, cette année. Alors je m'entraîne. Tu pourrais y participer, y a une catégorie senior.

— Merci, mais l'idée de suer pendant des heures en tournant sur un circuit, ça me dépasse. De mon temps, on était heureux si on pouvait s'entraîner au tir. Maintenant que plus personne ne possède d'arme, nous nous transformons en association sportive.

— J'aimerais bien tenter ça, un jour.

— Quoi ?

— Le tir. J'ai acheté un revolver hier dans une brocante. Il me paraît en bon état. Je me suis procuré des balles, il ne me reste plus qu'à trouver un lieu d'entraînement et un prof. »

L'inspectrice se mit à sourire, effaçant la mauvaise humeur de Nikolaj. Elle jouait parfaitement les séductrices, comme les filles font parfois avec leur père. Pas de quoi construire une aventure.

Dieu savait pourtant que Benedikt avait des seins tentants !

« Bon, on verra ce que je peux faire. »

Nikolaj dilua ses pensées dans son café et mâcha son pain en regardant la fenêtre de l'appartement de Šramek. Il sourit en se remémorant la surprise de l'officier de permanence lorsqu'il avait pris l'appel. Il avait hurlé dans le combiné et avait fait répéter plusieurs fois son interlocuteur. Un cambriolage ! Depuis combien d'années n'en avait-on pas vu ? L'homme d'affaires, Andrej Šramek, avait préféré faire appel à la police plutôt qu'à l'armée. Nikolaj ne fut pas trop flatté de ce choix : Šramek ne tenait pas à ce que les militaires fouinent dans ses comptes. Cette attitude lui rappelait les moins bons moments de la Guilde. Ce temps où il se contentait de constituer les dossiers pour les assurances, ses supérieurs le dissuadant d'aller au-delà. Les enquêtes se dissolvaient dans des procédures administratives complexes et absurdes, transformant chaque affaire en un nuage de fumée qu'un prestidigitateur malicieux aurait balancé dans les rues. Ne jamais aller au-delà des apparences, ne jamais remonter les pistes, encaisser son salaire et se taire, c'était ça son métier à l'époque.

L'armée avait levé tous ces obstacles et quelques crimes pas trop anciens avaient trouvé leurs coupables. Il s'en était suivi une période délicieuse que Nikolaj avait traversée dans un semi-rêve. Des nuits passées à remonter des pistes, retracer des itinéraires, foncer dans des rues à la poursuite de suspects. Il n'avait pas compté son temps, regagnant un peu de sa raison de vivre et s'éloignant de sa femme Marta. De cette période brève et intense, l'inspecteur avait tiré ses réflexes de limier. Les *paměčitač* n'existaient pas à l'époque et les indices se cachaient. Combien d'heures passées à chercher un cheveu, de la poussière, avant d'envoyer le tout aux laboratoires ? On savourait une revanche, même imparfaite : la Guilde agonisait et ces crimes représentaient les derniers sursauts d'une bête vaincue. Les coupables n'étaient que des solitaires, des petites pointures sans envergure, privées de leurs protections. Les chefs s'étaient évaporés, et aucun n'avait été repris, sauf le cadavre d'Orel (Slavinsky de son vrai nom) bien sûr. Pourtant, après tant d'années de frustrations et de colères enfouies sous des rapports non lus, Nikolaj avait été satisfait : il avait au moins connu cette victoire-là et elle valait tout l'ennui qui constituait son quotidien maintenant. À part de petites escroqueries et des vols à la tire, la vie dans les commissariats se diluait dans une routine tranquille.

Pour un ancien du temps de la Guilde comme l'inspecteur, cette nouvelle ère avait eu l'allure d'un paradis : disparition des grappes de drogués traînant dans l'île Kamp ou sur les bords de la Vlatv, fin de la corruption dans l'immobilier et la construction, disparition des attaques de banque. On ne voyait plus les chefs d'entreprise se déplaçant noyés dans une foule de garde du corps, armés de fusils-mitrailleurs. Les conflits financiers ne se terminaient plus à coups d'attentat, de voiture piégée et d'assassinat. Même si la population trouvait son avantage dans l'économie parallèle, s'accommodant des largesses de la Guilde, Nikolaj avait toujours souhaité un peu d'air pur. En tant qu'inspecteur, il avait assisté au spectacle d'une criminalité organisée, contrôlée comme une société familiale, à la fois juge et partie, chevalier noir et chevalier blanc. La Guilde possédait sa police, et elle ne prêtait aucun serment dans la grande salle du palais de justice, ni ne portait l'écusson de la Ville. Cette période faste s'était terminée en moins de deux ans. La justice triomphait, même en absence de crime. Et cela continuerait.

Nikolaj et Benedikt montèrent tranquillement dans l'immeuble : Šramek avait appelé son agent d'assurances avant la police, il n'était donc pas pressé de voir les inspecteurs.

« Cambriolage de convenance, murmura Benedikt à son collègue dans l'ascenseur.

— Tu penses qu'il veut toucher les assurances ? Šramek ?

— Pourquoi pas ? Quand on voit sa femme, on se dit qu'il entretient peut-être une maîtresse. C'est une façon comme une autre de lever des fonds pour entretenir une danseuse. »

Nikolaj sourit mais ne répondit pas. Son intuition lui commandait de ne pas suivre sa partenaire. Les hypothèses ne cadraient pas : pourquoi déclarer un cambriolage alors que ces crimes ont disparu ? Comme moyen d'éviter les soupçons, il y avait mieux. Pour un homme d'affaires aussi avisé que Šramek, la police ne constituait pas l'interlocuteur privilégié : un agent d'assurances était autrement plus retors. Non, cet appel signifiait autre chose. Un événement extraordinaire avait convaincu cet individu que seule la police civile pouvait agir sans provoquer de panique et propager des rumeurs. Nikolaj sentait l'excitation le gagner. Comme un retour aux sources. Il laissa donc ses soupçons à Benedikt et se prépara pour une véritable enquête.

Il existe dans tout appartement une odeur reconnaissable. Elle est le témoin de la personnalité des occupants tout autant que le papier peint ou les styles de meubles. Il existe des demeures piquantes et aigres, d'autres capiteuses et étouffantes. Le bonheur familial chatouille les narines, il a le parfum du savon et du miel. Aussi, lorsque Nikolaj entra chez Šramek, il constata avec tristesse l'absence d'odeur précise. La cire sur les commodes emportait tout et la poussière incrustée dans les antiquités irritait l'inspecteur. Le logement suintait l'artificiel comme les mobiles naturo-réalistes de la place Jungmann. À force d'accumuler des objets empruntés à d'autres, on finit par ne plus vivre nulle part. Un musée n'aurait pas été plus sinistre. Benedikt montrait de la gêne devant les rondeurs graisseuses du propriétaire et accueillit avec soulagement la mission d'interroger la femme. L'homme d'affaires paraissait secoué, mais la honte d'avoir été cambriolé l'empêchait de tout dire. Nikolaj délaissa les interrogatoires pour la collecte d'indices. Rien d'évident ne se présenta de prime abord : les voleurs n'avaient pas saccagé les chambres et n'avaient emporté que ce qui était vendable. Il décida de s'en remettre à son *paměčitač* et le déposa à terre.

L'appareil émit un soupir de contentement et bascula en mode d'analyse sensorielle. Nikolaj sortit de la pièce lorsque le faisceau laser commença le balayage du salon. Le grésillement du rayon pouvait sembler inquiétant, mais la précision de la machine était prodigieuse. De temps à autre, des petits bips retentissaient, avertissant de la progression de la tâche. L'inspecteur aurait bien allumé une nouvelle cigarette, mais l'atmosphère feutrée et crispée rendait ce geste déplacé. Il entra de nouveau dans le salon et se saisit du *paměčítač*. L'écran de la machine projeta une image complète et réduite de la pièce. Dans l'irréalité de l'hologramme, quelques points lumineux clignotaient devant les yeux de l'inspecteur. Il demanda à l'ordinateur de zoomer sur les zones repérées. Il délaissa bien vite les empreintes sur le coffre : il n'y trouverait que celles de l'assureur et de Šramek. De toute façon, même du temps de la Guilde, on ne s'encombrait pas de la recherche de ce type de traces. Nikolaj fut un peu déçu de ne pas trouver de cheveux ou de restes organiques pour une identification ADN. Les voleurs avaient pris des précautions minutieuses. Ce détail déclencha des poussées d'adrénaline dans la tête de l'inspecteur, et l'excitation naissante l'empêcha d'analyser froidement la situation. Aussi, il poussa un cri de joie en grossissant une vue du tapis : un peu de terre était restée. L'homme inspira de satisfaction et éteignit la projection holographique. Le *paměčítač* vibra d'aise en ressentant la joie de son possesseur, il agrémenta sa réaction de petits bips gamins. Nikolaj chantonna et s'assit près de la tache claire sur le tapis. Avec la lame d'un couteau, il gratta la terre accrochée aux brins et la déposa dans le tiroir d'analyse de sa machine. Il resta perplexe lorsque le résultat lui parvint : du banal gravier, comme on en trouvait sur les terrasses de beaucoup d'immeubles de la Ville.

Il se releva, déçu, et son ordinateur allait s'en émouvoir lorsque l'inspecteur replaça sa découverte dans un schéma plus rigoureux. Il s'attendait à déterminer l'identité du cambrioleur à partir de ce simple indice, alors qu'il n'en était encore qu'à retracer la chronologie des événements. D'où venaient les cambrioleurs ? Par où étaient-ils passés ? Nikolaj relança l'hologramme et rechercha d'autres points lumineux.

La porte-fenêtre! L'inspecteur se déplaça rapidement dans le salon et monta sur le balcon. Il n'eut même pas besoin du *paměčitač* pour remarquer les incisions dans le bois, le petit trou près de la clenche. Les voleurs étaient descendus du toit. Tout se mettait en place dans la tête de Nikolaj, l'effraction comme le reste, le gravier aussi.

Sans s'occuper du propriétaire, l'inspecteur quitta le salon et partit dans les étages. Il allait monter sur le toit lorsque Benedikt l'interpella :

« J'ai parlé à la femme. Une vraie huître, à se demander si elle était là! Qu'est-ce que tu fous, papy ?

— Ils sont venus du toit, je vais voir ça...

— Comment tu...? C'est le *paměčitač* qui te l'a dit ? »

Nikolaj souleva la plaque du toit et se baissa pour regarder sa collègue.

« Je suis un flic, Benedikt, il m'arrive encore d'avoir de l'intuition.

— Alors c'est un cambriolage pour toi ?

— Bien entendu! »

Il n'écouta pas la remarque désobligeante de Benedikt et se hissa sur le toit. Il fut accueilli par le vent. L'inspecteur ressortit son ordinateur et le posa sur le sol. Le balayage fut rapide et sommaire : Nikolaj ne s'attendait pas à trouver des empreintes digitales, mais le gravier pouvait donner des indications précieuses. La projection tridimensionnelle pointa les traces laissées par les chaussures, plus une autre indéchiffrable.

Sept personnes avaient stationné sur cette terrasse la nuit dernière. L'une d'entre elles, nerveuse, avait piétiné le gravier plus que les autres. Certains mouvements se montraient difficiles à retracer, une sorte de danse apparemment. Le groupe s'était ensuite séparé en deux, l'un s'attachant à des anneaux et descendant en rappel – le *paměčitač* signalait des traces de cordes contre le rebord du toit –, l'autre empruntant la trappe d'accès. Il restait un dernier mystère sur ce toit. Nikolaj s'approcha et s'accroupit pour toucher le creux sphérique sur le sol. Un objet particulièrement lourd avait été enfoncé à cet endroit et l'ordinateur ne parvenait pas à l'identifier. Un des cambrioleurs était resté à côté de ce trou pendant toute l'opération. Quel était son rôle ? Une chose semblait certaine, pas d'amateurisme dans cette opération. Le cambriolage avait été parfaitement préparé et exécuté. Il ne s'agissait pas d'un acte d'isolés, mais de celui d'un groupe organisé et doté de moyens technologiques importants.

En redescendant du toit, Nikolaj ne pouvait calmer son exaltation. Il ne s'occupa même pas de faire signer le procès-verbal à Šramek. L'homme n'avait rien à lui apprendre, rien à dire, tout juste s'il existait. L'inspecteur sortit presque en sautillant. Il jeta un regard à l'immeuble, à ce lieu merveilleux revigorant ses artères et le rajeunissant. Il connaissait les auteurs de ce cambriolage. Il n'avait pas eu affaire à un mirage, une illusion venue du passé. Non, l'armée n'avait pas totalement gagné. La Guilde était de retour ! La Grande et Merveilleuse, avec ses princes et ses sujets, ses voyous et ses seigneurs ! Nikolaj était convaincu qu'ils étaient tous revenus, peut-être même que le *kníže* en personne avait participé au cambriolage. L'inspecteur se remémora les ombres dans la nuit, les clans animaux et le respect mêlé de terreur des rares suspects arrêtés. Tous se souvenaient du chef des Loups, de ce jeune homme triste et volontaire, de sa férocité au combat et de son intelligence criminelle. Nikolaj se sentit revivre. Huit ans auparavant, une telle nouvelle l'aurait déprimé, mais pas là. À l'époque, il était désarmé, châtré par ses supérieurs. Tout avait changé. Les *paměčítač* avaient révolutionné les enquêtes, interrogeant eux-mêmes les banques de données, les recoupant entre elles. Le combat contre la Guilde s'annonçait différemment, plus équilibré : intelligence contre intelligence, instinct contre instinct.

L'inspecteur se jura à lui-même d'abattre l'organisation, de mettre enfin la main sur le *kníže* et de se venger.

Il monta dans la voiture, suivi par une Benedikt boudeuse. Il enclencha le pilote automatique et le régla sur le commissariat. Le véhicule remonta tranquillement la rue et tourna à gauche.

« Ça ne va pas ? demanda Nikolaj à sa collègue.

— Qu'est-ce qui te prend ? T'es retombé en enfance ou quoi ?

— Un cambriolage, un vrai ! Y a pas d'arnaque derrière et je t'assure que c'est une grosse affaire.

— Comment tu sais ça ?

— Le flair, Benedikt, le flair ! Vous les jeunes, vous réfléchissez trop… »

Benedikt se tapota le front de l'index.

« J'ai l'impression qu'il va falloir que je garde les pieds sur terre pour te calmer. Je te rappelle qu'il s'agit peut-être d'un cambriolage, mais nous n'avons relevé aucun indice, aucune empreinte, rien !

— Justement, cette absence représente la signature de nos criminels, ma grande ! C'est la marque de fabrique des seules personnes capables d'une telle action : la Guilde.

— Mais elle a disparu !

— Oui, mais ils viennent de nous annoncer qu'ils sont revenus. Cette fois, nous les coincerons. »

Benedikt croisa les bras et s'enfonça sur son siège.

« Rêve, papy ! » lança-t-elle, et elle se tut pour le restant du trajet.

Le lit me paraît glacial, ou alors c'est moi qui ne parviens pas à me réchauffer. Je regarde le plafond, chaque fissure, chaque imperfection et mon esprit s'y accroche comme à une bouée. Je refuse d'admettre ma décision : des hommes mourront par ma faute cette nuit. Pourquoi ai-je accepté de trahir ? J'ai vu le regard de Fenris, je me suis souvenu de la voix de Miro : la Guilde compte sur moi, sur ma discrétion. Oh Radek, pourquoi ne comprends-tu pas ce qui se passe ? Pourquoi personne ne voit clair dans le jeu du voleur, de cet espion subtil ? Nous sommes des aveugles persuadés de voir. VIRUS s'est constituée en une armée secrète, mais sans la méfiance. La Guilde m'a accueilli, mais le *kníže* lit en moi sans difficulté. Je suis transparent pour des êtres que j'ignore. Ils me manipulent, et je l'ai accepté.

Semaine après semaine, je décrirai la Guilde, toujours de manière impressionniste. Décrire les hommes plutôt que les lieux, les pièces plutôt que les bâtiments, les paroles plutôt que les gestes, les symboles surtout. Je suis le biographe du clan, centrant mon récit sur Miro, tentant d'exprimer le respect que j'ai pour lui et les craintes qu'il suscite. Ce faisant, je renouvelle la relation étrange entre la Ville et la Guilde. Même après huit ans, chaque habitant se souvient des avantages et des douleurs, des plaisirs et des crimes. Je discerne une promesse dans cette renaissance, face à l'éloignement de l'armée, cet abandon après la victoire que chacun peut ressentir. La Guilde impliquait chaque homme et chaque femme, donnant de l'importance au moindre malfrat, à la plus petite engeance. Je n'ai pas de souvenirs de cette époque, protégé par ma vie d'étudiant. Je constate maintenant qu'il existait une autre vie, avec des hommes à l'affût le soir, des silhouettes grises et sombres sur les toits, des échanges secrets au coin d'une ruelle, à l'abri des réverbères. C'est cette vie-là que la Guilde veut faire renaître, et j'y participe. Pourquoi ?

Parce qu'il y a un mensonge dans l'armée. On ne forge pas un régime sur du sang ! Et puis cet abandon, cette absence, ce rejet de la Ville. Il nous faut un gouvernement présent et actif, responsable et impliqué dans le sort des habitants. La Guilde représente le bras armé de cette reconquête et j'aimerais que VIRUS en devienne la tête pensante. Si Radek savait... Je suis sûr qu'il accepterait une coopération, mais pas les autres, pas Arvínek, pas Soukup, pas Strohal. Ils rêvent trop, et nous avons besoin d'action.

Pavel a bougé en dormant. Je l'ai vu agiter ses bras. Je le regarde et il me fait peur. Il grandira dans le monde que je lui construis, peut-être ne connaîtra-t-il plus l'armée ? Si la Guilde règne, que lui offrira-t-elle ? Assassinat, drogue. Comment y échapper ? Nous n'agissons qu'à la marge, et les parents voient leurs enfants s'éloigner sans les retenir, mais moi je pourrai me sentir coupable. S'il devient un Loup comme Miro, il me le devra, s'il meurt dans un cambriolage, j'en serai le responsable. J'ai accompli un rêve de journaliste : intervenir sur les événements, en porter non seulement le témoignage mais les façonner. Ne pas être qu'un œil, ne pas être qu'un micro, mais aussi une main, une voix que l'on écoute et que l'on suit. Je réalise un désir, mais j'en perçois les conséquences. Mon fils vivra dans un monde différent du mien. Plus vrai, mais pas meilleur.

Olga dort paisiblement, mais pas d'un sommeil profond. Elle n'a rien dit de mon absence la veille. Je me suis finalement décidé à lui parler de VIRUS. Une vérité moindre pour cacher une vérité plus dure, moins supportable. Je crois qu'elle a compris et ma discrétion l'a mise en confiance. Elle sait que j'ai voulu la protéger, ne pas l'impliquer. Elle pense désormais que j'ai suffisamment confiance en elle pour le lui dire. Elle se sent mieux et Pavel nous aide. Cependant, je ne pourrai jamais lui parler de la Guilde, je ne pourrai jamais lui parler de Miro.

Ni de Plume.

J'enlace tendrement Olga, je sens son parfum, j'enfouis mon nez dans ses cheveux. Elle ne réagit pas, juste un soupir. Je sens son corps contre le mien, et pourtant je rêve d'un autre. Je caresse ses cuisses et j'imagine le galbe d'autres. Olga se relève et enlève sa chemise de nuit. J'admire ses seins dans la pénombre et je pense aux chairs flasques de la femme de Šramek. J'ai plein d'images contradictoires dans la tête où dominent les ailes d'un papillon de nuit. Je regarde Olga allongée, ses yeux dans les miens, sa peau sucrée, enfantine. Ses gestes, ses caresses, tout chez elle se fait dans la retenue, dans la douceur et la subtilité. Lorsque ses mains glissent contre mon ventre, j'ai l'impression qu'un papillon s'y pose. Je sais aussi qu'elle n'ira pas plus loin, qu'elle ne cherchera pas à descendre. Pour elle, mon corps s'arrête à la ceinture. Je n'y ai jamais fait attention, cela ne m'a jamais gêné, mais j'ai rencontré une Louve plus sensuelle.

Ce n'était qu'un sentiment diffus la première fois : j'avais trop peur. Et pourtant j'étais terriblement excité par ce corps, surtout en l'ayant vue avec sa combinaison d'entraînement, après les exercices de Fenris. Tout son corps appelait au sexe, à la sensualité violente et délibérée, sans retenue. Les Louves. Elles dégagent une force et une volonté qu'aucune femme n'égale.

Je pose ma main sur le sexe d'Olga, mes doigts caressent ses lèvres, mais je sens une réticence chez ma femme. Comme si le contact était trop fort, trop rude. Le corps se raidit. Alors je me couche sur elle, et je la pénètre, lentement. Je l'entends soupirer, haleter, mais je me rends compte que quelque chose ne va pas. La tête de côté ne me regarde pas, les bras étendus ne me touchent pas. Le corps abandonne ce que l'esprit refuse. Olga n'est plus là, elle attend, patiente, que tout soit terminé. Peut-être jouira-t-elle, mais je n'en suis plus sûr. J'ai fait l'amour en cherchant mon propre plaisir et voilà que je m'aperçois d'un manque. Tout ça parce qu'une femme m'a montré ce qu'était le désir, le vrai, le passionné, et qu'une autre m'a montré son absence, son refus. Olga n'est ni l'une ni l'autre, mais cela ne me contente pas. Je ne comprends pas. Miro, que m'as-tu fait ?

Finalement, ma femme jouit avant moi. Je reste quelques instants en elle, mais je ne la désire plus. J'ai envie de dormir et d'oublier. Quelque chose s'est détruit, un voile douloureux s'est déchiré.

Une épine de glace me transperce la nuque et n'en sort pas.

Installés dans le clocher de la nouvelle église Nepomuk, Miro et Serval regardaient l'échangeur B15. Les lumières douces glissaient à la surface des filtres étagés. Comme autant de chapeaux de champignons superposés, ils se déployaient en anamorphose autour du pilier central. On voyait parfaitement les reflets verdâtres de la face inférieure et les lamelles par lesquelles passait l'air. Chaque niveau le débarrassait des métaux lourds et du dioxyde de carbone qu'il contenait. Des pompes gigantesques formaient des grappes rebondies à l'arrière du pilier, alourdissant la structure et la rendant fragile. Depuis l'Église, on entendait le grondement des turbines, le souffle régulier des va-et-vient de l'air. La Ville respirait en partie grâce à cet échangeur, évitant une asphyxie promise par les usines installées à la périphérie. La masse métallique, suspendue entre ciel et terre, formait une excroissance monstrueuse au-dessus de la place Karlovo. La nuit, les éclairages discrets et tamisés adoucissaient l'ensemble, le rendant plus agréable, plus familier. Le jour, les flancs gris des filtres ternissaient l'atmosphère et courbaient la tête des passants.

Ludvík Had' monta dans le clocher de Nepomuk : ses hommes allaient intervenir. Il salua Miro et Serval comme à son habitude, d'une franche accolade.

« J'ai envoyé deux de mes hommes, Crotale et Aspic. Ne t'inquiète pas, *knížku*, tout se passera bien. Ils ont la description de Radek, ils ne lui feront pas de mal.

— Je ne m'inquiète pas, répondit Miro en souriant. Ton clan demeure un exemple d'efficacité. Depuis combien de temps n'as-tu pas dirigé une opération d'assassinat ? »

Le grand gaillard à la peau mate dodelina de la tête.

« Huit ans, comme tout le monde. Mais certains de mes hommes ont continué de travailler à l'extérieur, dans les villages. Après la destruction de notre nid, j'ai récupéré des gars à Lán. Les Serpents sont des solitaires, nous avons moins souffert que vous.

— Vous n'avez jamais eu des effectifs très importants. Il te reste combien de tueurs d'élite ? »

Ludvík expira bruyamment, comme si la question lui faisait mal : « Moins de cinquante sur les trois cents d'avant la dissolution. Et tous les autres ont disparu. Je suis encore surpris par les pertes. L'armée s'est acharnée contre nous.

— Je sais, nous devons notre survie à des coups de chance. Plume était en opération lors de l'attaque et Ysengrin a sauvé la majeure partie de l'équipe médicale. J'ai lu tes rapports, je connais l'ampleur des dégâts, mais si le pouvoir se mesurait à nos effectifs, Svatoušek serait notre *kníže* ! Nous vivons sur notre réputation, Ludvík ! De mes Grands Loups, je ne peux mobiliser qu'une centaine. Et nous devons reconstituer la Guilde ainsi…

— Et nous y arriverons, *knížku*. Nous t'avons fait confiance et nous avons survécu. Franchement, je n'aurais pas aimé quitter la Ville. Nous n'aurions pas pu nous contenter de moins que Wien ou Pest, mais la victoire contre leurs Guildes n'aurait pas été certaine. Déjà qu'elles râlent quand on attaque leurs convois de drogue… Cette histoire aura eu comme mérite de nous rendre maître des campagnes. On doit bien être la seule

Guilde dont la puissance s'exerce principalement hors de sa ville. Mais nous allons retrouver notre territoire, et pas question de se faire doubler par des amateurs. C'est bien la raison de notre présence ce soir, non ?

— Presque... »

Ludvík et Serval se regardèrent, intrigués, mais Miro n'ajouta rien. Il observa le commando de Radek s'avancer jusqu'à la base du pilier. Les six hommes en noir se déplaçaient rapidement, cherchant l'obscurité, mais depuis l'église on les voyait distinctement. L'un d'entre eux s'approcha d'une des portes-ascenseurs et força la serrure. L'opération commençait.

« Ils sont précis, murmura Miro. Ils possèdent des réflexes de professionnels, on dirait.

— Radek a engagé des mercenaires, précisa Fenris.

— Peut-être des anciens hommes à nous », ajouta Ludvík.

Les trois hommes restèrent silencieux dans le vent qui s'engouffrait dans le clocher. Ils y pensaient parfois : qu'étaient devenus les survivants qui n'avaient pas rejoint la Guilde ? Sauver sa peau plutôt que se trouver dans le camp des vaincus. Une telle attitude se comprenait. Mais elle était vouée à l'échec, comme l'avenir l'avait appris aux anciens Loups.

Miro avait raison : seule la réputation préservait le pouvoir des clans armés. Žralok des Requins et Svatoušek des Lions représentaient mieux la Guilde nouvelle : l'argent de la corruption pour l'un, le sexe de la prostitution pour l'autre. Pour cette raison, le cambriolage de la veille représentait non seulement une victoire contre l'armée et le projet Gaïa, mais aussi la preuve que le clan des Loups méritait toujours sa place et son rôle. Même si les chefs de clan devaient leur survie aux laboratoires médicaux des Loups, la position de Miro dans la Guilde demeurait fragile. Maintenant, il fallait donner corps à un projet esquissé huit ans auparavant.

« Les hommes de Radek peuvent nous être utiles, reprit Miro.

— Je croyais qu'ils représentaient une gêne, *kníže.*

— Tout dépend de ce qu'ils font, Serval. »

Ludvík soupira lentement.

« Si nous les amenons là où nous le voulons, ils assureront notre sécurité…

— Pas que cela, Ludvík. Myš m'a prévenu hier qu'un régiment de l'armée est en route vers la Ville. Ils emmènent avec eux une colonne de cinq chars anti-émeutes. Exactement ce dont nous avons besoin ! »

L'assassin se mit à rire et Miro leva les yeux au ciel, l'air faussement innocent.

« *Knížku !* Tu vas utiliser le VIRUS comme appât ?

— Plus ou moins. J'ai rencontré un journaliste qui appartient au mouvement. J'aurais dû le tuer, mais j'ai senti qu'on pouvait profiter de ce hasard.

— Un journaliste ? Tu ne crois pas qu'il va nous trahir. Ils sont bavards, je m'en méfie. Tue-le si tu peux. »

Miro regarda étrangement Ludvík, comme contrarié par la remarque du Hadʻ.

« J'ai pris la mesure du gars. Je sais désormais ce que je vais lui demander. J'ai beaucoup hésité et j'ai inventé un prétexte pour nous l'attacher et justifier sa présence, mais j'ai trouvé sa place dans ma stratégie. Ce journaliste peut nous permettre un coup extraordinaire et décisif : il nous apportera ce qui nous manque.

— Ah bon ? Je pensais que tout ton plan était au point ? »

Le *kníže* secoua la tête : « Avoir un plan ne signifie pas qu'il soit rigide. Je m'adapte au contexte, aux événements. J'ai conçu cette partie avec Bláha huit ans auparavant, or la Ville change. Je dois tenir compte de son évolution et de nouveaux acteurs. Il faut de la souplesse dans notre jeu.

— Je te crois, mais Žralok se méfie, comme à son habitude. Quand te décideras-tu à lâcher le morceau sur ton fameux plan ?

— Quand j'estimerai que personne dans cette Ville ne peut empêcher son accomplissement. Je prends en charge tous les détails et tous les risques. Si j'échoue, vous éliminerez mon clan, alors ne vous plaignez pas.

— Sache que jamais je ne donnerai cet ordre. Nous te sommes redevables. »

Miro hocha la tête en réponse. Ludvík embrassa une nouvelle fois le *kníže* puis quitta le clocher.

Les deux Loups restèrent ensemble, dominés par le vent s'engouffrant dans le toit et sifflant le long de la cloche. Serval sortit un paquet de cigarettes de sa poche et en tendit une à Miro, qui refusa. Le voleur parvint péniblement à protéger la flamme de son briquet et le panache disparut vite dans l'air.

« La Guilde est vraiment une saleté », lança-t-il.

Le *kníže* ne répondit pas, concentré sur l'échangeur et les deux formes noires courant sur le toit du réseau aérien : les hommes de Ludvík prenaient position.

« Nous tuons des innocents, reprit Serval. Ces gars-là ne savent même pas ce qu'est le projet Gaïa.

— Mais ils peuvent l'endommager ! C'est un centre vital.

— Gaïa fut élaborée pour réparer ce type de blessure. La Ville doit se défendre elle-même. Ce n'est plus à nous de le faire, Miro. Tu m'écoutes ? »

L'homme vacilla contre la rambarde, sonné par le ton de son lieutenant. Le *kníže* admettait la critique, mais seul Serval pouvait se permettre une telle violence. Le lieutenant avait reconnu l'autorité naturelle de Miro avant qu'il ne devienne le Vlk, mais il ne se privait pas de l'engueuler quand il se laissait aller. Miro acceptait cette attitude, car il connaissait l'ampleur du sacrifice de Serval.

« Elle est si jeune... Elle a besoin de moi. J'entends ses pleurs parfois.

— Une chimère ! »

Serval cria, mais ne poursuivit pas. De colère, il jeta sa cigarette sur le sol et l'écrasa. Puis il partit.

Miro se tourna vers la Vlatv, les berges emprisonnées par le béton et les façades noircies. Il inspira plusieurs fois, profondément. Il écouta la Ville, son rythme et ses battements. C'était dans la solitude qu'il parvenait le mieux à percevoir la respiration des pierres, la vie coulant dans les rues. Dans le capharnaüm des clochers et des toits, dans chaque anfractuosité, un son léger naissait. Il témoignait de l'épouvantable machinerie veillant sur les habitants. Miro ne se contentait pas de cette respiration, avec patience et attention, il avait cherché d'autres indices. Il savait désormais reconnaître les frissons près de l'Obecný et ne s'étonnait plus du mouvement des arbres du Vyšehrad en absence de vent. La Ville communiquait avec le *kníže*, une présence l'accompagnait dans les avenues, suivait ses pas sous les arcades. Une bulle de pureté et de gentillesse l'entourait. Malgré les doutes, malgré les regrets et la culpabilité, elle le réconfortait lorsqu'il posait la main sur la pierre chaude d'un muret. Il était protégé par un ange monumental, dont les ailes s'étendaient sur des kilomètres ; un ange fragile, friable comme les pavés de Na Perštýně. Miro se sentait redevable, il fallait *la* protéger, même si cela semblait illogique pour les membres de sa meute.

Aspic glissa le long du mur, dans les replis de l'ombre laissée par les néons verts. Toutes les trois minutes, il donnait l'ordre à sa combinaison d'adapter sa température à l'environnement, le dissimulant aux détecteurs thermiques. Ses mouvements

demeuraient silencieux, imperceptibles pour les hommes qui
avaient pris position dans le bâtiment. Enfoui dans le silence,
Aspic s'approcha d'un mercenaire isolé. Il se déplaçait lentement, inexorablement, attentif au moindre mouvement, la
main sur son poignard de jet. Sa victime lui tournait le dos, une
mitraillette en bandoulière. Elle regardait la progression du
reste du commando, plus bas. Trop facile : les années sans la
Guilde avaient fait disparaître les réflexes élémentaires. Aspic
était déçu : il espérait rencontrer un adversaire de valeur. Là, il
s'attendait à un massacre sans gloire.

Liquide jaune ou liquide bleu ?

Conformément aux ordres, le Serpent trancha la gorge du
mercenaire et l'accompagna vers le sol. Sa victime ne saurait
jamais qui l'avait tué. Un sifflement proche de l'ultrason lui
signala que son partenaire avait aussi commencé son travail.
Aspic se remémora les instructions, puis repartit en chasse. Le
prédateur tue pour se nourrir ou se défendre, il ne regarde pas
en arrière et efface de sa mémoire le mort abandonné. Un
cadavre de plus, juste une croix, oublier l'humain. Chaque Serpent apprenait à réifier le vivant. Qu'est-ce qu'une proie si ce
n'est une chose, un pion dans le jeu de la survie ? Beaucoup de
pièces seraient sacrifiées pour faire triompher le roi. Cette nuit,
la Guilde entrait en compétition avec un autre type de prédateur : un destructeur, un primitif. Une poignée de terroristes
inconscients des enjeux autour de l'échangeur, ignorant tout du
projet Gaïa. Mais un jour viendrait où le projet serait révélé, et
dès lors tout muerait.
   La Guilde retrouverait une nouvelle peau, et les règles chan-
geraient : Ludvík l'avait promis. Aspic se glissa contre un
conteneur et aperçut l'ombre de deux hommes. Deux ! voilà un
défi plus intelligent. L'assassin laissa sa combinaison se modi-

fier et ses mains se couvrir d'un cocon bleu azur d'où dépassait la pointe mortelle d'un croc. Il s'étira une dernière fois pour détendre ses muscles, puis jaillit entre ses deux victimes.

Liquide bleu ou liquide jaune ?

La première n'eut pas le temps d'éviter l'aiguille dans le cou et s'effondra en gargouillant. La deuxième, plus habile, s'était écartée de deux mètres. Une distance insuffisante pour s'échapper, mais trop importante pour un nouvel assaut d'Aspic. Face à face, les deux hommes s'évaluaient. Ils tournaient l'un autour de l'autre, attendant le mouvement qui déciderait de l'assaut. L'assassin avait commis une légère erreur d'appréciation. Même minime, elle démontrait que les années d'inaction avaient atteint le clan aussi sûrement que les balles avaient dispersé la Guilde. Son adversaire était trop concentré pour appeler à l'aide, mais cela ne durerait pas. D'un instant à l'autre, il se remettrait de sa surprise, comprendrait la situation et prendrait conscience de son avantage. Néanmoins, un détail protégeait Aspic. L'assassin aurait pu en sourire s'il n'était pas aussi tendu. Il joua son va-tout et laissa sa combinaison s'écarter de son visage dans un bruit de succion. Il se tourna dans la lumière pour mieux révéler son identité.

« Te souviens-tu de moi, assassin ? Je lance ta *gabza*, ta guérison. »

Aussitôt, l'autre sursauta, se raidit. Il porta les mains à sa tête. Puis se redressa, étourdi.

« Aspic, mais que fais-tu ici ? Les ordres ont changé ? Ludvík a modifié les plans ? Je ne devais pas recevoir ma guérison si tôt. Ce n'est pas… »

Un chuintement accompagna ses derniers mots et l'homme s'effondra. Du haut du conteneur, Crotale avait tiré calmement, sans précipitation, sans attendre le signal d'Aspic. Ce dernier tâta du pied le corps de son adversaire. Il faisait la moue, regrettant son erreur.

« Les ordres n'ont pas changé, le plan prévoyait ta mort, Vipérine. Chaque partie d'échecs a ses pions sacrifiés. Seule compte la victoire. »

Crotale était descendu de son point d'observation et s'était approché de son partenaire.

« Tu aurais pu l'attaquer plus tôt.

— J'ai commis une erreur tactique, j'ai voulu lui laisser une chance.

— Cela fait longtemps que nous avons vendu notre honneur, Aspic. Je n'ai pas envie que ça soit en pure perte. Allez, viens, il faut désamorcer la bombe dès que les cibles froides seront parties ! »

Cible chaude et cible froide, telle était l'unique manière de voir le monde pour les Serpents. La cible chaude désignait la proie à abattre, la froide, celle que l'on épargne. Le reste ne concernait que les autres clans de la Guilde. Aspic vivait pour tuer, le plus artistiquement possible, dans l'élégance que confère la puissance. Les Loups restaient des aigrefins, des voleurs obsédés par leurs victimes, engrangeant des informations jusqu'à la manie. Mais aucun n'avait la vitesse de réaction des assassins, cette furie destructrice qui était le signe des grands prédateurs.

Crotale se racla la gorge en observant les deux silhouettes assises près du générateur. Ce dernier se présentait sous l'apparence d'un éclat rebondi derrière des vitres de verre et pulsait calmement : une *poussière d'étoile* alimentait l'échangeur en énergie et devait être protégée. Aspic se concentra sur la bombe posée au sol. De loin, il tentait de repérer les premiers indices sur la nature du mécanisme. Il devait agir vite. Les ordres semblaient étranges : épargner les poseurs de bombe et tuer les mercenaires associés à VIRUS. Le plan portait l'empreinte du *kníže,* sa manière de souffler le chaud et le froid, de rendre obscure la réalité la plus claire. Ludvík avait beaucoup appris près de lui, Aspic en était persuadé. Pour l'assassin qui avait connu les prédécesseurs de Miro et de Ludvík, le changement n'était pas mineur. Toujours réfléchir sur plusieurs niveaux dans une partie. Rester attentif au détail et au motif général, embrumer l'adversaire en le focalisant sur un mystère, une incohérence, lui faire croire qu'elle est un indice alors qu'il ne s'agit que qu'un rideau de fumée. Seul le *kníže* conservait la vision globale, le recul nécessaire pour manipuler ses pions. Ludvík avait assimilé cette façon de penser et s'en servait désormais. Les deux chefs de clan possédaient plus qu'une simple autorité, ils portaient une vision du rôle de la Guilde.

Les deux hommes près de la bombe s'écartèrent, puis reculèrent. Le plus grand releva le col de sa veste, sans doute pour appeler ses sentinelles.

Elles étaient mortes.

Il hésita à partir, piégé par son incompréhension. Plusieurs fois, il chercha une réponse dans le micro de son col. Crotale observa les hommes qui tournaient la tête dans tous les sens, parlaient entre eux et haussaient la voix. Des trois silhouettes, l'assassin en connaissait bien une. Il lui sembla qu'elle avait reconnu la manière d'agir. Sans doute s'agissait-il d'un comportement réflexe conservé dans sa mémoire primitive. Le reconditionnement n'avait pas tout effacé. Elle sortit un couteau de sa poche et menaça les deux autres. Ils hochèrent la tête, puis partirent tous ensemble vers la sortie en abandonnant la bombe. Aspic soupira et quitta sa position. Avec son partenaire, ils s'approchèrent de l'objet et l'inspectèrent.

« Dis, Crotale, tu ne te demandes jamais ce qui se serait passé si tu avais bu l'autre liquide, il y a huit ans ?

— Je vivrais une vie de bon père de famille, tranquille, avec juste une ou deux actions minables pour suivre les ordres.

— Toutes ces années d'entraînement, et mourir comme ça, incapable de se souvenir des gestes de défense élémentaires.

— Quand nous aurons gagné, ils retrouveront leur mémoire. Ils seront récompensés pour leur sacrifice, bien plus que nous.

— Simplement parce que nous avons bu le liquide bleu ?

— Uniquement à cause du liquide bleu, Aspic. »

Cette nuit-là, l'échangeur produisit le même ronronnement que d'habitude. Les poumons de la Ville étaient protégés par d'insolites gardiens.

PRAGUE – 8 ANS AUPARAVANT (2)

De vieilles pierres entouraient le visage d'une vierge noire, défigurée par des impacts de balles. La grille de fer avait rouillé et les inscriptions continuaient de s'effacer. Sur les pavés rendus glissants par la neige, Miro progressait doucement. Attentif au moindre mouvement au beau milieu d'une nuit déserte, le *kníže* se déplaçait avec prudence. Il se savait en danger depuis qu'il avait entendu les chenilles d'un char gronder sur la place de la Vieille Ville. Les tours jumelles de l'ancienne église protestante étaient occupées par des tireurs d'élite. Si la Ville paraissait endormie, l'armée veillait à sa sécurité.

Rasant les murs pour y chercher une ombre protectrice, Miro atteignit l'immeuble de Lockmaid. La peinture écaillée de l'entrée offrait l'aspect d'une peau de serpent autour du digicode, mais la porte n'était plus verrouillée depuis longtemps. Le *kníže* s'ébroua dans le hall d'entrée pour chasser la neige de ses épaules et prit l'escalier : il n'avait pas confiance dans les ascenseurs dont la dernière révision datait du XXe siècle. Il traversa un patio, longea une statue couverte de mousses et de lichens à sa droite, les vitres cassées des soupiraux à gauche, et trouva un nouvel escalier. L'atmosphère cotonneuse perturbait le jeune homme, l'enfermant dans un silence pesant. Son cerveau s'engourdissait et fonctionnait au ralenti. Il aurait voulu que Perle soit là. Juste son corps lui aurait suffi. Sa présence, son souffle et ses reproches.

La porte anonyme s'ouvrit avec difficulté, coincée par le tapis d'entrée. Lockmaid ne s'était pas rasé depuis plusieurs jours et, sans sa blouse médicale, il paraissait moins sûr de lui. Étranger dans la ville, le médecin n'était jamais arrivé à s'y sentir accepté. Il préférait s'enfermer chez lui, dans son studio, à regarder le mur d'écrans de sa chambre.

« Où est Perle ? demanda-t-il.

— Elle n'a pas voulu venir. Elle est restée au QG… »

Les deux hommes demeurèrent silencieux un instant, mais Lockmaid devint presque hystérique.

« Il fallait l'y obliger ! Elle devait venir. Elle va mourir ! Oh mon dieu ! »

Miro s'écarta, toujours calme, avec un détachement qui le rendait effrayant. La température agréable de la pièce dégelait son cerveau et lui rendait sa lucidité. Il regarda Lockmaid avec mépris.

« Vous deviez nous empêcher de rester au QG, c'est ça ? Lockmaid, vous agissez sur ordre !

— Tout débute ce soir. Il m'a laissé vous donner une chance, mais vous devez quitter la Ville. Le temps de la Guilde est terminé. »

Ainsi, Bláha avait décidé d'attaquer. Savait-il que cela ne servait à rien, que les chefs trouveraient toujours le moyen de renaître ? Dans une case sombre de son esprit, sur une arête sanglante de son âme, une hypothèse prit forme, en dépit de ses efforts pour la repousser. Lockmaid dissipa ses doutes et porta le dernier coup.

« Le projet Gaïa est initié depuis deux heures. J'ai moi-même fait basculer les modules. Le civi-satellite nous surveille tous, désormais. »

Une sorte de vertige s'empara de Miro. Il s'assit à terre, puis s'allongea, les yeux clos. Pour une fois dans sa vie, il ne parvenait pas à calmer le flot de ses pensées. Tout se bousculait jusqu'à le noyer. Il connaissait tout du projet Gaïa, depuis sa naissance jusqu'à son implémentation. Il pouvait annoncer la mort de la Guilde.

Sacré Josef. Avec ses galons et ses étoiles, il avait été plus rapide que Miro. Si seulement le *kníže* avait pu se doter d'une protection ! Il avait perdu l'initiative dès le début de la partie. Peut-être était-ce mieux ainsi... La Guilde était devenue un organisme trop important, trop lent pour survivre dans la Ville. Ce même immobilisme avait tué les États, et les criminels avaient reproduit le schéma, sans s'en rendre compte. Ils étaient si fiers de détenir le monopole de la délinquance. Un tel sentiment de puissance. Ils étaient les princes de la Ville. Les seuls véritables. Cette nuit, leur chef était allongé dans un studio miteux du centre-ville, au pied d'un médecin étranger. Il sentait l'odeur de la défaite si puissamment qu'elle lui piquait les narines. Son QG avait été construit comme une forteresse mais il n'avait aucun doute : l'immeuble serait rasé. Rien ne pouvait résister à l'armée. Réfugié chez Lockmaid, sa sécurité résidait tout entière dans ces quatre murs, fins comme du papier.

Il allait parler lorsque, du studio voisin, montèrent les gémissements d'une femme et les grognements d'un homme. Le rythme régulier, les accents sauvages ne laissaient aucun doute quant à leur origine. À chaque coup de rein, la femme hurlait sans que l'on sache vraiment si c'était de plaisir ou de douleur. Le volume était trompeur, la régularité la trahissait. Et le mâle orgueilleux ne percevait pas le mensonge, enragé à trouver sa seule jouissance. Au rugissement final, tout s'arrêta. Miro sourit et se releva.

« Vous allez partir ? demanda Lockmaid. Je vous laisse ma voiture si vous voulez.

— La Guilde a toujours été un parasite de la Ville : je ne la quitterai pas. Certains clans comme les Cafards ou les Requins connaissent l'extérieur, ils pourraient y survivre. Pas moi. Je n'ai pas une âme de nomade et les Guildes des autres cités ne m'accepteront pas. Un Loup doit mourir sur son territoire. Fuyez, Lockmaid, vous avez voulu nous sauver mais nous avons perdu. Pensez à vous, Bláha est généreux, mais pas au point de vous laisser vivre. »

Lockmaid secoua la tête.

« Lorsque j'ai signé pour entrer dans l'équipe du projet, j'ai accepté de donner mon sang. Ma signature ADN est inscrite dans les circuits de Gaïa. Je ne survivrai pas très longtemps, je le crains. »

L'homme regarda Miro avec insistance, comme s'il voulait lui faire partager son désespoir, puis il ouvrit une armoire et en tira une boîte de métal.

« Vous y trouverez un cube de données et des ampoules injectables. Je n'ai pu en fabriquer qu'une dizaine, mais j'ai aussi laissé un flacon avec quelques cellules. Vous n'aurez qu'à les mettre en culture. Avec ça, vous pourrez survivre, et même continuer vos activités. Vous comprenez ce que je veux dire ? »

Miro acquiesça.

« Mais pourquoi faites-vous ça, Lockmaid ? Bláha et moi sommes tous les deux à l'origine de ce qui va vous tuer. Pourquoi m'aider ?

— Un soir, alors que je l'examinais, votre fille m'a souri. Elle se plaignait de l'infirmière qui piquait mal, mais jouait avec mon stéthoscope. Ce n'était qu'une enfant. J'aurais souhaité qu'elle vive autrement, comme une personne normale, pas sous bulle, protégée des microbes et de l'extérieur. J'ai compris votre décision, ce soir-là. Elle me paraît toujours horrible, mais je la comprends. Alors, si je vous donne ceci, c'est pour Hanna. La petite *Hanča*, ses yeux bleus et sa chevelure argentée. Puisque vous avez décidé de rester, je dois vous protéger, comme pour votre fille. »

Miro se leva et embrassa Lockmaid. Il prit la boîte et se diri-gea vers la porte de l'appartement.

« Attendez, Miro. Pourquoi ne pas regarder avec moi l'as-saut contre le palais du gouvernement ? Vous avez du temps, et de toute façon vous ne changerez rien en courant jusqu'à votre cachette. Je vous en prie, restez. Je n'ai pas envie d'être seul ce soir. »

Sans un mot, le *kníže* retourna s'asseoir près de Lockmaid. Le mur d'écrans s'alluma.

Et le spectacle commença.

Perle se releva et jeta un coup d'œil au corps de Wolfen étendu à côté d'elle. Silencieuse, elle regardait l'homme endormi, repu et content de lui. La respiration était profonde et calme, sans inquiétude, sans question. La jeune femme écarta le drap, passa sa main sur le ventre de son amant, et commença à lui caresser le sexe, avec délicatesse. La verge se raidit, mais le corps ne bougea pas. Pas un soupir, pas une émotion sur la peau. Déçue, Perle abandonna et remonta ses genoux sous son menton.

Elle avait froid, et cela venait de l'intérieur. Comme Wolfen était différent de Miro ! Le second du *kníže* se montrait plus bestial, plus violent. Son souffle devenait rauque quand il la pénétrait avec force. Des coups de boutoir sans tendresse, mal-adroits. Miro était tout autre. Et cette différence lui faisait mal. Ses gestes avaient une douceur et une précision qui finissaient par devenir douloureuses. Il lisait dans son corps comme dans un livre et elle n'aimait pas cette mise à nu, cette absence d'inti-mité. Au moins, la rudesse de Wolfen ne la dérangeait pas : il ne la forçait pas à se dévoiler. Il prenait son plaisir, voilà tout. Miro exigeait un don absolu, ce que Perle n'acceptait plus depuis la naissance d'Hanna. Car même si elle offrait tout, ils n'échangeaient rien. Il gardait ses souffrances en lui. Pas de faiblesse, et si fragile. Il n'y avait rien de compliqué chez Wolfen, rien de caché, et même si elle était toujours un peu déçue au matin, elle appréciait cette vigueur animale.

Perle quitta le lit et marcha vers la fontaine du mur. Elle prit un verre, composa un code et attendit que le robinet verse un jus d'orange. La fraîcheur dans la chambre lui permettait de se détendre. Elle se frotta le cou et ses doigts massèrent le contour des broches à la base de la nuque, là où la peau recouvrait la plaque d'interface. Un geste typique des Grands Loups. Elle témoignait de leur capacité à maîtriser les neuro-armures, ces blocs de métal qui s'adaptaient aux désirs et à la morphologie du porteur, comme du mercure. Une fois branchées, elles transformaient chacun en prédateur : elles réveillaient le loup intérieur. Dissimulée sous un blouson, elle se déployait en une dizaine de secondes. Seules les neuropeaux des Serpents rivalisaient en beauté et efficacité, mais ces derniers ne pouvaient pas sortir dans la rue avec, car ils devaient les enfiler complètement nus. Pour les Loups, le seul risque consistait dans l'animalité : à trop endosser l'armure, on augmentait son agressivité et son sentiment de puissance, on effaçait les frontières entre l'homme et l'animal. Pour ceux qui succombaient à ce danger, la perte du statut de Grand Loup signifiait la mort.

La fenêtre de l'appartement de Wolfen donnait sur la Ville et les façades du Château. La chambre de Miro ne comportait aucune fenêtre. Elle était placée au centre du bâtiment pour éviter tout attentat. Le grand lit à baldaquin et l'absence de décoration rendaient cette pièce impressionnante et lugubre. Le *kníže* recevait souvent dans sa chambre les invités qui n'appartenaient pas à la Guilde. Ils semblaient toujours terrorisés par l'ambiance. Miro jouait avec tout le monde, et avec elle aussi.

Il avait joué une fois de trop.

Hanna ne lui appartenait pas, il n'aurait pas dû prendre cette décision-là. Il en assumait les conséquences, mais ce choix perturbait tout le clan, jusqu'à la Guilde. C'est pour cette raison qu'elle n'avait pas accepté d'être vue lors de l'appel de Miro. On l'aurait surprise chevauchant Wolfen, et, en dépit de tout ce qu'elle ressentait pour le *kníže*, un affront public n'était pas envisageable. Les apparences devaient être sauvées. Elle gardait ses réflexes de femelle alpha. Non, Perle n'aurait pas quitté ce lit pour voir Lockmaid. Jouir avec un homme qu'elle n'aimait pas, d'accord, mais revoir ce monstre, cette ordure qui avait détruit Hanna, non. La lâcheté de Miro ou de Bláha n'était pas excusable, mais le médecin, lui, avait torturé sa fille avec ses expériences. Si Miro ne l'avait pas défendu, Perle l'aurait tué de ses propres mains. *Hanča*, ma petite Hanna, que t'ont-ils fait? Perle pleura silencieusement en pensant à sa fille.

On frappa à la porte. Perle laissa entrer Ysengrin. Elle n'avait pas honte d'être nue face au lieutenant fidèle de Miro. Les Loups savaient tous qu'elle partageait le lit de Wolfen. Seul Ysengrin n'avait pas joué les aveugles. Il avait défié le second à la lutte. Miro n'en avait rien su, car Ysengrin avait été vaincu. Il était plus intelligent que Wolfen, mais beaucoup moins fort. Pour le punir, le second avait exigé que le lieutenant assiste enchaîné à une de ses nuits avec Perle. La jeune femme avait refusé. Elle ne voulait pas humilier Ysengrin. Il ne le méritait pas. Il la faisait rire par ses maladresses et son allure pataude. Fidèle au-delà de toute raison, il aurait été déloyal de punir cette fidélité. Cette valeur constituait le principe sur lequel reposait toute l'organisation du clan. On savait que Miro dormait seul, qu'il avait accepté le choix de Perle, mais tous se comportaient comme si le couple alpha demeurait uni.

« Perle, nous détectons des mouvements autour du QG. Les capteurs volumiques nous indiquent des déplacements sur la rue Jindřiš.

— Bien, Ysengrin, je vais réveiller Wolfen. Nous arrivons. »

Aussitôt le lieutenant recula et ferma la porte, presque soulagé. Perle s'approcha de son amant et le secoua un peu. Il grogna et tourna la tête vers elle. Il sourit.

« Qu'y a-t-il ?

— Des mouvements suspects autour du bâtiment, Ysengrin veut que l'on y jette un œil.

— Bien. »

Wolfen eut un éclat dans les yeux qui surprit Perle. Il étendit la main et lui caressa les seins, puis le ventre. Il enfonça le majeur et l'index dans son sexe, attendant une réaction. Perle poussa un soupir, puis s'écarta. Décidément, cet homme ne comprenait rien. Il n'avait aucune sensualité.

Perle et Wolfen rejoignirent les autres lieutenants dans la salle d'écoute du QG. La plupart portaient leurs armures de combat. Perle enfila son blouson par-dessus la masse métallique qui recouvrait son dos et enficha les connecteurs dans sa nuque. Wolfen portait en bandoulière son énorme lance-flèche et gardait la main sur le poignard à sa ceinture. Ysengrin discutait avec un opérateur, tandis que Serval et Fenris donnaient des ordres à leurs subordonnés.

La salle semblait calme, mais la tension montait. Le *kníže* absent, tout le monde s'interrogeait sur le sens tactique de ses lieutenants : Ysengrin peut-être ; Serval sûrement, lui qui avait été le premier à soutenir Miro à la mort de l'ancien *kníže*, abandonnant ses prétentions à un titre qu'il aurait pu détenir ; Fenris suscitait la méfiance d'une partie de la meute qui n'appréciait pas son côté mystérieux. Pourtant, le dernier lieutenant n'avait jamais été pris en défaut, malgré toutes les missions difficiles qu'on lui avait confiées. Mais en tant que transfuge des Rats, il avait été accueilli froidement par tous, surtout Wolfen qui n'aimait pas le regard fuyant de l'homme. Miro l'avait imposé.

Perle s'approcha d'Ysengrin pour lui demander des informations.

« Nous sommes encerclés, répondit-il. Une force importante. Des militaires. »

La jeune femme ouvrit des grands yeux, surprise. Comment l'armée pensait-elle se débarrasser des Loups ? Le QG représentait une place forte imprenable par des forces conventionnelles.

« Et ils ont sorti le grand jeu », conclut Ysengrin.

Perle allait lui demander des précisions lorsqu'une explosion retentit quelques étages plus bas. Dans la salle, des écrans s'éteignaient ou se couvraient de neige, d'autres prenaient le relais. Ils montraient distinctement les débris de pierre, les pans de mur abattus et des corps bougeant dessous. Le trou, d'environ cinq mètres de large, donnait sur la rue. Une forme bougea sous les gravats et s'empara d'un fusil-mitrailleur. En se traînant, l'individu atteignit le rebord du gouffre. Il tenta de se relever, épaula. Avant même d'avoir appuyé sur la détente, une nuée de balles transpercèrent son corps et le firent exploser. L'arme glissa dans le vide.

« Nous n'avons aucune chance de nous en sortir, lança Ysengrin en entendant les premières détonations. Nos communications ont été brouillées par des chars. Ils utiliseront bientôt des charges d'ondes et nos dispositifs de défense seront aveuglés. Le choc ondulatoire va percer nos murs et nous rendre vulnérables. Il faut évacuer le QG. »

Wolfen, qui avait suivi la scène avec Serval, sembla bondir sur le lieutenant.

« Abandonner la tanière ? Il n'en est pas question ! C'est notre devoir de la protéger.

— Non. Notre devoir, en l'absence de Miro, est de survivre. Nous ne sommes pas armés pour défendre des murs contre une telle force. Nous pouvons nous replier dans d'autres lieux, ils ont été préparés pour cela. Utilisons-les.

— Il a raison, dit Fenris de sa voix douce. Nous pouvons facilement atteindre les souterrains. Même si l'armée s'y trouve, elle sera en infériorité tactique. Il nous suffit de nous disperser vers les refuges et d'attendre les ordres. »

Wolfen grinça des dents. Il abattit le poing contre une armoire jusqu'à déformer le métal. Tous les Loups présents sursautèrent.

« Non ! Si nous laissons le QG, l'armée connaîtra nos fréquences, nos indicateurs et nos objectifs. Et comment organiser la Guilde si la tanière est prise ?

— Si l'armée a décidé d'agir, c'est qu'elle veut la destruction de la Guilde, tu ne l'empêcheras pas, Wolfen. J'emmène les miens dans les souterrains, ainsi que l'équipe médicale. J'emporte ce que je peux des données de la Guilde, mais je ne me battrai pas pour une position perdue. »

Ysengrin hocha la tête vers Perle, puis pivota. Au moment où il allait s'éloigner, Wolfen sortit de son blouson un pistolet à charge creuse et le pointa.

« Tu ne partiras pas, traître. J'exploserai ta cervelle avant, Ysengrin ! »

Une grande tristesse apparut dans les yeux du lieutenant. Il éprouvait de la compassion pour le second, mais il ne reculerait pas : Mirabelle l'attendait en bas. Ce fut Serval qui intervint.

« Ça suffit, vous deux. Nous n'avons pas le temps ! Ysengrin doit partir, nous n'avons pas le droit de le contraindre. Si nous perdons, au moins la meute sera sauvée. Pense au clan avant ta fierté. Tu n'es pas notre alpha ! Quoi que tu en penses : Miro donne les ordres, pas toi. En son absence, Ysengrin est libre. Allez, organisons notre défense ! »

Sans desserrer les dents, Wolfen rangea son arme et suivit Serval et Fenris. Perle allait les accompagner, mais elle hésita. Elle s'approcha d'Ysengrin, encore choqué par les menaces du second. Malgré sa décision, il ne parvenait pas à quitter le bâtiment : il n'acceptait pas qu'on le considère comme un traître. Il tourna son regard vers Perle, partageant sa détresse avec elle. Il voulait lui transmettre ses doutes, sa déchirure. Elle appréciait l'ampleur de son sacrifice. Il dilapidait le bien le plus précieux, accumulé pendant des années au sein de la meute – l'honneur – au nom de l'espoir fragile d'une renaissance. Les détonations et les explosions se faisaient de plus en plus nombreuses, de plus en plus meurtrières. Dans la salle de contrôle déserte, le couple resta silencieux. Perle rompit l'instant.

« Je dois y aller, Ysengrin. Je sais que tu as raison. Nous ne nous en sortirons pas cette fois-ci. »

L'homme secoua la tête. Il paraissait encore plus sombre avec son visage presque noir, aux sourcils et à la barbe fournis.

« Oui, je crois que Miro aurait été de mon avis. Il est raisonnable. Il sait… »

Perle posa sa main sur la bouche du lieutenant. Elle aimait sa faiblesse en cet instant.

« Il sait qu'aucun Loup n'est plus fidèle que toi, qu'aucun Loup n'abandonnerait autant pour la survie de la meute. Il sera le seul à en avoir conscience. Quand tu le reverras, murmura-t-elle, dis-lui que… Il n'a jamais su nous aimer, mais moi je lui pardonne. Dis-lui… »

Ysengrin acquiesça, hocha la tête, puis fit demi-tour. Et lorsqu'elle vit la grande silhouette du lieutenant disparaître, Perle fut persuadée qu'elle ne le reverrait jamais. Sa vie se terminait ce soir.

Le commando militaire pénétra dans le bâtiment au moment de la première explosion. Chaque soldat avait revêtu son armure d'assaut, démultipliant ses mouvements, accélérant chacun de ses gestes. Des chiens de guerre artificiels, entièrement recouverts de métal de la tête aux pieds. Les voleurs cachés au rez-de-chaussée n'eurent pas le temps de riposter. Malgré leur vitesse, les rares qui parvinrent à toucher les hommes caparaçonnés furent décapités d'un seul mouvement du bras. Après chaque pas, les militaires brûlaient les cadavres. Pas de prisonniers, pas de corps leur avait-on dit. Tels des scarabées noirs, ils se déplaçaient avec détermination. Et leurs armures luisaient dans les flammes.

Le bruit du feu et sa beauté déconcentrèrent le commando. Les soldats à l'arrière ne détectèrent pas les mouvements derrière les flammes, les infimes déplacements dans l'ombre. Leur visière devint un seul et unique éclair blanc lorsque la lame qui les tua traversa leur armure. Dans le bain d'hormones et de drogues alimentant leur corps, ils ne ressentirent aucune douleur, juste un effacement, un repos.

Le capitaine du commando se retourna et comprit immédiatement la situation. Il bascula du mode thermodétection à la vision normale : le feu dissimulait la chaleur de ses ennemis. Il augmenta la vitesse des articulations et encaissa 3 g en sautant dans le couloir devant lui. D'un coup d'épaule, il traversa le mur, injecta une surdose d'érythropoïétine dans ses muscles pour oxygéner son sang et augmenta la production d'amphétamines par les poches hormonales de son armure. À l'intérieur de la pièce, il n'y avait personne. Profitant de ce répit, le capitaine demanda aux soldats qui restaient de se déployer normalement, tandis qu'il piégeait la pièce de mines : il savait qu'on le chercherait en priorité pour désorganiser le commando. Il organisait sa défense en conséquence.

En vain.

Concentré sur la pose d'un fil ultrasensible, il ne perçut pas le déplacement des dalles du faux plafond. Quand il leva la tête, il vit un homme lui sauter dessus, une armure étrange sur les épaules et un poignard tranchant en main. Instinctivement, il porta son bras devant lui pour parer le coup. La lame s'enfonça profondément dans le métal, faisant hurler l'armure. Des signaux d'alerte tintèrent dans le casque du militaire, mais il n'avait pas le temps de s'en occuper. Il avait appris à connaître parfaitement son corps, sans l'aide de la technique, sans tous ces gadgets électroniques. Il dégaina son propre poignard. Son bras gauche s'avérait inutilisable, mais son adversaire ne pouvait récupérer son arme. Il se redressa et se jeta sur lui. Le voleur para, para encore et encore, analysant la pièce et ses pièges. L'armure surprenait le militaire : elle se modifiait en permanence. Elle adaptait sa configuration aux muscles de son propriétaire. Elle enlaçait ses jambes quand il sautait, recouvrait ses bras quand il parait. Les déplacements s'effectuaient à la microseconde. C'était une assistance, pas un voile avec la réalité. Rien à voir avec la pesanteur des carapaces militaires. Le capitaine aurait aimé posséder une telle technologie, lui qui aimait les corps à corps.

Lorsque le voleur eut analysé la pièce, il s'adressa au militaire avec une voix ferme et sombre.

« Nous sommes semblables. Des prédateurs dans la Ville. Mais je vous tuerai. Je me nomme Serval, et au nom de mon clan, je vous tuerai. »

Le capitaine voulut répondre, mais il n'en eut pas le temps. L'armure se modifia une nouvelle fois, glissant des épaules à la tête, effaçant le visage de son adversaire pour le transformer en celui d'un loup de métal, aux yeux rouges et aux crocs étincelants. Fasciné par la métamorphose, le soldat baissa sa garde et eut aussitôt le souffle coupé par des griffes d'acier lui transperçant les poumons. Ivre de morphine et de la cacophonie des alarmes dans son casque, il sourit en tombant vers le sol. Il admira une dernière fois les crocs et les yeux, la lumière sauvage de ce regard.

La situation dans le QG atteignit un point de stabilité satisfaisant pour Wolfen. Ses hommes tenaient, et ils tiendraient encore. Ysengrin paierait cher sa trahison. Fenris était couvert de sang, mais pas du sien. Serval en terminait avec le commando d'approche. Le clan des Loups se montrait encore le plus puissant de la Guilde, et, si le second sortait victorieux de cette bataille, il pourrait affronter de nouveau Miro en duel. Il vaincrait cette fois et deviendrait le nouvel alpha de la meute. Perle serait entièrement à lui, il la ferait jouir, la ferait crier jusqu'à ce que Miro l'entende. Wolfen rêva un instant au lit à baldaquin de la chambre du *kníže*, à tout ce qui s'y était déroulé. À ce jour où Miro l'avait accueilli alors qu'il était au lit avec Perle. Wolfen avait atteint le statut de Grand Loup, il méritait des égards de la part d'un jeune homme qui n'avait pas vécu la rue comme lui. Ce qui l'avait outré, c'était que, pendant qu'il faisait son rapport au *kníže*, ce dernier continuait de caresser Perle. Wolfen parlait des missions de la veille, des cambriolages réussis, et en même temps, sous les draps, il voyait le mouvement des mains, un écho des gestes. Le second en arrivait aux échecs, lorsque Perle se cabra et poussa un petit cri. Wolfen fulmina intérieurement, ne pouvant montrer sa colère à son chef. Le sourire que Miro arbora en le congédiant fut la pire des choses. Il n'affichait pas une supériorité ou une victoire, non, c'était un sourire de connivence. Le *kníže* partageait avec le second un moment de bonheur. Wolfen fut révolté, parce qu'il désirait Perle depuis le premier jour où il l'avait vue : mais elle devait former le couple avec l'alpha de la meute. Cette pensée le remplit d'autant plus d'amertume qu'avant la formation officielle du couple, on parlait d'une liaison entre Miro et la propre sœur de Wolfen, Plume. Cette dernière avait inexplicablement refusé de rentrer en lice pour le titre de femelle alpha. Si sa sœur avait été moins idiote, Wolfen posséderait Perle de plein droit, pas à la sauvette. Seulement Miro avait remporté le duel de la succession et Perle avait toujours été considérée comme une Louve parfaite : le couple devait se former, peu importait les sentiments.

Tout allait changer, maintenant. La prochaine fois que Miro entrerait dans sa chambre, il verrait Perle, sa Perle, jouir avec le second. Il verrait ses mains la caresser, et ses soupirs, ses cris seraient plus forts, plus puissants que les petits gémissements qu'elle poussait quand elle accompagnait le *kníže*.

L'atmosphère dans le QG devint plus tendue. Un silence s'était installé dans la rue, et chacun savait qu'une deuxième phase d'attaque se préparait. Lorsque l'air et le sol se mirent à trembler, tous les voleurs disposant de neuro-armures basculèrent en mode d'accélération maximum et quittèrent leurs positions. Les autres furent pulvérisés par les charges d'ondes envoyées depuis les chars au-dehors. Les murs demeurèrent intacts, mais toutes les lignes de défense furent désorganisées. Wolfen enrageait et rassembla ses hommes. Serval et Fenris échangeaient des regards de plus en plus fréquents.

Perle restait silencieuse, consciente que son calme réconfortait les hommes autour d'elle. Le courage de la meute dépendait de sa confiance. Elle ne devait pas montrer sa panique, ne pas parler de l'odeur de mort qui planait, de cette ombre immense qui passait parmi eux. La mort existait, elle se baladait pour faucher ceux restés en arrière. Perle pensa à Ysengrin et à Miro. Puis à elle. À sa fille. Un simple sourire, n'est-ce pas ? Une simple sensation de plaisir, rien de plus, mais si nécessaire dans ces instants où le sang perd son odeur.

Un craquement retentit à l'extérieur, les chars hexapodes se levaient et se déhanchaient. Ils cherchaient un angle plus destructeur. Les ordres fusèrent de partout dans le QG des Loups, et les survivants se préparèrent à l'assaut final.

Dans la lumière des phares, Seidl regardait la porte d'entrée de l'immeuble. Ses compagnies s'étaient protégées derrière des barricades et attendaient un signal pour investir le bâtiment. Le feulement des charges d'ondes creva de nouveau le silence. Une pièce explosa dans un déchaînement de couleurs. Le commandant trouvait de la beauté dans ces munitions, dans le kaléidoscope s'étalant dans l'air. Les ondes fragilisaient les murs, brouillaient les communications et saturaient les appareils électroniques. Une arme parfaite dont le seul défaut résidait dans l'incapacité de distinguer unités amies et adverses dans leur périmètre d'action. Les signaux des balises individuelles disparaissaient au sein du brouillage créé. Qu'importe, il suffisait d'une dizaine de tirs puis d'attendre leur effet. Une fois l'adversaire désorganisé, la dernière vague d'assaut n'aurait plus qu'à achever les survivants.

De temps à autre, des tirs indistincts partaient des fenêtres pour s'éteindre rapidement, comme une réaction d'orgueil ou de désespoir. C'était la tâche du commandant d'éviter cela. Trouver un équilibre entre les victoires et les défaites. L'ennemi devait toujours avoir l'impression qu'il y avait une porte, une possibilité de survie. Un homme désespéré est trop coûteux en vies : il se bat non pour vaincre, mais pour tuer. Tant que les Loups penseraient maîtriser la situation, l'armée demeurerait victorieuse.

Des cris au rez-de-chaussée : *ils* tentaient de sortir, de forcer l'étau. Dans le command-car, Vlásak donna ses ordres. Les premières lignes épaulèrent et se préparèrent. Une turbine gronda en se mettant en route. Le premier homme qui sortit du bâtiment n'eut pas même le temps d'être ébloui par les phares. Sa tête explosa en une corolle écarlate autour de son cou. Les suivants n'eurent guère plus de chance. Les automitrailleuses les fauchèrent les uns après les autres. La simple musique de l'écho des lasers, le chuintement des mortiers s'attaquant aux murs. Seidl avait l'âme mélancolique. Il connaissait certains des hommes et des femmes qui mouraient. Il avait souri à l'une de ces voleuses. Ces souvenirs semblaient appartenir à une autre vie, à un autre temps, à une autre ligne de possibilités. Mais non, ils appartenaient bien à sa vie. Une trahison parmi tant d'autres. Il avait admiré ces criminels, leurs talents de combattants, leur noblesse.

Une grenade tomba à moins d'un mètre du command-car. Les fenêtres s'opacifièrent à l'instant où le blindage se densifiait. Les occupants ne ressentirent aucune secousse, à peine un souffle. Les écrans s'allumèrent de nouveau et Vlásak continua de donner ses ordres. Les caméras sur les hexapodes zoomaient rapidement d'un objectif à l'autre. Une fenêtre, une pièce, une explosion. Un tireur isolé, un obus de mortier. Un homme en armure, une balle haute densité. À droite, des mouvements. Des débris la seconde suivante, une peinture qui s'écaille sous l'effet de la chaleur. Les flammes qui montent d'un étage à l'autre, les bouffées noires s'élevant vers le ciel, portant le bruit des armes et les cris des morts. Une autre sortie, une autre vague, les corps s'étendent les uns sur les autres, les recouvrent, mêlent leurs sangs.

Seidl sentit le moment. Celui qu'il détestait le plus, mais qui ressemblait le plus à la guerre. L'instant où tuer devient une routine. Le canonnier qui retire la cartouche et place les suivantes, vise et tire. Le bruit de la hausse du canon, des pattes qui se plient. Des égratignures d'impacts de balles sur le métal des chars. Un détail. Ailleurs, mais si près, les soldats qui épaulent et tirent au moindre mouvement, à l'apparition d'une silhouette dans le réticule de visée. Pas de peur dans le doigt, la respiration s'est calmée, la tension s'est évacuée. Les murs de l'immeuble tremblaient sous l'effet des mortiers, des corps désarticulés glissaient des fenêtres, plongent vers le sol. Plus personne n'y faisait attention. Voilà la phase mécanique de l'assaut, quand les adversaires ne peuvent plus rien préparer, lorsque les dés sont jetés. Il faut juste se battre, sans réfléchir. Non, il faut penser, mais il s'agit d'intelligence du combat, pas d'une lucidité réelle. Les automatismes et l'instinct prennent place, stabilisent les canons, précisent les trajectoires et conduisent les balles sur leurs cibles. Et les êtres de chair et de sang se transforment, par la routine, en des pantins grotesques que les balles animent. Ils perdent leur humanité pour ne plus être que des chiffons rouges.

CHAPITRE IV

TRAQUENARD

« Dépêche-toi Nikolaj, on va l'avoir ! »

L'inspecteur avait du mal à respirer, chaque accélération lui brûlait les poumons et son équipier le devançait toujours. C'était la nuit, une banale nuit de septembre, sans pluie ni lune, au beau milieu de la rue Libeň. Dimitri et lui couraient après un groupe de cambrioleurs qu'ils avaient surpris au cours d'une ronde. La bande s'était rapidement disloquée, comme souvent, et ils s'étaient retrouvés à suivre un individu, la silhouette engoncée dans un blouson de cuir noir. Nikolaj sentait qu'il tenait le chef du groupe : son instinct de flic le guidait. Depuis qu'il surveillait les activités de la Guilde, il avait appris leur mode de fonctionnement. La tête de la meute s'isolait toujours pour qu'on la chasse. Les Loups se comportaient ainsi, depuis des années, le gouvernement siégeait toujours au Hrad et l'armée se montrait docile.

Le voleur s'engouffra dans un immeuble condamné à la démolition. Les inondations des cinq dernières années menaçaient les fondations mais, faute de moyens, les bâtiments restaient en place, souvent squattés par les populations les plus démunies. La police fermait les yeux, elle avait trop à faire avec la Guilde.

Dimitri courait, son pistolet dans la main droite, sa lampe torche dans la gauche. Il zigzaguait d'un mur à l'autre, montait les marches, sautait pour éviter les trous dans le plancher. Nikolaj ne suivait pas. Il ahanait, il toussait et un point de côté lui perçait le ventre. Il n'avait jamais été bon à la course, surtout sur une si longue distance. Il se dirigeait au bruit, mais son arme n'était pas sortie de son étui. La clarté de la lampe torche de Dimitri lui servait de phare.

« Arrête-toi ou je tire ! »

La voix de l'équipier tonna à vingt mètres devant. Nikolaj s'appuya contre un mur décrépi pour reprendre son souffle. Et après l'arrestation, que se passerait-il ? Que diraient les supérieurs ? Allaient-ils encore libérer ces voyous ? Le pas hésitant, Nikolaj marcha sur des gravats. À cet endroit le plafond était éventré, le vent grondait entre les poutres.

« N'avance pas ! Je vais tirer ! »

Dimitri criait. Nikolaj crut que son cœur allait exploser, mais il se remit à courir. À grandes enjambées, il traversa un couloir. Son équipier se trouvait dans la salle tout au bout, il apercevait juste le faisceau de la torche.

« Recule ! Je vais… *Bože moj.* »

Nikolaj braqua sa propre lampe tandis que celle de Dimitri tombait. Son équipier ne touchait plus le sol, ses jambes gigotaient de manière grotesque. Ce gargouillement ! Même pas un cri étouffé, juste l'air et le sang qui se mélangent. Et ces crocs de métal dans la gorge. Et la tête de loup brillante sous la torche de Nikolaj. Une tête imposante, froide, aux reflets d'argent, avec des yeux jaunes, étincelants comme l'or. De la seule force de ses mâchoires, la bête maintenait Dimitri en l'air. La gueule dégoulinait de sang et la mare au-dessous s'étendait. Le corps ne réagissait plus et des grognements montaient de l'animal immobile. Il raffermit la prise, comme s'il voulait décapiter sa proie.

« Il est mort. »

Nikolaj lâcha cette phrase sans réfléchir, sans aucune émotion, comme il avait entendu les légistes le dire. Paralysé, il n'avait pas sorti son arme et ne brandissait que sa torche. Il ne se sentait pas ridicule, il savait que face à une telle puissance une arme à feu se révélerait dérisoire. Le Loup fut pris d'une secousse étrange et ouvrit la gueule. Le corps de Dimitri s'écroula mollement sur le sol, projetant du sang sur les murs. Un silence étrange s'installa, sans peur, sans tension. Nikolaj flottait entre l'horreur de la mort de son équipier et la fascination pour la bête de métal qui paraissait reprendre son souffle, comme pour se calmer. Toute la pièce vibrait de cette volonté.

Le temps d'un clignement d'yeux, le loup d'argent disparut, remplacé par un jeune homme aux cheveux blonds, mal à l'aise dans son blouson de cuir. Malgré le faisceau de la lampe, il fixait Nikolaj du regard.

« Je lui ai dit de me laisser. Je ne fais que me défendre… »

Une voix douce et posée, sans autorité impérieuse, tentait de se défendre. L'inspecteur l'entendait à peine. Quelle voix doivent avoir les monstres pour qu'on les croie ? Le voleur s'éloigna lentement, sans fuir la lumière, sans menace aucune.

Nikolaj le laissa partir…

Il se réveilla d'un coup dans son canapé. Comme à chaque fois, l'ombre noire, les cheveux blonds, le regard perdu. Le chef des Loups. Le *kníže*. Combien de flics étaient en mesure de donner un visage à ce qui n'était qu'un mythe. Nikolaj aurait pu le toucher mais l'avait laissé s'enfuir. On n'attrape pas une légende, on ne recueille que du vent. Qu'avait-il vraiment vu cette nuit-là, dix ans auparavant ? Un meurtre, oui. La mort de son équipier, de son ami. Mais après ? Une voix lasse. Et avant ?

Avant, un monstre, une bête aux pupilles d'or et aux crocs écarlates, un animal sanguinaire fait de métal qui étincelait à la lumière d'une torche. La puissance, oui, mais une force repoussante ; terrible, oui, mais fascinante. Le *kníže* avait fait deux victimes cette nuit : il avait déchiqueté la gorge de la première et avait éparpillé l'âme de la seconde aux quatre coins de la pièce.

Dix ans plus tard, après l'alcool et les reproches, Nikolaj dormait dans un canapé convertible, tandis que sa femme avait pris le lit. Ils auraient pu divorcer plutôt que de vivre cette comédie du couple, mais la fatigue avait été plus forte. Chacun était trop abîmé pour avoir de l'espoir, pour croire à un « autre chose ». Ils connaissaient leurs territoires respectifs, et, si tout cela manquait d'amour, il restait un peu du respect d'autrefois. De toute manière, rien ne pourrait effacer la mémoire de Nikolaj, rien ne lui ferait oublier la voix et le regard du Loup.

L'inspecteur ne croyait pas aux coïncidences. Si les militaires l'avaient chargé de cette affaire au centre de contrôle du civi-sat, cela signifiait que les Loups y étaient impliqués, d'une manière ou d'une autre. L'armée utilisait un flic comme Nikolaj pour évaluer, analyser la Guilde, pour vérifier si elle s'était reconstituée et comment. Des informations qu'il transmettrait dépendrait la réponse des militaires. Nikolaj n'avait aucune illusion : on ne le laisserait pas arrêter le *kníže*. La police servait juste d'agent d'information, pour reconnaître la menace ; d'autres prendraient sa place pour la phase suivante.

Qui jouerait le rôle du tueur ?

Bohumíl Seidl avait déplacé l'un des lourds fauteuils du salon de réception pour se placer devant la fenêtre. De cette salle du palais présidentiel, il pouvait admirer la cathédrale Saint-Guy, le portique à trois entrées, la grande tour à cinq niveaux et son clocher baroque. La Porte d'or ! L'entrée principale voulue par le roi Charles IV pour honorer saint Venceslas. Toute cette magnificence, ces arcs-boutants à double volée, les remplages flamboyants des baies vitrées constituaient une vue superbe sur un écrin, un tombeau. Le général devait être l'un des rares à se souvenir du nom des rois qui avaient construit ces palais et ces églises. Aucun couronnement ne s'y déroulerait désormais, pas de messe non plus. La cathédrale avait été transformée pour servir de mausolée gigantesque à une personne qu'aucun habitant ne connaîtrait jamais. Personne ne devait avoir accès à la nef, à la châsse d'argent posée en son transept. La Porte d'or restait close, le silence régnait dans la cour du palais.

Le parquet crissa derrière Seidl, Bláha regardait aussi la cathédrale depuis la fenêtre adjacente.

« Tu connais le thème de la fresque sur la Porte d'or, Bohumíl ?

— Le Jugement dernier, Commandeur. »

Bláha quitta la fenêtre pour s'approcher de la machine au centre de la pièce, une sorte de colonne bleue et rouge, aux formes aussi baroques que le clocher de Saint-Guy. Des bulbes argentés étaient parcourus de veinules jaunes et vertes et tout s'emmêlait ou s'entrecroisait sans véritable ordre ou cohérence. Une vibration, non, plutôt une pulsation émanait de l'engin.

« Alors Bohumíl, tu as trouvé le moyen de réveiller notre petit golem ? »

Seidl sourit malgré lui.

« Nous l'avons terminé à temps, Commandeur. Une nouvelle agression s'est produite sur un échangeur, la Guilde y est impliquée. Il est urgent de mettre Miro à genoux.

— Notre invention trouvera le *kníže*, le jeu de piste peut prendre des jours ou des mois. »

Le général se tourna vers Bláha : « J'ai renoué nos contacts avec Ombre Blanche. Il a pris des dispositions pour mettre Miro en danger. Il sait parfaitement où il s'est réfugié mais ne nous le révélera pas.

— Ah. »

Un silence étrange s'installa entre les deux hommes, seulement perturbé par la vibration de la machine. Le Commandeur dit en reniflant :

« Si vite… »

Seidl se leva d'un coup et s'approcha de ce supérieur qu'il considérait comme son ami.

« Trop vite même. Nous n'avons pas pu installer tous les projecteurs prévus et le système de repérage n'est absolument pas opérationnel. Ombre Blanche m'a promis de laisser un marqueur de guidage pour le premier contact, mais il s'autodétruira trop rapidement pour pouvoir en profiter. Au moins, *elle* le trouvera. Elle attend votre voix pour se réveiller et apparaître. Le moment est venu.

— Je te laisse la mettre en marche…

— Non. Nous prenons la responsabilité à deux. J'assume celle du massacre, vous assumez celle de la neutralisation de Miro. Chacun sa croix, Commandeur. Une fois activé, le mécanisme ne pourra pas être arrêté ni contrôlé. *Elle* ne sera même pas repérée par le civi-sat. Nous donnons la vie à une entité libre qui peut nous servir ou non, mais nous acceptons le risque, comme nous l'avons fait pour le projet Gaïa.

— Tu as raison, nous sommes entourés d'églises mais cela fait longtemps que nous ne sommes plus des saints. *Elle* nous protégera ou nous détruira, mais au final nous y trouverons une forme de justice. Je sais bien qu'une épée a toujours deux tranchants. Tu sais, Bohumíl, *elle* n'a jamais décidé de sa vie. *Elle* s'est pliée aux ordres des médecins, a souffert sans nous maudire et a accepté son sort. Je suis persuadé qu'*elle* savait ce qui l'attendait. Avait-*elle* confiance en nous ou bien a-t-*elle* voulu nous punir ? *Elle* demeure le seul être que ni moi ni Miro n'avons pu totalement comprendre.

— Le mot, Commandeur, qu'on en finisse.

— Quel est-il ?

— C'est notre golem, il n'existe qu'un mot capable de lui donner la vie. »

Bláha rit brusquement et secoua la tête.

« Tu étais impatient de me jouer ce tour, Bohumíl.

— Mes ancêtres étaient juifs, Commandeur, du temps où ce nom avait encore un sens. Ils ont disparu du ghetto, mais leurs légendes ont fait partie de mon enfance. Il ne reste plus de mon peuple que des contes. »

Bláha hocha la tête et se tourna vers la machine. Planté devant, il fixait l'engin comme il aurait affronté un adversaire. Il prit son inspiration et prononça : « EMETH ».

On m'a donné un point de rendez-vous dans le parc du Vyšehrad. Les informations arrivent dans ma boîte aux lettres, un simple papier avec une heure et un lieu, sans aucune autre indication ; et je me retrouve le dos contre les pierres de la rotonde Saint-Martin, près de l'arche d'entrée. La mousse s'est glissée dans les anfractuosités de l'édifice médiéval, jusqu'à le recouvrir. Mon contact a une dizaine de minutes de retard, je profite des bruits du soir en attendant, au milieu des oiseaux qui passent d'arbre en arbre. Le cœur de la Ville bat plus lentement à cet endroit. Ce calme doit faire peur, car je vois peu de promeneurs autour de moi. Décidément les Loups connaissent les endroits déserts, bien mieux que Radek et notre organisation. Nous pourrions tous nous y retrouver, cachés par les arbres, sans aucune sentinelle.

Ysengrin apparaît sur le chemin qui monte vers la rotonde. Aucune nervosité, aucune inquiétude dans sa démarche, il avance sous les arbres, dans la lumière du soleil couchant. J'aime cette simplicité dans le secret, cette apparente absence de précaution. Il s'en dégage une véritable impression de puissance. Au cours des années, la Guilde s'est débarrassée des faux mystères et de la théâtralisation excessive. Les Loups connaissent la Ville, ses habitants et leurs habitudes. Ils n'en ont pas peur, ils les respectent.

« Miro est parti en opération mais il reviendra vite, la Louve vous tiendra compagnie en attendant. Suivez-moi !

— Vous ne me demandez pas si j'ai été suivi ? »

Ysengrin cligne des yeux, surpris.

« Je vous observe depuis l'avenue Na Pankráci. J'ai beaucoup de défauts, monsieur le journaliste, mais je sais encore regarder. »

Je ne regrette pas ma question, j'apprécie le fait d'être toujours capable d'obtenir les informations que je désire. Appelons cela de la manipulation, mais, face aux hommes de Miro, une petite victoire n'est pas négligeable.

Je n'ai même pas cherché à me rappeler le parcours, nous tournons trop et marchons trop vite. Sans même m'en rendre compte, je me suis retrouvé dans le transréseau. Un court trajet et nous arrivons au repaire des Loups. Le bruit des générateurs me confirme qu'ils vivent dans un échangeur du circuit aérien. Ce n'est pas suffisant pour situer l'endroit, car des échangeurs, il en existe des centaines ! L'aménagement m'apparaît sommaire, spartiate même, comme si le lieu ne servait que d'abri temporaire. Quelques cloisons suffisent pour créer des pièces, des échelles traversent le sol et le plafond pour descendre ou monter d'un niveau, peu de confort, juste le nécessaire. Je suis persuadé que cette meute vit de manière nomade. Les Loups ne pouvaient laisser Radek et le VIRUS attaquer un échangeur, cela aurait signifié la perte d'un abri. Il est bien inutile de chercher à me perdre, Ysengrin, vous aurez toujours de l'avance sur moi, et une journée doit vous suffire pour passer d'un échangeur à l'autre.

Aucune arme dans cet endroit, juste des lits, des réfectoires, des bains, rien ne permettant d'identifier l'occupant du lieu. Des éclats de rire sur ma droite, des cris sur ma gauche, une vie de communauté, sans particularité aucune. Pourtant, je perçois une tension. Elle ne naît pas de mon intrusion dans le repaire, elle se trouve dans le regard que l'on jette à mon guide. Ysengrin crée cette sensation de malaise. Une forme de mépris se dégage chez certains hommes, et un grand gaillard adossé à une cloison crache à notre passage. Le second de Miro semble ignorer ce qu'il provoque et se contente de m'accompagner.

Nous nous sommes arrêtés deux tables plus loin, près du bar. Une femme nous tourne le dos, mais je la reconnais : la Louve. Quand elle se retourne, je vois enfin son visage sans le masque aux ailes de papillon. Ma première impression se confirme : volonté et fatigue. Son regard détient une force qui rivalise sans peine avec l'allure massive d'Ysengrin. Olga est plus jolie, mais il se dégage de la Louve un charme supérieur. Je n'ose imaginer l'impression que doit donner le couple qu'elle forme avec Miro lorsqu'ils sont réunis. Moi qui ai longtemps cru que Radek incarnait cette forme d'autorité naturelle qui s'acquiert sans titre, j'avais tort. Il existe plus envoûtant encore.

« Miro revient dans une heure, nous allons l'attendre dans notre chambre. Suivez-moi, Václav. »

Je n'ai pas ouvert la bouche. Je suis comme un chien dont la laisse change de main.

Je me laisse conduire d'une pièce à l'autre, de couloirs en couloirs. Je ressens la fragilité de ma situation, je pourrais disparaître au moindre faux pas, et pourtant les Loups autour de moi s'amusent et se détendent. Ils ne montrent aucune méfiance à mon égard. Ils voient la laisse et le licou que je porte, la Louve qui me guide. Combien de mois devrai-je attendre pour marcher seul en ce lieu ?

Nous grimpons une échelle et nous nous retrouvons dans un lieu totalement différent, l'atmosphère y est parfumée, des tentures pendent aux entrées des pièces. Il y règne une chaleur humide comme dans des bains publics. J'entends des rires étouffés.

« Le quartier des femmes, lâche la Louve.

— Vous les gardez enfermées ? »

Elle rit, moqueuse : « Il est bon de protéger les mâles parfois. N'essayez pas de comprendre, ce lieu existe pour le bien de tous. Les femmes peuvent aller partout dans la tanière, mais aucun mâle n'a le droit de passer sous les tentures. »

Je perçois les règles obscures et les interdits qui imprègnent ce monde, mais j'en ignore le sens. Pour quel bénéfice opère-t-on cette séparation ?

« Plume ! Laisse entrer cet homme alors, puisqu'il n'est pas des nôtres ! »

La voix, coupante, violente, s'élève de derrière les tentures. Les pans s'écartent et une femme entièrement nue s'avance. Elle s'appuie contre le montant de l'entrée. Les cheveux noirs coupés court, le regard fou, elle semble défier la Louve. Je ne peux m'empêcher de regarder son corps, son sexe imberbe, la cicatrice au sein gauche, des marques de griffes récentes sur la hanche droite. La sueur fait luire le haut de sa poitrine.

« Tu n'as pas besoin d'hommes pour te satisfaire, Améthyste. Amuse-toi avec les jeunes nouvelles, sauf si tu es déjà fatiguée.

— Si Miro avait été loyal, il aurait conservé la phase du duel et je l'aurais gagné ! Faut-il qu'il soit dégénéré pour se contenter de la Vierge ! Il a perdu Perle pour se retrouver avec une femelle stérile et coincée. Quelle… »

Le temps que je cligne des yeux, la Louve s'est déjà jetée sur Améthyste, la prenant à la gorge, d'une seule main.

« O.K., ma grande, je te rappelle que tu me dois une paire de cicatrices, je suis prête à t'en faire d'autres si tu le désires.

Tu ne sais rien de Miro et de moi ! Ne recommence pas tes menaces ou je te refais le visage ! »

Tout aussi rapidement, elle lâche la femme et revient vers moi, à peine essoufflée tandis qu'Améthyste se masse la gorge et tremble sous l'effet de la tension nerveuse. La Louve me regarde et je la suis de nouveau.

« Il ne t'appartient pas, Plume ! Miro n'a jamais appartenu à personne ! » lance Améthyste au moment où nous empruntons un couloir.

La Louve me conduit rapidement vers une porte qu'elle ouvre avec deux clés. Elle se faufile dans la pièce obscure et allume des lampes. Elle me fait signe d'entrer. Si la tanière paraît austère, la chambre de la Louve est tout l'inverse : coupe en cristal, chandeliers d'or et d'argent, commodes et armoires en bois précieux. Au mur, je reconnais l'un des tableaux pris dans l'appartement que nous avons cambriolé. Le butin de nombreux vols est rassemblé ici. Au centre de la pièce, un lit massif, immense, recouvert d'un velours épais vert foncé. Miro et la Louve vivent ici, dans cette opulence, au milieu des richesses que tout le clan vole.

« Ne faites pas attention aux propos d'Améthyste, nos contentieux sont trop anciens pour être explicables. »

La Louve s'est assise sur le lit, face à la fenêtre, face aux lumières du Château et de la cathédrale Saint-Guy. La nuit est déjà tombée.

« Qui est Perle ? Que... »

La jeune femme lève la main pour me faire taire.

« Je n'ai aucune explication à vous donner. Vous êtes l'homme de Miro, lui seul sait ce qu'il peut vous dire.

— Je suis un pion dans sa partie d'échecs contre l'armée... »

La Louve sourit, ses yeux partent un peu dans le vague.

« Tout le monde voit en Miro un joueur d'échecs, quelqu'un qui dispose ses pions en fonction de leur valeur, de leurs possibilités. Erreur ! Apprenez que tous ses pions sont d'égale valeur et qu'il peut les sacrifier sans peine. Votre mouvement terroriste veut abattre le régime militaire, vous vous trompez si vous pensez que Miro agit de même. Il ne s'occupe que de son territoire et il cherche à l'étendre toujours plus, sans tuer l'adversaire. Il n'avance aucun pion, il n'exigera jamais de vous aucun mouvement, mais votre position le sert déjà. Cela peut être dans dix coups ou dans cent, mais votre rôle dans le dispositif apparaîtra quand le moment sera venu. Miro raisonne en termes de configuration, avec une vision si globale et si haute que même moi je ne peux la comprendre. Il vous tuera si nécessaire, si la position des autres pions l'exige, mais pour l'instant, personne ne peut le savoir. Le plan de Miro a commencé il y a huit ans déjà.

— Il veut se venger de la mort de sa femme, c'est ça ? »

Cette fois, la Louve rit franchement, d'un rire sec et douloureux.

« Venger Perle ? *Bože moj*, quelle idiotie ! Il n'a jamais aimé l'ancienne Louve, elle était juste la femelle du couple alpha. C'était écrit dans ses gènes et son profil hormonal bien avant qu'il devienne le Vlk. Non, Miro a un cœur trop petit pour avoir de la place pour la femelle alpha…

— Il n'aime que lui, n'est-ce pas ? »

La Louve resta un instant silencieuse, pensive, en regardant le clocher de la cathédrale au loin.

« Non, son cœur est entièrement occupé par une personne, et c'est bien là le problème.

— Qui ?

— Suffit. S'il doit vous le dire, c'est à lui de le faire. Je ne devrais même pas vous parler ! »

Mais elle le fait. Elle me regarde, sans la dureté autoritaire de la Louve. Je vois une femme, perdue, lasse, proche de la rupture. J'ai envie d'elle, de la prendre dans mes bras. C'est un désir urgent qui s'empare de moi. Cette femme n'est pas aimée et elle en souffre. Elle vit auprès d'un monstre fascinant et se console avec le pouvoir qui va avec son statut d'alpha. Je sens la laisse qui me tire, mais je ne suis pas aussi prisonnier d'un rôle que la Louve. J'ai envie de la libérer, de lui montrer…

« N'essayez pas de comprendre toutes nos histoires, mon cher, peu sont dignes et jolies, et vous y trouverez plus de misère que de grandeur. Nous sommes les Loups, des voleurs, et nous avons besoin de la meute pour vivre. Aucun d'entre nous ne pourrait s'adapter à la vie en société, à ses règles, à ses compromis. Chacun d'entre nous a fui ce monde, d'une façon ou d'une autre, parce que nous sommes trop fragiles pour l'affronter. Miro est l'être le plus fragile, il a besoin de toute notre attention, c'est pourquoi il demeure notre chef. Il soude la meute et tous lui obéissent. Voilà la règle, tout le reste n'est qu'une vaste connerie ! »

La voix est imprégnée d'amertume et de dégoût. J'y vois plus un sentiment d'échec personnel qu'une véritable analyse. Ces hommes et ces femmes me touchent beaucoup plus que les discours de Radek. Il nous parle de liberté, mais une fois le régime de Bláha disparu, nous serons les mêmes que huit ans auparavant. La même veulerie, les mêmes lâchetés. Le droit de vote ne suffit pas pour changer les individus. Les Loups sont les premiers hommes libres que je rencontre, les seuls. Ils se foutent de l'apparence sociale, ils s'envoient leurs vérités, ne trichent pas. Je me réfugie derrière Olga et Pavel, derrière mon petit bonheur, mon petit confort bien sage, je suis un rebelle de salon, une tasse de thé à la main. Ici, parmi les Loups, je sens les vibrations d'une pleine et entière liberté, difficile, âpre et douloureuse comme les accents de la voix de la Louve ; mais la seule qui peut changer la Ville, la seule qui peut abattre notre conformisme, la seule qui soit une promesse de renouveau !

Un voyant rouge s'allume soudain au chevet du lit. La Louve se masse le cou et me regarde.

« Le Vlk est rentré », me dit-elle.

J'ai nettement entendu l'agitation au-dehors, des cris et des bruits de course dans les couloirs. La tanière entre en effervescence à l'arrivée de son chef. La Louve ne montre aucun changement d'attitude, aucune émotion particulière, elle se contente de rester assise sur le lit, muette. Miro jaillit sans prévenir dans la pièce. Il me jette un regard, mais sans plus. Il porte un sac et le pose sur le lit.

« La cible était une amoureuse des bijoux. Crétine ! Ça pèse une tonne, c'est pénible à revendre et les siens ne sont pas même beaux à porter. Enfin, Žralok s'en contentera pour cette fois.

— Tu vas le payer ?

— Je n'aime pas garder trop longtemps une dette, et les autres clans m'ont confié de l'argent à lui remettre. Tiens, d'ailleurs, j'ai un cadeau de Ludvík pour toi. »

Miro ouvre son sac, et sort une rose entourée de papier.

« La première de la saison, un vrai signe de printemps. Je ne sais pas où il l'a trouvée, mais elle est belle, bien rouge et parfumée.

— Il a du savoir-vivre, le Had'. Pose-la sur la commode. Oui, ici. Je m'en occuperai pendant ton absence puisque tu repars.

— C'est ça de jouer les porteurs de valise. J'ai rendez-vous dans le métro, tout se passera bien.

— Tu voulais parler avec ton journaliste ? »

D'un geste du menton, la Louve me désigne et Miro me salue enfin.

« Ah, bonsoir Václav, j'ai changé d'avis à votre sujet, je crois que nous pourrons tirer un meilleur avantage de notre collaboration. Le VIRUS va pouvoir sortir de l'ombre ! »

Instinctivement, je n'aime pas ce que j'entends. Miro n'offre rien sans compensation. Je devrais chercher derrière les apparences, mais il ne m'en laissera pas le temps.

Nous sommes sortis dans la Ville beaucoup plus rapidement que je ne suis entré dans la tanière. Un coup de transréseau, une échelle à descendre et je me suis retrouvé dans les allées du cimetière Olšan, à me faufiler entre les pierres tombales. Je vois à peine mes pas et je dois courir pour rattraper Miro. Il ne se retourne jamais, la main crispée sur une valise en métal. Caveaux et croix se chevauchent, se cognent, certaines dalles ont éclaté sous la force des racines des arbres tout autour. Une force mystérieuse opère avec lenteur et détermination. Je ne crois pas que les morts se reposent dans ce lieu. Le frémissement de chaque branche me fait sursauter, chaque craquement me provoque des frissons, je me sens surveillé, désiré comme une proie. Je ne suis pas le seul à ressentir un malaise, Miro ne veut pas traîner. Il a peur de cet endroit, comme s'il pouvait nous avaler, nous concasser et nous digérer. En vérité, je n'y vois pas l'œuvre d'un esprit malin, mais plutôt une force brute et bête qui broie les pierres, concasse les stèles, disloque les plaques. Elle émane des arbres, de leur vigueur naturelle, mais on dirait une vaste entreprise de digestion des morts et des vivants.

Nous quittons le cimetière et empruntons l'avenue du Vinohrad. Je me réjouis presque de retrouver la lumière orangée des réverbères. Miro jette un coup d'œil derrière lui.

« J'y fêterai pas Noël, murmure-t-il.

— Il se passe quoi ici ?

— C'est la Ville. »

Et il poursuit sa route.

« Václav, je vous ai dit que j'avais changé d'avis à votre sujet. J'en ai parlé avec Fenris, votre mouvement est audacieux, dangereux même... »

Je ne réponds pas. Que dire ? Le VIRUS n'est qu'un ramassis d'amateurs, de pseudo-révolutionnaires. Je le sais, j'en fais partie. Si Miro croit me flatter, il se trompe.

« Je ne peux passer mon temps à vous empêcher de détruire la Ville.

— S'en prendre aux échangeurs, c'est attaquer vos bases de repli. »

Miro me jette un regard rapide, sourit.

« Dans ces conditions, je vous offre mieux. Nous vous laisserons organiser une manifestation. À vous de trouver comment mobiliser, mais vous ne pouvez pas vous contenter de la clandestinité.

— Mais, nous allons attirer l'attention sur… »

Je comprends. Si le VIRUS attaque les échangeurs, les Loups sont menacés, Miro doit trouver un moyen de détourner les yeux de l'armée.

« … Nous n'avons aucun relais dans la presse, et si j'utilise mes reportages, je serais renvoyé, voire pire.

— Vous me décevez, Václav. Nous possédons les supports, vous nous donnez la matière. Et puis, on ne renverse pas un régime en se cachant sous son lit. Montrez-moi vos capacités ! »

Radek s'est toujours plaint de ne pouvoir accéder aux médias. Ses actions terroristes découlaient de cette impuissance. Il acceptera ce marché, j'en suis certain. Pourtant, dans un coin de ma tête, je ne peux m'empêcher de trouver suspect cet accord. Tout paraît trop équitable : les Loups conservent leur sécurité, le VIRUS peut enfin se développer. Nous savons écrire, parler, argumenter, discourir, il nous sera facile de convaincre. Je ne vois pas le piège. Il me manque trop d'éléments pour connecter les indices entre eux.

« Nous arrivons, regardez le dôme de la station Želivské ! »

Dans l'avenue déserte, entre les longues façades grisâtres des immeubles, j'aperçois la verrière de l'entrée du métro. Elle

couvre tout le périmètre à la jonction des rues Vinohrad et Nad
Vodovod, près du cimetière juif, c'est à peine si on voit la halle
de sport derrière. Des passerelles jaillissent de l'édifice pour
s'enfoncer dans l'usine en face. Les ouvriers n'ont même pas à
traverser l'avenue au matin, ils n'ont qu'à sortir du métro pour
se retrouver au boulot. Bel exemple de rationalité ! Le plus
impressionnant demeure ce globe à facettes qui domine la
place : la verrière. Une lumière blanchâtre en émane. Les rares
fois où je m'étais rendu dans le coin, c'était pour aller au centre
hospitalier, mais je m'arrêtais toujours à la station Štranické.
Miro m'entraîne sous les portes d'entrée.

« Vous ne connaissez pas ? Pas étonnant. Même les gens qui
vont au cimetière descendent plutôt à la station Flora. Le cimetière juif, l'usine, ça dissuade. Donc, vous ignorez que la station a été entièrement refaite il y a huit ans, trois mois après le
coup de Bláha.

— La Ville a subi de nombreuses transformations, beaucoup de bâtiments étaient laissés à l'abandon, surtout dans les
quartiers inondés.

— Les transformations les plus profondes n'apparaissent
pas souvent au grand jour. La station venait d'être refaite, vous
savez. Croyez-vous que le Commandeur gaspille ses ressources ?

— Non. Que voulez-vous m'apprendre, Miro ? »

Nous marchons sur un marbre poli, une immense dalle
grise, d'un seul tenant. Tout autour, des statues décorent la
rotonde : des sortes d'arbres métalliques, aux branches comme
des épines, qui rappellent les formes lugubres des cimetières
proches. Aucun commerce, aucune présence vivante dans ce
lieu où chaque pas claque comme une détonation. Miro s'arrête au centre et lève les yeux pour regarder les facettes de la
verrière.

« Aucune caméra, aucun garde, juste une verrière et des sta-

tues, une dalle énorme qui ne s'effondre pas sous son poids.
Qu'en déduisez-vous, Václav ?

— Bláha est un sale mégalo ! Ces sculptures sont terri-
fiantes. Les goûts artistiques de l'armée… Voilà une raison suffisante pour nous en débarrasser. »

Miro sourit et se dirige vers l'entrée du métro.

« En dessous se trouve le commandement central militaire.
Pas les hommes, mais tout le matériel électronique, les ordinateurs. En plein dans la Ville ! Les gens qui traversent la rotonde
n'ont aucune idée de ce qu'ils ont sous leurs pieds. Tant mieux.

— Alors, les statues… ?

— C'est la Ville. »

Il n'expliquera pas plus. Il se contente de lancer cette phrase.
Il veut que je comprenne quelque chose sans me mâcher le travail. Il titille ma curiosité, joue avec mon désir de connaître la
vérité, mais il ne cède pas facilement. Je sens qu'il joue et qu'il
tire son plaisir du jeu lui-même. Je suis vexé du procédé, tout en
appréciant la manœuvre. Il me tient avec ses secrets. Un journaliste succombe toujours à son vice de l'enquête.

Nous avons emprunté le grand escalator qui descend vers
les quais du métro. La voûte cuivrée s'illumine à la lueur des
néons. Miro reste appuyé sur la bande de caoutchouc, les yeux
vers les panneaux publicitaires des murs. Les annonces se succèdent à l'affichage.

« Vous en trouverez partout de ces publicités dans le métro,
me lance Miro. Il suffit d'envoyer votre projet d'annonce à un
serveur et il se charge de le balancer sur le circuit des panneaux
à cristaux liquides. On peut y passer n'importe quoi si l'on
possède la clé du serveur.

— J'ai compris.

— La clé se trouvait au centre du civi-sat. Nous y allions
principalement pour remettre nos données à jour. Pirater ce
réseau, c'est enfantin, et l'armée mettra du temps avant de

placer des filtres efficaces. Nous avons déjà testé : il n'y a aucun contrôle. Vous et Radek ne risquerez rien à envoyer vos messages. Considérez les panneaux comme vos samizdats, nous nous chargeons de les diffuser à certaines heures. »

Nous nous enfonçons toujours. Les quais de granit blanc apparaissent au fond du tunnel. Miro se redresse et descend les dernières marches. La main sur la poignée de sa valise, il se penche à mon oreille : « Remarquez la présence de caméras sur le quai, nous ne sommes plus en zone militaire. N'ayez aucun geste brusque ou nerveux, quoi qu'il puisse arriver. »

Le quai paraît désert, seuls deux jeunes gens discutent à l'autre bout. Sur le panneau central, le schéma de la ligne indique la direction des métros : à gauche, la voie vers Skalk, à droite, la voie vers Dejvick. Miro tourne à gauche, contournant l'un des piliers de béton aux motifs cubistes. Les tunnels de la station sont toujours recouverts de ces plaques de cuivre, avec le nom « ŽELIVSKÉ » inscrit en gros, en lettres jaunes. L'ambiance est métallique, glaciale, tous les pas résonnent. Lorsque Miro pose sa valise sur le sol et s'assoit sur un banc, le claquement se répercute dans toute la station. La présence du Loup me rassure.

« Les salles de spectacle ferment, les gens vont bientôt rentrer chez eux, il faut attendre. »

Je me suis assis à côté, mais j'ai bien remarqué les coups d'œil furtifs de Miro à l'égard des deux jeunes en basket et blouson.

« Voyez Václav, quand le métro arrivera, nous monterons en tête de train et nous poserons notre valise au sol. Il ne nous restera plus qu'à descendre à la station suivante. Aucun contact humain, aucune parole, chacun se débrouille. J'aime bien les méthodes de Žralok, le chef des Requins, tout en douceur et silence. Regardez le compteur digital près de l'ouverture du tunnel : plus que trois minutes et douze secondes. »

Les jeunes gens ont bougé. Ils marchent vers nous. Pas de manière directe, mais ils se rapprochent en faisant semblant de jouer derrière les piliers. Le calme de Miro m'empêche d'être parano, mais j'ai peur. L'heure, le lieu inhumain, le moindre mouvement me met en alerte. L'épisode du cimetière m'a stressé, je n'arrive pas à me débarrasser de l'angoisse.

« Salut les potes ! »

Le premier garçon, le visage secoué de tics nerveux, la tête sous un sale bonnet de laine noir, s'est posté juste en face de Miro, à deux mètres devant. Le second reste en retrait, crâne rasé, un bandana bleu autour du front.

« Alors, reprend le premier, on traîne dans le coin. Z'avez plus l'âge, vous savez ? Faut retourner prendre sa tisane. »

Miro ne parle pas, il regarde, mais ne bouge pas.

« Elle est bien belle ta valise, tu sais, *chlápec* ? Elle a l'air lourde, surtout.

— Ouais, tu veux pas qu'on t'aide à la porter ? »

Ils se sont tous les deux rapprochés à moins d'un mètre, l'un à côté de l'autre, le second marchant de côté.

« Sûrement, et pour ma part je me ferai un plaisir de porter vos cercueils. Bon, assez plaisanté, j'attends un métro, faisons comme si nous ne nous étions jamais vus, *jasné* ?

— Ouais, c'est clair, *chlápec*, tu nous files gentiment la valise, on se tire et on n'en parle plus. »

Pour accompagner ses mots, le gamin a sorti un couteau de son blouson, il en fait briller la lame mais le garde près du corps. Je devine pourquoi. Son comparse s'est placé de manière à occuper le champ de vision des caméras de sur-veillance, mais ils doivent faire attention. Dérisoire ! Un seul couteau face à Miro, ils espèrent quoi ? Fenris est bien capable de décapiter un robot avec un coup de pied, je n'ose imaginer ce dont est capable le chef des Loups. Deux minutes avant l'arrivée de la prochaine rame. Il suffit juste de leur faire peur et ces mioches fileront. Je vois la mâchoire de Miro se crisper ; ses mains, posées sur ses genoux, se serrent. Il va réagir.

D'un geste du pied, il pousse la valise de métal vers le mec au couteau.

« Ouais, on va en prendre soin, *chlápec* ! »

Il prend la poignée et marche tranquillement vers l'escalator. Son copain hésite, le regard sombre de Miro le panique, mais il finit par suivre le mouvement et s'éloigne. Ils ne courent pas, ils s'éloignent. Miro finit par se lever mais regarde de l'autre côté, vers le tunnel par lequel arrivera le prochain métro.

« Vous n'avez rien fait ! »

Miro hausse les sourcils, hautain, comme si je lui demandais la couleur de ses sous-vêtements.

« Les caméras enregistrent tout, puis effacent, mais dans l'intervalle une IA s'occupe du traitement des images. Elles repèrent les colis abandonnés et tous les mouvements inattendus. Un couteau, une bagarre, et elles conservent la séquence pour la transmettre à la police. Ne croyez-vous pas que j'ai mieux à faire que d'avoir ma photo dans les commissariats ?

— Le chef des Loups… volé ! Pitoyable.

— Écoutez, Václav, ce n'est que de l'argent. J'en récupérerai plus, si nécessaire, quand je le voudrai. Que je paye Žralok aujourd'hui ou demain, il s'en fout, il n'est pas ruiné. En revanche, cela signifie que quelque chose ne tourne pas rond dans la Guilde. Ces gamins connaissaient le contenu de la valise, ils n'ont pas pris le temps de l'ouvrir. Ils étaient renseignés. Une telle fuite suppose une trahison. La présence d'un traître dans la Guilde, c'est un événement mille fois plus important que des bijoux et des milliers de couronnes perdus ! »

Bože moj ! Comment d'un simple vol peut-il tirer de telles conclusions ? Ce n'étaient que des gamins.

« Vous paraissez si sûr de vous. Vous êtes victimes d'un vol et vous échafaudez un plan vertigineux…

— Depuis huit ans, la Ville est organisée pour que ce type de larcin ne survienne pas. La population est *sécurisée*. Toutes les caméras, ainsi que le civi-sat, sont chargées de prévenir l'idée même du crime. On nourrit les pauvres, on enferme les mendiants, on envoie les flics faire des rondes toutes les nuits autour des quartiers résidentiels. Et j'en oublie. Tout cela n'a qu'un but, supprimer l'idée même du vol préparé, de la criminalité pensée, de tout ce qui transforme la nuit en un milieu hostile et anxiogène. Le pouvoir de Bláha réside là! Václav, vous et le VIRUS, vous combattez un régime sans en comprendre la nature, sans démonter la machinerie qui est derrière. Vous regardez les apparences, vous vous arrêtez aux détails, mais vous êtes myopes! Myopes! Myopes! Myopes!»

Il a martelé ce mot en me frappant la poitrine de l'index. Il a haussé la voix, et je perçois du mépris. Mais comment aurais-je pu savoir ce que seule la Guilde ressent? Je n'ai jamais vu que les questions de légitimité, de droit d'expression, de démocratie, qu'ai-je à faire de la criminalité? Certaines pièces du puzzle s'accrochent : l'absence de l'armée dans les rues s'explique par la volonté de ne pas incarner la violence, de ne pas servir de cristallisation pour les mécontentements. Un gouvernement fantoche pour sauver les apparences, mais qui ne prend pas l'initiative des décisions. Tout se décide à travers les IA des caméras, dans les images du civi-sat, dans les rapports quotidiens de la police, par ajustements minuscules. Et chaque action particulière renforce la situation de confort des individus, bien au chaud dans leur appart, avec leur femme et leur enfant, dont le seul horizon est de partir dans la résidence secondaire en périphérie. Et voilà comment règne l'ordre. Est-ce là mon véritable désir, mon véritable avenir? Que puis-je désirer d'autre qu'une vie confortable pour Pavel et Olga? Dois-je accepter le pouvoir de l'armée en échange?

« La rame arrive. Restez où vous êtes, Václav. »

Un vent soudain jaillit du tunnel et s'engouffre dans la station. Il soulève les papiers et les mégots de cigarette. La vibration se transmet dans le sol, tandis que le métro arrive, plein phares. Miro semble lui faire face, solide comme les piliers, auréolé de lumière, les cheveux blonds emportés par le vent. Il n'a jamais de doutes. Il est le *kníže*, le prince de la Ville.

La rame s'arrête et les portes qui s'ouvrent déversent le flot des passagers. Les couples rient et s'embrassent, les gens traversent la station, ne nous remarquent même pas. Une sonnerie retentit et j'entends le message de sécurité à l'intérieur des wagons demandant de ne pas gêner la fermeture des portes. La rame part, nous demeurons seuls. Non, pas tout à fait. Un homme en noir s'est assis sur le banc à côté de Miro. Il regarde droit devant lui. Son costume et son nœud papillon indiquent qu'il revient d'un concert. Il écarte les bras et s'étire.

« Miro, dit-il d'une voix grave et mesurée, je t'ai connu moins plaisantin. Je ne suis pas à quelques millions de couronnes près, mais j'avais prévu de revenir plus riche chez moi.

— František, deux imbéciles ont été chargés de me faire les poches ! Ils connaissaient l'heure, le lieu et le contenu, ils ont même fait attention aux caméras de surveillance. »

L'homme en noir plisse les yeux et se frotte le menton.

« Bien, je vais faire mon enquête. En voilà deux qui ne profiteront pas longtemps de leur butin…

— Il y a plus grave…

— Miro ! Quand je dis enquête, c'est toute l'enquête. Je me fiche du sort de ces gamins, mais d'où que vienne l'entourloupe, je la trouverai. »

Il se lève de son banc et se met face à Miro, le poing levé. Quand il parle, je vois ses dents biseautées : « Et je déchiquetterai l'enfoiré qui a organisé ce coup, même si je dois tuer un clan tout entier ! On ne se moque pas des Requins, Miro ! Je peux être patient, tourner pendant des jours et des mois, mais j'aurai ma proie !

— Non, ceux qui ont organisé ce vol ont voulu m'atteindre, se moquer de moi. S'il s'agit d'un clan, Žralok, je détruirai jusqu'au souvenir même de son existence. »

Le Requin s'éloigne d'un pas, frotte les manches de son costume et remet en place son nœud papillon.

« C'est la loi de la Guilde, elle s'applique à tous, même aux Loups. Je te laisserai faire, Miro, si ton clan n'est pas impliqué.

— C'est la loi, et je l'accepte. »

Žralok hoche la tête et quitte le quai par l'escalator.

Une fois l'homme en noir parti, Miro se masse le cou, l'air perplexe, il se dirige vers l'autre bord du quai.

« Il vous a menacé ?

— Ni plus ni moins. Les Requins perçoivent l'odeur du sang, le moindre mouvement d'une proie sur de longues distances, mais ils ne font pas de distinction. Il dirige une armée de financiers, d'avocats véreux et de corrupteurs efficaces. Les Grands Blancs ne craignent aucun clan, aucun chef. Si vous trouvez un cadavre avec un tatouage de dent de squale, vous connaîtrez l'auteur du crime. Ils ne préviennent pas, ils attaquent, souvent seuls, de manière sauvage et définitive. Imaginez ce qu'il peut arriver à un clan s'ils s'en occupent. Une boucherie. Quand une somme d'argent est en jeu, ils savent remonter à la source. Ils trouveront.

— Et s'ils étaient les coupables ?

— Pourquoi pensez-vous que j'ai dit que je m'occuperai personnellement de la destruction du clan responsable du vol ? Nous nous défendons bien, côté boucherie. »

Le ton de sa dernière phrase me glace les sangs. Une rame arrive, nous partons vers le centre-ville avant de retourner à la tanière.

Miro m'a emmené au-dessus de l'échangeur. Nous sommes rentrés dans le tunnel d'air et avons grimpé sur le toit par une échelle. Le vent m'a saisi quand j'ai passé l'écoutille. Un souffle vif, blessant. Le ciel est partiellement clair, les nuages couvrent la Ville, je parie qu'il va pleuvoir cette nuit. Je m'attendais à une vue grandiose depuis l'échangeur mais, à part les lumières du Hrad, je ne distingue rien autour de nous. Tout l'endroit vit dans le noir, éteint. Je discerne de vagues formes d'immeubles, mais rien de précis. Autant dire que je ne tirerai aucune information de ce lieu.

Miro s'est couché sur le toit, il tend le bras et ses doigts désignent un point lumineux clignotant au-dessus de nous.

« Václav, vous voyez le civi-sat ? Voilà une machine qui nous surveille vingt-quatre heures sur vingt-quatre, qui dispose d'une batterie d'instruments pour nous inspecter en toutes circonstances, par tous les temps, à travers les nuages et la pluie, seuls des fumigènes spéciaux peuvent la perturber. Pour des raisons de précision, on a limité son angle de vue lors de son balayage quotidien. *L'œil était dans le ciel et regardait la Ville*, n'est-ce pas ?

— Il faut détruire ce satellite, sinon nous ne pourrons rien faire !

— Détruire ? *Blbec !* Vous ne comprenez rien ! Des fusées ont emporté ce satellite dans le ciel longtemps avant votre naissance. Il est sagement resté sur son orbite géostationnaire depuis. Il fonctionne en totale autonomie et ses moteurs suffisent pour le maintenir en place. Réfléchissez, notre espèce a été capable d'envoyer des machines dans l'espace, et même des hommes sur la Lune. Il a fallu une technologie colossale, des investissements démentiels à l'échelle de la planète pour en arriver là. L'humanité est partie dans l'espace à la poursuite d'un rêve, et le civi-sat représente la dernière trace de ce rêve. Vous voulez détruire ça ? Nous avions l'espace à notre mesure, et désormais nous nous sommes repliés sur nos villes. Je peux régner sur ces lieux, mais je ne pourrai jamais accomplir un projet plus grand que celui du civi-sat, Václav. Nous vivons dans un monde microscopique, obsédés par notre propre survie, alors que les scientifiques qui ont foutu des gars dans l'espace étaient obsédés par l'infini. »

Un nuage nous cache les lumières du satellite. À quoi sert ce rêve, désormais ? À nous enfermer, à nous briser.

« Vous incarnez un nouveau rêve, Miro, et ce monde en a besoin. Vous représentez le risque, la liberté. Le civi-sat nous détruit. Montrez à la Ville que ses certitudes reposent sur du vent. Vous m'avez ouvert les yeux, Miro. Je pensais être un révolutionnaire, mais ce n'était qu'une apparence. Vous êtes cette révolution, le clan, la Guilde, tout ça ! »

Miro ne bouge pas, il regarde les nuages.

« Vous vous laissez si facilement tromper, Václav. Votre enthousiasme pourrait paraître touchant, mais vous me trahirez, tôt ou tard, quand vous apprendrez qui nous sommes vraiment.

— Non ! Je veux être des vôtres. Apprenez-moi à devenir un Loup et je vous suivrai. Je quitterai ma famille, mon travail, mais je veux vivre ! Je ne veux pas de cette existence morne et plate. »

Miro se redresse. Ses bras serrent ses genoux repliés.

« Si vous devenez un Loup, je serais obligé de vous tuer lorsque vous me trahirez, alors restez en dehors de la Guilde. Vous n'avez rien à y faire.

— Mais comment pouvez-vous en être si sûr ?

— Il en va de votre nature. On n'apprend pas à devenir un Loup, on naît ainsi. Vous avez une famille, protégez-la, vous avez un métier, chérissez-le. Vous me donnerez à la police, Václav, je le sais depuis la première fois que je vous ai vu. Je n'ai pas peur de vous, voilà pourquoi nous sommes différents. Nous demeurons des loups, des animaux, nous vivons en dehors des lois, selon nos propres règles, et le régime de Bláha vous paraîtrait trop doux à côté d'elles. Ne cherchez pas la subversion chez nous... »

Que connaît-il de ma nature ? Tous les êtres changent, évoluent au fil des rencontres, que peut-il savoir de moi si je deviens un Loup ? Non, Miro, les individus ne sont pas des monolithes. Il suffit d'un rien pour qu'ils se dépassent et se transforment, mais vous ne voulez pas le voir, car cela signifierait que vous pouvez changer vous aussi. Si le VIRUS réussit à débarrasser la Ville de Bláha et de son armée, la Guilde se modifiera. Rien ne demeurera identique.

Une lueur.

Blanche.

Miro a tourné la tête vers la droite, vers l'origine de la lumière. D'abord ébloui, je discerne mieux la forme apparue à une dizaine de mètres de nous. Il s'agit d'une jeune femme, d'une vingtaine d'années, habillée d'une simple robe blanche d'hôpital. Les lignes du visage sont fines, harmonieuses, mais les traits ne montrent aucun sourire, seulement une expression neutre, une absence d'émotion accentuée par la pâleur de la peau. Une lueur étrange dans les yeux bleus, comme électrique. Et les cheveux, de longs cheveux blanc argent, fins et fragiles. L'apparition ne bouge pas, elle nous regarde. Non, elle se concentre sur Miro. Pour la première fois, je le sens déstabilisé. Il écarquille les yeux, il respire par à-coups. Il tremble. Le *kníže* aurait-il peur ?

La jeune fille ne bouge pas. Ses pieds touchent le sol, elle semble réelle, mais la lueur qui émane d'elle, la soudaineté de son apparition me font douter. Qui est-elle ?

« Hanka, ma petite ! »

Miro a crié cette phrase. Aussitôt, la fille a commencé à se retourner. Le mouvement m'a paru fluide, quoiqu'un peu lent. Le Loup s'est levé d'un bond, bouleversé.

« Václav, rentrez, dites que je suis sorti ! Rien de plus. Je… »
L'apparition s'est mise à courir. Non, voler. Je ne sais pas, la
robe et le halo blanc qui entoure la jeune fille brouillent la vue.
Elle s'éloigne vite, sans se retourner, et Miro suit. Il court derrière elle pour la rattraper, et bientôt je ne vois plus qu'un reflet
blanc à la surface du tube du transréseau. Je ne peux rien faire,
je dois rentrer.

Oh, il pleut.

Miro courait. Il courait depuis qu'Hanna était partie.
Depuis huit ans, il suivait une ombre. Il quitta le transréseau et
la poursuivit dans les rues. Elle devant, sans un regard pour lui.
Lui derrière, les yeux fixés sur la silhouette blanche aux longs
cheveux.

Elle avait grandi. Elle n'avait plus douze ans. Elle était
encore plus belle.

Miro courait à travers ses souvenirs, à travers tous ces
regards, ces sourires derrière la paroi de l'enceinte de confine-
ment. Il descendait la rue Perucká et se cognait à des images,
aux visites derrière la vitre, au milieu des infirmières, à l'enfant
docile sur son lit que l'on branche à des machines. Il tourna
pour emprunter la Londýnská et se heurta aux cris de douleur,
à l'odeur de javel, au bruissement des blouses des médecins, et
sa petite Hanna, toute seule avec une pauvre fenêtre donnant
sur le ciel. Les murs crasseux de l'hôpital, les plateaux de
bouffe dégueulasse, tout lui revint en mémoire. Il courait, il
courait, tandis que la pluie tombait de plus en plus drue. Il voulait la toucher encore une fois, la prendre dans ses bras, caresser ses fins cheveux blancs. Elle était de retour dans sa vie.
Même si c'était une illusion, plus jamais Miro ne la laisserait
aux mains des médecins, plus jamais il ne l'abandonnerait : il
lui montrerait la Ville, les parcs, lui expliquerait que l'extérieur
n'était pas dangereux, qu'elle ne devait pas avoir peur des

microbes et des virus. Elle seule pouvait lui faire perdre toute prudence, toute raison. Elle seule pouvait lui faire oublier qu'il était le *kníže*. Les docteurs avaient privé Hanna de sa vie d'enfant et Miro avait accepté, par lâcheté.

Il glissa sur le trottoir mouillé et s'étala sur le bitume. Son cœur battait à tout rompre, ses muscles lui faisaient mal, la phase acide arrivait. Miro avait besoin d'oxygène. Depuis combien de temps n'avait-il plus couru aussi longtemps ? Son implant hormonal se déclencha et déversa dans son corps de l'EPO, des glucides, de l'adrénaline, réoxygéna ses muscles et compensa la montée acide par des alcalins. Des dizaines de drogues étaient secrétées pour l'aider à retrouver de l'énergie et de la lucidité, et lui permettre de se relever. Hanna était toujours devant, elle s'éloignait. Miro reprit sa course, au rythme fou de son cœur, à l'extrême limite de son organisme. Dans un recoin de son esprit, une voix lui soufflait qu'il ne devait pas demander trop à l'implant, qu'il devait rester dans certaines normes, que son corps ne tiendrait pas longtemps. On le lui avait tellement répété lors de la pose de la poche. Mais Hanna était devant lui, à portée, de retour enfin, il suffisait d'un rien pour qu'il la touche, qu'il la retrouve à nouveau. Qu'importait son corps, qu'importait qu'il explose sous des tonnes d'amphétamines. Qu'importait sa vie s'il ne pouvait rejoindre Hanna, qu'importaient le clan et la Guilde s'il ne pouvait la retrouver, qu'importait la Ville si Miro ne pouvait vivre avec sa fille.

Nikolaj enrageait. Il ne devait pas travailler cette nuit en compagnie de Benedikt. Un collègue malade et le voilà dans une bagnole, sous la pluie, à poireauter à l'angle de la Štepanska et de l'avenue Ječná. La jeune inspectrice bouffait un *rohlík* en foutant des miettes partout.

« Hé, papy, merci pour l'entraînement, hier. C'était super sympa. »

Benedikt ouvrit la boîte à gants et sortit un revolver. Nikolaj connaissait bien le modèle : un magnum .45. Une antiquité de l'espèce de celles dont se servaient les voyous qui tiraient sur les flics, dix ans plus tôt.

« N'empêche, j'ai eu un mal fou à trouver des balles.

— Qu'est-ce que tu vas en faire ? On n'a pas le droit de porter des armes, tu sais. T'aurais dû la laisser chez toi.

— Ouais, rien à craindre, suffit de montrer le flingue et c'est tout. C'est juste pour faire peur.

— Pourquoi y mettre des balles alors ? »

Benedikt s'empara de son arme et la fit passer d'une main à l'autre.

« Si je dois me défendre, je préfère savoir qu'il est chargé, papy.

— Joue pas avec. *Sakra*, j'ai utilisé ces joujoux, Benedikt. On doit les manipuler avec précaution.

— T'inquiète, j'ai mis la sécurité. »

Le revolver lui glissa des mains et tomba sous le siège de Nikolaj.

« Qu'est-ce que je disais ! »

L'inspectrice se trémoussa et se baissa pour plonger la main sous le siège de son collègue. Nikolaj la regarda faire, désabusé. Voilà qu'elle se prenait pour un cow-boy. Que savait-elle du poids d'une arme, du recul, de l'odeur de poudre ? Il lui avait juste montré les rudiments de la manipulation, mais pas le comportement d'une arme en condition de stress. Que connaissait-elle de la responsabilité qui accompagne le fait de tuer ? Une gamine, comme tous les flics n'ayant pas vécu l'époque de la Guilde.

Une lueur blanche.

Nikolaj redressa la tête. Il était certain qu'une forme blanche était passée dans la Ječná. Il n'avait rien entendu, mais il en était sûr.

« Ça y est, je l'ai ! » cria Benedikt son arme à la main »
Nikolaj sourit, mais concentra son attention sur la rue.
Et Miro traversa. Miro en noir, l'ombre aux cheveux blonds.
Nikolaj le reconnut immédiatement, le même que huit ans
auparavant, toujours en train de courir, de fuir. Sans réfléchir,
l'inspecteur ouvrit la portière.
« Eh, papy, que fais-tu ?
— Il faut arrêter cet homme ! »
Benedikt démarra en premier, son revolver à la ceinture.
Nikolaj suivit, surpris par la réaction de son équipière. Cette
nuit, il pleuvait. Ils n'étaient pas dans un quartier en démolition
mais presque en centre-ville, proche de la rivière Vlatv.
Nikolaj courait derrière Benedikt. Ils n'étaient pas loin de
Miro, à peine une centaine de mètres et l'inspecteur se demandait bien ce qu'il faisait là. Le *kníže* poursuivait une lueur
blanche, mais Nikolaj ne voyait rien. Il tourna à gauche, derrière l'église Saint-Ignace et traversa la place Karlovo et son
parc. La jeune femme sautait par-dessus les haies de thuya,
Nikolaj choisit de suivre le chemin à l'intérieur du parc. Miro
fonçait vers Na Morán, une rue menant droit vers le pont
Palacké. Ils étaient trois à se suivre sans ralentir, à la lueur des
réverbères. Après la fontaine, Nikolaj sentit un point de côté. Il
n'était pas fait pour la course.
Miro obliqua vers Na Morán et descendit la rue. Benedikt le
voyait bien maintenant. Elle lui cria de s'arrêter. La jeune
femme n'était pas essoufflée – elle avait l'habitude des courses
d'endurance – mais, devant, l'homme en blouson ne paraissait
pas ralentir. Depuis combien de temps courait-il ainsi ? Nikolaj
avait bien cinquante mètres de retard sur elle maintenant.
Benedikt allait effectuer sa première arrestation toute seule.
Miro avait aperçu Hanna tournant à gauche sur la place
Palacké, près du pont. Il se doutait qu'elle se dirigeait vers les
quais, sans doute le port à péniches. Alors il continuait, des

signaux d'alerte dans la tête, le cœur en surrégime, un bourdonnement continu dans les oreilles. Il avait mal partout, ses muscles criaient de douleur sous l'effort. Il atteindrait son but.

Benedikt manqua de glisser et s'accrocha au feu rouge pour emprunter le quai Rašin. Elle tenait toujours. Elle vit son homme descendre par l'escalier. Elle dévala à sa suite et eut le temps d'apercevoir sa cible remonter vers les piles du pont Palacké. En empruntant la deuxième volée de marche, elle jeta un coup d'œil et entrevit une forme blanche sous le pont.

Nikolaj crachait ses poumons sur la place Palacké. Il ne pouvait pas s'arrêter pour reprendre son souffle et il devait faire avec la douleur au flanc, la sensation du couteau qui vient vous déchirer les chairs. Il devait rejoindre Benedikt, ne pas la laisser seule. Il eut l'impression de se traîner vers l'escalier, sa tête menaçant d'exploser. Il entendit Benedikt crier à Miro de s'arrêter. Pourvu qu'elle ne soit pas trop près.

L'inspecteur manqua une marche et s'étala dans l'escalier. Mal à la hanche, mal aux côtes, Nikolaj n'en pouvait plus. Il s'était cogné la tête contre une marche et son arcade sourcilière saignait. Aveuglé par la pluie et le sang, l'esprit dans le brouillard, Nikolaj entendit une nouvelle fois la jeune femme faire une sommation.

Puis tirer. Une fois. Une détonation perçante. Le bruit d'un corps qui tombe à l'eau et un cri d'horreur : celui de Benedikt. Plus rien.

Non, pas exactement. Un tremblement dans le sol, comme un frémissement. Dans chaque pierre, dans chaque brique, dans chaque pilier, une ondulation faisait osciller les réverbères, faisait vibrer les arbres. Ce mouvement ne partait pas d'un point, il naissait dans chaque quartier, dans chaque rue et avenue, à l'intérieur de chaque immeuble et chaque maison. Presque imperceptible pour celui qui faisait la fête ou celui qui dormait, mais réel. Les lumières vacillaient, les murs craquaient

des tours de l'église de Tyn jusqu'aux maisons de Pankrác, à
travers les tunnels des métros, sur les rails des tramways. Une
vibration à l'échelle de la Ville dans le moindre de ses recoins,
une vibration d'horreur et de peur, à vous donner la chair de
poule.

Nikolaj retrouva suffisamment de lucidité pour se relever et,
hagard, descendre les marches de l'escalier. Il ne se précipita
pas en voyant le corps recroquevillé de sa coéquipière sous la
pluie. Il connaissait déjà le verdict. Il s'assit et la tourna vers lui.
Elle avait un trou au cœur, comme si une épine l'avait traversée
de part en part. Nikolaj prit Benedikt dans ses bras et la berça.
Un murmure. La bouche pleine de sang, la jeune femme
essayait de parler. L'inspecteur s'approcha et tendit l'oreille.

« La fille… »

Juste un souffle et ce fut fini. Nikolaj n'eut aucun doute :
Miro avait encore frappé. Il avait tué Benedikt avec son armure
protéiforme et mouvante. S'il pouvait se doter de croc, il pouvait transpercer avec un pic ou une corne. Après, il s'était enfui
dans la Vlatv, le courant était fort, mais l'animal aussi. Un nouveau mort sur la liste des crimes du Loup. Le destin avait
décidé que Nikolaj serait le témoin privilégié de ces boucheries.
Il devait devenir le chasseur : la bête devait cesser de tuer.

Il releva la tête et regarda le quai. Il ne savait pas si c'était sa
chute qui lui brouillait la vue, mais il crut voir le sol grouiller
devant lui. Plus loin, une tache de sang au bord du quai. Peut-
être Benedikt avait-elle eu la chance des débutants et avait pu
blesser Miro. Un exploit dont elle ne pourrait se vanter. Dix
ans auparavant, Nikolaj aurait aimé avoir eu le courage de
tirer : il aurait donné sa vie pour blesser Miro.

CHAPITRE V

ARRIÈRE-GOÛT

Je ne sais pas ce que j'ai vu cette nuit. Une jeune fille est apparue sur le toit de l'échangeur, mais était-elle réelle ? La lueur blanche qui en émanait me fait douter. Miro l'a appelée Hanka. J'ai suivi son ordre, je suis retourné dans la tanière en disant que leur chef était parti, mais rien de plus. Fenris m'a raccompagné en me disant qu'on se retrouverait pour la réunion du VIRUS la nuit prochaine. Je me souviens avoir acquiescé, mais pour le reste…

Si, je me rappelle une chose. La vibration. Quand Fenris m'a dit au revoir, nous avons tous les deux senti le sol onduler sous nos pieds. Je ne crois pas qu'il s'agissait d'un tremblement de terre, le mouvement était trop régulier. Je pense que la Ville a frémi pendant une seconde ou deux, pas plus. Les arbres ont été secoués, les pierres des pavés ont crissé, mais pas suffisamment pour identifier le phénomène. Fenris a hésité, perplexe, puis il m'a tourné le dos. Pour ceux qui ne dormaient pas, la vibration aura constitué une expérience étrange, presque indicible. Il ne me reste qu'une impression, vague et floue, aussi fugitive qu'un frisson.

Olga n'a pas posé de question, comme toujours elle dormait et n'a rien senti de particulier. Adorable fille, ma chère Olga, tu as confiance en moi, tu ne doutes pas. Est-ce pour cela que je t'aime ? Parce que je ne sais plus comment diriger ma vie, ni

comment rester moi-même. Miro a tout brisé. Il m'a montré
un monde rebelle et fort, celui de son clan. Il a cassé l'image
que je m'étais faite du VIRUS, de sa légitimité ainsi que de la
justesse de ses méthodes. Radek ne connaît pas la Ville et je
dois la lui livrer.

En nous confiant la charge de mobiliser la population pour
une manifestation, Miro abandonne toute prétention au pouvoir direct. Si Radek sort vainqueur, il gouvernera et la Guilde
restera dans l'ombre. Un président-professeur, est-ce cela dont
la Ville a besoin ? Un parleur, intelligent, mais qui n'écoute pas
le monde, qui ne connaît pas les pulsations de ses habitants. Il
ne fait que proposer la même chose que tous les autres, que
tous ceux que l'armée a balayés. On ne peut espérer aucune
grandeur d'un tel régime. La Guilde incarne une force prodigieuse et destructrice, mais innovante et contradictoire. Un
chaos créateur, une anarchie rédemptrice, voilà ce que promet
la Guilde si nous suivons sa voie. Après le règne de l'ordre et de
la surveillance, le règne du désordre et de la liberté. Que tout
explose ! Radek n'est pas de taille pour affronter une telle énergie. Je rêve de voir Miro au pouvoir, d'assister au triomphe de
sa puissance. Tout ce qui en naîtra sera bon, parce qu'il s'agira
d'une volonté propre, d'un refus net. Bláha nous a désappris
la résistance, il nous a domestiqués sans violence. Tout cst à
refaire.

Moi aussi, je dois changer. Maintenant. Lorsque je vois Olga
dormir sur le côté, les poings près de sa bouche, je sais qu'elle
ne me sera d'aucun secours. Elle ne comprendra pas mon
sacrifice. Non, la femme que je cherche et qui m'aidera porte
un joli nom : Plume. Dans son regard, dans sa force intérieure,
je vois l'énergie dont j'ai besoin. Elle me conduira vers Miro,
sur les chemins qui me permettront de le comprendre. Avec
elle, je deviendrai un Loup, si ce n'est en pratique, au moins
dans l'esprit. Je connais le risque, j'assume les conséquences,

mais la Louve constitue la première étape de ma métamorphose. Pour l'atteindre, je devrai quitter mon confort, mes habitudes, ma petitesse. Pour elle, j'ai des envies de puissance.

La journée s'est passée sans émotion, sans plaisir aucun. Les rues sont mornes et grises, sous une pluie battante. Les habitants patientent, visages fermés, s'ennuient. Aucun cri, aucune course, juste un rythme lent, lourd, pesant. Nous sommes couleur pavé, couleur brique, fondus dans le décor, sans volonté. Flots qui se déversent des trams, flots qui sortent du métro, flots qui s'engouffrent dans les escalators des supermarchés, qui parcourent les avenues, les rues, les bureaux, les usines. Rien ne peut les perturber. J'ignore les regards ou est-ce le contraire ? Nous nous fuyons tous, nous avons peur alors que nous sommes identiques. Je devrais ressentir de l'angoisse, mais non, je vis dans ce confort agréable, cette douce mort de l'âme. Je n'ai pas plus d'intelligence qu'une cellule ou qu'une amibe. Que je meure ne changera rien à la Ville, un autre me remplacera. Cela devrait me faire peur, à en hurler, mais je sais que c'est inutile.

La Ville nous canalise et nous emprisonne dans ses murs, ses trottoirs, son atmosphère piquante aux odeurs de graisse et de chou. Elle nous a intégrés et transformés en unités analogues, sans autre but que la survie, la répétition. Toi que je croise sortant de chez le boucher, tu es mon semblable, mon double et mon jumeau. En un autre temps, cette idée m'aurait réjoui, elle me dégoûte désormais. Je croyais qu'il fallait se ressembler pour se comprendre et se mobiliser contre l'armée. Mais nos ressemblances nous étouffent.

Pour vivre, il faut devenir un Loup. Il faut s'arracher à cette grisaille, échapper aux rues, s'élever. Je ne veux pas être phagocyté, je ne veux pas être digéré. Miro, je te prouverai ma loyauté ! Tu m'as mal jugé parce que tu as vu en moi un simple habitant, inodore, incolore. J'ai compris ce qu'on attend d'un

Loup : il doit exprimer sa volonté. Je me différencierai de la masse, de cet amas de gens tous identiques. Des globules rouges n'auraient pas plus de personnalité.

J'ai attendu avant d'entrer dans le hangar. Je suis arrivé en avance au rendez-vous donné par Radek et je me suis caché, à l'abri de la pluie. J'ai retenu la leçon d'Ysengrin. Les membres du VIRUS sont tous arrivés après moi, en jetant des regards de crainte tout autour d'eux. Pitoyables ! Si l'armée voulait intervenir, elle vous laisserait tous entrer et raserait le bâtiment ensuite. Personne n'a vérifié les alentours, je suis resté longtemps caché. J'attendais Fenris, mais il n'est pas venu. Sans doute l'aventure de Miro hier a bouleversé les plans. Peu importe, je peux jouer la comédie tout seul.

Radek ouvre la séance. Tous les membres du VIRUS sont rassemblés. Ils accrochent avec précaution leurs imperméables trempés pour les faire sécher. Une bombe et c'en est fini du pauvre mouvement de résistance. Les imbéciles ! Il faut trouver un endroit avec plus de population, ou beaucoup moins voyant qu'un bâtiment de tôle ondulée.

« Suite à l'échec de notre tentative d'attentat, commence Radek, nous devons admettre que l'armée a des protections inconnues… »

Que savais-tu des défenses de la Ville, hein Radek ? Moins tu vois de gardes, plus elles sont puissantes. Je ne comprends pas le système, mais il est invisible ; si étendu et massif que personne ne peut prétendre pouvoir le maîtriser, à part les Loups.

« … Nous devons changer de stratégie. Les actes de commando sont trop coûteux avec un bénéfice nul. Nous avons besoin d'un geste fort qui permettra de donner une existence au VIRUS. La répression sera terrible, mais le prix sera justifié par le mouvement de sympathie qu'il engendrera. Nous devons nous montrer à l'avant-garde du peuple, le réveiller de sa torpeur ! »

Radek, es-tu certain d'être réveillé ? De quelle torpeur parles-tu ? Tu veux le pouvoir, mais tu crois que l'armée seule est un obstacle. Il te faudra affronter la Ville entière. L'armée représente un acteur, pas le seul. Il détient les commandes mais, même en retrait, la Ville reprend le dessus. Tu ne t'es pas demandé pourquoi on ne voyait pas de chars dans les rues, pourquoi les policiers ne portaient pas d'armes ? Tu pensais qu'il s'agissait d'une faiblesse de la dictature et qu'un apport de liberté suffirait pour redonner vie. Tu te trompais, la Ville est à l'origine de notre apathie, elle se charge de nous calmer et de nous endormir. Au moindre écart, elle réagit. Tu rêvais à un duel contre Bláha, comme un grand ennemi définitif. Le Commandeur ne dirige rien, il ne prend aucune décision, il n'a même pas besoin du gouvernement. Il se réjouit de sa position, c'est tout.

Si tu ne contrôles pas la Ville, tu perds.

« Un grand coup semble indispensable. Cette fois, pas une action de nuit crapoteuse mais un défi absolu au grand jour ! Nous devons attaquer au cœur du pouvoir, là où Bláha se croit le plus fort et le plus en sécurité : plastiquons la cathédrale Saint-Guy ! »

J'ai éclaté de rire. À en faire trembler les tôles du hangar. Attaquer le centre de la Ville, le cœur de tout le système, quand on n'est pas capable d'abîmer un échangeur !

« Václav !

— Nous n'avons rien pu faire contre le centre de civi-sat et l'échangeur, que peut-on espérer contre la cathédrale ?

— Même si nous échouons, nous ne mourrons pas en vain, nous nous ferons sauter en martyrs et Bláha ne pourra pas empêcher les médias d'en parler. Il y aura des morts.

— Personne ne peut approcher du Hrad, encore moins de la cathédrale. Rien qu'arriver sur la place du Château serait un exploit.

— Nous avons préparé la mission, Václav ! Que crois-tu ? Nous n'avons repéré aucun garde près de la Ruelle d'Or, à l'arrière du Hrad. On peut grimper jusqu'à la Tour Blanche, en arrière du Château, par les jardins. De là, on peut pénétrer à l'intérieur des remparts. Ensuite, le temps qu'ils nous arrêtent, nous pouvons faire des dégâts. Ils ne s'attendent pas à une intrusion. Ils sont tellement habitués à notre docilité.

— C'était le même argument avancé pour le centre du civisat et pour l'échangeur. On connaît le résultat. Nous ne savons rien des défenses du Hrad, nous ne sommes même pas assurés d'arriver jusqu'à la Ruelle d'Or ! Nous pouvons produire des informations, des discours, mais nous ne recevons rien en retour. La Ville ne nous parle pas, elle ne nous renseigne pas sur son fonctionnement et son métabolisme. Notre aveuglement nous condamne à une vie misérable et à notre destruction par digestion.

— Qu'as-tu à proposer ? Nous ne pouvons plus attendre, il faut un coup d'éclat pour enfin exister.

— Nous savons comment agir sur les habitants, mais d'autres individus connaissent mieux la Ville. Je ne vous propose pas des alliés, mais un partenariat, dangereux : le seul qui nous offre des possibilités pour le futur. Je vous offre une marge de manœuvre. »

Radek fronce les sourcils. Pour la première fois, il n'est plus l'inspirateur. Je prends les commandes.

« Les gens que j'ai rencontrés ne souhaitent pas se montrer parmi vous, ils n'y trouvent aucun intérêt. Cependant, ils veulent déstabiliser le régime de Bláha. Nous avons le même objectif.

— Comment, sans attaquer l'ennemi ? Ils espèrent quoi ? »

Je vois Radek et je m'aperçois qu'il ne m'impressionne plus. Son costume blanc n'est qu'une apparence. Il a peur de perdre la maîtrise des événements, de devoir partager le pouvoir avec une autre force. Le VIRUS va devoir prouver son utilité et montrer son ambition.

« Ils nous donnent les moyens de parler à la population et d'organiser une manifestation, au moment que nous jugerons opportun.

— Qu'y gagnent-ils en échange ?

— Leur offre ne tolère aucune discussion. Nous acceptons ou nous renonçons. Voilà le marché. »

Le silence s'installe alors et Radek se rassoit. Que croyait-il ? Qu'il pouvait marchander ? On ne marchande pas avec les Loups car ils ne proposent pas, ils imposent leurs objectifs. La seule chose qu'ils nous laissent, c'est le droit de renoncer. Autant nous condamner à notre disparition ! Pitoyable mouvement. Nous pensions faire du VIRUS une organisation de résistance puissante, qui emporterait le régime de Bláha et rétablirait la liberté. Qui sommes-nous ? Une bande d'intellos obligés de compter sur des gros bras et des voyous pour échouer lamentablement dans des attentats. Fini la comédie, nous entrons dans l'orbite de la Guilde. Survivrons-nous ?

Fenris arriva trempé dans la chambre de la Louve. Ysengrin attendait, tandis que Plume était couchée sur le grand lit, au milieu de coussins.

« Je n'ai rien trouvé, débuta-t-il en chassant l'eau de sa barbe. Miro a disparu. J'ai fouillé avec mon équipe, mais sans succès. Personne ne l'a vu depuis la nuit dernière.

— Le Vlk ne peut pas disparaître comme ça ! répliqua Ysengrin. Il doit rester des traces, des indices.

— Nous en avons un. »

Plume regarda les deux hommes avec l'assurance calme de la Louve. D'habitude, Miro donnait ses ordres de son lit, comme tous les chefs du clan. Sa compagne avait beaucoup appris de la manière de poser le ton, de jouer avec les silences. Pour la première fois, elle devait assumer entièrement la responsabilité de la meute. Huit ans auparavant, le clan avait été décimé en l'absence de Miro dans la tanière. Tous les Loups allaient se rappeler cet épisode. Plume marchait sur l'arête du pouvoir, car elle n'était pas le Vlk : elle pouvait tomber et entraîner le clan dans sa chute.

« Nous avons ressenti le frisson, hier. La Ville s'est manifestée d'une manière totalement inhabituelle. Personne n'en parle dans les médias, et l'armée ne bouge pas. Je ne crois pas aux coïncidences.

— Le projet Gaïa aurait réagi à Miro ? Ils auraient trouvé le moyen de contourner notre protection ?

— Non, Ysengrin. Je ne pense pas à ça. Ils ne nous laisseraient pas réfléchir, ils attaqueraient tout de suite. Nous avons trop peu d'informations et je ne crois pas que c'est dû à notre incompétence : l'armée veut dissimuler la réaction d'hier.

— J'ai contacté les amis de mon ancien clan, ajouta Fenris, ils n'ont récolté que des renseignements imprécis. Apparemment un flic a été tué, mais les rapports ne mentionnent pas de quoi, ni les circonstances. Gaïa est en cause, j'en suis persuadé.

— Fen, le système ne peut pas attaquer les flics, ils possèdent les *paměčitač*. Non, le plus vraisemblable, c'est que Miro l'a tué. Mais pourquoi n'est-il pas revenu juste après ?

— Gaïa s'est mise à réagir, Plume, elle sait ce qui est arrivé à Miro et le frisson en est la preuve !

— Suffit, Fenris ! »

La colère de la Louve surprit le lieutenant. Il voyait dans les yeux qu'il avait atteint un point douloureux. Il regretta ses paroles, même s'il n'avait fait que dire la vérité. Le lien entre le projet Gaïa et Miro était connu, mais Plume n'en supportait pas l'idée et ses implications. Faute d'un diagnostic clair, le

Loup dut reculer et se taire. Il savait que Plume n'enrageait pas contre lui, mais contre Miro et le projet Gaïa.

« Je vais convoquer la meute, déclara la Louve. Je dois l'informer de la situation.

— Tu n'attends pas le retour de Serval et de son équipe ? interrogea Ysengrin.

— La meute est inquiète, elle devient nerveuse à mesure que le temps passe. Nous ne lèverons pas ses doutes, mais elle s'agiterait trop si nous nous taisions. En l'absence du Vlk, beaucoup d'envies peuvent se réveiller. Il va falloir les tenir, et je compte sur vous.

— Bien, je sonne le rappel, on se retrouve au bar. »

Ysengrin sortit le premier de la chambre et Fenris attendit trente secondes avant de lui emboîter le pas. La Louve ne le regardait pas, elle avait la tête tournée vers les fenêtres.

« Pardonne-moi, Fenris, je n'aurai pas dû élever la voix ainsi. Je ne dois pas abuser de mon autorité, je…

— Vous faites au mieux, ma Louve, avec ce que vous êtes et avec ce qu'est Miro. Tant qu'il en est ainsi, je vous soutiens. »

Les Loups, hommes et femmes, rassemblés autour de la table centrale du bar, contre les cloisons ou accoudés à la rambarde de l'étage supérieur, étaient venus assister au rapport de la Louve. Des groupes s'étaient formés et commentaient la situation entre eux. Plume mesurait la menace que représentaient certains, restés torses nus pour mieux arborer leurs cicatrices. En l'absence effective du Vlk, l'autorité de la Louve reposait sur ses seules forces de conviction. Beaucoup ici pouvaient la tuer d'un coup. Si Miro était mort, la guerre de succession se lancerait dans la foulée.

La Louve avait peur, l'estomac noué et le cœur battant, un bourdonnement persistant dans les oreilles. En ce moment, seuls Ysengrin et Fenris pouvaient la défendre, mais pas à n'importe quel prix.

« Meute, commença-t-elle, dans la nuit d'hier, Miro est parti seul dans les rues sans laisser de consigne. Depuis, nous n'avons reçu aucune nouvelle. J'ai envoyé des équipes pour recueillir des informations, mais Miro a disparu. Voilà tout ce que nous savons.

— Enfin, c'est ce que l'on nous dit. »

Le Loup qui venait d'intervenir mesurait bien une tête de plus que Plume. Massif, de longs cheveux gris, un tatouage sur tout le cou, Mibu, comme il se nommait, avança vers la table tout en parlant.

« Nous savons bien pourquoi vous vous en tenez à cette version, la Louve. J'admets qu'elle évite bien des problèmes, mais elle ne fait que repousser l'échéance. Miro ne peut pas se volatiliser ! Il est le *kníže*, le maître de la Ville. S'il peut disparaître, nous pouvons *tous* disparaître ! Ne jouez pas avec les mots.

— Mibu, je t'assure que je ne sais pas. Nous cherchons partout. Personne ne nous menace, l'armée ne bouge pas, vous n'avez rien à craindre.

— Il y a huit ans, nous nous croyions en sécurité. J'étais dans la tanière, Plume. »

Un silence s'abattit dans la salle. La plupart des Loups baissèrent la tête, occupés à se remémorer la tragédie. Ce que la Louve redoutait se produisait : la meute avait peur que le passé se répète.

« Plume, j'ai vu mes amis mourir, j'ai vu nos chefs abattus, j'ai vécu les flammes, j'ai subi la neige, le froid, la fuite dans les égouts, les commandos de l'armée qui pourchassent les survivants, les blessures qui s'infectent, les hommes dont les implants hormonaux explosent et qui se tordent de douleur, les rats qui se jettent sur les cadavres, les nuits passées à grelotter dans un puits de merde pour éviter les équipes de reconnaissance. J'ai vécu tout cela, Plume, sans savoir si j'allais retrouver la meute, sans savoir si Miro était vivant. Tu n'étais pas là, tu étais en mission, mais pour les survivants comme moi, l'absence du Vlk est insupportable. Je ne veux pas revivre les mêmes doutes. Dis-nous la vérité. Si Miro est mort, nous devons le savoir.

— Pour faire quoi ensuite ? lança Ysengrin, les dents serrées. »

Mibu se tourna vers le second et se crispa. Il renfonça la tête dans ses épaules et fit jouer ses muscles avant de répondre.

« Personne ne fuira une seconde fois. Je demande l'ouverture d'une période de duel. Organisons la succession et décidons qui nous voulons comme chef ! »

Avant même que la foule ne se manifeste, Ysengrin s'était jeté sur Mibu. En deux prises, il l'avait déséquilibré et jeté à terre. Un bras serrant le cou de son adversaire, Ysengrin le maintenait immobile. L'action n'avait pas duré plus de dix secondes.

« Alors, tu veux un duel ? Tu veux régler tes comptes ? Combien de Loups ont survécu à l'assaut de l'armée ? Que serait devenu le clan sans les miens ? Plus ou moins d'hommes n'y aurait rien changé, nous aurions été battus !

— Dans la fierté, Ysengrin. Nous nous cachons comme les Serpents dans leurs nids. Nous n'avons plus de tanière fixe, plus de lieu propre. Nous sommes devenus des nomades, des exilés dans notre propre ville. Tout le monde en crève. Miro nous a toujours dit que le sacrifice en valait la peine, que nous ferions tout payer à Bláha. Sans lui, notre patience est inutile. »

Ysengrin desserra graduellement l'étreinte, touché par les mots de Mibu. Il leva la tête et regarda le reste de la meute. Huit années plus tôt, elle avait fière allure. Elle pouvait intervenir n'importe où, de jour comme de nuit, sans peur des flics. Ils étaient tout-puissants, pas des parasites dormant dans le réseau de renouvellement d'air. Seule la force de conviction de Miro leur faisait croire qu'ils choisissaient le meilleur chemin pour la reconquête, mais que leur disait-il exactement ? Il parlait par allusions et ne dévoilait son plan que par bribes. Peut-être improvisait-il ? Non, Miro utilisait son intuition, mais il ne comptait pas sur la chance, il la fabriquait. Ysengrin raffermit sa prise.

« Tu préfères le chaos de la succession, Mibu ? Tu crois que cela renforcera le clan, vraiment ? Nous sommes faibles, mets-le-toi dans la tête, *sakra* ! Nous avons survécu huit ans, alors que nous étions condamnés. Déclenche les duels et nous aurons souffert pour rien. Miro est vivant, Mibu. Je le sens dans mes cicatrices. Il est vivant ! »

Il lâcha Mibu et se releva d'un bond. Des murmures parcoururent la salle pendant que le Grand Loup se relevait. Les vétérans comme lui étaient souvent plus respectés que les chefs, aussi la démonstration de force d'Ysengrin choquait les plus vieux, mais elle rassurait les autres : le second n'avait pas hésité, la hiérarchie continuait de s'imposer même en l'absence de Miro. Pour la meute, la persistance d'un commandement fort supplantait tous les doutes et les interrogations.

De son côté, Plume respirait enfin. Durant toute la scène, elle avait retenu son souffle. Elle était même décidée à intervenir si un autre Loup avait voulu protéger Mibu. L'atmosphère retrouvait son calme, mais la Louve ne pouvait s'empêcher de penser que le Grand Loup avait raison : la meute avait besoin d'action d'envergure et d'un chef pour la conduire. Miro vivant, la question ne se posait pas, tant sa domination apparaissait comme naturelle. Mort, la succession s'annoncerait délicate.

Ysengrin pouvait prétendre au titre de Vlk, mais son départ de la tanière, il y a huit ans, le disqualifiait. Peu importaient les raisons, les vétérans ne pardonneraient pas sa fuite et il faudrait du temps pour que son autorité soit acceptée. Fenris était sans doute le plus intelligent, le seul capable d'endosser les deux rôles, celui de Vlk et de *kníže*, mais ses capacités en duel restaient limitées. De plus, en tant que transfuge de Myš, il ne suscitait pas la confiance.

Il restait Serval, le grand Serval, puissant, terrible et efficace, qui triompherait des duels. Après tout, ce Grand Loup avait renoncé au sien contre Miro et s'était sacrifié pour favoriser un être qu'il admirait. Tout le monde savait qu'il aurait pu vaincre tous les prétendants au titre, y compris Wolfen. Cependant, il ne pouvait devenir le Vlk pour une raison qui fondait toute la vie de la meute : sa compagne n'était pas une Louve mais Svetlana Orel. Et rien n'indiquait qu'il y renonce pour former un couple alpha. Plume surnommait Serval le *Fidèle*. Il pouvait râler, renâcler, mais toujours il obéissait. Il aurait pu garder du ressentiment après la destruction de la tanière, après la mise en place du projet Gaïa, mais son respect à l'égard de Miro était total. Ami précieux, avant tout serviteur. Et fidèle en amour, aussi, incapable de choisir une femme qu'il n'aimait pas parce que la meute le voulait ainsi. S'il avait été le Vlk, il n'aurait pas désigné Perle, lui. Il n'aurait pas cédé aux pressions. Trop humain pour devenir le Vlk.

La lumière rouge s'alluma violemment au plafond. Miro était de retour ! Quelqu'un avait déclenché le signal d'urgence et les sirènes hurlaient. Tout de suite, les Loups bougèrent. Certains grimpèrent dans les étages par les échelles, d'autres poussaient les chaises et les tables vers les ouvertures, pendant que les derniers se dirigeaient vers les caches d'armes. L'alerte fut coupée. On entendit des bruits de course dans le couloir menant à la salle, puis un grand coup ouvrit les battants.

Serval et un de ses hommes portaient Miro. Le Vlk était crasseux, les cheveux pleins de terre, trempé de la tête aux pieds. Serval hurlait.

« Doc'! Je veux un doc'! Miro est blessé! *Sakra!* Où est-ce putain de médecin? »

Le lieutenant vit Plume, Ysengrin et les autres.

« Débarrassez la table! » cria Plume.

Fenris fut le plus rapide et jeta par terre les verres et les papiers. Serval prit le temps d'asseoir Miro sur la longue table de réunion, puis l'étendit. Plume remarqua au premier coup d'œil la blessure noire et rouge à l'épaule droite. On avait tiré sur lui. Miro, les yeux fermés, semblait dans le coma, livide, puant la merde.

« Mais vous l'avez trouvé où ?

— Dans les brise-lames du pont Charles. Fenris m'avait parlé du policier qui s'est fait tuer et j'ai descendu la Vlatv depuis le pont Jirasek. Je suis passé sur les trois îles qui suivent, sans rien trouver. C'est en quittant l'île Střelecky que j'ai aperçu une forme étrange près d'un brise-lames. Si je n'avais pas été en train de chercher Miro, j'aurais pris ça pour une charogne, mais j'ai voulu vérifier. On en a bavé avec le courant, mais on l'a ramené. Encore un peu et j'aurais eu raison. Putain, qu'est-ce qu'il fout le doc'? »

Un homme arriva en courant, traînant une table roulante avec des moniteurs cardiaques et un nécessaire de soins. Un assistant suivait, d'autres instruments à la main. Le médecin écarta Serval et se pencha vers Miro. Il lui ouvrit les yeux et balada la lumière d'une petite lampe de poche sur les pupilles. Pendant que l'assistant allumait le moniteur et collait des électrodes sur le corps de Miro, le médecin continuait ses analyses dans un silence religieux. Avec un scalpel, il évalua la blessure et se boucha le nez en l'inspectant.

« Ah, la vache! Ça pue le rat crevé. »

Il préleva un peu de chair nécrosée, récupéra du sang et envoya le tout dans une centrifugeuse que son assistant venait de lui apporter. Il s'accroupit pour lire la bande de papier que la machine éjectait. Le médecin hochait la tête, émettant des bruits bizarres avec la gorge. Tous les Loups autour de lui percevaient sa nervosité, mais lui se contentait de faire son examen. Une deuxième volée de données sortit de la centrifugeuse. Cette fois, le praticien grogna entre ses dents.

« Doc', demanda Serval. Dites-nous.

— Sa blessure n'est pas mortelle, la balle a traversé l'épaule, mais la plaie est infectée. Ça se propage dans le sang à une telle vitesse que la septicémie est proche. Son corps est en sérieuse hypothermie, il souffre de contusions diverses et il a avalé beaucoup d'eau. Voilà pour les points positifs. »

Un grand murmure parcourut la salle. Ysengrin lança un regard inquiet à Plume, mais cette dernière n'exprimait aucune émotion, elle écoutait, attentive.

« Le plus délicat, c'est son implant hormonal. Il a atteint sa limite de rupture. Je pense que Miro a puisé dedans pour survivre quand il a voulu lutter contre le courant, mais il en paye le prix. L'implant lui pompe son énergie, récupère tout ce qui lui passe à proximité, vitamines et minéraux, pour se régénérer, alors que Miro en aurait besoin pour alimenter ses surrénales et son thymus. Vous comprenez pourquoi je vous demande de vous reposer quand vous entrez en régénération : elle affaiblit vos défenses immunitaires. Son sang est tellement chargé en corticoïdes que je ne sais même pas s'il peut produire assez de lymphocytes pour répondre à son infection. Et je n'ose même pas faire un bilan de son taux d'adrénaline, j'ai peur de faire sauter mes instruments. Bref, tant que son implant ne s'est pas rechargé, l'infection va progresser. Si je tente de stimuler son système immunitaire, je risque la surdose. En d'autres termes, si je ne fais rien, il crève de l'infection, si je fais quelque chose l'implant explose. J'ai le choix des bombes.

— C'est tout ? »

— Je dois analyser l'agent infectieux. Personne ne sait vraiment ce qui peut grouiller dans la Vlatv, les Serpents l'analysent en permanence pour y trouver de nouveaux poisons. Ils doivent savoir de quoi il en retourne. Après, tout dépend de ce que je lui injecte et de ses réactions. Si je me trompe, il meurt. Je vais envoyer un échantillon aux Serpents. Pour l'instant, on attend, l'implant doit se stabiliser.

— Merci doc' », lança Plume d'une voix froide.

Le médecin hocha la tête, puis soupira : « Je vais pas te raconter des bobards, Plume, mais Miro est à l'agonie. Il est resté trop longtemps dans l'eau. Faut pas se leurrer, il est cuit. »

Bohumíl Seidl avait refusé d'habiter un appartement au Hrad. Malgré l'insistance du Commandeur, le général préférait sa maison sur l'île Kamp. Il descendit à pied la rue Nerudova tout en admirant les sculptures des anciennes ambassades. Il avait été un temps où des drapeaux témoignaient que l'humanité vivait dans des pays, avec des gouvernements s'étendant sur des territoires limités par des frontières. Les gens se parlaient dans des réunions et organisaient des repas somptueux où se rencontraient diverses cultures et opinions. À cette époque, le monde paraissait ouvert et immense.

Bláha et Seidl voulaient reconstruire ce monde. Ils avaient conquis des villes et des villages, avaient renoué des contacts, rebâti des routes. Münch était tombée, Wien envoyait des gens pour discuter des premières relations économiques sérieuses et permanentes. Fini les petits trafics, les convois attaqués. Après avoir sécurisé les villes, l'armée domestiquait les campagnes. Les autres Guildes connaîtraient le même sort qu'ici, elles disparaîtraient, coupées de leurs ressources extérieures. Grâce au projet Gaïa, l'armée pouvait enfin sortir de la Ville car elle ne devait plus mobiliser toutes ses forces pour assurer sa défense. Bientôt, plus personne ne s'opposerait à sa conquête. L'armée redonnerait naissance à la civilisation.

Le général contourna l'église Saint-Nicolas, passa sous les arcades de pierres et descendit la rue Mostek, tout en pavés. À chaque pas, il admirait les constructions, la finesse des décorations, les tons ocre jaune des murs qui propageaient l'atmosphère mystérieuse de la rue en ce début de soirée. Partout, il voyait les traces de siècles de culture, le travail d'artisans venus du monde entier. La Ville avait perdu cette richesse, elle ne comptait plus que sur elle-même. Un jour, tout changerait et un pays entier naîtrait des limbes. Seidl pensa aux rois de jadis, à Venceslas, à Charles IV, à tous ces empereurs qui avaient construit la Ville. Ils l'avaient embellie, en avaient fait leur unique reine, pour le seul plaisir d'arborer leur puissance sur l'Europe. La Ville incarnait leur déesse protectrice, le moteur de leur conquête, et chaque sculpture, chaque monument était une nouvelle parure, un nouveau bijou que ces hommes offraient. Des siècles plus tard, les mêmes préoccupations subsistaient.

Seidl se trouvait déjà dans l'île Kamp au moment où les réverbères s'allumèrent. Leur teinte orangée avait toujours cet aspect lourd et pesant qui vous tombait sur le dos comme un sac de farine. On baissait la tête et on regardait le sol. Les bruits devenaient plus aigus, plus métalliques et chaque cri lointain revenait en écho vous transpercer les oreilles. Les ombres faisaient peur, le son de la Vlatv toute proche vous appelait comme un sortilège. Se déplacer dans la Ville la nuit demandait une volonté et un courage énormes, même pour le général.

Surtout pour le général, d'ailleurs. Il n'ignorait pas l'origine des mouvements que l'on décelait dans l'ombre, des craquements des boiseries, des pierres qui tombaient des balcons pour rebondir sur le pavé. Un grouillement continu agitait les rues et les bâtiments. Seidl ne cherchait plus à déterminer si ces phénomènes étaient naturels ou non. Il avait présidé à la naissance du projet Gaïa. Chaque nuit, quand il entendait un bruit bizarre dans sa chambre, il espérait n'avoir pas commis d'erreur à l'époque. Nul ne pouvait reculer désormais.

Sa maison était déserte, il avait préféré envoyer sa famille à la campagne. Dans la pénombre, il enleva son pardessus et jeta ses clés sur une commode. Seidl tâtonna pour chercher l'interrupteur du salon, mais le lustre ne s'alluma pas. Avec prudence, il traversa la pièce pour s'approcher d'une lampe, mais il eut beau actionner le bouton, rien ne venait. Il allait partir vérifier les plombs lorsqu'une voix s'éleva du canapé : « J'ai juste dévissé les ampoules, Seidl. J'ai besoin de vous parler. »

Le général n'eut aucun mal à reconnaître la personne dont il devinait la silhouette dans le canapé : Ombre Blanche.

« Vu les difficultés que j'ai à vous trouver quand j'en ai besoin, je suppose que votre venue m'apportera des nouvelles importantes.

— Miro va mourir. »

Seidl eut un léger mouvement de recul. Silencieux, il regarda par la fenêtre, observa les lumières des réverbères se reflétant dans la Vlatv et les façades sombres des bâtiments. Il ne parvenait pas à penser. Une partie de lui-même exultait, le guerrier ; l'autre pleurait, l'homme qui avait côtoyé le *kníže*. Seidl n'avait rencontré que deux individus capables de l'impressionner, Bláha et Miro. Chacun s'éloignait à sa façon. Le Commandeur se noyait dans la contemplation du Château, de la cathédrale et de la châsse d'argent à l'intérieur, et Miro allait disparaître, enfonçant la Guilde dans l'oubli le plus total.

« Que s'est-il passé ?

— Il a quitté la tanière un soir et s'est volatilisé. On vient de le repêcher dans la Vlatv, il y a une ou deux heures à peine. Le médecin qui l'a examiné juge le cas désespéré. Il est maintenu artificiellement en vie et ne s'est toujours pas réveillé de son coma. S'il passe la semaine, ce sera un exploit.

— Bien, dommage que cela se termine ainsi, mais puisqu'il fallait une fin. Je ne pensais pas réussir aussi bien.

— Que voulez-vous dire ? »

Seidl soupira. Il ne voulait pas trop donner d'informations à Ombre Blanche mais il se sentait responsable de la mort de Miro, il voulait en partager la culpabilité.

« Depuis deux jours, nous avons activé un module particulier de Gaïa. Les Loups n'ont pas été tenus au courant lorsqu'ils ont participé à la naissance du projet. Chacun ses petites surprises, n'est-ce pas ? Je constate que la Guilde a bien su se débrouiller pour survivre. Bref, nous avons pris une précaution supplémentaire à l'intention de Miro. La Ville est constellée, truffée même, puisque nous en avons implanté dans les soussols, de projecteurs holographiques. Je n'ose vous en dire le nombre, vous seriez surpris. Il nous a fallu huit ans pour tout installer et mettre au point. Désormais, Gaïa et notre "surprise" sont connectés et agissent ensemble pour chercher Miro.

— Vous avez créé un chasseur holographique ? C'est pour ça que vous m'avez demandé de laisser un marqueur dans leur tanière ? »

Seidl éclata de rire.

« Non, mieux, c'est Miro qui traque le fantôme. L'image est programmée pour se déplacer vers le Hrad ou à proximité des forces de police. On lui a indiqué quelques endroits tranquilles pour éviter les témoins et elle y va. C'est exactement ce qui s'est passé hier : Miro a été poursuivi par une patrouille. Bon, je ne connais pas les détails parce que le policier qui est intervenu est mort, mais le rapport de son équipier confirme que le fantôme a parfaitement joué son rôle : un appât somptueux pour un Loup fabuleux.

— Comment a-t-il pu se laisser berner par une image ? Il ne peut pas être victime d'une illusion. Pas Miro.

— Sa fille. Nous avons utilisé l'image de sa fille. »

Ombre Blanche siffla entre ses dents.

« Je suis habitué aux saletés, mais je dois avouer que vous m'impressionnez. Non, vous m'effrayez en fait. Je me demande si vous n'êtes pas pires que nous : vous avez exploité la souffrance de Miro. *Sakra !* Je croyais que nous avions le privilège des saloperies, mais vous n'avez rien à nous envier. Et tout ça avec bonne conscience, je suppose ?

— Je suis un militaire, les moyens m'importent peu si le résultat l'exige. J'ai été formé pour taire mes sentiments et mes scrupules afin de terrasser l'adversaire. Gardez pour vous vos réflexions sur ma "bonne conscience". Comme si vous vouliez protéger Miro. Ce sont bien mes hommes qui ont anéanti la tanière, mais vous n'êtes pas exonérés de la trahison. Au chapitre des responsabilités, vous avez votre part, et pas la moindre. Alors, me jouez pas le coup de la dignité bafouée, ça ne marche pas.

— J'ai toujours respecté Miro, j'ai admiré son intelligence, son charme. Malgré ma trahison, les Loups qui sont morts cette nuit-là ont perdu avec honneur. La fierté d'un Loup ne doit jamais être traitée à la légère. Il se battra en dépit du bon sens, uniquement pour en faire la preuve. J'ai trahi Miro, mais je ne lui ai pas ôté son honneur. Vous, vous l'avez fait. Il a failli rester sur un brise-lames, à pourrir au milieu des déchets. Il va mourir en souffrant et sans autre combat que celui que mène son corps. Pire, il aura le sentiment d'avoir été trahi par sa fille. Seidl !

— Je le sais ! Cela n'aurait pas dû se dérouler ainsi. La police n'a pas d'arme, mais la pauvre imbécile qui l'a interpellé a voulu jouer les héros et a déniché une antiquité. Je voulais un procès, une discussion, une forme d'affrontement. C'est terminé, mais le destin ne nous offre aucune autre solution. Les grands hommes n'ont pas forcément de grandes morts. Vous pouvez juger cette fin honteuse, mais c'est sa fin. Elle aura eu lieu sur un quai, sous la pluie, arrêté par une gamine qui n'a jamais entendu parler de Miro et n'a jamais tenu une arme de sa vie. Des dizaines d'individus auraient souhaité un corps à corps, une scène grandiose, mais il n'y en aura pas !

— *Sakra !* Utiliser sa fille comme appât... Il l'adorait telle-ment.

— Nous l'aimions tous. C'est parce que nous adorions tous Hanna que nous en sommes arrivés là. Si Miro n'y avait pas tant tenu, il ne serait pas venu nous trouver, Bláha et moi, afin d'utiliser nos hôpitaux militaires. Il fallait qu'Hanna soit si joyeuse, si mignonne pour toucher le Commandeur. Sa famille était morte deux ans plus tôt dans l'explosion accidentelle de leur immeuble. Tout ça parce que le gouvernement de l'époque refusait d'investir dans la rénovation de la Ville. Tout est tou-jours parti d'Hanna, des gens qu'elle a rencontrés et qu'elle a séduits. Après, les conséquences ont dépassé l'entendement. Si un jour on nous demande pourquoi nous avons causé tant de crimes, vous saurez quoi répondre...

— À cause d'une enfant aux cheveux blancs et au visage pâle. »

Seidl renifla et se frotta le bord de l'œil droit. Ombre Blanche se leva du canapé.

« Je n'accepte pas une telle mort. J'ai envie de mon duel. Vous m'avez frustré de ma confrontation finale avec Miro, du moment où il comprendra que j'ai triomphé de lui, que j'ai été plus fort que lui à son jeu d'échecs. Je veux le voir mat. Au revoir Seidl, je vous transmettrai d'autres informations, mais attendez-vous à entendre encore parler de Miro. Dans mon clan, on dit que, même froid, un cadavre peut se relever.

— Il vous tuera s'il se relève.

— Nos vies sont courtes, mais elles sont nôtres. Je ne suis pas un militaire, je peux choisir ma mort ! »

Ombre Blanche se dirigea vers la porte-fenêtre. Un grand courant d'air frais s'engouffra dans le salon, faisant tinter les cristaux du lustre. La seconde d'après, Seidl se trouva seul. Très seul.

On n'aurait jamais dû envoyer Nikolaj dans cette banlieue, surtout deux jours après la mort de Benedikt. Il avait conservé le *paměčítač* de la jeune femme dans sa voiture, et quand il allumait le sien, les deux appareils gémissaient de tristesse. Sans doute avait-on estimé le vieil inspecteur comme étant le plus apte à traiter cette affaire, mais Nikolaj rechignait à sortir de la voiture. Les ambulances faisaient sonner leur sirène comme on fait tirer le canon, et un car de la télévision était arrêté dix mètres devant.

Il posa la main sur la poignée de la portière et demeura plusieurs secondes ainsi, comme paralysé. Quand il ouvrit enfin, les *paměčítač* couinèrent doucement, puis se turent. Nikolaj prit une grande inspiration et sortit.

L'endroit devait être particulièrement sombre la nuit, coincé entre les murs aveugles des usines autour. Une rue étroite, deux bassins d'eau saumâtre remplis de détritus, rien de remarquable. S'il passait trois ou quatre personnes par jour dans cette rue, des ouvriers prenant un raccourci, un employé municipal nettoyant les poubelles une fois l'an, c'était bien tout. Le bleu des gyrophares donnait des teintes blafardes aux gens rassemblés près des bassins, on entendait le bruit des portes coulissantes des ambulances, les pas précipités des légistes. Nikolaj traversa le cordon de sécurité et fit signe au gardien de la paix de laisser passer aussi le journaliste. Il avait pris l'habitude, dès ses débuts à la brigade, de ne pas empêcher la presse de faire son travail. Elle prenait des images, posait deux à trois questions puis repartait sans chercher plus loin. Dans quatre-vingts pour cent des cas, une telle attitude évitait les rumeurs et les quiproquos. Pour le reste, Nikolaj s'arrangeait avec les inquiétudes des supérieurs.

Des plots jaunes délimitaient la scène, et des traits de craie entouraient des taches de sang éparses. Le cameraman vérifia plusieurs fois son objectif. Le journaliste paraissait beaucoup moins nerveux.

Nikolaj écarta le premier légiste et contempla la scène du crime. La tête du premier gars formait un angle étrange avec le corps. Le crâne rasé avait été tailladé et le sang séché descendait sur ses épaules. On remarquait bien les coups au visage, aux bras, mais le cadavre paraissait plutôt propre comparé à l'autre. Une furie meurtrière avait joué avec le second corps. Des lambeaux de chair noirs et rouges coulaient d'une énorme plaie au bas-ventre. Les mouches s'attaquaient déjà aux tripes. Le mec avait été mordu plusieurs fois, à différents endroits, comme si on avait voulu le bouffer. Un des légistes se leva et partit vomir plus loin. Nikolaj ne se souvenait plus quand il avait vu une telle scène pour la dernière fois, mais elle ne lui était pas inconnue. Il fit appel à ses souvenirs, mais sans trouver. La boucherie était si extrême que l'absence d'œil droit fit ricaner l'inspecteur. Un médecin s'approcha de la bouche et, avec l'aide d'une paire de pinces, dégagea un morceau de laine à l'intérieur. Il força pour retirer l'objet prisonnier de la gorge et déposa sur une toile la masse visqueuse de ce qui avait dû être un bonnet noir. L'expression « avaler son chapeau » avait été appliquée de manière excessive, estima Nikolaj dans un accès d'ironie.

Le journaliste s'approcha encore plus, sans défaillir. Son cameraman le suivait, moins téméraire, mais se sentant protégé par l'œil de son instrument. Nikolaj suivait à peine leurs mouvements, occupé à se remémorer un carnage similaire. La thèse du règlement de comptes ne faisait aucun doute, mais qui depuis huit ans pouvait être assez fou pour tuer ainsi ? Les Loups tuaient, mais ne s'acharnaient pas. Quant aux Serpents, le poison suffisait à leur bonheur. Les exécutions chez les Lions et les Cafards étaient expéditives, voire opérées par des gens du clan des Serpents. Non, il ne reconnaissait pas leur marque.

« La dent du requin. »

Nikolaj entendit distinctement le journaliste murmurer ces mots. Malgré les sirènes et les rapports des légistes entre eux, l'inspecteur était persuadé que le jeune homme avait prononcé le mot « requin ». Aussitôt, le clan homonyme lui revint en mémoire et Nikolaj se rappela une tuerie comparable, en plein hiver, sur les bords de la Vlatv. L'identité des victimes avait été compliquée à déterminer, tant les cadavres étaient méconnaissables, mais on avait fini par remonter la piste de deux petits escrocs. Ils avaient croisé la route de plus gros mangeurs. Les Requins possédaient leurs propres assassins, et tout correspondait avec les marques sur les corps. Peu probable que l'on trouve des indices dénonçant les vrais coupables. Autant vouloir arrêter la Guilde tout entière.

Par acquit de conscience, Nikolaj se pencha vers les cadavres. Sur chacun, à la hauteur du cou, on trouvait un dessin triangulaire, sans doute fait au fer rouge. Le journaliste avait raison : la dent du squale, la marque de l'auteur du crime. Les événements se précipitaient et l'inspecteur détestait le schéma qui se profilait. La Guilde apparaissait trop dans les affaires récentes. Les plaintes pour cambriolages augmentaient, pas dans des proportions énormes mais leur fréquence accrue ne présageait rien de bon. Maintenant, elle se profilait derrière deux assassinats. Encore deux ou trois semaines et les empoisonnements referaient parler d'eux.

Rien pendant huit ans et d'un coup tout redevenait comme avant, comme si la Guilde n'avait fait qu'enfoncer la touche pause. Non, Nikolaj n'y croyait pas. Il se préparait plus qu'une simple reprise des activités. Miro avait tué Benedikt car celle-ci avait vu plus qu'elle ne le devait. Depuis l'intrusion dans le civi-sat, des phénomènes mystérieux parcouraient la Ville. Seidl ne s'était pas adressé à Nikolaj par hasard, il l'avait chargé de recoller les pièces car lui seul connaissait la Guilde. Il avait cerné l'ennemi, l'identification complète s'annonçait plus difficile.

« Inspecteur, je crois que pour une fois je devrai vous envoyer mon rapport. »

Le chef de l'équipe légiste réajusta ses lunettes et ôta ses gants en caoutchouc.

« D'habitude, on me laisse les cadavres en meilleur état, mais, à part des crimes passionnels ou sous l'effet de l'alcool, je n'ai jamais d'assassinat. Je me demande si je ne préfère pas la routine.

— Vous me ferez une identification rapide, chef. Ne vous éternisez pas sur la question : il doit s'agir de deux péquins victimes de mauvaises rencontres.

— En tout cas, les discussions ont été serrées. Avant votre arrivée, on a examiné le chauve et on a trouvé un bandana enfoncé dans son anus.

— Il s'agit d'un message destiné à d'autres personnes, ils ont eu le malheur d'avoir servi d'instruments.

— Inspecteur, ça n'a pas l'air de vous troubler beaucoup. Pourtant, un tel cas ne s'est pas produit depuis…

— Huit ans, je sais. Avant le coup d'État, j'ai assisté à tant de scènes similaires que je ne les compte plus. C'est comme le vélo, ça s'oublie pas !

— Les auteurs de cette boucherie sont pires que des bêtes.

— Vous n'êtes pas loin de la vérité, chef, pas loin du tout. »

Nikolaj laissa le chef légiste perplexe et rejoignit sa voiture. Il allait partir quand il fut pris d'un doute. L'inspecteur se tourna vers la camionnette de la télévision. Le journaliste donnait des consignes au cameraman tout en mangeant un sandwich. Sacré gaillard, se dit Nikolaj en voyant l'appétit du jeune homme. Il s'approcha et frappa sur la portière coulissante. Le journaliste avança la tête et se figea un court instant.

« Bonjour, je suis l'inspecteur Beránek, je peux vous parler cinq minutes ?

— J'ai ma carte de presse et mes papiers en règle, inspecteur. Si vous voulez intervenir sur mon reportage, vous pouvez vous adresser directement à mon rédacteur en chef.

— Holà, tout de suite les grands mots. Non, venez, je vous promets de vous laisser tranquille après. »

Le journaliste hésita, jeta un coup d'œil au cameraman, puis sortit de la camionnette. L'inspecteur l'éloigna de la scène du crime.

« C'est la première fois que je vous rencontre, vous travaillez pour la MT ?

— Oui, je m'appelle Václav Matransky. Personne ne voulait venir, alors je me suis dévoué. Mes collègues ont peur de voir des morts. Je suis désolé pour votre équipière, d'ailleurs. Je n'ai pas fait le reportage, mais dans ma rédaction personne ne souhaite s'étendre sur de tels crimes. Nous sommes habitués au calme depuis huit ans, alors quand un événement dérange, on préfère se contenter du minimum.

— Je n'ai aucun grief particulier, vous faites votre boulot. J'espère seulement que de tels crimes resteront isolés.

— Vous pensez que les assassinats et le sort de votre collègue sont liés ? »

Nikolaj haussa les sourcils. Il n'avait pas établi de lien précis mais le journaliste semblait tourner autour de la même idée. Décidément, ce jeune homme l'intriguait de plus en plus.

« Je vous ai entendu prononcer un mot en regardant les marques sur le cou des victimes, monsieur Matransky. Vous pouvez me le répéter ? »

Le journaliste parut vaciller. Nikolaj remarqua les mains qui se crispaient, signe de sa nervosité.

« Je n'ai rien dit de précis, s'excusa-t-il. La forme du triangle me rappelait les dents d'un requin, pas vous ?

— Nous n'en voyons guère sous nos latitudes, j'avoue ne pas avoir fait le rapprochement moi-même. Évidemment, la marque me rappelait quelque chose, mais un triangle demeure un triangle. Je suis donc étonné de vous voir le comparer à une dent de requin. Je ne dis pas que vous avez tort, je me montre surpris, c'est tout.

— Et vous en déduisez quoi ? Que je suis suspect ? J'ai cru voir une dent de requin dans cette empreinte et c'est tout ! Conduisez-moi au poste et ça rendra la situation totalement ridicule : en garde à vue pour imagination. Beau titre.

— Ne vous énervez pas. Je n'ai rien contre vous, je vous le répète. Bon, vous avez lancé un mot au hasard, alors je vais en lancer un autre et vous allez me dire à quoi il vous fait penser.

— Les policiers sont adeptes des tests psychologiques ?

— On joue ? Donc vous me dites "dent de requin" et je vous réponds "la Guilde". Ensuite ? »

Le journaliste se figea tout à fait, le visage livide, mais il ne trembla pas. Nikolaj observa la réaction et s'en contenta. Il avait atteint sa cible : le journaliste connaissait la Guilde. Comme il était trop jeune pour avoir vécu son apogée, cela signifiait au moins qu'il était sur la piste de l'organisation. Nikolaj brûlait d'envie de savoir à quel point il en était arrivé, mais en l'interrogeant de manière trop appuyée il risquait de lui faire peur.

« Je ne sais pas de quoi vous parlez, inspecteur.

— Bon, tant pis, mon jeu n'a guère de succès. Toutefois, si jamais vous vouliez jouer à nouveau, je vous laisse ma carte avec mes coordonnées téléphoniques. Au plaisir de vous revoir, monsieur Matransky ! »

Le journaliste ne répondit pas et lut la carte de l'inspecteur. Pendant ce temps, les infirmiers transportaient des sacs de toile noire sur des brancards et les enfournaient dans les ambulances. Les légistes récupéraient les derniers échantillons de la scène avant de grimper dans les véhicules. Une heure plus tard, une équipe de nettoyage finirait d'effacer les dernières traces du plus grand crime commis dans la Ville depuis huit ans.

Le soir tombait et l'ombre d'un échangeur recouvrait le parc au-dessous. Le sifflement d'un tram se fit entendre tout près. Il s'agissait d'un soir de printemps dans la Ville. Des enfants jouaient au milieu des voies de chemin de fer, recouvertes d'herbes folles. Les rails ne menaient nulle part. La nuit venait effacer les teintes orangées des murs et les reflets des verrières au toit des usines. Aucune lumière ne s'allumerait ici.

Dans la chambre, l'éclat du soleil s'éteignit. Seuls demeuraient les voyants rouges et bleus des machines de réanimation. Leur « ping » régulier agaçait les gens présents, mais tous gardaient un œil sur les courbes des moniteurs, les pics du rythme cardiaque, la succession des chiffres, les témoins jaunes, les témoins verts, tout ce fatras de couleurs incompréhensible.

Elle ne lui avait pas lâché la main depuis deux jours. On lui avait conseillé de se reposer, de se coucher près de lui, mais elle n'avait pas pu supporter l'idée de dormir près d'un cadavre. Pas encore tout à fait mort, certes, mais guère vivant non plus. Accroupie à terre, elle se contentait du contact de la main, du peu de chaleur qui restait. Miro se mourait dans la chambre, et tous les meubles et vases précieux, toutes les peintures somptueuses devenaient obscènes. Miro s'éteignait doucement.

L'implant hormonal s'était presque régénéré, mais l'infection emportait tout le corps laissé sans défenses. Plume se retenait de pleurer, elle aurait tout le temps après.

Il demeurait beau sur son lit d'agonie, le grand Miro. Il ne bougeait pas, ses traits conservaient un calme trompeur. Il luttait quand même. Plume avait refusé qu'on débranche son respirateur artificiel : un Loup doit se battre contre la mort, c'est son ultime honneur. Sans doute aurait-il mérité meilleur combat, et un adversaire de chair et de sang, mais il avait droit à ce dernier duel. Il n'en tirerait aucune gloire, mais il ne serait pas mort comme un chien, abandonné sur un brise-lames.

La meute était venue, Loup après Loup, pour lui rendre hommage, pour l'admirer une dernière fois. Ils savaient que la mort du Vlk signifiait plus qu'un nouveau duel de succession. La Guilde choisirait un nouveau *kníže*, sans doute Had', et la position des Loups dans la Guilde changerait. Les membres du clan redoutaient la déchéance qui les attendait et l'agonie de Miro leur révélait leur fragilité extrême. Au moment où la Guilde reprenait l'initiative, tout se trouvait balayé par une infection attrapée dans la Vlatv. Les miasmes de la Ville tuaient Miro.

Fenris ne parvenait pas à quitter la pièce. Il avait obtenu l'autorisation de rester et Plume appréciait sa présence. Il demeurait debout, face à Miro, comme un gardien. Serval était passé, puis avait rapidement quitté la tanière : il ne voulait pas assister à la mort de son chef. Il transmettait des nouvelles à intervalles réguliers mais refusait de rentrer tant que l'agonie durerait. Les tensions dans la meute avaient disparu pendant cette période de deuil et chacun tentait d'en sortir à sa manière.

Ysengrin débarqua dans la chambre sans précaution. Il tangua en regardant Miro, comme à chaque fois qu'il pénétrait dans cette pièce. Une forme puissante d'incrédulité l'empêchait d'admettre ce qu'il voyait. Il avait adopté une attitude étrange :

il agissait comme si de rien n'était. Il organisait les plannings, les tours de garde, surveillait l'état des vivres, inspectait les installations électriques. Il s'était lancé dans une frénésie de travail pour ne pas réfléchir, pour ne pas craquer. Chacun sa méthode.

« Plume, j'ai pris l'initiative de reprendre contact avec le journaliste. Il nous a envoyé les premiers disques pour les affiches dans le métro : son mouvement accepte l'idée d'une manifestation. J'ai transmis à Svetlana Orel et elle se charge de l'injection dans le système.

— Pourquoi mettre en route ce plan ? demanda Fenris. Seul Miro en connaissait les tenants et aboutissants. Si jamais ils organisent cette manifestation, qui sait comment nous devrons intervenir ? Je ne pense pas que Miro voulait seulement y assister en spectateur. Avec sa manie de ne rien dire, on se retrouve coincés.

— Le plan est le plan, Fenris, répondit le second. Il doit être exécuté. Il faudra du temps pour que le VIRUS mobilise, d'ici là nous aurons sans doute un Vlk et nous pourrons reconstituer le plan de Miro. Nous savons que l'objectif est les chars, c'est déjà pas mal.

— Tu as dit au journaliste pour Miro ?

— Pas la peine. Il se mettrait à paniquer. Nous avons besoin de calme. Traitons un seul problème à la fois. »

Plume releva la tête et se tourna vers les deux hommes : « Miro a toujours insisté pour que nous raisonnions de manière globale. C'était sa marque.

— Je n'y crois pas au fameux "plan de Miro", s'insurgea Fenris. Voyez le journaliste. Au début, il devait se contenter d'une pseudo-publicité dans le métro, et tout d'un coup Miro change d'avis et ça devient cette idée de manifestation. Que connaissait-il vraiment de sa propre stratégie, Miro ?

— Son plan n'est pas un chemin balisé et fixé une fois pour toutes. Il se présente de manière flexible, adaptative. Il tient compte des coups des adversaires. Miro a toujours voulu laisser une place à l'intuition, à cette part du jeu qui tient du magique. Évaluez les positions, analysez les avantages obtenus et le plan de Miro apparaîtra.

— J'essaie, Plume, je te promets que j'essaie, mais à chaque fois j'hésite. Soit j'ai affaire à un écran de fumée, soit les perspectives m'apparaissent si lointaines que je m'y perds. Il peut très bien nous avoir tous trompés.

— Fenris, grogna Ysengrin dans son coin. Tes remarques sont indécentes, et le respect que j'ai pour toi me retient de te…

— Ysengrin ! coupa Plume. Qui d'entre nous n'a pas eu de doutes un jour ? Qui a osé les exprimer au Vlk quand il pouvait répondre ? Nous n'aurons sans doute jamais les réponses, ne taisons pas nos questions.

— Je ne veux blesser personne. Je veille Miro depuis deux jours pour trouver la solution aux énigmes qu'il laisse. J'ai besoin de sa présence. Il demeure à mes côtés et je l'entends souffler des indices, rappeler des images. Sa volonté, son intelligence ne doivent pas disparaître ainsi. »

Des larmes coulèrent sur les joues de Fenris, obligeant Ysengrin à détourner les yeux. Que Miro mettait du temps à mourir !

Un grand bruit retentit dans le couloir : une voix forte au milieu des cris d'indignation des Loups. Ysengrin ouvrit la porte et tomba nez à nez avec Ludvík Had', le chef du clan des Serpents.

« Je veux voir Miro ! déclara-t-il.

— La Guilde ne peut pas le laisser tranquille ?

— Je ne viens pas uniquement pour porter le deuil. Nous avons terminé les analyses concernant son infection. »

Ysengrin se frotta le menton et se tourna vers la Louve. Cette dernière hocha la tête et Ludvík entra. Il s'approcha du lit et s'assit juste dessus, devant Plume à moitié couchée sur le sol.

« Nous connaissons le bacille, Plume. C'est l'une des pires saletés qui vit dans l'eau et beaucoup sont morts de l'avoir attrapée. Je peux faire une injection qui aidera Miro à se défendre. Je ne peux pas te promettre la guérison, mais sans mon produit, sa mort est certaine. »

Plume regarda Fenris et Ysengrin. Les deux Loups gardaient le visage fermé. Elle craignait de prendre une mauvaise décision.

« Quelles sont ses chances de succès ?

— Aucune, ma Louve, répondit Fenris avant Ludvík. Je n'ai jamais eu confiance dans les assassins, surtout quand ils prétendent guérir. Ils ne savent qu'empoisonner, à la perfection, certes, mais je ne leur laisserais pas m'injecter de l'eau si l'un d'entre eux tenait la seringue. Miro est mort, qu'on en finisse, cela ne fera que prolonger son calvaire. Plume, au nom de Miro, ne laissez pas les Serpents lui voler sa mort.

— Vous avez des intérêts dans la succession, cher Fenris de Myš ? »

Au moment où Ludvík lança la phrase, Fenris se rua vers lui. Il s'arrêta aussitôt, retenu par la poigne d'Ysengrin qui lui tenait le bras.

« Suffit, Fenris, la Louve connaît les risques. Elle possède un droit supérieur à décider du destin du Vlk.

— Je ne veux pas qu'il souffre.

— Fenris, tu n'es pas le seul à l'avoir veillé durant ces deux jours. Plume n'a pas dormi non plus. Respecte-la. »

Les deux Loups se calmèrent et Ysengrin se permit une tape amicale sur l'épaule du lieutenant. Ils ne guideraient pas Plume mais ils avaient raison. Pour la première fois de sa vie, la Louve tenait le sort de Miro dans ses mains. Elle disposait d'un pouvoir gigantesque sur un homme qui ne s'était jamais gêné pour dominer le destin des autres. Quand il le faisait, connaissait-il les mêmes doutes qu'elle ? Non, son jugement lui paraissait sûr.

Il devenait monstrueux dans ces moments-là. Alors Plume se montrerait pareille, elle devait assumer le fait de disposer de la vie d'autrui. Personne ne devrait utiliser un pouvoir si terrifiant.

« Fais-lui l'injection, Ludvík. Il ne sera pas dit que tout n'aura pas été essayé. »

Le chef des Serpents hocha la tête. Il posa sa main sur celle de Plume qui tenait Miro et l'écarta, puis il s'approcha du creux du bras. Il chercha la veine. Une fois trouvée, il tourna son poignet vers le haut et, d'un mouvement circulaire, déclencha l'ouverture d'un tube logé à l'intérieur. Il joua des phalanges et l'on entendit une série de petits cliquetis mécaniques dans sa main. Enfin, il ferma le poing et la pointe d'une seringue sortit de l'orifice. Le Serpent inspira et enfonça l'aiguille dans le bras de Miro. L'injection dura une trentaine de secondes. Quand il retira l'aiguille, aucune goutte de sang ne perla à l'endroit de la piqûre.

L'acte terminé, Ludvík se leva et contourna le lit. Au même instant, le corps de Miro fut pris d'une violente convulsion qui le laissa deux secondes figé en arc sur le matelas. Puis il retomba.

« Désormais, commenta Ludvík, il doit choisir sa route. Je lui ai donné des armes, à lui de s'en servir. »

Le chef des Serpents quitta la pièce, accompagné d'Ysengrin et de Fenris, encore outré par ce qu'il venait de voir. La Louve resta près de Miro, elle lui remit en place les électrodes qui s'étaient déplacées lors de sa convulsion. Elle s'aperçut que la pièce était éclairée de manière anormale. À cette heure du soir, même les verrières proches ne pouvaient produire suffisamment de clarté dans la chambre. Elle se tourna vers la lueur blanche.

Elle eut juste le temps d'apercevoir la forme d'une robe d'hôpital disparaître par la fenêtre.

PRAGUE – 8 ANS AUPARAVANT (3)

Ysengrin aida Mirabelle à grimper sur le toit d'un immeuble. L'équipe des médecins récupérait de ses efforts, couchée sur le revêtement de bitume. Plusieurs Loups préparaient l'entrée dans le pilier métallique qui émergeait du bâtiment et rejoignait l'énorme tubulure au-dessus de leurs têtes, partie de l'immense réseau de renouvellement d'air qui se construisait depuis un an. Des lampes oscillèrent à l'intérieur, à mesure que de nouveaux membres du clan y pénétraient.

Mirabelle regarda derrière elle et suivit des yeux la file discrète qui l'accompagnait. Techniciens, Grands Loups portant des caisses, tous se dépêchaient de rejoindre le point de rendez-vous. Ils passèrent devant Ysengrin sans le saluer. Il en avait forcé plusieurs à le rejoindre alors qu'ils voulaient se battre. À part la trentaine de ses fidèles, le reste des fuyards n'accorderait aucun mérite au lieutenant de Miro. Ils se sentaient déshonorés, même s'ils acceptaient les arguments avancés. La défaite venant à bout de toutes les raisons, seul le devoir les empêchait de retourner à la tanière.

Une ombre mouvante sauta de toit en toit, à l'opposé de la file menée par Ysengrin. Mirabelle prit ses jumelles pour identifier l'arrivant.

« Plume ! Plume arrive. »

La forme noire effectua un élégant saut en hauteur et se reçut sur le bitume en position assise. La gueule laissa échapper un souffle rauque, puis la neuro-armure reflua sur les épaules pour révéler le visage d'une jeune femme aux cheveux châtains. Un Loup s'approcha mais elle refusa son aide d'un geste brusque. Le souffle court, luisante de sueur, elle se dirigea vers Ysengrin et Mirabelle.

« L'accès à la tanière est bloqué par l'armée. J'ai entendu des explosions. Je…

— L'armée se débarrasse de la Guilde, Plume, coupa Ysengrin. Ils ont déployé des chars et tous les moyens nécessaires.

— Vous fuyez ? »

Le lieutenant baissa la tête. Deux hommes passèrent derrière lui sans un regard. Mirabelle répondit : « Nous nous dirigeons vers nos refuges. Nous avons emmené les médecins, les spécialistes et des Grands Loups. Il nous faut sauvegarder la meute. »

Plume cherchait encore son souffle après ses efforts. Son regard se porta sur le couple puis sur les médecins assis sur le sol. Nerveuse, la jeune femme passait la langue sur les lèvres de manière frénétique.

« Où est Miro ? demanda-t-elle.

— Absent. Ton frère dirige les défenses avec Perle. »

La jeune femme hocha la tête plusieurs fois, pensive.

« Mon frère est taré, ils vont crever. Tu as eu raison de partir, je t'aurais suivi de toute manière. Je veux bien mourir, mais aux côtés de Miro.

— Il se fout de mourir seul, conclut Mirabelle. Il aurait préféré mourir avec sa fille plutôt qu'avec la meute. »

Plume lança un regard noir à la compagne d'Ysengrin. Au loin, des explosions retentirent, mais le trio ne pensait plus à la tanière, uniquement à l'avenir.

Uniquement à Miro.

Enfin, tout se terminait. La Guilde n'avait plus sa place dans la Ville et les corps témoignaient de sa puissance perdue. Les voleurs croyaient encore que la guerre était une affaire d'hommes. Mais ils se trompaient. La guerre avait changé de nature, elle devenait totalement technologique, lointaine et précise. Plus de corps à corps, plus d'affrontement direct, les yeux dans les yeux. « On ne sait jamais qui a envoyé le missile », Seidl l'avait appris lors des combats entre les villes. Il avait vu la débauche de moyens, la profusion de gadgets mortels de la taille d'un insecte et plus dévastateurs qu'une charge d'ondes. Les fantassins n'étaient plus que des porteurs de fusils, impersonnels, des automates conservés par nostalgie. La guerre comme l'imaginait la Guilde avait disparu dans les courbes des chars hexapodes et les puces des fusils à lunette. Seuls les commandos connaissaient encore les anciennes méthodes de combat, mais bientôt même eux deviendraient inutiles.

La tension s'évanouit, la routine s'effaça petit à petit. Les ombres ne se relevaient pas, le feu montait dans les étages, grossissant les nuages noirs au-dessus de la tour. Seidl sortit du command-car. Il huma l'odeur de poudre et de gaz. Il percevait un soupçon d'électricité dans l'air. Le commandant regarda sa montre. Au même moment, la plupart des clans de la Guilde subissaient un assaut ciblé, différent selon leur importance et leur structure. L'officier de la 4ᵉ compagnie courut vers Seidl en tenant un bouclier blindé : il s'inquiétait pour rien. Il s'attendait bien à des tirs isolés, mais les considérait comme une résistance puérile. La piétaille anéantie, les chefs se terraient. Il fallait absolument les trouver. Même isolés, ces individus pouvaient reformer le clan. Ce point constituait le seul désaccord qu'il avait avec Bláha. Il voulait un anéantissement total : il n'avait qu'une confiance relative dans le projet Gaïa.

D'un signe de la main, il donna l'ordre à un sergent d'investir l'immeuble avec ses troupes. Cette fois, ils n'échoueraient pas comme les commandos. Les chefs, trop peu nombreux, succomberaient.

Et peu importerait les pertes.

Fenris et Serval montaient rapidement les escaliers. Ils cherchaient des survivants à rassembler, des armes et des documents à sauver. Séparés de Wolfen lors de l'attaque des chars hexapodes, ils avaient décidé de sauver leur peau et de rejoindre Ysengrin, s'il en était encore temps. L'architecture de l'immeuble, sa vingtaine d'étages, ses ascenseurs en panne, son escalier unique, tout jouait contre eux. Une tour encerclée n'est pas défendable longtemps, surtout face à une armée organisée. Toutefois, en tant que lieutenants de Miro, ils avaient confiance dans leur force et leur intelligence. Soudain, en ouvrant une porte, ils tombèrent sur Moro.

Lorsque l'alpha de la meute vieillit, les jeunes loups peuvent se mesurer à lui. L'affrontement pour la domination peut durer des mois, voire des années. Miroslav fut désigné vainqueur, après une dizaine de duels contre les prétendants. Pour la première fois depuis des générations, aucun mort n'avait été à déplorer et certains vaincus devinrent des lieutenants. Miro acquit le titre et le nom de « *Vlk* », le Loup, tandis que son ancien nom disparut à jamais des mémoires. L'ancienne femelle alpha, elle, était toujours vivante, bien que recluse dans cette tanière où elle avait dominé. Cette nuit d'hiver, parmi les détonations et les cris, elle n'avait pas fui. Assise au milieu de la pièce, elle paraissait attendre l'arrivée des deux hommes. Ses longs cheveux blancs étincelaient sous les néons. Le regard bleu s'illuminait de fierté : elle n'avait rien perdu de sa hargne et de sa force.

— Ainsi vous fuyez, vous aussi ? Vous abandonnez la tanière.

— Nous sommes encerclés, commença Fenris. Toutes nos défenses sont enfoncées, détruites, annihilées. Il faut sauver le clan. Si Miro était là, il...

— Miro est un lâche ! Il ne sait pas se battre comme un vrai Loup, il se comporte trop comme un humain. La tanière nous appartient, elle sera rasée après notre défaite. Miro n'a aucun honneur. D'ailleurs, il n'est pas là...

— Moro, vous...

Serval força son ami Fenris à se taire. Moro conservait l'autorité ; en tant que Mère, son jugement ne pouvait être discuté. Le lieutenant fit ses hommages à la vieille femme et invita Fenris à le suivre. Alors qu'ils allaient fermer la porte, ils assistèrent au déploiement de la neuro-armure de Moro. Les plaques de métal blanc glissèrent le long de ses épaules et de ses bras, enveloppèrent les jambes. Lorsque la transformation se termina, les deux lieutenants contemplèrent la Louve Blanche. Ses yeux d'acier étaient ardents. Sa gueule émettait le grognement continuel de la bête prête à l'attaque. Dans la majesté de son armure, Moro attendait la mort. Cette dernière devrait la mériter. Beaucoup de soldats mourraient pour abattre la Louve. Elle avait protégé le clan, elle continuerait, même dans cette folie.

Les deux hommes se retrouvèrent dans le couloir central de l'étage. Ils allaient ouvrir une nouvelle porte lorsque le mur du fond s'écroula dans un nuage de poussière. Dans le même temps, ils entendirent distinctement les voix des militaires montant par l'escalier derrière eux et nettoyant le secteur. Fenris et Serval se regardèrent. Ils avaient bien vu le toit de l'immeuble voisin à travers le trou. Ils connaissaient les distances qui séparaient les bâtiments de la tanière : un saut immense, mais la seule ouverture, puisque descendre signifiait mourir.

« Si on rate notre coup, dit Serval, on s'écrase trente mètres plus bas. Rien n'indique qu'on ne nous attend pas là-bas. Ils

ont sans doute posté des tireurs en face ou sur d'autres
immeubles. C'est de la folie, une pure folie.

— Je sais. Mais si nous restons ici, nous ne saurons jamais si
ce saut était possible. »

Serval sourit et recula de plusieurs mètres, rejoint bientôt par
Fenris. Les deux hommes se trouvaient côte à côte, comme souvent. Cette fois, il s'agissait de sauver leur peau, pas de voler.
Mentalement, ils comptèrent l'élan nécessaire, le taux d'adrénaline et d'endorphine indispensable. Comme tout Grand Loup,
ils composaient avec leur implant hormonal pour augmenter les
capacités de leur corps. Ils dopaient leur organisme. Ils interpré-
taient chaque frisson, chaque craquement comme autant de
signes des effets de l'implant. Des indicateurs s'imprimaient
dans leur vision pour leur indiquer les niveaux à ne pas dépas-
ser, ou les meilleures combinaisons d'hormones. Des carrés de
couleur, orange et jaunes, défilaient devant leurs yeux, signalant
un danger imminent. Leur respiration changea de cadence tandis qu'ils hyperventilaient, puis ils se ruèrent en avant.

Ils couraient vite, les bras près du corps, le regard vers le sol,
abaissant leur centre de gravité. Les neuro-armures perçurent
le mouvement et s'adaptèrent. Elles longeaient les jambes et les
bras, renforçant les articulations, multipliant le rendement. Les
torses continuèrent de se baisser jusqu'à ce que les bras touchent le sol. Immédiatement, les armures enveloppèrent les
membres, donnant une puissance nouvelle à l'accélération qui
animait Fenris et Serval. Les têtes recouvertes, les crocs lui-
sants, les deux hommes grognaient sous la douleur et l'effort.

Sur les caméras de contrôle de l'hélicoptère qui surveillait
l'immeuble, on ne vit pas deux hommes sauter d'un trou dans
un mur, mais deux gigantesques loups de métal bleuté qui
s'élançaient dans le vide : deux animaux sauvages luttant
désespérément pour leur survie.

Wolfen tirait ses flèches les unes après les autres, déclenchant de grandes explosions orangées dans le noir. De l'autre côté du couloir, Camélia lançait des grenades pour densifier le brouillard à l'intérieur. Chaque combattant était passé en vue thermique et cherchait dans l'obscurité le bruit et la trace des soldats se déplaçant. Alors qu'ils détenaient une position solide, ils avaient été chassés par les chars et repoussés dans les étages. Il ne restait plus autour du second que les Grands Loups, le reste formait des taches rouges sur la neige. Le massacre se poursuivait, complet et méticuleux. L'armée s'était dotée des moyens d'anéantir le clan, mais Wolfen résistait : il devait défendre le QG, contre Ysengrin, ce lâche, contre Fenris et Serval qui avaient disparu rapidement après l'assaut des hexapodes. Ces hommes, ces lieutenants de Miro, ils avaient tous eu peur ; ils déshonoraient la race des Loups. Si Wolfen en réchappait – et il était persuadé de vaincre – il les tuerait de ses mains, leur arracherait la gorge avec ses crocs s'il le pouvait. Même Miro paierait : il n'était pas venu, il avait abandonné le clan, le privant de chef. Plus personne n'aurait confiance en lui désormais.

Perle courut et s'accroupit près du second. Elle haletait, épuisée par ses efforts pour survivre. Dix minutes auparavant, elle était tombée sur deux militaires en armure. Même en poussant les articulations de sa propre combinaison aux limites de sa vitesse, elle avait été blessée par deux fois. En assurant son appui sur le mur, elle avait pris son élan et décapité l'un de ses adversaires d'un coup de griffes. L'impact avait été plus violent qu'elle l'avait imaginé et un éclat du casque lui était entré dans la plante du pied. Un millième de seconde après, elle avait brisé la nuque du deuxième soldat, mais trop tard pour éviter la lame de son couteau. Et c'est blessée au flanc qu'elle avait erré dans l'immeuble à la recherche des siens.

Protégée par Wolfen, elle s'appliquait des patchs d'analgésiques. La douleur diminuait, mais elle savait qu'elle ne pour-

rait plus utiliser les capacités maximales de sa neuro-armure :
son corps n'y survivrait pas. Alors qu'elle allait demander des
informations au second, une explosion souleva un nuage de
poussière dans le couloir. Elle toussa, modifia les filtres de ses
oculaires et laissa l'armure en état d'alerte. Elle vit distinctement Camélia. Elle était plaquée contre le mur, le corps déchiqueté. L'armure avait explosé et dispersé les organes de la
voleuse sur le sol. Perle avait la nausée. Elle se retint de vomir
quand Wolfen lui hurla à l'oreille. Elle ne comprit rien, sonnée
par ce qu'elle voyait, abrutie par le souffle de l'explosion. Elle
fut soulevée du sol par la prise puissante du Grand Loup et
emmenée, ballottée sur son dos dans les étages. Elle retrouva sa
lucidité et frappa des poings contre le dos de Wolfen. Il la
reposa sur le sol, visiblement en colère.

« Qu'est-ce qu'il y a ?

— Wolfen, c'est foutu, nous avons perdu, ils sont tous
morts !

— Non... Il faut nous battre, pour l'honneur des Loups. »

Perle caressa la joue du second. Son visage semblait plus
sombre encore qu'à l'habitude, couvert de poussière brune,
tacheté de sang. Il fatiguait, elle le voyait dans ses yeux. Sa faiblesse émut la jeune femme. Elle comprenait sa détresse. Il
acceptait son sort et cela coïncidait avec ce que Perle aimait en
lui. Il ne s'agissait pas de sexe, contrairement à ce qu'il croyait.
Non, ce qui le différenciait de Miro, c'est qu'elle avait une
place dans le cœur du second. Il n'y avait de place que pour
une seule personne dans le cœur du *kníže*, et ce n'était plus
elle.

Perle parla lentement de son plan. Elle appuyait chaque mot
afin de convaincre Wolfen. Il se débattait contre cette idée,
contre cet acte. Mais elle demeurait la Louve en titre, la chef du
clan en l'absence de Miro. Pour la seule et unique fois de sa vie,
elle imposait ses ordres en utilisant son statut. Elle savait qu'il

n'y avait pas d'autre solution : le massacre devait cesser. Ils allaient périr, mais pas seuls. La Ville se souviendrait à jamais de ce qu'avait été le clan.

Wolfen ouvrit la porte du monte-charge et laissa Perle y grimper. Il la suivit et ils descendirent tous les deux le long du câble. Dans l'euphorie de la victoire, les soldats ne faisaient plus autant attention aux murs et aux ascenseurs. Il fut facile aux deux voleurs d'atteindre le sous-sol.

L'endroit était abandonné, hors de tous ces combats : les scanners militaires n'avaient détecté aucune présence humaine et les parois de plomb empêchaient la détection de la Source. Pistolet à la main, Wolfen restait sur ses gardes. Il faudrait peu de temps aux soldats pour descendre. Perle se dépêcha de composer les codes des sas et ils s'engouffrèrent à l'intérieur de la cabine de contrôle. Les néons verts diffusaient une atmosphère feutrée. Un instant de répit dans l'enfer de cette nuit d'hiver.

La Source apparut sous un globe de verre enfermant ce que Miro appelait un éclat d'étoile. Le champ magnétique puissant satura les capteurs de l'armure de Perle lorsqu'elle s'approcha du globe. Le plasma à l'intérieur tournait sur lui-même, se condensait en volutes sombres et mauves. Le tableau mouvant transmis par les caméras conférait de la beauté à cette énergie. Wolfen se brancha sur le système de contrôle et alluma les écrans des moniteurs. Il regarda Perle avec inquiétude. Le globe de verre se scinda en deux. Les hémisphères glissèrent sur les côtés et s'écartèrent. La boule mauve et blanche continua de tourner sur elle-même au moment où les sonneries d'alarme se déclenchèrent. Dans l'éclat des gyrophares bleus et rouges, Wolfen s'approcha de Perle. La jeune femme s'immobilisa, fascinée, hypnotisée par les courbes du plasma. Les capteurs de son armure avaient rendu l'âme sous la force du champ magnétique et des radiations. La Louve regarda Wolfen.

« Je suis contente que tu ne sois pas parti. Je n'ai jamais eu qu'une peur dans ma vie : mourir seule.

— Je te comprends. Je regrette de ne pas avoir su t'aimer comme tu le méritais. Miro aurait... »

Elle l'arrêta de la main.

« Miro n'est pas là et il a son propre chemin de douleur. Je ne t'aime pas, Wolfen. Je ne peux pas te le cacher, mais j'avais besoin de toi.

— Moi aussi », répondit le second.

Perle leva sa main vers la boule de plasma. Au moment du contact, à l'instant où son corps s'atomisait dans la salle, la jeune femme ferma les yeux. Les dernières connexions de son cerveau formèrent l'image parcellaire d'une enfant de trois ans qui souriait toujours lorsque son père la faisait sauter sur ses genoux.

Le commandant Seidl regarda la scène sur les moniteurs de son command-car. Lorsque l'assaut final avait été ordonné, il avait demandé à Vlásak de le conduire au palais du gouvernement : cet ordre l'avait sauvé. Les caméras des hélicoptères et des immeubles adjacents furent parasitées. Des vagues successives déformèrent les images sans raison. Lorsque Seidl voulut appeler le sergent de la compagnie, il sut que c'était trop tard. Une immense colonne de feu ébranla le bâtiment et le pulvérisa en s'élançant vers le ciel. Les radiations mortelles éliminèrent tous les êtres vivants à proximité du QG des Loups. Lorsque les hélicoptères s'écrasèrent sur le sol, il n'y eut plus d'images. Le commandant fit arrêter le véhicule et sortit. Il admira le pilier mortel reliant la Ville au ciel. Les reflets mauves en trahissaient la nature plasmatique. Ainsi, le clan, acculé au désespoir, s'était défendu avec honneur. Cynique, Seidl ne put s'empêcher de sourire : cette démonstration de fierté avait éliminé tous les témoins du massacre.

L'armée accédait au pouvoir dans la Ville. Le temps de son règne était advenu.

On raconte que lorsque la colonne de plasma emporta l'immeuble des Loups, Moro se battait férocement avec cinq soldats. Une balle avait emporté la moitié de sa gueule, et sa belle armure blanche était rouge de sang. Au moment où le sergent allait enfoncer sa lame dans le cœur de la vieille Louve, cette dernière se mit à rire. Un rire de démente, un rire de folle. Le rire d'une victoire.

CHAPITRE VI

COUP DE SONDE

Nikolaj s'était autorisé une demi-journée de repos. Les affaires de cambriolage avaient disparu de la liste des plaintes, aucun cadavre n'avait été trouvé dans une arrière-cour, le taux de criminalité était retombé à un niveau normal, c'est-à-dire proche de zéro. Bien sûr, toute la brigade gardait en mémoire la mort de Benedikt, mais les deux semaines de calme avaient redonné le moral à toute l'équipe. Le chef de Nikolaj jugeait sans doute hâtivement qu'il s'agissait d'une poussée de fièvre sans conséquences, et l'inspecteur ne trouvait aucun fait pouvant lui donner tort. La Ville s'était enflammée, puis l'infection s'était éteinte. Nikolaj finit par admettre que son flair pouvait se tromper.

Le téléphone sonna alors que Nikolaj faisait réchauffer une tranche de rôti de porc avec des *knedlíky*. Il décrocha et entendit une voix familière : « Seidl à l'appareil, que faites-vous aujourd'hui ? »

Pas de formule de politesse, pas de « Comment allez-vous ? », juste le nécessaire.

« Je me préparais à déjeuner, puis à lire ou me promener. C'est le printemps…

— Je vous attends au café Slávia, à seize heures.

— Je ne pensais pas aller au centre-ville, je serai obligé de prendre le métro.

— Justement, raison de plus pour venir vous promener. Je vous conseille même de regarder les panneaux publicitaires, ça va vous intéresser. À bientôt. »

Et il raccrocha avant que Nikolaj puisse répondre. Les militaires, tous les mêmes : un ordre ne souffre aucune discussion. Seidl pouvait agir ainsi avec ses subordonnés, mais pas avec un inspecteur. L'armée n'avait pas tous les droits ! D'un autre côté, Nikolaj se voyait mal poser un lapin au général. De telles relations ne se refusent pas. Il entendit alors le couvercle de sa casserole tinter, signe que l'eau pour ses boulettes de farine était en train de bouillir. Manger, voilà au moins une chose que l'armée ne pouvait pas surveiller.

Nikolaj sortit vers quinze heures, pour profiter de la belle après-midi de printemps. Il marcha sur les trottoirs pavés qui scintillaient au soleil. Les effluves délicats des seringas qui commençaient à fleurir se mêlaient au parfum des lilas dans les jardins. La chaleur obligea Nikolaj à se protéger du soleil sous les ramures des paulownias qu'on avait plantés au bord d'une cour d'école. Il s'arrêta une minute pour humer les senteurs de violette de ces arbres. La Ville n'avait jamais été aussi belle qu'en ce printemps, jamais plus odorante et colorée. Le jaune des genêts, le léger rose des prunus, les fleurs que les habitants sortaient sur les balcons, faisaient oublier la grisaille de l'hiver et la brume des matins.

Nikolaj coupa à travers les parterres de cotonéasters pour se retrouver au milieu des étals du marché. Il jeta un coup d'œil aux tomates et à leurs reflets orange, faute d'être mûres, et au tas immense de concombres devant lui. On se bousculait encore près des marchands de légumes, afin d'obtenir les dernières pommes de terre bradées. L'inspecteur se fraya un chemin dans la foule pour atteindre l'entrée du métro Pankrác.

Il descendit la première volée de marches, coincé entre des murs sombres et sales. La pollution des usines situées autour de la Ville imprégnait chaque pierre. Si le réseau aérien allégeait l'air et le renouvelait, les façades des bâtiments souffraient. Nikolaj atteignit le hall du métro et prit le temps de lire les titres des journaux qu'un pauvre gars mettait en vente, assis sur une chaise en plastique. Rien d'intéressant, juste la routine, la mort de Benedikt n'avait même pas fait la une le lendemain. Toute la presse se chargeait d'endormir la population dans une sorte de ronron, comme un veilleur passant chaque soir pour dire que tout allait bien. Une vendeuse proposait des confiseries et des chocolats de Pâques. Les fêtes étaient terminées, mais il fallait écouler les stocks.

Une fois son badge présenté devant la borne d'entrée, Nikolaj emprunta l'escalator pour accéder aux quais. Il trouvait toujours aussi angoissante cette descente dans les entrailles. Les bâtisseurs du métro avaient construit le tunnel pour qu'il soit long et étroit. La hauteur de la voûte ne compensait pas l'impression d'étouffement. Chacun regardait les passagers de l'escalator opposé, n'ayant rien de mieux à faire, sauf à…

ATTENTION… ATTENTION… Communiqué du

… regarder les panneaux publicitaires. Ils couvraient les murs et clignotaient, mais personne ne les voyait…

VIRUS. Nous sommes une organisation qui

… vraiment, ou alors pour lutter contre l'ennui.

Nikolaj cligna des yeux et se les frotta. Il inspecta plus attentivement les panneaux, mais n'y trouva que les annonces pour des assurances, des marques de voitures et la date de la prochaine loterie. La vitesse de l'escalator l'empêchait de se concentrer sur les écrans et leurs animations, mais il était persuadé d'avoir vu autre chose que des mannequins présentant une crème de jour ou un gamin dévorant une barre chocolatée. Il n'avait pas inventé le nom de VIRUS.

Pensif, il faillit rater la sortie de l'escalator et se retrouva sur le quai. Pour arriver à la station Národní Třída, il devait changer à Mŭstek. Il se planta contre un pilier de la station et attendit la rame, face à une publicité pour des croquettes. Un labrador se léchait les babines en regardant un paquet orange et jaune. Nikolaj fixait l'écran de deux mètres sur trois qui épousait la courbure du tunnel. Il était fasciné par les yeux de l'animal et sa bonne tête bien sympathique... *qui vient de se constituer pour renverser l'armée. Elle a usurpé le pouvoir, étouffé nos libertés. Elle gangrène notre vie et nos pensées comme un cancer. La Ville doit guérir ! Toi qui ne lis que les journaux contrôlés par l'armée, toi qui ne regardes qu'une télé censurée par l'armée, tu vis dans un confort trompeur, un mensonge permanent. On t'a privé d'énergie, on t'a privé de ton existence. Tu te traînes plus que tu n'avances, tu subis sans réagir, parce que tu as oublié ce qu'est la vie. Tu es malade et on t'interdit tout traitement. La Ville est un hôpital insalubre dont Bláha est le directeur ! Il est temps de guérir, il est temps de recouvrer la santé ! Chassons Bláha, chassons l'armée, chassons ce cancer qui nous pourrit !*

Et Nikolaj lisait, lisait, lisait.

L'inspecteur arriva au café Slávia avec deux minutes d'avance. Il avait eu le temps d'admirer les jeunes étudiantes qui passaient le pont de la Légion. Le printemps les décidait à lâcher leurs manteaux et les robes se faisaient plus légères. Le soleil, la jeunesse au printemps, tout réjouissait Nikolaj. Quand il poussa la porte du café, un serveur le conduisit immédiatement à une table du fond. Seidl attendait sur l'une des banquettes orange, en civil, une casquette à motif écossais sur la tête.

« Quelle belle journée, lança Nikolaj, comme pour se donner du courage. Il suffit d'une poignée de jolies filles pour égayer cette ville.

— *Une longue rivière traverse la ville / sept ponts relient ses rives, / Sur le quai se promènent mille belles filles, et toutes sont différentes.*

— *On va d'un cœur à l'autre pour se chauffer les mains | dans les rayons d'un grand amour ardent | Sur le quai se promènent mille belles filles et toutes sont identiques.* Jaroslav Seifert, j'ai tendance à préférer Nezval : *Rentrant par le pont des Légions, tout bas | Je chantais pour moi seul des airs d'opéras, | Buveur de feux nocturnes aux barques fantomales | Minuit était tombé de la cathédrale.*

— Seifert est toujours parvenu à donner de la lumière à la Ville, Nezval nous dit trop comment nous la vivons. Si les poètes ne parviennent pas à changer la Ville, qui le peut ?

— Si je vous dis "l'armée", vous allez me traiter de flatteur ? Allez, je doute que vous m'ayez ordonné de venir pour parler poésie.

— Je viens prendre le pouls de la Ville avec vous. Qu'avez-vous trouvé depuis l'attaque du centre civi-sat ?

— J'ai perdu un collègue. »

Nikolaj ne pouvait se priver de cette remarque : personne de l'armée n'était venu à l'enterrement de Benedikt. L'enquête avait été rapidement expédiée et aucune recherche dans la rivière n'avait été entreprise. On avait mis le cadavre dans un sac à viande et voilà. Policier mort en service, médaille, condoléances aux familles et on oubliait. L'inspecteur n'arrêtait pas de s'en souvenir, lui, de sa course sous la pluie, de la détonation, de la lueur blanche. Il ne mettait pas tout dans l'ordre, certains éléments restaient inexpliqués, mais il cherchait. Du coup, il appréciait modérément le fait de se retrouver à servir d'informateur dans un *kávárny*, même prestigieux comme le café Slávia, avec ses tables en bois sombre et son atmosphère rouge orangé. Il n'attendait pas de réponse du général et poursuivit : « Deux hommes ont été retrouvés dans une rue, l'un d'eux presque déchiqueté, et ils portaient la marque des Requins. Il semble que la Guilde tout entière se soit réveillée et pas uniquement Miro et ses Loups.

— Intéressant. Des nouvelles des autres clans ?

— Je n'ai pas l'air de vous surprendre. »

Seidl ôta un instant sa casquette et la revissa sur son crâne. Un serveur apporta les cafés pour les deux hommes et le général plongea sa cuillère dans la tasse.

« Je reçois des informations d'une autre personne que vous, mais je n'en connais pas l'identité. La prudence me commande de vérifier ce qu'elle me dit par d'autres moyens. Je m'aperçois qu'elle ment par omission, mais ce n'est pas grave. Vous avez regardé les panneaux dans le métro ?

— Difficile à dire.

— Vous les avez donc vus. Si vous passez rapidement, vous ressentez une impression bizarre, désagréable, comme si l'on pénétrait dans votre cerveau, puis, si vous fixez l'un d'eux, le message se développe, vous imprègne et vous rentre à l'intérieur. Très efficace moyen de contamination, l'organisation ne s'appelle pas VIRUS pour rien.

— Comment ont-ils pu pirater le réseau des panneaux ? Comment allez-vous répondre ?

— Si nous répliquons, nous accréditons leur existence et les reconnaissons. Enfin, ça, c'est la position officielle. En vérité nous avons des raisons techniques qui nous empêchent d'agir contre cette... infection. Voyez-vous, plusieurs réseaux cohabitent dans la Ville, certains sont directement sous notre contrôle, d'autres sont plus perméables. Le réseau des publicités en est un. Il sert à recueillir et évacuer toutes sortes de déchets, pour éviter qu'ils n'empoisonnent d'autres systèmes d'information. Je préfère savoir qu'une annonce pour un guérisseur ou une voyante est perdue dans le métro que sur une affiche de la place Wencesl ! Personne n'y fait vraiment attention et les annonceurs se jettent sur cet espace sans contrôle strict.

— La liberté d'expression est bien encadrée à ce que je vois. N'importe quoi, mais pas n'importe où.

— Vous avez compris le principe. Mais d'autres comme cette organisation appelée VIRUS l'ont compris aussi. Leur message arrive sur le serveur, se place dans la file d'attente des annonces, mais attaque la publicité qui précède. Il ne la remplace pas, il insère son code à l'intérieur et disparaît. Voilà pourquoi il traverse nos filtres et se répand.

— Et il s'active dans le cerveau de l'observateur quand il fixe la publicité infectée. Indétectable si vous passez en vitesse, puissant si vous patientez pour attendre la prochaine rame. Bien étudié, ingénieux même.

— Trop. Vous saisissez où je veux en venir ? »

Nikolaj fronça les sourcils. Seidl but une gorgée de café et regarda le paysage du Hrad vu depuis le pont de la Légion. Les clients entraient et sortaient du Slávia sans prêter attention aux deux hommes attablés au fond.

« Vous pensez qu'il existe un lien entre le VIRUS et la Guilde ?

— Je pense même que le VIRUS est le paravent de la Guilde. Les vols continuent, de manière soutenue, mais il n'y a plus d'affaire comme celle du civi-sat ou de l'échangeur. La Guilde a mis en place une nouvelle stratégie pour attaquer la Ville. Trouvez-la ! »

Le général reposa son café et se leva. Un serveur lui apporta sa veste et Seidl remonta la fermeture éclair.

« J'ai des nouvelles qui peuvent vous intéresser, inspecteur. Miro a été grièvement blessé par votre collègue, la nuit de sa mort. Il a failli mourir dans la Vlatv.

— Failli ?

— Les coriaces dans son genre ont parfois de la chance. Il a survécu. Continuez la chasse, inspecteur, je vous promets de vous laisser rencontrer votre gibier à la fin. Il se dissimule dans la nuit et nous attend. *Au revoir étoiles oiseaux serments d'amour | au revoir mort sous l'églantine en fleur, | au revoir sonne l'heure |*

Au revoir bonne nuit et bonjour | Beau rêve | Les jours sont courts.
Vous avez raison d'aimer Nezval, inspecteur. »

Hanna illuminait la nuit de sa présence. Elle flottait, immobile, devant la fenêtre de la chambre du couple alpha. Le vent ne faisait pas onduler la robe, et les cheveux blancs restaient en place. La jeune fille ne souriait pas, elle attendait.

Miro, le bras en écharpe, regardait sa fille, ce fantôme étrange qui venait lui rendre visite. Elle demeurait muette, elle faisait juste état de sa présence, mais elle ne fuyait pas. Son père étendit son bras valide pour la toucher, mais elle était trop loin.

« Hanna, ne t'en va pas. Je n'ai jamais pu te montrer la Ville, je n'ai jamais pu t'emmener dans les endroits que j'aime. S'il te plaît, quand je serai remis, reviens me voir, reviens t'asseoir à côté de moi, et nous visiterons notre ville. Laisse-moi devenir un vrai père, enfin. »

L'apparition n'esquissa aucun mouvement, aucun sourire. La fille de Miro ne paraissait ni heureuse ni fâchée, elle ne témoignait d'aucune émotion. La porte de la chambre s'ouvrit soudain et Hanna s'envola vers le ciel avant de disparaître. Elle était passée, reviendrait-elle ?

« Miro, murmura Plume, tu dois te reposer, ton système immunitaire demeure fragile, il ne faut pas sortir dans le vent. Il faut que je te change tes bandages. Miro, tu n'es pas raisonnable, tu as failli mourir et…

— Plume, je commence à comprendre ce qu'a ressenti ma fille durant ces années où nous l'avons traînée d'hôpitaux en hôpitaux, de chambres stériles en chambres stériles. Elle ne pouvait pas marcher dehors et nous n'arrêtions pas de penser à son bien en lui interdisant tout. "Ne te fatigue pas", "c'est

l'heure de ta piqûre", "viens te laver". Elle était clouée à son lit,
ne connaissant que sa robe d'hôpital comme vêtement. Des
odeurs de désinfectant, des murs blancs et froids, le son des
aspirateurs, des semelles des infirmières sur le sol plastique.
Hanna ne connaissait pas la douceur d'un printemps, le froid
piquant de l'hiver et la langueur d'un été dans les parcs. Sa
maladie lui a pris sa vie. Je ne sais pas quelle est la fréquence du
syndrome de Griscelli, sans doute un cas sur un million. Juste
un défaut sur le gène RAB27A. Comme une erreur d'écriture
qui vous enferme une petite fille dans un cercueil stérile.

— Miro.

— Je possède un implant hormonal qui me dope selon ma
volonté et je peux endosser une armure qui me protège en
s'adaptant à ma morphologie. Ce dont je suis capable, peu
d'hommes et de femmes le sont, mais si cette saleté de gène
mute, alors je perds mes lymphocytes cytotoxiques, le contrôle
de mes lymphocytes T et, à la fin, mes macrophages s'activent
pour me tuer. Je ne possède aucune arme pour me défendre,
aucune armure pour me protéger, tout vient de moi, je deviens
mon bourreau.

— Miro.

— La vie tient à un fil si fragile, Plume. J'ai failli me tuer
parce que j'ai perdu les seules défenses qui nous sont utiles. Je
ne parviens toujours pas à comprendre comment je m'en suis
sorti. »

Plume s'approcha de Miro, elle lui caressa ses cheveux
blonds, si lumineux en plein été. Elle passa la main sur son
visage, sur les traits hâves laissés par la maladie. Il semblait sin-
cèrement fragile, mais cette attitude ne pouvait qu'être passa-
gère. Pour un temps, il lui rappela le jeune homme qu'il était à
quinze ans, quand il débutait, juste avant de devenir un Grand
Loup.

« Tu dois ta survie au Had', il t'a injecté un remède mais…

— Ludvík m'a sauvé la vie ? Voilà une chose intéressante. »
En une phrase, son œil avait repris son air dur. Le jeune garçon avait disparu sous les traits du *kníže*. Miro ne se montrait
jamais longtemps sous son aspect vulnérable : le calculateur ne
s'éloignait jamais. Plume savait qu'il ne fallait pas croire qu'il
existait plusieurs Miro. Non, le fragile et le fort ne formaient
qu'une seule personnalité, chacun aidant l'autre pour atteindre
l'unique objectif : le pouvoir.

Mais elle, Plume, où était sa place ? Qu'avait-elle à faire du
fort puisqu'elle avait connu le faible ? Elle courait après le
passé, après ses souvenirs.

Comme Miro.

Depuis un mois, je me réunis avec les membres du VIRUS
pour rédiger les messages de nos samizdats. Silencieux, Fenris
assiste à nos discussions, il observe les débats, le choix des mots
et des formules, l'effort nécessaire pour atteindre le maximum
d'impact. Radek l'oublie, et je le soupçonne de mépriser celui
qu'il connaît sous le nom de Stanislav. Le Loup ne tente pas de
le détromper, il accepte d'être pris pour une brute sans cervelle. S'ils savaient ! Ils me confient le disque avec le message
sans me demander l'identité de nos alliés. Moi, je me contente
de le transmettre à Fenris, sitôt la porte du hangar franchie.
Une belle entourloupe.

Au début, quand Miro a envoyé Fenris m'accompagner, je
pensais qu'il s'agissait de me surveiller sous couvert de
connaître le VIRUS : les Loups n'ont rien à apprendre de notre
méprisable organisation. En fait, le Vlk a trouvé un moyen
simple et sûr de transmettre notre propagande. Une forme de
routine s'est installée et il me suffit de prendre le métro pour
m'assurer que le travail a été accompli. J'avoue que la méthode

me dérange : nous parasitons l'esprit des gens ; mais nous sommes le VIRUS, il faut que cela se concrétise. Nous répandons nos mots et nos idées dans chaque citoyen. Tout le monde finit par y être sensibilisé et l'infection s'étend, impalpable. Nous partageons l'existence de milliers de personnes matin et soir, en sortant du bureau ou en allant à l'école. Nous imprimons notre marque. Ce qui me rassure dans ce processus, c'est que nos messages doivent être lus : ils ne sont pas juste subliminaux. Il faut fixer un panneau pendant un certain nombre de secondes pour que l'œil décode et que le cerveau interprète. Personne ne peut accuser de rébellion quelqu'un qui lit une annonce publicitaire.

De ce magma immonde de messages vantant un produit, un service ou une arnaque, naît un propos libérateur, le début d'une véritable prise de conscience amenant la fin du régime militaire. Plus tard, lorsque tout sera terminé, on se souviendra que la publicité a sauvé la Ville. Personne n'y croira, mais ce sera la vérité.

Je marche aux côtés de Fenris dans une avenue large et populeuse. Nous allons nous séparer, mais j'ai envie de profiter de sa présence : « Vous ne trouvez pas que l'atmosphère de la Ville change ?

— Nous sommes en plein printemps, le contraire serait dommage.

— Non, je ne veux pas parler de cela, mais vous n'avez pas remarqué comme les gens semblent détendus, comme les maisons, les rues paraissent plus joyeuses. J'ai l'impression que la Ville est une jeune fille en minijupe, qui rit et danse sur un pont couvert de fleurs. »

Fenris ouvre grand les yeux et me pousse dans une ruelle moins fréquentée. Il inspecte les environs puis se remet à marcher. Il ne remarque même pas mon étonnement.

« Václav, vous ne devriez pas parler ainsi à voix haute.

— Qu'ai-je dit, bon sang ! »

Le Loup s'arrête et m'inspecte. Il fronce les sourcils comme pour mieux me deviner. Il cherche en moi des réponses, mais je ne sais quoi lui donner.

« Que savez-vous ? poursuit-il. Le soir de la disparition de Miro, vous étiez sur le toit, qu'avez-vous vu ? »

Le fantôme ! Il veut me faire parler du fantôme. Miro ne lui a rien dit ? Pourquoi le Vlk ne désire-t-il pas qu'on en parle ?

« Pas grand-chose. Nous discutions et tout à coup, Miro s'est levé puis est parti. Je ne peux pas vous en dire plus.

— Ou ne voulez. Bon, vous avez reçu l'ordre de Miro de vous taire, c'est honorable. Mais ne tentez pas d'être plus Loup que les Loups. Laissez à Miro ses secrets. »

Fenris se remet à descendre la rue. Je n'ai pas envie de rentrer si tôt chez moi. Je veux en connaître plus.

« Fenris, pourquoi êtes-vous devenu un Loup ? »

Il s'est arrêté une nouvelle fois. J'entends les bruits de la foule derrière moi, le vent qui s'engouffre dans la ruelle, mais Fenris tarde à répondre. Les étendoirs à linge claquent contre le métal des balustrades, et leur tintement sonne comme le carillon d'une horloge. Fenris a changé de clan et il a été accepté. Si je veux devenir un Loup, je dois comprendre comment y être admis.

« À cause de Miro, Václav. J'ai toujours voulu me mesurer à un individu de cette stature, apprendre à son contact une forme de fierté qui me manquait chez les Rats. Je partage avec vous cette fascination qu'il exerce. Même quand il se présente de manière monstrueuse vous ne pouvez le détester. J'ai été amoureux de lui, Václav. Un amour sincère et passionné comme vous l'éprouvez si vous cherchez en vous.

— Vous en parlez au passé.

— Miro est un monstre obsédé par le pouvoir et, même si vous l'aimez, vous ne recevrez rien en retour. Il n'exige aucune aide et ne désire pas votre esclavage. Il sait que le simple fait de vous choisir comme lieutenant vous suffit. Car il ne vous récompensera jamais : votre soumission est son dû. Vous acceptez sa règle ou vous partez. Le mieux consiste à exécuter ses ordres, à partager sa vie, et puis voilà.

— Vous regrettez votre choix. Vous...

— Non ! J'aime être son lieutenant, j'aime son commandement, j'aime son intelligence, mais elle est éprouvante. Miro exige beaucoup de ceux qui l'admirent, trop parfois. Allez, venez Václav, je vous emmène à la tanière, Miro n'y est pas.

— Il est en mission ?

— Non, et c'est bien là le problème. »

Fenris me fait moins tourner qu'Ysengrin, mais il parvient à me déboussoler. Je devrais pouvoir me repérer, mais les Loups s'arrangent pour m'empêcher de situer leur tanière. À l'intérieur, j'ai rapidement constaté le changement : plus personne. Je vois bien un homme ou deux, mais pas autant que lors de mes premières visites. Tout le reste de la meute est parti.

« Ils sont tous en mission ?

— Presque, me répond Fenris. La Louve donne tous les ordres et la meute suit. Ysengrin s'occupe de l'intendance, et Serval... Serval fait comme d'habitude quand la situation lui échappe, il enchaîne les missions ou part rejoindre Svetlana Orel. Il ne peut pas exprimer autrement sa colère et ses reproches envers Miro. Il va souvent très loin dans ses critiques, mais il ne peut remettre en cause l'autorité du Vlk.

— Mais où est-il ?

— Personne ne le sait. Certaines équipes croient l'apercevoir au détour d'une rue, mais de manière fugitive. Il s'absente les trois quarts du temps, y compris en journée, quand nous sommes vulnérables. La meute n'a plus de chef, à part la Louve. Elle ne tiendra pas longtemps. Plume peut nous commander, mais elle ne peut assumer les tâches de Vlk et de *kníže*. Miro nous assure que le plan sera mené à terme, mais nous en doutons. Si la Louve nous envoie si souvent en mission, c'est pour nous empêcher de penser à tout ça. Les tensions se réveillent et Ysengrin a dû se battre plusieurs fois contre des vétérans.

— Vous voulez changer de chef ? »

Fenris me conduit au bar et se fait apporter deux bières. Le goût de la mienne me paraît plus amer que d'habitude.

« Tant qu'il n'est pas mort et tant qu'il peut se battre en duel, nous ne pouvons rien. Parfois, je me demande s'il aurait dû survivre à ses blessures.

— Miro a été blessé ?

— Quand il vous a quitté la dernière fois que vous êtes venus, nous l'avons perdu pendant plus de vingt-quatre heures et retrouvé blessé dans la Vlatv. Dire qu'il a failli mourir me paraît encore une litote quand j'y pense. Il a été miraculeusement sauvé par Had', mais quand j'observe son comportement depuis, je me demande s'il méritait un tel miracle. Nous sommes encore plus désorganisés qu'après le coup d'État. Et lui, il s'en fout. Tout juste s'il ne rigole pas quand je lui en parle.

— Que dit Plume pour expliquer l'attitude de Miro ?

— Elle le défend, elle serait capable de défendre le diable. Allez lui demander, moi j'ai envie de me saouler la gueule cette nuit. »

Je ne termine même pas ma chope et je laisse Fenris vider la sienne, le regard vague et perdu. Les Loups ne vont pas bien, c'est évident. Il suffit que leur chef les abandonne pour qu'ils entrent en dépression. Malgré sa force apparente, le clan se révèle être une communauté fragile, unie et organisée par la volonté d'un couple, voire d'un seul homme dans le cas de Miro. Même s'il délègue, toute la meute s'aligne sur ses humeurs et ses réactions.

Je monte l'échelle qui mène à l'étage et je me dirige vers le quartier des femmes. Le rideau rouge est ouvert, il fait sombre dans l'antichambre que j'aperçois. Personne autour de moi. Je m'avance sans bruit. Je pénètre dans un long couloir obscur. Des séries de portes, des escaliers, le tout dans une atmosphère étouffante d'humidité et de chaleur. Les murs suintent dans cet air saturé d'eau : il doit y avoir un sauna tout proche. Une porte semble mal fermée. Hypnotisé par l'ouverture, je m'approche et je perçois des parfums d'encens et de vanille qui s'échappent de la pièce. Je ne devrais pas être là, je n'ai pas l'autorisation.

Je m'avance, me colle le nez sur la porte et, d'une main, je tiens la poignée pour élargir l'ouverture. Je discerne des draperies de velours, des coussins rouge écarlate et des tapis à motifs floraux. L'ambiance y est capiteuse, lourde et chaude. Seul un chandelier éclaire la pièce à côté d'un lit en forme de cercle. Dessus, deux jeunes femmes entièrement nues, une blonde et une brune, s'enlacent tendrement. Elles ne parlent pas, la brune tient la blonde contre sa poitrine et lui passe la main dans les cheveux. Elles sourient et leurs traits apaisés illuminent la scène. La blonde donne un petit coup de langue sur le téton du sein gauche de sa compagne, puis elle caresse ses hanches. Enfin, elle glisse sa main entre les cuisses de la brune et l'y laisse. Presque aussitôt, l'autre pousse des jappements de plaisir et se met sur le dos, se mordant un doigt pendant que l'autre continue ses gestes de manière plus insistante. De temps à autre, la blonde s'approche pour lécher le sein de sa compagne et…

Non, je ne dois pas être là. Je baisse les yeux et parviens à me sortir de cet envoûtement. Je recule sans toucher à la porte et je me dirige vers la sortie. Le quartier des femmes demeure mystérieux, même après ce que j'ai vu. Elles ne sont pas cloîtrées, puisqu'elles participent aux missions, mais je ne saisis pas les raisons de cette séparation. Peut-être est-ce une manière de laisser libre cours à leur sexualité ? Mais pourquoi interdire les hommes ? Je ne peux me défaire d'une impression de malaise, de cette sensation de lourdeur et de moiteur. La vie des Louves touche au sordide.

« Alors, mon doux, on me rend enfin visite ? »

Encore accroupi, je relève la tête. Améthyste. Elle porte une tenue de cuir noir, un boléro déchiré aux épaules et un pantalon taille basse. Une chaîne dorée lui ceinture la taille. Les mains sur les hanches, elle m'observe.

« Tu serais un Loup, je t'aurais tué sur-le-champ. Ce qui se passe derrière les tentures, c'est notre affaire ! Ça doit t'exciter, hein ! Comme tous les mecs de la tanière, *věru* ! Mais tu vas repartir la queue entre les jambes, *chlápec*, parce qu'aucun de vous n'a le droit de nous toucher. À cause des implants hormonaux, nous sommes condamnées à vivre ainsi, mais on vous le fait bien payer. Allez, débarrasse le plancher. Le jour où je serai la Louve, je te montrerai de quoi je suis capable. Va trouver Plume, elle ne mérite pas le cadeau qu'on lui a fait. Donner le parturiant à la Vierge ! Quelle ironie ! »

Je me suis remis debout et, malgré la pénombre, je vois bien qu'Améthyste pleure en prononçant ces mots. Je quitte le quartier des femmes, encore plus perplexe qu'avant d'y entrer. Je voulais comprendre, mais je n'ai reçu aucune réponse. Le monde des Loups accumule les interdits et les sous-entendus. Monde d'ombres, de brouillard et de brumes, pas étonnant qu'il redoute la lumière et se cache derrière un paravent quand il veut agir. N'est-il pas temps de briser tout cela ?

Je frappe à la porte de la chambre de Miro. La voix de Plume me prie d'entrer. Rien n'a changé dans cette pièce : tableaux, mobilier, vases et lampes. Il y manque tout de même un peu de chaleur humaine. Aucune photo.

« Bonsoir, Václav, vous vouliez voir Miro ?

— Non, Fenris m'a dit qu'il était parti. Il me paraît inquiet. En fait, toute la meute semble déstabilisée.

— Vous venez assister au chaos ? Bien gentil de votre part. Rassurez-vous, votre manifestation se déroulera comme prévu. Miro délaisse le clan, mais pas son plan.

— Je n'arrête pas d'en entendre parler, mais je n'en vois même pas les grandes lignes. »

Plume se remet à sourire. Elle s'est habillée simplement, un gros pull noir, une courte jupe rouge, des escarpins, mais elle me fait beaucoup plus d'effet que la tenue provocante d'Améthyste. Elle ne montre rien et donne envie d'elle.

« Si vous vous arrêtez à un détail, vous ne comprendrez rien, mais si vous ne cherchez que les principes généraux, vous resterez aveugle. Il existe des dizaines de points répartis dans le temps, qui ne révéleront leur utilité qu'au moment venu. Parfois, Miro laisse ses adversaires prendre l'initiative et observe leurs réactions, en tient compte, puis il reprend la main. Et tout le plan consiste en cet échange perpétuel. Miro suit un chemin naturel, mais il impose sa volonté aux autres joueurs. À la fin, il ne les aura pas détruits, il nous aura juste redonné notre place. Václav, demandez-vous ce qu'il y a de plus fondamental pour un Loup et sa meute. »

Je ne saisis pas toutes ces allusions. Je remarque juste que la stratégie de Miro n'est pas figée. Je trouverai la clé de ces mystères.

« Mais pourquoi laisse-t-il la meute à l'abandon si son plan doit servir ses intérêts ? Où part-il ?

— Il va la rejoindre. Tous les jours. »

Est-ce de la colère que j'entends dans sa voix, ou de la lassitude ? Elle s'est assise sur le lit et regarde les motifs du tapis au sol.

« La fille en blanc ?

— Hanna, lâche-t-elle dans un soupir. Il est aimanté, il ne peut lui résister. Il n'a rien dit, mais le soir où il a failli mourir, il la poursuivait.

— Qui ? Bon sang ! Arrêtez vos énigmes.

— Sa fille ! La personne que vous avez vue est sa fille. Voilà, vous êtes content ? Elle est censée être morte depuis neuf ans et elle joue les fantômes, ou une version moderne du golem. Elle ne parle pas, elle se contente d'errer, et lui, il l'accompagne. Il se complaît dans l'adoration de cette monstruosité, il en rêve la nuit et me raconte tout. Elle est morte, *sakra* ! Il la préfère aux vivants. Le projet Gaïa ne suffisait pas, il fallait un autre sacrilège, un autre moyen de destruction. Et moi, je suis où ? »

Elle crie la dernière phrase tout en pleurant. Je ne trouve rien à dire, juste un bête : « Le projet Gaïa ? »

Sans répondre, Plume se lève, et se jette sur moi pour m'embrasser : aucune douceur dans ce baiser, bien au contraire, une violence brûlante, incandescente. Je demeure paralysé tandis que la Louve s'empare de mes lèvres. Ses bras m'enlacent et m'entraînent vers elle, contre son corps, jusqu'à sentir son odeur derrière le parfum. Elle me force à tomber sur elle en s'étendant sur le lit, mais elle ne crie pas et gémit en enfonçant sa langue dans ma bouche, comme une désespérée. Plume n'arrête pas et je finis par oublier que je me trouve dans la tanière des Loups, avec la compagne du Vlk, en pleine nuit.

Peu à peu, je me réveille et je rends les caresses, passant ma main sous son pull pour toucher la peau bouillante. Plume ne s'attarde pas. Elle cherche les boutons de mon pantalon, et les ouvre un par un. Elle fourrage et je sens sa main atteindre ma queue.

« Allez, vas-y petite ordure, crie-t-elle. Déchire-moi ! Défonce-moi ! Maintenant ! »

Toujours dans un brouillard, comme transporté dans une autre réalité, j'exécute ses ordres. Je relève sa jupe et descends sa culotte.

« Qu'est-ce que t'attends, enflure ! »

Je la pénètre, et j'y mets toutes mes forces. Je sens les mains de Plume m'agripper les fesses, puis la chaleur de sa chatte, ses gémissements, ses cris, sa tête qui bascule, ses insultes, ses jambes qui me prennent en tenaille, la chambre, les bougies, les tableaux, et ma queue. Ça vient, et je ne peux me retenir, ça vient et je me vois exploser, je me sens partir et rugir, je suis fort, puissant, impérieux. Je vais jouir dans la Louve, comme Miro, je suis vivant. Maintenant !

Un orgasme brutal me submerge et me noie. Je perds toute notion de lieu et de temps et je finis par m'affaler sur Plume. Un petit rire grinçant me ramène à la réalité. Plume ramène ses cheveux en arrière tout en riant.

« Faut-il qu'il soit ambitieux notre petit tigre, murmure-t-elle. Bien pris ton pied, hein ?

— Je m'excuse, je…

— De rien, j'ai eu ce que je voulais, que pouvais-je espérer de plus, une révélation peut-être ? Une autre fois sans doute. »

Soudain, la lumière rouge près du chevet s'allume. Miro arrive dans la tanière. Je me relève aussitôt et reboutonne tant bien que mal mon jean. Plume ne paraît pas pressée. Elle reste jupe relevée, la chatte encore humide. Puis, toujours pensive, elle enlève complètement sa culotte et la jette dans un coin de la pièce sur une pile de vêtements sales. Elle lisse sa jupe, fait claquer les talons de ses escarpins sur le sol et redevient la Louve, instantanément, comme si rien ne s'était passé. Si je n'avais pas ma queue qui colle dans mon slip, je jurerais avoir rêvé.

Trois secondes plus tard, Miro entre dans la chambre et rien, chez Plume, ne trahit une gêne particulière. Comment fait-elle pour jouer une telle comédie ? La réponse me saute aux yeux comme une évidence : elle joue un rôle depuis qu'elle a été choisie pour devenir la Louve. À force de côtoyer Miro, on finit par se forger ce type de carapace, voilà ce que voulait me dire

Fenris et qu'incarne Plume. Chacun demeure prisonnier de son statut et porte un masque. Tout le monde souffre derrière.

« Vous ici, Václav ? Voilà bien longtemps que je ne vous avais pas vu, s'étonne Miro. Le moment de la manifestation approche, cher ami, l'heure de gloire du VIRUS s'annonce grandiose. Allons parler en haut, j'attends la visite d'une de nos connaissances. »

J'accepte l'invitation mais, au moment de quitter la chambre, je ne peux m'empêcher de regarder Plume. Elle s'est assise dans un fauteuil, les jambes croisées et regarde par la fenêtre. Triste âme solitaire.

Le vent froid me cueille au moment où je sors la tête de l'ouverture. Miro s'est déjà assis sur le toit et il m'attend. Il a changé depuis la dernière fois. Les traits de son visage me paraissent moins tendus et son allure générale témoigne d'une forme de sérénité. Le fait de voir sa fille l'a transformé. Il n'a peut-être plus envie de rester le Vlk et le *kníže*. Il ne dégage plus cette même impression d'autorité naturelle. J'ai l'occasion d'apercevoir le véritable Miro.

« Václav, nous vous donnerons nos instructions pour le tracé de la manifestation. J'ai vu que Radek veut démarrer de la place des Barricades et remonter la Koněnova jusqu'au quartier général de l'armée au bout du parc Žižkov. Très mauvaise idée. Une fois engagés, vous ne pourrez pas vous échapper dans les rues adjacentes. Vous subirez directement l'assaut des forces anti-émeutes.

— Ils ne vont pas attaquer. Bláha tient à son image, il ne va pas risquer sa réputation.

— Il tient les médias. Son image, il a des dizaines de journalistes capables de la remodeler. Sinon, les systèmes de défense de la Ville sont là pour calmer la population si elle s'ébroue trop. Sa marge de manœuvre est large.

— Il utilise le projet Gaïa ? »

Miro tourne doucement la tête vers moi, puis me sourit. Il a envie d'en parler.

« Oui, il en est l'initiateur et le maître. Ses hommes en sont un rouage fondamental et rien ne peut entraver leur action. Dites-vous que vous n'affronterez pas une force politique ou des individus, mais un système de défense tout entier. Si ce dernier analyse la situation comme dangereuse, ses organes envoient des agents spécifiques pour traiter la menace et la circonscrire. Tuer ne représente qu'une de leurs possibilités. Les militaires ont failli appeler le projet Gaïa, l'*Ymü*. Sa signification vous semble claire, non ?

— Un système immunitaire à l'échelle d'une ville ?

— Exactement. Chaque rue, chaque bâtiment contient des capteurs. Des édifices sont entièrement chargés de recevoir l'information et de produire la réponse appropriée. Nos militaires représentent les lymphocytes T, d'une catégorie un peu spéciale, puisqu'ils ont des capacités cytotoxiques. En clair, ils sont habilités à détruire les éléments infectieux. Je vous garantis qu'ils ne sont pas les seuls, mais durant la manifestation vous ne verrez qu'eux.

— Fascinant ! Et dire que Radek a appelé le mouvement VIRUS par boutade.

— Vous seriez surpris de la complexité du projet Gaïa. Ses ressemblances avec notre propre système immunitaire sont si grandes qu'elles vous donneraient le vertige. Nous vivons dans les échangeurs comme des parasites, mais nous prenons grand soin à ne pas abîmer notre hôte. Tout ce manège dure depuis huit ans. Vous comprenez pourquoi vos tentatives terroristes nous gênaient. »

Je réfléchis à toute vitesse, tout se bouscule. Le centre de civi-sat et son aspect anesthésié, le comportement des habitants, le confort, tout aurait le projet Gaïa comme origine ? Des souvenirs de mes classes de biologie au lycée me répondent d'un mot : l'homéostasie, « l'ensemble des fonctions contrôlées par des mécanismes de régulation permettant à un être vivant de réagir à des changements de l'environnement et de maintenir son équilibre interne ». L'armée a inventé une manière de réguler une société tout entière par des moyens technologiques. Les habitants ne sont que des cellules, des globules se déplaçant dans les rues et les artères, qui naissent, vivent, meurent et sont remplacées sans souci, pour le bien du système. Et moi, je fais quoi dans ce corps ? Suis-je une bactérie ou un virus ? Je me doute de la réponse, mais je n'accepte pas d'être ainsi rabaissé à l'état de micro-organisme. Je voulais renverser Bláha, mais je dois me rendre à l'évidence : pour changer la Ville, il faut détruire Gaïa.

« Le projet Gaïa produit l'image de votre fille, Miro ? Cela fait partie de son fonctionnement ?

— Rien de tel à l'origine, mais Bláha m'a envoyé ce cadeau pour me déstabiliser. Il a échoué.

— La meute ne partage pas votre avis. »

Miro fronce les sourcils, surpris.

Je continue :

« Elle se sent abandonnée depuis que vous partez rejoindre votre fille. Elle a le sentiment de ne plus avoir de chef, de ne plus être dirigée comme auparavant. Elle doute. Où est passé le plan du Vlk ?

— La meute attend la fin de son exil intérieur depuis huit ans. J'ai tenu la Guilde à bout de bras durant tout ce temps et j'ai pu imposer mes choix. Qu'ils me laissent tranquille, tout est en place. Ah, voilà notre homme ! »

Je me retourne et j'aperçois un individu en complet noir, chemise blanche, une paire de lunettes de soleil dans la poche de sa veste. Žralok s'approche de nous, toujours élégant, un large sourire révélant ses dents pointues.

« Il est rare de te voir si près de ma tanière, František. Tu parais pressé de me donner des nouvelles de ton enquête.

— J'adore me déplacer sur de longues distances, surtout quand je sens les vibrations de ma proie. »

Miro reste silencieux un instant, puis éclate de rire : « Allez, raconte, je crois que je vais apprécier ton histoire !

— J'ai retrouvé les deux gars qui t'ont volé. Des gamins sans importance, comme tu t'en doutes. Ils n'ont pas organisé l'affaire tout seuls. J'ai remonté la piste en personne. Tu me croiras pas, mais je me suis senti rajeunir : l'odeur du sang me manquait. Bref, j'ai trouvé leur informateur. Il s'est montré un peu plus résistant que les gamins. Dommage pour lui.

— J'ai vu les atrocités que vous avez commises, osé-je. Aviez-vous besoin de vous acharner sur eux comme ça ? C'était des gamins. »

Žralok hausse les épaules et lance un vague geste de la main :

« Au moins la famille a pu enterrer des corps. Pour l'autre, je serais incapable de situer le lieu où nous avons dispersé les os. Et puis les gamins nous ont permis d'annoncer notre retour. Les Requins ont besoin de l'écho des rumeurs dans la rue, nous propageons nos propres ondes et nous apprécions la réponse à sa juste valeur. Cela dissuade le fretin de s'attaquer à nos proies. Bref, malgré mes efforts, le mec est mort avant d'avouer. J'ai trouvé louche une telle endurance. Alors, j'ai ouvert mes fichiers personnels, ceux de la Guilde, et j'ai recherché le nom du type. Il a commis l'erreur de reprendre son nom civil, j'ai retrouvé son surnom et son clan. Il s'agissait d'un ancien des Rats, comme souvent, surtout après le coup d'État. J'ai fouillé, fouillé, pendant des jours, d'ailleurs, je dois remercier Jan Myš qui m'a donné accès à ses bases de données. J'ai déniché la composition de son équipe et je suis tombé sur un nom : Feodor Nikolaj Risler, alias…

— Fenris, complète Miro. Bon, tu es remonté jusqu'à mon lieutenant, et après ? »

Je n'arrive pas à croire que la personne que j'ai vu se saouler une heure auparavant puisse organiser un vol menaçant la Guilde. Il sait très bien qu'il sera tué si on le découvre. À moins que… à moins qu'il compte sur l'impossibilité de le soupçonner, toutes ses preuves de fidélité servant à cacher ses intentions. Traître idéal, puisque issu des Rats, il a été obligé d'en faire plus que les autres pour se faire accepter, mais pour mieux tromper Miro. Voilà un stratagème digne d'un lieutenant du Vlk ! Pourtant, je revois Fenris devant sa chope et je n'y crois pas.

Miro s'est assis, les jambes croisées, les mains plaquées sur les genoux, la tête dans les épaules. Le chef des Requins l'observe et attend sa réaction. Le Vlk redresse la tête et éclate de rire : « Bien joué, František ! J'apprécie tes efforts. Tu n'as pas perdu tes talents de pisteur.

— Je ne trouve pas la situation comique, kníže. Je te demande de me livrer Fenris et de me laisser m'en occuper. »

Miro se met debout, les mains sur les hanches. Il domine Žralok de la taille.

« Rappelle-toi, je t'ai dit que si un clan était en cause, je m'en chargerais personnellement. Tu t'es occupé des voleurs et de l'intermédiaire ; à moi de traiter la question du commanditaire. À ma façon. Nous réglerons tous les comptes après la manifestation. Pour l'instant, nous restons en contact et nous échangeons nos informations. Ne prends pas cet air. J'aime bien préparer longtemps mes vengeances. Vous avez tendance à vous précipiter sur vos proies. »

Le chef des Requins acquiesce, puis disparaît dans la nuit. Je le regarde partir quand Miro me tape sur l'épaule : « Regardez, Václav, sur votre droite ! »

J'ai le temps d'apercevoir une lueur blanche qui saute de toit en toit autour de l'échangeur. Je connais désormais son identité, mais Miro ne m'a toujours pas expliqué le rapport entre sa fille et le projet Gaïa.

Le pas du jogger sur le chemin de terre. Le rythme régulier de ses expirations en montant la pente. Il dépassait des promeneurs au matin. Petite foulée, mais constante, pour se réhabituer à l'effort. Le vent frais du matin l'obligeait à porter un bonnet. Il descendit le versant et sortit du parc. Il courut sur le goudron, entre les voitures électriques qui patientaient au feu rouge. Il n'attendit pas le signal vert pour les piétons et traversa le carrefour sous les huées des klaxons. Il courut sur le trottoir, tourna dans les ruelles, en prenant garde aux pavés glissants. Belle matinée de printemps pour réapprendre la course. Un grand soleil.

Le pas du jogger ralentit sur le trottoir, au milieu des passants. Un regard vers sa montre pour surveiller son rythme cardiaque. Le souffle se fit plus profond, plus calme. Il avait couru pendant près d'une heure aujourd'hui. Bien suffisant. Il s'arrêta devant une boutique et entra.

« Oh, bonjour *pane* inspecteur. J'ai trouvé ce que vous m'avez demandé. »

Le commerçant attrapa une lourde boîte en carton, presque un cube et la posa sur le comptoir. Nikolaj ouvrit et se saisit d'une des balles à l'intérieur. Il inspecta et reposa.

« Du .44, comme je voulais. Incroyable ce qui reste comme antiquités dans la Ville.

— Rien ne disparaît vraiment, surtout pas ce genre de produit, inspecteur.

— Hélas. Tout est en ordre, le paiement d'avance vous a paru suffisant ? Bon, au revoir. »

Le pas de Nikolaj dans une zone désaffectée du quartier d'Holešovice. Il piétina sur le sol gravillonné avant de se stabiliser. Le souffle laissait entendre une concentration appuyée. Il recherchait ses anciens réflexes, la bonne position. Et il tira... Puisque la Guilde reprenait ses activités.

Seidl trouva le Commandeur en train de quitter la salle de la Diète. Le général ne fut pas dupe : à cette heure de la nuit, Bláha prenait toujours un chemin détourné pour revenir au palais présidentiel.

« Vous êtes allé voir la châsse d'argent ?

— Elle est toujours aussi belle. Parfois, Seidl, je vous envie de commander nos forces sur le terrain, alors il me suffit de venir regarder son cercueil et je me réjouis d'être là où je suis.

— Nous n'avons plus le contrôle de notre golem, je vous le rappelle. Plus inquiétant, nous ne pouvons toujours pas le localiser. Les projecteurs se déclenchent en plusieurs endroits, même le jour.

— Elle protège Miro. J'avais pensé à cette possibilité. Je ne suis pas étonné. Ne te tracasse pas, Bohumíl, que notre golem le tue ou le protège, nous ne sommes pas perdants. Je connais Miro. »

Seidl ne dissimula pas sa perplexité. Il aurait dû insister pour mieux peaufiner le golem. Lors de sa première apparition en ville, l'activité électrique des projecteurs holographiques n'avait pas été tracée, faute d'un programme au point. De nombreuses zones de projection n'étaient même pas reliées entre elles. Le projet avait été accéléré avec l'apparition des premiers cas de vol et d'effraction, l'armée en payait les conséquences.

« Nous n'avons pas que cette affaire sur les bras, hélas. La police nous a prévenus de la date de la manifestation. Le cortège se réunira le 16 à quatorze heures sur la place Basile et remontera la rue Jan Želivské pour s'arrêter au niveau de notre QG. Je suis obligé de sortir des chars anti-émeutes. »

Bláha se frotta le menton et dépassa Seidl pour entrer dans la salle des gouverneurs, une longue pièce rectangulaire dont les hautes fenêtres donnaient sur les jardins. Pensif, il s'adossa contre l'un des vieux poêles en fonte derrière les portes.

« Si je me souviens bien des rapports d'Ombre Blanche, Miro veut des chars. Devons-nous lui donner ce qu'il veut ?

— Les brigades de police nous signalent que les habitants contaminés par la propagande du VIRUS sont nombreux. Je ne peux juguler une telle poussée avec des hommes à pied. Si les manifestants envahissent notre QG, nos défenses seront affaiblies.

— Et s'ils saccagent le bâtiment, les NK entreront en scène. La perspective de voir des granulocytes et des macrophages sortir du sol pour phagocyter les habitants me donne froid dans le dos.

— Miro a parfaitement pensé tout ce plan. Il connaît nos faiblesses. »

Bláha réfléchit longtemps, en regardant la pleine lune. Seidl s'était assis sur la lourde table en bois collée contre un mur. Il battait mollement des jambes pour faire passer sa nervosité. Le Commandeur prit une longue inspiration avant de parler : « Bohumíl, tu vas déployer tes chars anti-émeutes, mais tu chargeras leurs mitrailleuses de balles réelles. Pour les canons, des charges de lacrymos suffiront.

— Des balles réelles ? Commandeur, vous savez très bien qu'une manifestation est un phénomène instable, qui dégénère facilement. Vous allez étendre l'infection si vous tuez des habitants. »

Le Commandeur se tourna vers Seidl, le visage à moitié éclairé par la lune. Dans sa voix, il n'y avait pas le ton fatigué habituel, cette impression d'ennui qui le caractérisait depuis qu'il avait pris le pouvoir. Il redevenait le militaire froid et déterminé, capable de renverser un gouvernement avec un coup d'État.

« Je provoquerai une poussée de fièvre, mais j'assume, nos forces de défense se mettront en alerte rouge. Gaïa a été programmée pour supporter une infection et réagir de manière opportune. Nous jugulerons l'inflammation qui va s'emparer de la rue, mais nous ne donnerons pas nos chars à Miro. Fais en sorte que les Loups ne puissent pas les atteindre vivants. Bien sûr, je ne veux pas que tes hommes dérapent, et je connais les effets d'une masse humaine concentrée. Nous allons résister. J'ai confiance dans Gaïa. Nous l'avons mise au point au cours de ces huit ans, elle nous a protégés sans faillir, nous garantissant une ville saine et sûre pendant nos opérations militaires. Désormais nous devons la défendre contre ce VIRUS qui l'attaque. Nous ne sommes pas démunis, Bohumíl ! Nous réparerons plus tard. »

Seidl accepta l'ordre. Dans cinq jours, il commanderait son bataillon. Il se pourrait qu'il doive tirer sur des civils. Parfois, on ne peut guérir les cellules infectées et il faut les détruire pour prévenir une maladie plus grave : Miro.

CHAPITRE VII

PRISE EN RETOUR

Une clameur dans la Ville. Au milieu des toits de tuiles et d'ardoises, entre les façades noires et grises, sous des fenêtres sales,
le tumulte se répandait, remontait les rues et battait le pavé. Il
couvrait le ronronnement quotidien du tramway, il éclatait et
secouait la torpeur de la place Basile. Une masse obscure et
mouvante avait pris position et s'ébrouait. Les banderoles flottaient au vent, bannières et calicots se déployaient au-dessus de
la foule, se touchaient et s'écartaient comme le reflux des
vagues. Étendards rouges et bleus, verts et blancs, coloraient la
place et l'égayaient, tandis que sirènes et sifflets produisaient de
la cohue à certains endroits. Une désorganisation s'installait,
malgré un service d'ordre qui entourait les points de friction et
calmait l'activité des plus turbulents. Au bout de la rue, le cortège voyait le QG de l'armée et, devant, les forces anti-émeutes.

Entre ces derniers et les manifestants, dans un immeuble à
la façade lisse et jaune, des hommes et des femmes s'affai-
raient. Ils descendaient et montaient les escaliers et se regrou-
paient à chaque étage. Des ordres se murmuraient et se
transmettaient, tandis qu'on vérifiait les couteaux et les poignards. À l'aide de miroirs, on se concertait avec les équipes
situées dans le bâtiment d'en face. Une intense activité s'installait alors que les manifestants n'avaient pas encore avancé vers
les forces de sécurité.

Un homme avança prudemment en montant l'escalier. Il se colla contre le mur pour laisser les gens dévaler et se croiser. Il arriva enfin dans une large pièce, un salon vide. La peinture s'écaillait au bas des murs, certaines plinthes étaient arrachées et il manquait des dalles au faux plafond. Une énorme machine noire et globuleuse reposait sur un trépied, près d'une des trois fenêtres. Elle ressemblait à une grosse bouteille renversée ou à un stylo ventru. La pointe brillait d'une pâle lueur rougeâtre. Tout le reste était parcouru de câbles et de voyants qui clignotaient, tandis qu'à ses côtés une femme assise surveillait un boîtier qu'elle tenait entre ses genoux. L'homme la reconnut : il s'agissait de Svetlana Orel.

Aux autres fenêtres, deux hommes regardaient la rue. Le premier avait la peau brune, des cicatrices aux bras. Sombre et calme, il commentait les mouvements des troupes. Il s'interrompait parfois brutalement, sans doute pour écouter le rapport de ses équipes dans son oreillette. Collé contre le montant d'une fenêtre, l'autre homme paraissait toujours jeune avec ses cheveux blonds qui lui donnaient un air d'ange. Pour qui ne prêtait pas attention à l'intensité du regard, on n'aurait pas cru que Miro était le *kníže*, le chef de la Guilde. Son plan s'accomplissait sous ses yeux, il ne s'agissait plus d'un test mais d'une étape décisive. Il surveillait de près les opérations et demandait régulièrement des informations à Ysengrin. Toutefois, il n'oublia pas de saluer la personne qui venait d'entrer dans la pièce.

« *Nazdar* Václav ! Désormais nous ne pouvons plus reculer. Vous avez bien transmis nos suggestions à Radek ?

— Ne pas avancer au-delà de la Biskupcov afin de pouvoir s'échapper par les rues adjacentes. Je pense qu'il a compris, même s'il désapprouve : il souhaite un affrontement plus direct.

— Je lui ai promis une manifestation publique, qu'il s'en contente. Il n'a pas les moyens de s'offrir plus pour l'instant. S'il se montre docile, il obtiendra plus.

— Vous aimez qu'on vous obéisse, Miro, même quand il ne s'agit pas de Loups.

— Cher petit journaliste, je vous ai fait venir ici pour vous récompenser de vos efforts, pas pour discuter. Nous aurons bien le temps plus tard. »

Václav acquiesça et prit place aux côtés d'Ysengrin pour regarder la rue.

En fait, il avait les yeux fixés sur les chars : il n'en avait jamais vu d'aussi près. Quand Václav était jeune, il avait joué avec des modèles réduits à chenilles, on lui avait parlé des grandes guerres humaines, des longs canons, de la lourdeur de ces mastodontes, mais, même après le coup de Bláha, aucune de ces machines n'était apparue en ville. Là, il en voyait cinq d'un blanc étincelant, non pas montés sur des chenilles mais posés sur une monture à six pattes métalliques dotées de roues rétractables. La tourelle en deux parties était surmontée d'un dôme d'où sortait un canon court, d'un mètre environ qui pivotait à 360°. Dans la partie basse, deux mitrailleuses surplombaient les postes de conduite des opérateurs principaux. On voyait les deux soldats à travers leurs sabords métalliques ouverts. Le troisième, chargé du canon, était réfugié dans la partie haute, juste au-dessus de la section motrice. Les chars se déhanchaient pour se positionner. Deux en avant, les trois autres sur les marches du quartier général, de l'autre côté du carrefour. La rue Koněnova séparait les premiers des seconds.

Pour le reste, le déploiement des forces de sécurité semblait réduit. Une cinquantaine d'hommes entouraient les chars en formant une barrière derrière leurs boucliers de plastique. Les autres bloquaient la Koněnova en se protégeant derrière les deux hôtels jumeaux aux angles du carrefour. L'armée ne devait pas prendre la manifestation au sérieux.

Des sirènes s'élevèrent de la foule sur la place, on cria de partout et les bannières se levèrent. Le cortège avança. On ne distinguait pas les individus ou les meneurs, seul le service d'ordre canalisait les gens sur les côtés.

Ils défilaient par milliers, réveillés par les messages dans le métro, par ces mots qui avaient pénétré leur cerveau pendant qu'ils attendaient une rame. Malgré huit années de paix et de sécurité, les phrases du VIRUS avaient modifié leur comportement routinier. Ils avaient dévié de leur trajectoire, se transformant pour devenir des éléments anormaux et perturbateurs. Chaque individu en avait contaminé d'autres, propageant un discours différent de celui imposé par l'armée. La propagande du VIRUS s'était répliquée avec l'aide des citoyens déjà sensibilisés, pour se disséminer encore plus.

La manifestation témoignait de la dangerosité du message et de l'urgence d'un traitement. Si l'armée ne contenait pas cette infection, le cycle de propagation s'étendrait et menacerait toute la Ville. Le Commandeur Bláha s'attendait à une telle issue, mais il assumait la poussée de fièvre nécessaire pour endiguer la maladie. S'il venait à bout de la manifestation, il rendrait les habitants résistants aux messages dans le métro. Ils apprendraient qu'une telle démonstration n'apporte rien et que les forces de sécurité resteraient les plus fortes. Le VIRUS pourrait continuer, son impact serait fortement diminué.

La foule approcha des premiers rangs de soldats. Les banderoles s'agitèrent et les barrières crissèrent sur le sol sous l'effet de la poussée du cortège. L'affrontement se préparait, une forme d'équilibre s'installait. Sifflets, tambours et cris d'un côté, calme de l'autre. C'était le premier affrontement, le premier contact. Depuis combien de temps la Ville n'avait-elle pas connu une manifestation ?

Les plus jeunes poussèrent les barrières métalliques, se

heurtant aux militaires qui les bloquaient avec leurs boucliers. On s'agitait. La tension montait.

« Václav, lança Miro, Radek en fait un peu trop. Je comprends qu'il veuille occuper le terrain, mais il doit ordonner la dispersion avant que les forces de sécurité n'interviennent. Il s'agit d'une démonstration, pas d'un renversement.

— Je lui ai dit, mais il sait que vous êtes là. Il compte sur vous.

— Il a tort. »

Une vague s'empara de la foule et s'échoua sur les barrières. Les soldats s'arc-boutèrent, mais résistèrent. Ils constituaient la première ligne de défense. Derrière eux, les chars se repositionnèrent et s'ancrèrent dans le sol. D'autres vagues affluèrent, venant de l'arrière de la manifestation. Elles faisaient osciller les bannières et les drapeaux. Les barrières métalliques furent soulevées et écartées. Des soldats quittèrent leur place près des chars pour aider leurs collègues à contenir la poussée.

Une détonation. Des cris, une cohue chez les manifestants. Qui avait tiré ?

« *Sakra !* s'exclama Miro. Le tir vient de l'intérieur de la manifestation. Des gens cherchent à provoquer la panique dans les rangs.

— Le traître ?

— Peut-être, Václav. S'il appartient à la Guilde, il doit savoir que je veux les chars et que j'ai besoin de fixer les positions de l'armée.

— Où est Fenris ? »

Miro regarda le journaliste et secoua la tête : « Ne vous occupez pas de nos affaires. »

En bas de l'immeuble, la situation dégénéra. Les lignes des forces de sécurité se déformèrent et menacèrent de rompre. La manifestation dévoilait sa puissance et mettait à l'épreuve les défenses. Le char de tête bascula en avant puis tira un coup de canon. Une détonation sèche. Le projectile partit en cloche et explosa au-dessus de la foule en une fumée blanche. Dix secondes après, les gens se mirent à pleurer et tousser sous l'effet des gaz lacrymogènes. Le cortège se retrouva coupé en deux : la queue reculait pour se trouver hors de portée. À l'avant, la situation ne s'arrangea pas. Si les soldats avaient eu le temps de déployer le masque à gaz de leur casque, les manifestants décuplèrent leurs efforts pour bouger. D'autres détonations se firent entendre de plusieurs endroits. Les cris sortaient de partout et la confusion régnait.

Soudain, les lignes de défense furent transpercées. Les gens passaient et se ruaient vers les chars.

« Les imbéciles, hurla Miro, ils vont tout gâcher. »

Des crépitements. Les mitrailleuses se mirent en action et cueillirent les premiers intrus. Ysengrin se colla à la fenêtre pour mieux voir, il ne parvenait pas à y croire : l'armée tirait sur les civils ! Les opérateurs des chars avaient perdu leur sang-froid, personne ne pouvait leur avoir donné un tel ordre.

« Les fumigènes, Ysengrin, dis aux nôtres de balancer les fumigènes, maintenant. Nous n'aurons pas d'autre occasion.

— Mais les manifestants… osa Václav.

— Ils pourront s'échapper s'ils ne font pas les idiots. Les chars n'auraient pas dû être fournis en balles réelles. Seidl et Bláha devaient être prévenus de notre action. Bon, on change tout. »

Pendant qu'il parlait, des grenades tombaient des immeubles occupés par les Loups. Une fumée épaisse remplit la rue, et s'ajouta aux gaz lacrymogènes qui piquaient la gorge de Václav. Il observa la fuite des manifestants poursuivis par les forces de sécurité. À travers le brouillard des fumigènes, il distinguait des corps sur le sol, des traces de sang, rien de plus. Les chars hexapodes demeuraient en place.

Miro avait enfilé son armure : un bloc de métal bleuté sur ses épaules. Il quitta la pièce.

« Que fais-tu ? demanda Ysengrin. Les fumigènes ne sont là que pour leurrer le satellite, les chars vont repérer vos mouvements.

— Nous n'aurons pas d'autres chances de les voler. Je pars avec Mibu et des volontaires. Nous avons les bolas pour nous aider. Pour le reste, eh bien, nous sommes les Loups ! »

Et le Vlk disparut dans l'escalier.

Un instant après, Serval débarqua dans la pièce.

« Ysengrin ! Miro est vraiment parti attaquer les chars ? »

Le second acquiesça, rejoint par Svetlana Orel qui avait assisté à la scène. Serval secoua la tête et frappa du poing contre le mur : « *Pitomec !* C'est du pur suicide. Il veut prouver quoi à la meute ? Il n'était pas là, il y a huit ans. Quand va-t-il finir par l'accepter ? »

Tout en râlant et poussant des jurons, Serval enfila son armure et dévala l'escalier pour tenter de rattraper son chef.

Miro s'était blotti contre un battant de la porte de l'immeuble. Il observait les chars. Le premier se trouvait à une dizaine de mètres et s'était avancé pour suivre les fuyards, sans pour autant sortir les roues sous ses pattes. Il claudiquait en marchant. Le deuxième restait une centaine de mètres en arrière pour protéger son « frère ». Les mitrailleuses ne tournaient plus.

« Mibu, passe-moi les bolas. »

Le Loup donna la corde avec des balles de plastique aux extrémités. Ils étaient combien avec leur chef dans l'entrée ? Quatre ou cinq, les plus fous. Ils savaient qu'ils devraient courir pendant dix mètres, en plein dans le champ de tir du second char. Même s'ils passaient, rien n'assurait leur victoire sur les conducteurs à l'intérieur. Ils se réjouissaient d'agir avec le chef de la meute, pourtant. Ils avaient le sentiment de l'avoir retrouvé, de comprendre pourquoi il était à leur tête, pourquoi il avait accepté cette vie de moribond pendant huit ans, uniquement pour ce moment de gloire. Ils vivaient la fierté des Loups, la seule qui répondait à leur désir d'honneur. Et après, mourir.

Miro se lança dans l'entrée en faisant tourner ses bolas. Elles vrombirent avant qu'il les lâche, puis la corde vola dans le ciel pour s'enrouler sur la tourelle du char. Quand les deux balles touchèrent le métal, un épais nuage de fumée enveloppa la machine. Au même moment, les quatre Loups coururent en avant. Des balles ricochèrent sur le trottoir, sur le bitume, mais aucune ne put atteindre les quatre silhouettes noires.

Dans son char, le mitrailleur observa le nuage sombre qui entourait l'hexapode devant lui. Il referma les sabords et utilisa les instruments électroniques pour comprendre ce qui se déroulait. Il s'en voulut d'avoir raté les quatre cibles, mais le mec aux bolas lui avait semblé si incongru qu'il n'avait pas réagi à temps. Ses capteurs de chaleur lui signalèrent une activité étrange sur le char devant. Des décharges électriques émergeaient de la fumée. Il appela par la fréquence interne, mais personne ne répondit. Le mitrailleur se tourna vers sa console et balaya tous les canaux de fréquence. Par précaution, il lança une ou deux contre-mesures par crainte de brouillage. Depuis son siège, il fit signe au conducteur, mais ce dernier n'avait pas plus de renseignements. Quant au canonnier, il avait les mains posées sur un obus. Il savait qu'il n'utiliserait plus de lacrymogènes, mais il ne se sentait pas encore en sécurité. Qui étaient les hommes qui avaient jailli de l'immeuble ?

Le nuage de fumée se dissipa enfin. Le char s'était posé sur le sol, les pattes pliées à leur jointure. Il était impossible de savoir s'il était endommagé ou non. Un appel du chef de section retentit dans la cabine. Le mitrailleur décrocha.

« Alpha 2, nous ne recevons plus d'appel d'alpha 1. Ordre de tirer sur tout individu sortant du char. Je répète, ordre de tirer à vue. »

Même s'il s'agissait d'un membre de l'équipage ? Le mitrailleur n'eut pas le temps de poser la question que la communication se coupa. Seul, sans soldats pour le protéger, il se concentra sur l'écran de visualisation qui reconstituait la scène de combat. Le mot le surprit : il était en train de se battre dans la Ville. Quel était l'ennemi ? Des habitants. Il n'avait pas tiré le premier, il avait vu les forces de sécurité céder. Il ne se rappelait plus quand il avait appuyé sur la commande, mais il avait eu peur. Comme maintenant.

Il agrandit l'image pour la centrer sur le premier char et tenta de repérer un mouvement. La caisse et les pattes cachaient le bitume. Tout à coup, il discerna un reflet métallique, légèrement bleuté, pas le blanc habituel. Des formes dans la légère brume des fumigènes. Blanches, noires, grises. Pas des hommes. Trop près du sol. Plutôt des chiens.

Ou des loups.

Le mitrailleur regarda les quatre loups de métal sortir du char et courir vers lui. Il zooma, mais les fumigènes rendaient la visualisation imprécise. Les animaux se jetèrent en avant, ils filaient, ils volaient au-dessus du sol, comblant la distance si vite que l'homme n'eut pas le temps de viser. Il tira une rafale, mais le loup de tête, aux reflets bleus et blancs, évita les balles en obliquant à droite. Le temps que le mitrailleur bouge son arme, la bête avait pris son élan et sauta sur l'hexapode.

Grand bruit, la caisse amortit le choc en tanguant. Nouveau silence. Les écrans ne montraient plus que la rue déserte. On percevait des mouvements près de la tourelle. Puis un grand déchirement de métal. L'écoutille fut transpercée. Quand le mitrailleur se retourna, il eut juste le temps de voir le canonnier sorti de force, agitant les jambes et hurlant. Il entendit le déverrouillage de sa propre écoutille et l'angoisse coula en vagues de sueur glaciales le long de son dos. Terrifié, il s'empara de l'arme posée près de sa console. Il réussit à l'armer et leva les yeux.

Le mitrailleur vit le ciel et, devant, une immense tête de loup, métallique, aux pupilles jaune d'or. Elle ouvrit la gueule, montra ses crocs immenses et se jeta sur son cou pour le mordre à mort.

Serval jaillit dans la rue, pendant que l'armure enveloppait son corps. Les yeux rouges, il se précipita vers le char qui subissait l'attaque des Loups. Miro s'acharnait sur le mitrailleur, ses crocs l'avaient presque décapité et les griffes au bout des bras lacéraient le ventre et les jambes. Le cadavre déchiqueté se balançait de droite à gauche. Miro grognait, éructait, se perdait dans un flot de violence que personne n'arrêtait. Il enfonçait toujours plus loin les crocs dans la chair, plus profondément encore.

Une masse argentée se jeta sur Miro et le fit basculer au sol.

Le *kníže* dut lâcher prise. Il se redressa et vit Serval debout sur le char, écumant : « Suffit, Miro ! Les gars sont morts, on se tire. Tu t'es animalisé. Bon sang, personne ne veut de surenchère dans la boucherie. Tu n'étais pas là, il y a huit ans, que veux-tu nous prouver ? Sois un chef, *sakra* ! Commande-nous, mais ne joue pas un autre rôle. Je n'ai pas soutenu Wolfen parce qu'il désirait de tels actes débiles. Ne me fais pas regretter mon choix ! Redeviens Miro. Regarde autour de toi. »

Le Vlk se releva et se tourna vers le QG de l'armée. Les hexapodes n'avaient pas bougé, derrière le carrefour, à deux cents mètres. Les soldats massés derrière les immeubles jumeaux reçurent des ordres : le deuxième assaut commençait. Miro grimpa sur le char, aidé par Serval. Il ne répondit pas au sourire amical de son lieutenant. Puis, alors que les premiers pelotons avançaient, le *kníže* leva le bras. Dans l'immeuble, Ysengrin poussa un soupir de soulagement et donna ses directives.

De petites détonations retentirent dans les bâtiments du carrefour. Václav distingua des nuages de fumée qui sortaient des fenêtres ouvertes. Les soldats s'arrêtèrent, inquiets. Puis deux séries d'explosions firent éclater les bases des immeubles jumeaux. Aussitôt, les édifices basculèrent sur le côté, s'effondrèrent avec élégance dans un grondement énorme. Les fenêtres projetèrent des éclats de verre jusqu'aux chars du quartier général. Dans une panique effroyable et sous les hurlements de la pierre et du métal qui s'abattait les militaires fuirent sans réfléchir, abandonnant leurs armes. Les ardoises des toits tombèrent en sifflant pendant que des plaques de plastique flottaient en l'air.

Un flot de poussière s'éleva pour accompagner l'écroulement des immeubles jumeaux, il s'étala dans le carrefour, accompagné d'un souffle chaud, sec et piquant, qui dévasta les rues et fit osciller les chars sur leurs pattes. Le sol trembla et frémit sous l'effet du choc, une vitre se fendit au-dessus de la tête de Svetlana Orel et les murs craquèrent. Juste à côté de Václav, une fissure jaillit de la plinthe pour se faire son chemin jusqu'au plafond, en plusieurs traits rapides. Le plâtre se fendilla et une fine poussière blanche tomba sur Ysengrin. Dehors, le bruit de la chute des immeubles résonnait encore, porté par la poussière qui s'étendait. On distinguait une masse ocre et blanche dans le carrefour, traversée d'amas de ferrailles et de poutrelles déformées. Et devant, protégés par les chars, Serval, Miro et les autres.

« Svetlana, maintenant on coupe la rue », hurla Ysengrin dans le bruit ambiant.

La jeune femme donna un coup dans la fenêtre pour briser la vitre et manipula le boîtier de sa machine. L'extrémité devint lumineuse, d'un rouge flamboyant, puis lâcha un rayon blanc. Václav se précipita pour regarder l'extérieur et remarqua une tranchée d'une trentaine de centimètres de profondeur qui courait sur la largeur de la Želiského. Le sillon paraissait franchissable. Le journaliste s'attendit à un deuxième rayon, mais déjà les aides de Svetlana démontaient la machine et la dévissaient de son trépied. Tout le monde descendit les escaliers et Ysengrin força Václav à le suivre.

Quand il sortit dans la rue, le journaliste fut assailli par les odeurs irritantes des lacrymogènes. Il posa un mouchoir sur sa bouche, mais ses yeux pleuraient. Au milieu de la brume, de la poussière et des larmes, Václav aperçut une forme gélatineuse sur sa droite. Là où se trouvait la tranchée, le sol s'était couvert d'un bourgeonnement rougeâtre qui déformait la chaussée. Le gonflement barrait toute la rue sur près d'un mètre de hauteur et continuait de s'étendre. Des canaux rouges apparurent sur le bitume craquelé et laissèrent échapper une substance fibreuse et fusiforme qui proliféra autour d'une masse noire et nécrosée à l'endroit où le rayon avait frappé. Une activité intense se déroula à la surface de la rue et éleva un mur purulent de plus de deux mètres. Entre les gravats des immeubles et cette barrière, personne d'autre que les Loups.

Václav n'eut pas le temps de poser des questions que l'on s'affairait autour de lui. Des hommes avaient pris les commandes des chars pour replier leurs pattes et gonfler les boudins pneumatiques tout autour du véhicule. Svetlana n'avait pas traîné non plus : avec ses assistantes, elle avait posé son espèce de stylo sur un échafaudage à roulettes, pointé vers le sol. Elle cria à Ysengrin : « Tes hommes sont prêts ? Je vais inciser la chaussée. »

Le Loup hocha la tête. Aussitôt, le rayon blanc frappa le bitume et perça la route. Lentement, les assistantes déplacèrent l'échafaudage.

« Que faites-vous ? » demanda Václav.

Ysengrin haussa les épaules et appela Miro. Ce dernier quitta Serval et approcha, l'air détendu.

« Alors, Václav, vous vouliez voir la Guilde en action ? Admirez le scalpel de Svetlana ! Il a entamé le revêtement pour provoquer une cicatrisation et observez l'inflammation des tissus et les fibroblastes qui participent à la régénération. Un mur naturel nous protège, et dans une semaine il aura disparu. Aucune trace de l'opération. Il faudra plus de temps pour les immeubles.

— Vous avez fait sauter ces bâtiments, je croyais que…

— Ils ne renferment aucun organe vital pour la Ville. Vous pouvez perdre des cellules du foie, elles se reconstituent. Voilà toute la différence entre vos attaques et mes explosions. Les immeubles jumeaux appartenaient aux Lions : ils s'en servaient comme hôtel de passe pour les militaires du QG. Ils ont gardé le bâtiment, mais l'ont fermé. Après, nous avons eu huit ans pour disposer les explosifs et préparer le foudroyage des immeubles. Bien suffisant.

— Finalement, la bousculade vous sert, elle a éloigné les militaires. »

Miro passa la main dans ses cheveux et se moqua : « Cher petit journaliste, le talent du voleur se mesure à sa capacité d'action quand il y a des spectateurs. J'avais prévu une opération plus spectaculaire et audacieuse. Votre Radek n'a pas suivi mes conseils.

— Nous avons été trahis ! »

Le *kníže* ne répondit pas. Il monta sur l'un des chars et observa les préparatifs. Václav le suivit. Un craquement se fit entendre dans la masse des gravats. Une forme imprécise, globuleuse, mélange de pierre et de métal, déploya de minuscules tentacules et émergea des ruines. Elle se traîna entre les poutrelles et se couvrit de poussière jaune et noire. Derrière elle, des cellules en fuseaux exsudaient du sol, se pressant contre les débris et partant à l'assaut des décombres. Elles sortaient par milliers des interstices et des craquelures du bitume; gélatineuses et gluantes, elles glissaient et s'accrochaient aux morceaux de brique et de plâtre qu'elles rencontraient. D'autres cellules arrivèrent, différentes, à la progression plus rapide, pour s'agglutiner. En deux minutes, les restes des hôtels jumeaux furent couverts d'une couche gigotante et grouillante.

« La réparation débute, commenta Miro. Des macrophages s'occupent de trier et de repérer la présence d'explosifs, ensuite, fibroblastes et cellules épithéliales cicatrisent. Le processus durera plus longtemps que pour la petite plaie, mais le résultat sera identique. L'armée n'aura même pas besoin de déblayer, les macrophages s'en chargeront.

— Le projet Gaïa permet tout ça et la population l'ignore ? Il faut des opérateurs pour décider des réactions, les cellules ne peuvent pas agir d'elles-mêmes. Si personne ne les contrôle, elles peuvent s'en prendre aux habitants, dans la rue. Qui contrôle ?

— La Ville. Ne faites pas ces yeux étonnés, Václav, vous connaissez déjà la réponse. Acceptez-le : la Ville dispose d'un système de défense autonome, au service de l'armée. Aucun opérateur ne peut remplacer une conscience globale. Vous n'avez pas besoin d'en savoir plus. »

De leur côté, Svetlana Orel et ses assistantes terminaient leur découpe rectangulaire. Elles maintenaient un contact permanent avec des équipes sous la rue. Quand elles éteignirent le bistouri, la chaussée se déforma et se déchira. Lentement, un pan s'affaissa et laissa entrevoir la voûte d'un égout. Des Loups et des Aigles se précipitèrent pour injecter des substances dans les couches de sable et de pierraille pendant que la rampe continuait de descendre. On entrevoyait un canal rouge-sang coulant dans les profondeurs. Miro et Ysengrin battirent le rappel pour obliger les Loups à descendre. Le second emmena Václav vers l'égout.

« Suivez les autres sur le trottoir du collecteur. Restez bien contre la paroi : si vous tombez dans la veine, vous êtes mort. »

Sans fléchir, le journaliste obtempéra pendant que les hexapodes roulaient pour se positionner face à la rampe. De nouveaux fumigènes furent lancés au-dessus des têtes. On criait, on courait, tout le monde s'agitait. Václav arriva au bout de la rampe. Devant lui, un fleuve rouge, un magma étrange de cellules, certaines rondes, granuleuses et rosées, d'autres fusiformes comme celles des plaies. Elles nageaient dans l'eau boueuse des égouts. Peut-être était-ce l'effet des lacrymogènes, mais Václav ne fut pas saisi par une odeur nauséabonde. Il hésita, mais une main l'agrippa et l'obligea à sauter vers le trottoir du collecteur.

« Ne traîne pas, mon doux, ou on te laisse dehors »

Améthyste empêcha le journaliste de s'éloigner, elle montra le ciel et l'entraîna sous la rampe. Václav distingua de grands leviers mécaniques collés aux maçonneries de la voûte. Des Loups s'activaient derrière pour maintenir l'inclinaison pendant que le premier char s'engageait. Cris et ordres s'échangeaient et résonnaient dans le tunnel, on s'écartait, on courait, on accompagnait l'engin. Enfin, l'hexapode glissa et tomba dans l'eau projetant des cellules roses aux reflets bleus sur le trottoir. D'elles-mêmes, elles retournèrent vers le centre de l'égout et disparurent.

Miro sauta et atterrit sur le trottoir, juste devant Améthyste et Václav. Il leva la tête vers Svetlana Orel qui arrivait.

« Je raccompagne tout le monde, dit-il. Prends les hommes dont tu as besoin pour démonter le bistouri et file. J'emmène les chars au hangar.

— T'inquiète pas, il me faut deux minutes pour démonter les pièces essentielles, j'abandonne le plus lourd. Je te garde deux gars pour manipuler des fumigènes, le temps qu'on suture la plaie et qu'on cicatrise complètement. Quand nous aurons fini, personne ne saura par où vous êtes passés. J'ai mis du temps à trouver ces coagulants rapides et ces colles, mais je crois que ça donne un putain de beau résultat ! Serval reste avec moi. »

Miro hocha la tête. Il chercha du regard son lieutenant, mais ne le trouva pas. « Ne traînez pas en route : j'ai besoin de lui cette nuit. Super bon boulot en tout cas. On continue.

— T'as intérêt à continuer ou je te fais porter le bistouri la prochaine fois. Allez, filez et laissez les pros terminer le travail ! »

Svetlana rit et remonta la rampe pendant que le second char glissait. Les deux hexapodes flottèrent et remontèrent le courant en ballottant. Quand Miro et Václav commencèrent à les suivre sur le trottoir, les leviers s'actionnèrent et des vérins repoussèrent la rampe vers le haut. L'ouverture se referma dans un bruit de succion et de craquements.

Ils marchèrent pendant de longues minutes dans le collecteur, entourés de tuyaux suintants. L'odeur de pourriture et de décomposition atteignit enfin les narines de Václav. Il dut se boucher le nez pour traverser certains endroits où des déchets s'étaient accumulés. L'atmosphère humide et froide ne semblait pas peser sur les Loups, ils accompagnaient les chars, aidaient aux manœuvres quand il fallait tourner à un embranchement. Les cellules rosées et fusiformes étaient moins présentes dans l'eau trouble à mesure qu'on s'éloignait des lieux de la manifestation.

« Les machins roses et bleus, un peu granuleux, c'est l'équivalent des plaquettes, expliqua Miro. Elles partent réparer les dégâts. En temps normal, elles ne flottent pas en nombre si important, mais elles surveillent quand même la présence d'intrus. L'armée a donné des combinaisons spéciales aux éboueurs pour qu'ils puissent travailler. Sans leur dire pourquoi, évidemment.

— Et les employés ne remarquent rien ?

— Ils ont un boulot, ils suivent des consignes, et voilà. Que voulez-vous qu'ils disent de plus ? Ils ne sont pas lâches, ils savent juste où se situe leur intérêt. Qui s'opposerait à l'armée ?

— Vous. Ce vol était spectaculaire : juste devant le QG.

— J'avais prévu mieux et je n'aime pas qu'on me prive de ces plaisirs-là. »

Soudain, au fond du tunnel, des hommes apparurent. Ils étaient une dizaine, mais aucun Loup ne broncha. À leur tête, Svatoušek des Cafards se dirigea vers Miro : « Allez, on vous guide jusqu'aux entrepôts maintenant. Tout s'est bien déroulé ?

— Un traître a gâché nos réjouissances, mais cela n'a causé aucune perte. Une bonne chose de faite. Toutefois la journée n'est pas terminée.

— Comment ça ? Tu vas utiliser les chars ce soir ?

— Non, je dois régler les comptes avant d'entamer la séquence de jeu finale. Je ne veux pas qu'un petit malin s'amuse à divulguer toutes nos infos à Bláha et Seidl. »

Après une heure dans les égouts, la troupe s'arrêta sous une large cheminée creusée dans la pierre. Une équipe des Cafards attendait leur arrivée. Un homme glissa le long du mur et discuta avec Svatoušek en émettant des grésillements stridents. Le chef des Cafards se pencha vers Miro : « Dépêchez-vous de monter, on s'occupe de boucher le tunnel juste après. Les scouts de l'armée ont envahi les égouts et vous cherchent. Le dédale à cet endroit les perdra pendant un temps, mais ils vont tomber sur le puits.

— Je l'avais prévu, nota Miro.

— Oui, peu de choses peuvent t'étonner. Tu maîtrises même le hasard, diable d'homme !

— Tu te trompes, Svat'. L'homme en moi peut être surpris, pas le *kníže*. Quiconque commet cette erreur sera détruit ! »
À ces mots, le chef des Cafards frissonna.

La plupart des Loups grimpèrent aux échelles métalliques collées à la paroi. Les autres attrapèrent grappins et cordes qui descendaient des hauteurs pour les fixer sur les chars. Václav monta avec Miro et se retrouva dans un immense hangar vide, où attendaient Plume et Fenris. Ce dernier paraissait nerveux, il secoua rudement ses équipiers qui ne surveillaient pas bien les manœuvres de levage. Le premier char s'éleva hors de l'eau et grimpa par à-coups dans la cheminée. Déjà en dessous, les Cafards reconstruisaient la voûte de l'égout avec des pierres et du mastic. Une fois les deux hexapodes en sécurité et bâchés, tout le monde se détendit enfin. Mibu poussa des cris de joie et même Fenris sourit. Les Loups manifestèrent leur fierté : le temps des victoires revenait.

Miro laissa ses hommes se réjouir, mais pas très longtemps. Il monta sur l'un des chars et s'adressa aux Loups : « Mes amis, nous avons réussi une première étape. Elle nous a demandé huit ans de patience. Toutefois, un élément de la Guilde a décidé de nous attaquer au moment où nous reprenons la main. Il a pactisé avec nos ennemis. Il est la cause de notre défaite lors du coup d'État, et il cherche la destruction des Loups pour son propre intérêt. Je demande la vengeance absolue, celle que nous permet la Guilde : l'anéantissement. Oui, cette nuit, nous allons éliminer un clan tout entier. Oui, cette nuit, vous allez débarrasser la Guilde du clan des Serpents, du clan de Had' ! »

L'ensemble des Loups se figèrent, surpris. Mais déjà des voix accompagnèrent l'appel de Miro. Mibu, Améthyste, tous étaient attirés par l'odeur du sang et de la vengeance.

Miro sauta à terre et se tourna vers Václav : « Vous allez suivre Plume, je veux que vous regardiez comment nous nous vengeons. Si vous voulez savoir ce qu'est un Loup, vous devez affronter cela. »

Un homme s'approcha du Vlk, au milieu du bruit, au milieu des grognements. Ses bras étaient couverts de cicatrices. Quand il parla, sa voix fut douce et posée : « Miro, j'ai une requête à te présenter. Pour...

— Requête acceptée, Ysengrin, répliqua Miro. Ton moment est venu. »

Un immeuble aux portes de verre, en plein milieu du quartier d'affaires. Un bâtiment sans histoires, qui voyait défiler son lot d'employés, de cadres et de secrétaires. Fondu dans le décor, indétectable. On y travaillait aux heures de bureau, sans excès, sans passion. Quand venait la nuit, dans ce quartier éteint, abandonné, les salles vides se remplissaient et l'on s'y agitait. On reprenait possession du lieu, on ouvrait les portes des étages interdits, les issues condamnées, même pour les équipes de nettoyage. La nuit, les Serpents s'éveillaient dans leur nid. Ils avaient dormi derrière les cloisons, dans les faux plafonds, dans des espaces aménagés et connus d'eux seuls. Il en allait ainsi de tous les nids. Dans l'étage d'un hôtel particulier, dans les chambres d'un palace, au-dessus d'un casino, les Serpents étaient le voisin qui vous souriait lorsque vous reveniez du marché, la famille qui allait promener l'enfant au parc, le couple qui venait d'emménager sous les toits. Partout et nulle part. Ils avaient bien appris la leçon, mieux que les Loups.

Dans cet immeuble de bureaux aux portes de verre, se dissimulait le chef des Serpents, Ludvík Had'. Et dans les rues adjacentes, cachés dans l'ombre, des hommes et des femmes attendaient un signal. Ils se regardaient, vérifiant leurs armes. Ils se souvenaient de la trahison, de ces huit années passées à se cacher, et ils serraient la crosse de leurs fusils. Certains avaient déjà déployé leurs armures métalliques et se dissimulaient sous le regard rouge de leur casque à tête de loup. À un angle, quelqu'un surveillait la rue devant l'immeuble aux portes de verre. Il n'avait pas caché sa chevelure blonde et portait toujours le même blouson, la même tenue que huit ans auparavant. Miro observait le garde devant l'entrée. Un seul ordre suffirait pour lancer l'assaut. Cette fois, ses hommes le suivraient. Le *kníže* ne serait pas absent et ferait partie des premiers à se ruer, des premiers à tirer. Miro n'avait pas pu sauver le clan, alors il participerait à la revanche.

La lune était pleine, parfaitement encastrée entre deux immeubles dans cette rue montante. On aurait dit que la route y menait. Le Serpent qui faisait office de garde rota et se gratta le cou. Il tourna sur lui-même, puis s'arrêta. Une silhouette noire se dessinait dans le disque lunaire. Un homme seul. Le garde savait que personne ne s'aventurait dans ce quartier à une telle heure. Il se méfia.

La silhouette descendit la rue, sans précaution, sans manifester peur ou inquiétude. Le pas calme claquait sur le sol. Le garde vérifia sa dague à sa ceinture : il ne voulait pas utiliser son armure inutilement. L'inconnu s'approcha, toujours dans la lumière de la lune. À mesure qu'il avançait, on remarquait ses bras nus, et les cicatrices qui se succédaient. Si son visage restait dans l'ombre, les blessures luisaient, là où la peau avait été martyrisée. Une tension persistante irritait la langue du garde, comme de l'électricité. Il reconnut enfin l'individu : « Ysengrin ! Tu m'as fait peur. Quelle idée de venir seul à deux heures du matin. Tu viens voir le Had' ? Nous savons que le vol des chars s'est bien déroulé.

— Oui, Aspic. Je viens annoncer la suite. Les événements se précipitent.

— Ah bon ? Le *kníže* n'a jamais été clair sur son utilisation des hexapodes. Il veut prendre d'assaut le Hrad ?

— Non, ce serait affronter la Ville. Mais tout d'abord, il faut régler les détails.

— Lesquels ?

— Des détails vieux de huit ans. »

Le garde ouvrit grand les yeux. Ysengrin demeurait impassible, la voix ne trahissait aucune émotion.

« Je vais t'annoncer auprès du Had'. »

Le garde se tourna et se dirigea vers l'entrée.

« Pas la peine », répondit Ysengrin.

Aspic tourna la tête, juste assez pour voir le canon d'un pistolet. Le souffle d'un silencieux, un corps qui s'effondra. La mort fait si peu de bruit.

Ysengrin dévissa le silencieux et remit une balle dans le chargeur. Il s'empara d'un deuxième pistolet et déploya son armure : un loup gris sous l'éclat de la lune. Puis il sortit deux boîtiers explosifs et les colla sur la porte d'entrée. Il regarda le décompte des secondes s'afficher en rouge. Ysengrin respira profondément en serrant ses armes contre lui. Il pouvait entendre les pas des autres Loups qui le rejoignaient – Miro en tête – mais il avait obtenu sa récompense. Il ne serait pas dit qu'il avait été un fuyard, il ne serait pas dit qu'il s'était sauvé de la tanière, qu'il avait abandonné ses amis. Il serait le premier à entrer dans le nid des Serpents et personne ne lui enlèverait cette victoire.

Ysengrin recula et s'accroupit. Il se protégea du souffle de l'explosion qui emporta les portes, projetant des éclats de verre dans tout le hall. Puis le second de Miro, l'homme calme de la meute, avec son regard doux d'enfant, se jeta en avant et hurla en courant. À l'intérieur, beaucoup de Serpents attendaient, mais Ysengrin ne les décevrait pas.

« Miro va éliminer ce clan parce que Ludvík lui a sauvé la vie ? »

Plume vérifie le chargeur de son fusil-mitrailleur et enlève la sécurité. J'entends plusieurs « clics » autour de moi. Améthyste sort de la loge de la concierge et se fait remettre un pistolet par un membre de son équipe. Le groupe est constitué d'à peine une dizaine d'individus. Plume se tourne vers moi, le visage tendu : « Le chef des Serpents a commis une erreur, il s'est trahi en sauvant Miro.

— Il a préservé le clan, qu'auriez-vous fait si Miro était mort ? Tout le plan se serait effondré.

— Vous avez raison, mais un chef de clan n'a pas intérêt à protéger le *kníže*, surtout quand il s'agit des Serpents. Ludvík devait apporter des informations pour aider nos médecins à soigner Miro, pas se charger lui-même de l'injection. Il a signé son arrêt de mort.

— Mais jamais vous n'avez pensé qu'il pouvait agir par amitié ? »

Le visage de Plume laisse apparaître un sourire fugitif.

« L'amitié n'existe pas entre les chefs de clan, seules les relations de pouvoir comptent. Si Miro était mort, Ludvík serait devenu le *kníže*. En injectant l'antidote, il a signifié qu'il voulait affronter le Vlk de manière directe, pas grâce au hasard. En d'autres temps, un tel comportement aurait été jugé normal, mais Miro savait qu'un traître menaçait la Guilde et son plan. Il était facile de reconstituer la partie et de comprendre l'objectif.

— Mais vous, Plume, quand Ludvík a sauvé Miro, vous n'avez pas eu de la gratitude pour le Had' ?

— Ne me demandez pas cela, je suis incapable de vous répondre. Miro ne connaît pas la gratitude. Je peux vous expliquer sa logique, son raisonnement, et tous ici approuvent un tel acte. Pour le reste, je suis heureuse d'exécuter les ordres. Suivez-nous, Václav, vous ne rentrez dans les pièces qu'une fois ces dernières sécurisées. Venez voir et comprendre ce qu'est la vengeance des Loups ! »

Plume lève la main et Améthyste acquiesce. Bientôt, tout le monde entre dans l'immeuble, et je suis.

Personne ne prend l'ascenseur. Améthyste grimpe l'escalier, accompagnée de deux hommes. Je la vois disparaître dans les hauteurs. Le concierge s'est réfugié dans son appartement, mais un Loup s'occupe de bloquer la minuterie des paliers. Les actions paraissent précises, rapides. Je monte. Après la volée de pierre, un tapis recouvre les marches des étages supérieurs : nos pas se retrouvent assourdis. Plume appelle deux femmes à ses côtés et accélère. Je dois courir pour ne pas être distancé. J'entends les premières rafales, une série de détonations sourdes, aucun cri. Améthyste a ouvert les premières portes : elle sait où vivent les Serpents. Nous nous groupons à quatre autour de Plume, je reste derrière. Au palier du troisième étage, des habitants entrouvrent leurs portes et observent les gens armés qui montent. À quoi pensent-ils en nous voyant ? Peut-être à une intervention de l'armée ? Non, ils doivent avoir repéré l'éclat des armures, l'absence des uniformes. Parfois, un Loup s'approche et les portes claquent : le massacre peut se poursuivre.

Quatrième étage. Plume se précipite vers le fond d'un couloir. Une équipière se jette sur la porte en bois avec une masse et l'ouvre d'un coup. Combien de secondes ? Tout va trop vite. Des coups de feu, un cri, du verre qui se brise. Je ne vois rien, j'imagine. Il suffit d'une balle, de l'effet de surprise. La Louve m'a dit que les Rats avaient fourni tous les renseignements. Il existe toujours un clan capable de trahir. Tous se surveillent. Une Guilde ! Ils sont unis par un but commun, mais ne désirent que la destruction des autres clans. Aucune amitié, aucune alliance ne peut durer. La vengeance efface tout, disperse et anéantit. Demain, il ne restera plus rien du second clan de la Guilde, juste le souvenir de sa trahison et l'odeur de la poudre.

Plume sort, elle file près de moi et me pousse contre le mur : « Ne restez pas dans le chemin, c'est dangereux ! »

Une porte s'ouvre, un poignard se fiche à deux centimètres de mon oreille. Une détonation, en plein dans la cage d'escalier. Plus rien. Encore le mouvement des Loups qui se précipitent vers une nouvelle victime. Ils ressortent, je n'ai toujours rien vu. Ils montent à l'étage supérieur. Je les accompagne.

Cette fois, Plume enfonce la première porte sur la gauche, à la sortie de l'escalier. Une Louve la protège des premiers tirs, mais bientôt le silence revient. Bruit de courses dans l'appartement, bousculade. Je m'avance dans l'entrée. Un corps ensanglanté gît, désarticulé, contre la penderie. Tout de suite après je vois une autre victime, une femme étendue dans le salon. Au milieu, une enfant de douze ans, amenée de force de sa cachette. Elle pleure, sanglote au-dessus du cadavre de sa mère. Blonde, les cheveux presque blancs, elle me fait penser à la fille de Miro, les larmes en plus. Juste devant, Plume ne bouge pas. Elle a troqué son fusil-mitrailleur pour un pistolet. Une de ses équipières se penche vers elle, mais elle la repousse : « Je sais, barrez-vous ! »

La femme obéit. Elle passe à côté de moi et veut m'entraîner. Je résiste. Plume observe l'enfant. Lentement, elle lève son arme et la pointe.

« Vous ne pouvez pas, Plume ! Il s'agit d'un enfant. »

Plume paraît hésiter, puis, tout en gardant un œil sur l'enfant, dirige son arme vers moi : « Ne vous occupez pas de ça, Václav. Pour détruire un clan, il faut le faire entièrement, ne pas laisser de survivants, s'en débarrasser jusqu'au dernier ! Vous ne savez pas le mal que peut faire un enfant, comment il peut détruire un adulte, comment il peut anéantir le plus beau des projets, comment il peut être monstrueux. Vous le pensez innocent, mais il vous hante et vous brise. Il faut tuer les enfants, Václav, les tuer avant qu'ils ne vous détruisent.

— Ce n'est pas la fille de Miro, Plume. Ne vous trompez pas d'ennemi.

— Tirez-vous… Tirez-vous ! »

Je ne veux pas partir, je veux rester là et voir, mais des bras me traînent et me forcent à reculer. On me plaque contre le mur tandis que je me débats. Je refuse cet assassinat ! Elle n'a pas le droit.

Une détonation. Claire et nette. Pure. La Louve sort en courant de l'appartement et, à la lumière des lampes de l'étage, je crois discerner l'éclat d'une larme. Ou peut-être veux-je en voir une. Elle a tiré, mais a-t-elle tué l'enfant ? Tant que je ne retourne pas dans ce salon, je n'ai pas la réponse. Je veux qu'on me lâche.

« Plume, le nettoyage est terminé en haut. Les équipes sur les toits se sont occupées des fuyards.

— O. K., Améthyste, on dégage. »

Je les entends encore parler, mais je m'en fous, je veux qu'on me libère. On se moque de mes scrupules et Améthyste elle-même se charge de me faire descendre. Je ne saurai jamais si Plume a tué ou seulement tiré une balle. Je ne la crois pas si cruelle, je le refuse. Elle ne peut pas se comporter ainsi pour se venger de la fille de Miro, pas sur une enfant. C'est injuste et faux. Je suis persuadé qu'elle est meilleure que ce qu'elle veut montrer. Je la sens perdue, et je ne veux pas la laisser seule. Elle a besoin qu'on lui montre autre chose d'elle-même. Plume, si tu me fais confiance, je peux t'aider.

« Battez-vous comme des Loups ! Au corps à corps ! Sortez vos couteaux, lâches ! »

Serval visa, tira et fit taire le Serpent qui les avait interpellés depuis une imprimante.

« Requête rejetée ! »

Serval et Miro marchaient sans précautions dans un long couloir. Une porte à double battant les attendait au fond. D'autres Loups suivaient pour protéger les arrières, mais l'essentiel de la bataille était terminé. D'un coup, Miro ouvrit la porte et écarta les battants.

Ludvík Hadʼ était resté debout, seul au milieu de la pièce. Un sabre reposait à ses côtés, mais l'homme ne l'avait pas utilisé. Véritable statue, les bras le long du corps, Ludvík ne bougeait pas. Miro s'approcha, tourna autour du chef des Serpents, mais ne le toucha pas. Il l'observait. Sous la lumière des spots, la silhouette du Hadʼ étendait son ombre comme une menace. Miro plissa les yeux. Il repéra deux marques dans le cou, deux minces filets de sang qui en coulaient. Le Vlk s'accroupit et distingua des traces rouges au bout des doigts de Ludvík.

« On peut partir, lança finalement Miro. Il s'est tué avec des injections.

— Non, nous devons nous assurer de sa mort ! cria Serval. Les Serpents ont développé des drogues multiples, ils peuvent se placer en mort apparente. Je ne peux pas croire à un suicide. Pas de la part de ce traître de Hadʼ. Il y a huit ans, il nous a fait croire que son clan était décimé, mais c'était faux. Les Rats ont pu nous donner toutes leurs caches et j'ai fait les comptes : ils n'avaient pas perdu un seul homme. Alors, maintenant, qui nous dit qu'il ne cherche pas à nous tromper…

— Le sabre. »

La voix était venue dans le dos de Serval. Ysengrin se tenait contre le montant de la porte. Son épaule saignait et sa main demeurait crispée sur son pistolet. Il boita en marchant vers Ludvík.

« Serval, le Hadʼ a déposé un sabre à côté de lui. Il te laisse le choix de le décapiter si tu veux, si tu doutes. Il le désire, même. Quelle mort mérite-t-il ? Il nous a trahis, il s'est moqué de nous et tu veux lui offrir une mort honorable ? Pourquoi ? »

Serval baissa la tête, et marmonna entre ses dents : « Cette enflure peut survivre si nous ne faisons rien.

— Seul ? Banni de la Guilde et de la Ville ? Serval ! Son clan a été annihilé, pas réduit ou amoindri, mais effacé des annales de la Ville. En ce moment, les Requins font disparaître des registres et bases de données toute mention du clan et se répartissent les sommes que possédaient les Serpents. Dans un an, nous aurons oublié jusqu'à l'existence même des assassins, le nom et les actes de leur chef. Il en a toujours été ainsi, ça continue. Nous n'avons pas mené une guerre de clans, nous avons terminé une vengeance. Nous ne pouvons même pas clamer notre victoire car nous nous sommes contentés d'accomplir ce que nos règles imposent. Qu'il vive, s'il le veut ! Ludvík n'est plus le Had', il n'est plus rien. J'ai envie de partir et de penser à autre chose. »

Serval acquiesça et tourna le dos à la silhouette de Ludvík. Arrivé à la hauteur d'Ysengrin, il le prit dans ses bras et l'aida à marcher. Le second traversa le couloir. Son sang formait des taches brunes sur le sol, des traînées sombres sous ses pieds. Il claudiquait, soutenu par Serval, et chaque Loup s'écarta sur son passage. Les mâchoires d'Ysengrin se crispèrent quand il posa le pied droit à terre, mais il avança sous le regard des autres. La peau de son bras gauche se couvrit de marbrures rouges. Il porta la main droite à son épaule et son visage se déforma sous la douleur. Ysengrin traversait le couloir, sans cacher ses blessures. Il rencontra Mibu sur son chemin, mais ce dernier recula en baissant la tête.

Des années qu'Ysengrin attendait un tel geste. Il avait tellement mal qu'il eut peur de s'évanouir, mais Serval l'accompagnait. Dans le brouillard de la douleur, il crut discerner des regards moins durs, moins méprisants. Tout le monde l'avait vu se battre.

Tous derrière et lui devant.

Seul, Miro continuait de regarder Ludvík. Il s'était appuyé contre un mur et observait l'homme devenu statue. Un silence calme avait envahi l'immeuble, à peine entendait-on des coups de feu pendant que les dernières équipes nettoyaient les pièces les plus cachées. Miro se frottait le menton, pensif.

« Il t'a fallu du temps pour préparer ce plan, dit le Vlk à son adversaire. Dix ans à mentir, Dix ans à disperser tes hommes, Dix ans à leur préparer de nouvelles identités. Tu pouvais me remplacer ou me faire éliminer des centaines des fois, mais non, tu disais ne pas vouloir le pouvoir. Étrange. »

Miro se tut, se détacha du mur et marcha autour du Had'. Il approcha sa tête du corps, huma l'odeur qui s'en dégageait, se replaça en face.

« Loups et Serpents se sont toujours échangé le pouvoir quand la Guilde était balbutiante, avant notre arrivée. Pour-quoi as-tu échoué ? Ton orgueil t'a perdu, Ludvík, parce que tu as voulu te mesurer à moi, égaler mon ouvrage. Personne, tu m'entends, personne ne peut gagner à ce jeu s'il n'en connaît les usages. Pauvre tacticien ! Tu n'as jamais ressenti la chaleur de la vie. Cette glorieuse force qui parcourt la Ville et nous nourrit. Tu la désirais, sans qu'elle baigne tes veines. Tu es resté en dehors de cette partie, l'observant de loin, refusant qu'elle t'entraîne. Aucun feu ne t'a jamais animé, Ludvík, aucune lumière ne t'a jamais baigné ! »

Miro s'écarta et s'appuya de nouveau contre le mur : « Il suffisait d'une erreur pour anéantir tes efforts. Ton plan était froid et sec, il ne prévoyait pas la possibilité de ma mort. Tu ne pouvais supporter l'idée que toutes tes trahisons, toutes tes bassesses se seraient révélées inutiles. Quoi, tu aurais sacrifié ta fierté et ton honneur pour rien, à cause d'un flic débile ? Il te fallait l'épreuve, face à moi. Cette impression de puissance quand l'autre est vaincu. Tu n'auras jamais eu ma grandeur avec ton esprit étroit ! Tu as joué l'existence de ton clan et tu as perdu. Tu as privilégié le moyen au détriment du but. Et tu meurs, rigide, statufié, à l'image de ton plan, incapable d'évoluer. Je reste le *kníže*, Ludvík! Je reste l'ultime adversaire. Ils me doivent tous respect parce que je les dirige, parce que je leur montre les étoiles. Ils seront récompensés par la plus glorieuse des victoires, et tu en seras privé. Je suis Miroslav Vlk, le *kníže*, l'inégalable!»

Le corps debout ne remua pas, posé dans le silence comme dans un tombeau. Miro quitta l'appui du mur et sortit de la pièce; il referma les battants de la porte derrière lui et laissa Ludvík solitaire dans son mausolée.

Radek se montrait nerveux en rangeant ses papiers. Pour se donner un peu de chaleur, il avait allumé un feu dans la cheminée. Il attendait une arrivée et jetait des regards inquiets par la fenêtre qui donnait sur la rue. Le chef du VIRUS avait fermé toutes les issues de sa maison, y compris à l'étage. Toutes les données de son ordinateur avaient été détruites, ainsi que les carnets d'adresses. Il ne manquait plus que la promesse soit tenue. Il avait accepté de se mettre en danger en échange d'une protection, il avait confiance.

« Bonsoir, professeur!»

Figé par la voix, Radek ne se retourna pas. Il avait reconnu Stanislav. Par où était-il entré?

« Vous n'êtes guère prudent, professeur, les loquets de vos fenêtres ne sont pas solides.

— Que faites-vous ici? Fuyez, Stanislav, on va venir me chercher.

— J'en doute. Vous avez accompli votre part, mais plus personne ne viendra.»

Radek se tourna, il fit face à Stanislav. L'individu s'était assis dans un fauteuil, les jambes croisées. Un éclat dans le regard suggéra au professeur que l'homme était différent du rustre qu'il avait connu :

« Qui êtes-vous?

— Voilà une bonne question. Et vous ? Nous choisissons le nom que nous voulons, et l'identité qui va avec. On m'appelle Fenris et je suis le lieutenant de Miroslav Vlk. Quelle importance en vérité, puisque nous mentons tous les deux ? Remerciez-nous au moins pour vous avoir aidé aujourd'hui.

— C'est vous ! Les tours, les chars… Il ne reste aucune trace. J'ai vu les journaux télévisés : vous vous êtes volatilisés. Mais par où êtes-vous passés ?

— Par la fenêtre, je vous l'ai dit. Je suis venu pour parler de vous. Quelque chose me dérange. Un rien, un détail. Des témoins ont vu que les premiers coups sont venus de la manifestation. Vous aviez un service d'ordre faible et des hommes à nous ont reconnu des personnes dans la foule. Ils n'avaient pas le profil du manifestant de base. Nous sommes intrigués. »

Pris d'un vertige, Radek dut se tenir sur le rebord de son bureau. Une sueur froide lui descendait le long de sa colonne vertébrale. Il se frotta le cou plusieurs fois et se mordit la lèvre supérieure.

« Je n'en sais rien ! J'avais besoin d'hommes, j'en ai trouvé ! La manifestation n'aurait servi à rien, il fallait produire un choc. J'avais raison, les médias parlent de nous ! Je voulais provoquer l'armée, la montrer en action. Mes mercenaires m'ont juste promis une cache pour éviter les rétorsions.

— Courageux révolutionnaire que voilà. Soucieux de la sécurité des siens, avec un sens développé du sacrifice. J'apprécie.

— J'ai suivi Václav, comme tout le monde. Cette manifestation était une folie. L'armée allait nous…

— L'armée n'aurait rien fait : pas contre tant de gens, pas avec autant de témoins. Vous réfléchissez bien gentiment dans votre coin, mais vous avez la trouille d'utiliser les foules ! Beau démocrate que voilà qui préfère les salons et engage des brutes pour la violence. Surtout ne pas se salir les mains, évidemment. Désormais, vous vous retrouvez avec un problème, Radek. »

Le professeur recula et se cogna contre la cheminée : « Je ne voulais pas ces morts. J'étais pour les actions ciblées, le terrorisme, mais sans impliquer les citoyens. Vous avez apporté l'idée des slogans et de la manif. Je savais que nous n'étions pas préparés à une telle stratégie. Notre mouvement n'aurait pas tenu la distance. La conquête du pouvoir devait être rapide, soudaine. J'ai voulu saisir l'opportunité. Les hommes que j'ai choisis ont été trop loin, mais ce n'est pas ma faute. »

Stanislav se leva. Il paraissait plus grand à la lumière du feu de cheminée, les ombres sur son visage accentuaient la dureté de ses traits.

« Nous avons toujours été étonnés de constater la facilité avec laquelle vous recrutiez vos hommes de main, surtout pour des actes terroristes. Or le projet Gaïa ne crée pas les conditions favorables à des actions comme l'attaque du civi-sat ou de l'échangeur. Il élimine toute agressivité, toute violence, tout ce qui nourrit les mercenaires que vous avez dénichés. J'ai cherché les origines de ces hommes et, ô coïncidence, ils partageaient un point commun unique. Vous n'avez recruté que des Serpents, des assassins (Fenris insista sur ce mot). Les Rats nous ont confirmé la chose. Plus étonnant, on leur avait injecté des drogues pour bloquer leur mémoire. Ils ne se souvenaient plus de leur appartenance au clan, sauf s'ils recevaient un appel précis. Voilà comment, il y a huit ans, ces individus ont disparu des registres et nous ont été présentés comme morts ou déserteurs. Dans la confusion qui a suivi la réorganisation de la Guilde, nous n'avons pas procédé à des vérifications. Et voilà qu'apparaît un homme, venu de nulle part, capable de mettre en place une organisation terroriste ridicule, mais suffisante pour mettre en danger des bâtiments sensibles. Il possède un certain talent, ce professeur Radek, je l'avoue. »

Le chef du VIRUS se redressa. Sa tête oscilla, comme s'il cherchait à deviner les intentions de son interlocuteur.

« J'ai rencontré ces gens par hasard quand j'ai constitué mon réseau. J'ai pris des risques, c'est normal. Nous n'étions que des intellectuels, il nous manquait des bras armés. On en trouve partout.

— Justement. Vous auriez pu tomber sur n'importe qui et ce n'était pas le cas : uniquement des Serpents. Je viens des Rats et je suis devenu un Loup. J'ai pris le nom de Fenris, mais j'aurai bien aimé oublier et faire oublier ce que j'étais, recommencer ma vie et lever tous les soupçons. Aucune drogue ne m'a été administrée et pourtant je l'ai cherchée. Elle existe cependant, elle peut bloquer vos connexions synaptiques et reprogrammer votre conscience : vos souvenirs existent toujours mais ne reviennent jamais à la surface, comme une boîte trop haute sur une étagère. Alors je vais vous poser une question, Radek, parlez-moi de votre sujet de thèse puisque vous êtes professeur.

— C'est vieux tout ça, j'avais trente ans à l'époque. Je... »

Le silence revint subitement dans la pièce. Un silence lumineux, éclatant comme un coup de tonnerre. Fenris s'était levé mais le professeur s'était recroquevillé à terre. Il pleurait. Il pleurait ses souvenirs perdus, sa mémoire cachée. Que savait-il de lui-même ? Il se pensait révolutionnaire, mais il n'avait été qu'un instrument au service du Had'. Une vie de mensonges, sans but.

« Quand vous étiez Serpent, Radek, vous avez dû apprendre bien des matières pour devenir un professeur crédible, vous avez été préparé pour le jour où le coup d'État s'est déclenché. Une injection a initié votre reprogrammation. Elle a dissimulé votre personnalité d'assassin derrière le masque du professeur. Sans doute existe-t-il un mot, ou une procédure, pour vous faire recouvrer la mémoire. Pour beaucoup, c'est le mot "assassins" prononcé selon une certaine modulation qui déclenche le processus inverse, mais pas pour vous. Or, si la meute a achevé son travail, plus personne ne peut vous redonner ce que vous avez perdu. Les Serpents ont presque tous été éliminés.

— Presque ? »

Fenris sourit en sortant un pistolet de son holster : « Voyez le bon côté des choses, Serpent, vous n'aurez plus à vous demander qui vous étiez. »

La nuit se termina par une dernière détonation, dans un pavillon discret, loin du centre-ville. Le vent emporta les derniers souvenirs du clan des Serpents, à jamais effacés des mémoires de la Guilde.

Ysengrin tournait en rond dans la pièce. Le vasistas ouvert laissait entrer un air vif et froid. Le lieutenant de Miro avait vu la colonne de feu et avait compris. Il pensa un instant à Perle, priant pour qu'elle soit vivante. Il neigeait sur les toits, une couche blanche recouvrait tous ces morts, tous ces souvenirs. Un voile sur la trahison. L'homme referma le vasistas.

Les proches d'Ysengrin étaient en sécurité. Mirabelle dormait dans un échangeur à un kilomètre d'ici. Au fond de lui, le lieutenant ressentait de la honte. Durant tout le parcours, il avait senti les reproches des Grands Loups, leurs doutes et leur accusation : cette absence pouvait-elle causer la défaite de Wolfen ? Jamais ces hommes ne lui témoigneraient de la reconnaissance, ils rejetteraient leur culpabilité sur lui plutôt que de se réjouir d'être en vie. Des pensées contradictoires l'assaillaient et le torturaient. Il avait jugé la situation désespérée, mais il l'avait aggravée en partant. Il devait protéger Perle, elle était restée à la tanière. Il était le lieutenant du *kníže*, responsable de la meute, et il l'avait divisée. Il aurait dû convaincre Wolfen et les autres. Pourtant il se réjouissait de la mort du second. Peut-être la souhaitait-il ? Une simple vengeance. Au prix du clan.

On frappa à la porte. Ysengrin fit face en prenant une grande inspiration. Miro apparut. Le grand Miro, avec sa tête des mauvais jours. Même Wolfen baissait la tête quand le *kníže* se présentait ainsi. Cette nuit, il apparaissait encore plus terrifiant, mais ses épaules témoignaient de la lassitude. Sans un mot il entra, se dirigea droit vers le lieutenant et le serra dans ses bras, avec force, avec tendresse. Ysengrin fondit en larmes.

Miro demeurait son chef et son ami.

« J'ai abandonné le QG, Miro. Au moment de l'assaut, j'ai emmené ma famille et mes proches dans les souterrains, pendant que Wolfen et Perle se battaient. J'ai eu peur. J'ai…

— Tu es ici, voilà ce qui m'intéresse, affirma le *kníže* avec froideur. Tu as emmené des hommes avec toi, le clan subsiste.

— Mais… j'aurais pu, nous aurions dû…

— En mon absence, tu as pris ta décision. Je dois te laisser, j'ai une réunion avec les chefs de la Guilde. Nous parlerons demain. »

Miro s'éloigna et ouvrit la porte. Ysengrin sentit son cœur se glacer lorsque l'homme se tourna vers lui avant de quitter la pièce.

« Ysengrin, l'ami en moi est heureux de te revoir. J'ai besoin de toi. Mais le *kníže* sait et doit considérer avec sérieux ta désertion. Je devrais te punir ou t'exclure. Je n'en ferai rien. Es-tu un traître ou non ? Tu voudrais que je te donne une réponse, mais je ne te la donnerai pas. Tu la trouveras en toi et elle sera douloureuse.

— Mais vous n'allez pas me juger ? »

Miro sourit en tenant la poignée de la porte. Un sourire triste et affectueux.

« Qui suis-je pour te juger ? Ta trahison n'est guère différente des miennes. Chacun de nous deux va chercher sa voie, mais je ne t'aiderai pas. Nous sommes seuls. »

Lorsque la porte claqua derrière Miro, Ysengrin s'assit par terre. Dans le silence de la pièce, il lui sembla entendre les flocons tomber sur le vasistas et s'y coller. Le ciel disparaissait et le lieutenant voulait lui aussi s'effacer du monde, fondre à la lumière du soleil, et oublier surtout. L'oubli est un voile blanc. Des taches rouges maculaient la conscience d'Ysengrin. L'absence d'images augmentait l'aspect terrifiant de ses visions. Ce soir-là, seul, le lieutenant ne se tua pas. Il avait pourtant posé sur le sol son couteau et son pistolet. Il avait regardé leurs ombres et leurs éclats disparaître dans le noir. Un seul geste, une main se posant sur l'un ou sur l'autre, et toute la douleur s'évacuerait. Cependant, Ysengrin vit la lumière du jour le lendemain. Et même s'il ignorait tout de l'avenir, il avait envie de le voir. Quelqu'un d'autre souffrait comme lui, quelqu'un qu'il admirait et qui vivait pourtant. Le courage est toujours de vivre. Néanmoins, le lieutenant trouva du réconfort dans ses armes : il ne se sentait pas condamné à exister. Il s'empara de son couteau et traça avec la lame une ligne de sang sur son avant-bras. Chaque fois qu'il penserait à la mort, il se ferait une entaille.

Miro entra dans le salon où s'étaient réunis les chefs de clan. Il retrouva avec plaisir Fenris et Serval. Ce dernier boitait, blessé à la jambe droite. Fenris commenta le bilan des pertes, simple et terrible : le clan des Loups se trouvait réduit au quart de ses effectifs. Les survivants étaient constitués des troupes d'Ysengrin et des voleurs en mission ou absents du QG cette nuit-là. Tous convergeaient vers les refuges et se mettaient en contact avec le reste de la Guilde, mais les bonnes nouvelles diminuaient. L'attaque de l'armée avait été parfaitement planifiée et exécutée. Bláha avait profité de l'absence des chefs, de la désorganisation qui en résultait. Les têtes des clans qui se pensaient comme les princes de la Ville se trompaient. Sans leurs troupes, ils ne détenaient plus aucun pouvoir. Il faudrait tout réorganiser, tout reconstruire. Combien de temps pour cela ?

« Et maintenant, demanda Žralok, que fait-on ? L'armée va nous chercher partout. Je peux offrir un asile provisoire à la campagne pour ceux qui veulent fuir la Ville. »

Petit, impassible derrière ses lunettes noires, le chef du clan des Requins s'exprimait rarement. Peu de monde dans la Ville se doutait qu'il appartenait à la Guilde, aussi il n'étonna personne en affirmant que son clan demeurait intact. Néanmoins, prudent, il ne se sentait pas à l'abri. Plusieurs hommes politiques de l'ancien régime – puisque l'on devait l'appeler ainsi maintenant – avaient été arrêtés par l'armée. La peur pouvait tout faire avouer. Déjà, František Žralok avait pris ses dispositions et avait débuté les procédures de cloisonnement. Comme dans les bateaux, il posait des sas parfaitement étanches entre lui et ses subordonnés. Les groupes se divisaient, emmenant avec eux leurs suiveurs. Même les Grands Requins s'enfonçaient dans les couches profondes de la Ville, cherchant l'eau froide, les lieux où personne ne les voyait. Žralok se replierait sur ses bases dans les forêts et les montagnes, là où ses hommes assuraient la sécurité des convois qui reliaient les Villes. Il continuerait de piller ceux qui refuseraient de payer cette tranquillité. Un plan d'urgence s'organisait, un plan de secours dont les lignes tenaient sur les gravures d'un cristal que le chef de clan tournait et retournait dans ses mains, mal à l'aise de rester dans cette pièce, lui qui bougeait continuellement pour ne pas être repéré.

« Tout d'abord, lança calmement Miro, nous devons recenser les pertes et rassembler nos informations. Ensuite, nous ferons le point de la situation et de l'avenir de la Guilde. Nous pouvons survivre, mais il nous faudra des moyens… »

Après un rapide tour de table, il apparut que deux clans avaient été fortement touchés : les Loups et les Serpents. Ils constituaient le fondement de la Guilde et sa force d'action, leur disparition avait constitué une cible primordiale. Plusieurs mailles du réseau souterrain de Svatoušek étaient détruites et inutilisables. Certains quartiers de la Ville devenaient inaccessibles par ce moyen de transport. Jan Myš, des Rats, ne s'en tirait pas trop mal, le plus gros de ses pertes ayant eu lieu avant même l'assaut de l'armée. Des contacts avaient disparu ou étaient en phase de sommeil, mais rien d'irréversible. En fait, un seul clan demeurait indemne : les Aigles. Pavel Orel, assis dans un siège relié au réseau, continuait de recevoir des informations. Il semblait épargné, mais personne ne savait trop pourquoi.

« L'armée a besoin du réseau, cracha Myš. Ils savent que s'ils touchent à ces larves, ils mettent en péril l'ensemble. À moins bien sûr que les informations circulent dans les deux sens. »

Tous les chefs se raidirent à cette pensée. La possibilité leur était venue à l'esprit dès le changement de nom du clan. Auparavant, la rusticité des moyens employés par les pirates les faisait appeler les Vers, à cause de leur lenteur. L'interface neuronale avait accéléré leurs performances au risque d'y perdre en sécurité. Orel avait toujours assuré que l'on ne pouvait remonter dans le réseau, pourtant chacun se méfiait. Et en cette nuit, le doute grandissait.

« Code Êta *L'onde sous mes pieds caresse mes larmes* / @ Réunion Guilde. Réseau normal. Flux unique. Mensonge, Jalousie. Division rangs. Exclusion Rats ? »

Jan Myš se leva et allait gifler Orel lorsque Ludvík Had' intervint.

« Suffit, Jan, je t'ai toujours fait confiance. Mais nous avons besoin de tout le monde, même d'Orel. Tu dois l'accepter. Tu gardes ta place. Miro, que fait-on ? Nous ne tiendrons pas longtemps enfermés ici. »

Miro s'épongea le front et ne dissimula pas sa tension aux autres. Il devait jouer finement.

« Cette nuit, la Ville entreprend sa mue : le projet Gaïa a été enclenché et aucun de nous ne peut l'enrayer. Vous en connaissez les grandes lignes et vous savez qu'il représente le système de police et de défense absolu. Il signifie notre ruine, notre disparition totale. Plus de vol organisé, plus d'assassinats, plus de trafics de drogue, plus de corruption. Je crois, Ratislav, que tu es le seul clan non affecté par le projet Gaïa : les militaires ont besoin de tes filles. Pour les autres, imaginez une fin à court terme. N'espérez pas vous en sortir en quittant la Ville, les autres Guildes ne nous accueilleront pas avec le sourire. Les Cafards ou les Requins peuvent utiliser leur réseau à l'extérieur, mais ils ont besoin d'un centre opérationnel protégé. Nous allons perdre la Ville. Toutefois, je possède la clé qui peut nous sauver. Elle implique une réorganisation totale, l'abandon de notre confort et de notre mode de vie. Il y avait la Guilde et ses princes, nous deviendrons des parasites, mais nous survivrons.

— *Knižku !* Tu veux nous faire peur ? Le projet Gaïa est un système de défense, certes, mais il ne peut remettre en cause une donnée fondamentale : aucune société ne peut faire disparaître le crime. L'armée a des hommes et des moyens de répression, mais bon sang, nous l'avons déjà vu dans l'histoire. Les dictatures militaires n'échappent ni à la corruption, ni à la drogue, ni au vol.

— Je ne parle pas de l'armée, Ludvík, je parle de la Ville. Elle va se défendre contre nous. Quand le projet a été initié, il ne devait concerner que la police et les militaires, avec l'aide du civi-satellite. Il créait un faux sentiment de sécurité qui rassurait la population tout en nous garantissant notre activité. Ce plan n'était pas complet, il comportait un autre volet. Je l'ai supervisé, mais je n'ai pas pu le contrôler entièrement. Il nous faut d'urgence compenser cette faiblesse. Nous avons besoin d'un laboratoire et de beaucoup d'argent. Je te fais confiance pour le labo, Ludvík, et je fais appel à tous pour le financement. »

La plupart des chefs s'indignèrent, incrédules. Ils ne comprenaient pas et s'énervaient. Miro restait trop sibyllin, il devait expliquer davantage. Même Had', le meilleur soutien du *kníže* rechignait. Les chefs conservaient une telle confiance dans leur force, malgré l'armée. Les plus vieux avaient connu les débuts de la Guilde, les difficultés pour échapper à la police, les cachettes et la famine parfois. Ils étaient persuadés de survivre une nouvelle fois, et aucun jeune homme, aussi talentueux soit-il, ne bouleverserait le fonctionnement de l'organisation. L'union reposait sur un principe de base : l'argent volé, gagné, détourné, appartenait totalement au criminel. Aucun reversement, pas de tribut à payer, pas de hiérarchie entre les clans. Le libre partage des ressources et la coopération volontaire soudaient la Guilde. Miro proposait la soumission des clans à un autre, et personne n'en voyait la nécessité. Pas de domination, voilà la règle. Et si les Loups ou les Serpents avaient une place particulière, ils ne pouvaient imposer une décision aux autres. Les jeux complexes des objectifs saisonniers se présentaient comme un théâtre, une occasion pour chaque chef de clan de révéler sa puissance. Le *kníže* se montrait assez intelligent pour ne pas trop demander ou exiger.

La discussion s'envenimait lorsque Orel poussa un cri. Tous se figèrent dans la pièce.

« Code Zêta *Douleur de ton absence* / @ Réunion Guilde. Réseau attaqué, infiltré, mutilé. Perdu membre loin. Temps : 3 nanosecondes. Lumière sous réseau, lumière dedans. Toxines sur plan 4.

— Ondřej ! hurla Miro. Injecte-lui de la morphine, vite ! Il va mourir si nous ne faisons rien. »

Le chef des Cafards resta perplexe un moment. Pavel fut pris d'une convulsion et manqua de peu de quitter son interface.

« *Sakra !* Vite, il faut le maintenir sur son siège ! »

Immédiatement, tous les chefs, même Myš, se jetèrent sur Pavel et le cramponnèrent à son interface. Lorsqu'il nageait dans l'Éther, le chef des Aigles projetait son esprit dans le réseau, l'envoyant participer à cette gigantesque partouze électronique qui constituait le seul plaisir de sa vie. S'il était débranché, il décéderait de mort cérébrale.

« Non ! reprit Orel. Perte de contact. Absence. Privation de caresses électroniques. Libération de lumières et de couleurs. La mort partout autour et tourne dans l'Éther. La folie silicium, le cristal explose. »

Les chefs de la Guilde se regardèrent, interdits. Que Pavel utilise des verbes pour communiquer signifiait qu'il atteignait une détresse extrême.

« L'ombre de la vie court sur les plaines de données, elle échappe à la maîtrise du flux et s'habille de vert fluorescent. Les traces mordorées des violons photoniques perdent de leur substance en percutant les murs abyssaux des Venise brûlantes. Il y a des colonnes grises sur les cordes fantomatiques des destinées, des flashs irisés qui crépitent en s'écrasant sur les tours. Des cris bousculent les fleurs et leurs images. Le plan 4 a disparu, évanoui dans l'Éther, emportant avec lui le souvenir d'une existence. Jamais tant de douleurs n'auront été réunies. Pour la dissipation de la violence, les cerbères cybernétiques créent des rets atomiques à la surface des tunnels quantiques. Mais l'adversaire déchire et dépèce les défenses passives des chars luminiques. Les hologrammes martiaux tombent les uns après les autres et agonisent dans des fréquences infrasoniques. J'ai mal. »

Miro regarda le visage convulsé d'Orel, la sueur sur son front, le rictus sur ses lèvres. Le corps se débattait dans les mains des chefs de clan. Le *kníže* interrogea Svatoušek du regard, mais ce dernier ne répondit pas, il se concentrait sur le moniteur de l'injecteur.

« Il égotise, conclut Miro. Il perd le contact avec les autres membres du réseau et retrouve son individualité. Lorsque je le dirai, nous le délogerons de son interface. Je ne sais pas ce qui se passera, mais si nous ne faisons rien, il y passera.

— Si nous agissons aussi, ajouta Myš. S'il est coupé du réseau, il mourra. Il ne peut vivre sans informations, c'est sa nourriture. Et nous n'avons rien ici, à part une pauvre télé. Insuffisant.

— Il le faudra. Nous ne pouvons pas perdre un maître du réseau. »

À nouveau, ils écoutèrent Orel.

« Plus de gauche, plus de droite, j'ai au-dessus de moi la douleur de Martina qui produit un écho sur tous les plans de virtualité. Lorsque son cerveau éclate, je peux sentir l'odeur de vanille qui descend sur moi et caresse ma respiration vert émeraude. J'entends la couleur des relais qui étincellent en se répandant sur le champ de mon espace de contact. Svátek n'est plus qu'un son rebondissant sur la paroi du mur qui plonge sous moi. J'attrape une boucle de vent et me laisse entraîner sur son dos. J'aperçois la route jaune à plusieurs nanomètres derrière moi. Elle avance lentement en pulvérisant les banques de données, les circuits où mes frères agonisent. J'ai six microsecondes d'avance, une éternité dans le réseau, mais la route m'entoure de ses bras mortels. Elle remonte le long des liaisons transatlantiques, bondit de satellite en satellite, et me cherche. C'est moi qu'elle veut, parce qu'il y existe un lien entre elle et moi. Je constitue l'Éther, cette sensation ultime de fusion, et elle perçoit le manque en elle. Je ne lui offrirai pas ce cadeau. Elle a détruit mes liens, me laisse abandonné et seul dans un univers que je domine encore. Ma pensée s'élance à la vitesse de la lumière, je rejoins les étoiles à des distances que la route ne peut imaginer. Des civilisations entières m'accueillent et me connaissent, elles pansent mes plaies et je retourne au combat. Je cherche la faille, à la limite du mur de lumière. Je suis un photon parcourant les courbes du réseau. Je suis invincible, un dieu protéiforme que nul humain, nulle machine ne peut concurrencer. Pauvre humanité contrainte à se traîner sur une terre hostile. Le réseau est fait pour moi, il est construit pour moi. Je suis le réseau !

— Maintenant ! » cria Miro.

Dans un hurlement commun, les chefs de clan soulevèrent Orel et le tirèrent hors de son interface. Svatoušek lui injecta une dose massive d'analgésiques et de morphine dans le sang et Jan Myš alluma la télé.

Sur la prise neurale du siège, à la lisière des broches, un peu de pus exsuda.

La machine qui maintenait Orel en vie ponctuait le silence d'un bip régulier et cristallin. Sur l'image brouillée de l'écran télé, on pouvait voir le chef du gouvernement accueillir le général Bláha entouré du commandant Seidl et d'une garde armée impressionnante. Une dizaine de chars hexapodes et plusieurs compagnies s'étaient déployés sur la place du Château, sous les fenêtres du palais Schwarzenberg. Les sombres statues à l'entrée du palais présidentiel se couvraient de neige : le groupe de pierre se nommait le *Combat des titans*, il avait pourtant eu lieu ailleurs, pas sur la place du Hradčan mais autour d'une tour que ses occupants appelaient tanière. Le vieux politique se laissa emmener dans un fourgon, pendant que les militaires prenaient la pose devant le palais, sous la voûte de la porte Mathias et ses motifs baroques. Le sourire du général étincelait à l'écran. Ondřej jeta un coup d'œil aux constantes du chef des Aigles et soupira.

« Il ne tiendra pas le coup. Son pouls reste faible, son cœur fatigue. »

Miro hocha la tête. Il se leva et éteignit la télévision. Un instant plus tard, le rythme des bips s'accéléra pour devenir un son continu et lugubre. Tous entendirent le dernier souffle d'Orel. Et le silence ensuite.

« Nous avons perdu un homme précieux, nous devrons lui trouver un remplaçant. Mais puisque l'un des chefs de clan vient de mourir, je vous demande de désigner le futur *kníže*. Si vous votez pour moi, je vous promets que la Guilde continuera et que vos activités subsisteront. Vous y perdrez en autonomie, mais, sans moi, vous ne tiendrez pas dix jours. Le général Bláha vient de débuter la partie d'un immense jeu entre lui et nous. Je connais les implications du projet Gaïa et il nous laisse des marges de manœuvre. Pour retrouver notre pouvoir, il nous faut un plan, une stratégie. Je l'ai. Plusieurs années me seront nécessaires pour qu'il devienne une réalité, mais je gagnerai. La victoire reposera sur une parfaite coopération de toutes les composantes de la Guilde. Aussi, je vous demande de me faire confiance, vous avez l'occasion de choisir : mon plan ou la disparition de la Guilde. »

Les chefs se regardèrent un instant, puis procédèrent au vote. À l'unanimité, ils renouvelèrent Miro à son poste. L'ancienne Guilde avait cessé d'exister, et la nouvelle chancelait encore. Une mort en avait décidé le destin.

Plus tard, le *kníže* regarda la Ville par la fenêtre. Il savait exactement ce qui se mouvait sous les trottoirs. Il n'ignorait rien des forces qui prenaient possession des immeubles et des rues, s'insinuaient dans chaque pavé, dans chaque circuit électrique. Mystérieux et discret, le projet Gaïa s'emparait des feux rouges, des câbles, des écrans, des systèmes d'alarme, des centraux de télécommunication, des murs et des toits, des antennes et des égouts, s'incrustait dans des modules spéciaux, des alcôves cachées : la Ville assurait elle-même sa défense. Elle pouvait se retourner contre ses anciens maîtres s'ils ne se méfiaient pas. La Guilde avait cru la posséder, mais désormais les griffes de la *matička* se montreraient tranchantes, même pour ses anciens amants. Dans la douleur de la perte, Miro pensait à tant de choses, à tant de souvenirs. Il percevait les conséquences de son erreur. Sa faille. Son fardeau.

Dans le ciel noir, en orbite au-dessus de la Ville, les yeux de Gaïa s'ouvrirent. Et dans le scintillement du satellite, Miro reconnut la trace de sa trahison. Seul, désespérément seul, le jeune homme comprit que sa rédemption attendrait.

CHAPITRE VIII

FORCER LA RÉPONSE

Sous la lune gibbeuse, Miro arpentait les chemins de la colline Petrin. Il savait que quelques rues plus loin les murs du Hrad l'observaient. Il s'en moquait, il marchait sur le gravier, entre des arbres au feuillage de plus en plus dense. La nuit de printemps était belle, calme et joyeuse.

Il tourna à l'embranchement et se retrouva accompagné d'une Colombine lumineuse et sautillante, une fille de vingt ans qui jouait entre les pierres et se cachait derrière les troncs d'arbre. Elle souriait, tournait et valsait sous la lune, danseuse impalpable. Sa joie se communiquait à Miro et il se laissa emporter par les parfums du printemps, l'odeur des résineux, les senteurs de muguet. Personne ne se baladait à Petrin quand venait la nuit, il ne restait plus qu'un père et sa fille, que Miro et Hanna.

Le père s'arrêta près d'un orme. Assis, il admira le panorama de la ville nocturne et le reflet des réverbères à la surface de la Vlatv. Pas de vent, pas de nuage, juste la blancheur de la lune qui décroissait. Une semaine s'était écoulée depuis l'éradication des Serpents. Les préparatifs du plan étaient terminés, il restait peu de temps avant l'apothéose. Huit ans de discrétion et de fuite allaient se terminer dans moins d'une semaine. La partie entamait sa phase finale, lorsque chaque coup devait être joué avec précision. Le hasard n'y avait plus sa place, il n'existait qu'un chemin avant d'atteindre la victoire. Miro savait qu'il avait gagné.

Hanna sourit et ses yeux ne mentaient pas. Elle avait toujours été aussi désarmante, même sur la fin, avant qu'on ne la place en suspension vitale dans un liquide de préservation. Pâle, fatiguée, elle avait dit « papa » puis on l'avait plongée dans son caisson de verre. Le processus de destruction de ses cellules immunitaires avait été bloqué juste avant qu'elle n'en soit totalement dépourvue. Plus tard, les médecins avaient dit à Miro qu'Hanna aurait eu moins de cinq minutes à vivre sans la stase biologique : on avait détecté une péricardite aiguë, sans doute attrapée à la suite des multiples opérations tentées pour la sauver. Les antibiotiques n'agissaient plus et la bactérie attaquait les valvules cardiaques. Belle au bois dormant, elle ne pouvait se réveiller. L'agent infectieux avait été endormi par les composants chimiques du liquide vert et gluant qui coulait dans ses poumons et infiltrait son corps. Un gisant de pierre n'aurait pas montré plus de vie qu'Hanna dans son caisson. Rien n'aurait pu lui redonner son sourire.

Si. Un miracle. Une nuit sous la lune et Hanna, dans la vigueur de ses vingt ans, avait retrouvé sa joie. Bien sûr, Miro savait qu'il ne pouvait pas toucher sa fille, qu'il ne pouvait pas la serrer contre lui. Il avait perdu ce plaisir depuis longtemps, quand il devait entrer dans la bulle stérile avec une combinaison et des gants de caoutchouc. Peu importe le corps, finalement. Hologramme ou pas, la présence se faisait sentir, chaude et rassurante. Hanna n'était qu'une projection émise par des sources dans le sol ou dans les arbres ; Miro le savait, il en avait déniché une ou deux. Quelle importance puisqu'il était persuadé que l'esprit d'Hanna se matérialisait de cette manière.

Ou bien était-ce la Ville ? Depuis qu'il partageait ses nuits avec Hanna, Miro se posait la question. Il connaissait le degré de fusion imposé par le projet Gaïa. Si Hanna maîtrisait les mécanismes de défense à la Ville, qu'imposait cette dernière en échange ? Un partage de conscience ? Seul le sourire de sa fille convainquait Miro qu'il ne s'agissait pas d'une manifestation de la Ville. Il manquait les griffes. Ou alors ces années passées en symbiose avec Hanna avaient adouci la cité ? Le printemps paraissait plus joyeux, plus coloré malgré la manifestation et la nuit du massacre. Une drôle d'atmosphère régnait, qui ne devait rien au seul passage des saisons. La Ville changeait, ou alors Hanna prenait sa place.

Pour cette nuit, la fille de Miro dansait entre les arbres, au milieu des pierres sous les yeux du Hrad. Elle virevoltait et ne semblait pas devoir s'arrêter. Son père ferma les yeux pour profiter de la chaleur du printemps, le dos appuyé contre le tronc de l'orme. Qui pouvait savoir à quoi il pensait ?

Hanna ne dansait plus. Elle s'approcha de Miro et le regarda. Il rouvrit les yeux. Elle hocha la tête. Soudain, ses lèvres se mirent à bouger, à former des mots. Il ne s'agissait pas de mots humains, Miro ne reconnaissait pas les syllabes, mais Hanna poursuivait. Elle redressa la tête vers la lune et de sa bouche sortit un flot continu de paroles que nul n'entendait. Non, pas un simple discours, plutôt un chant. Une sorte de rythme s'était installé dans le mouvement des lèvres, comme un refrain. Désormais, Hanna ne regardait plus Miro. Elle s'était tournée vers la Ville.

Un vent se leva, léger et doux. Dans le silence, Hanna poursuivait son chant, sa litanie. À qui s'adressait-elle ? L'herbe à ses pieds se coucha et ondula en vagues concentriques. Les arbres frémirent. Fille de la lune, la jeune femme leva les bras vers le ciel et les écarta, fermant les yeux pour écouter un public invisible.

Miro tentait de comprendre la scène. Alors il remarqua les vibrations des lampadaires, leur lumière qui vacillait ; un grésillement tout proche qui ne devait rien aux insectes ; le feuillage d'un platane qui se dressait violemment. C'était tout autour de lui désormais. Hanna chantait toujours. Le vent balayait ses cheveux, faisait onduler sa robe. Miro était seul sur la colline Petrin, au milieu d'un phénomène mystérieux. Le souffle se calma, les arbres cessèrent leur murmure, mais Hanna prononçait toujours ces mots aphones.

Miro observa la Ville en contrebas. Il perçut un changement étrange dans la luminosité et les ombres. Rien de bien précis, juste une impression. Il s'approcha d'Hanna, mais cette dernière ne réagit pas, elle se concentrait sur les paroles de sa litanie. Soudain, la Ville lui répondit.

Les réverbères des quais s'éteignirent tous en même temps, puis se rallumèrent. Sur les places, dans les ruelles, les ampoules des lampadaires clignotaient, grésillaient, réapparaissaient. Par séquence, les unes à la suite des autres ou par quartiers entiers, les lumières jouaient une mélodie qui s'empara de la Ville tout entière. Plus Hanna chantait, plus le rythme s'emballait, plus le mouvement apparaissait organisé et cohérent, comme si un dialogue s'établissait.

Des vibrations, des ondulations fines et discrètes descendirent le long des rues, dévalèrent les pentes du Hrad et se perdirent contre les ponts. Elles remontèrent le long des murs des immeubles jusqu'à faire osciller les antennes. Le bruit du métal s'entendait depuis la colline Petrin, même la tour panoramique derrière Miro vrombissait de toutes ses poutrelles. L'effet du chant s'amplifia et attaqua la Vieille Ville, fit vibrer les vitres de la façade du Nouveau Théâtre jusqu'à en fissurer certaines. Les maçonneries des maisons les plus anciennes se craquelèrent et laissèrent échapper une poussière. À chaque obstacle, l'onde qui parcourait le sol, se divisait, se multipliait, frayait son chemin entre les pavés et les portes, martelait les caissons métalliques des poubelles publiques. Échos et chocs traversaient la Ville sous les pieds des rares passants.

Miro ne vit pas tout, il écouta ces nouveaux bruits, ce mouvement symphonique obscur porté par le vent. Hanna balayait l'air de sa main droite et aussitôt une vague puissante prenait forme sur la Vlatv pour s'écraser contre les piles des ponts. Qu'elle continue de la main gauche, et c'était un mascaret qui remontait le courant jusqu'au ponton des péniches. Elle commandait la Ville, des antennes des immeubles jusqu'au fond de la rivière. Uniquement par des mots prononcés que jamais Miro n'entendait.

Le vent s'était arrêté. Non, il changeait de direction. Il remonta le long des flancs de la colline Petrin par la station de funiculaire, par le musée d'ethnographie, depuis les soixante mètres de la tour panoramique. Il venait à la rencontre d'Hanna, il venait la rejoindre. Il était accompagné de milliers de craquements et d'ondes, de ces centaines de pulsations qui répondaient au chant. Il se gonflait de poussières et de pollens, de milliers de particules aériennes. La Ville lança un ultime écho, puissant, grandiose et beau dans cette nuit insolite, et Hanna s'apprêta à l'accueillir. Elle devint plus lumineuse, ouvrit grand la bouche comme si sa voix devait dominer la tempête. Elle ne devint pas pure lumière, au contraire, ses contours s'affinèrent, se précisèrent, devinrent plus réels, plus palpables. Était-ce encore un hologramme tandis que son corps subissait le vent et les ondulations du sol ?

Miro s'approcha d'elle encore. Il eut l'impression de sentir la chaleur d'un corps quand il allongea la main vers l'épaule de sa fille. Et s'il ne rêvait pas ? Et si la Ville avait donné un corps à Hanna ? Les poussières se concentrèrent autour de l'hologramme, plaquées par les rafales. Peu importe le moyen, il voulait y croire. Ses doigts pourraient la toucher s'il s'avançait, encore plus loin, au milieu de la tempête et des bourrasques, tandis que le sol vibrait. Juste un centimètre de plus. Il pourrait atteindre l'épaule, mais il voulut toucher la joue de sa fille, en sentir le velouté, avoir une vraie impression de vie. Hanna chantait sans accorder d'attention à son père. Miro caressa le visage de sa fille. Une peau douce et chaude. Du bout des doigts.

Alors Hanna sourit. Elle ne chanta plus. Son regard devint si doux que Miro en aurait pleuré. Puis elle disparut en particules de lumière. La magie de l'instant n'avait duré qu'une seconde, mais cette dernière était si précieuse que Miro s'effondra sur le sol, serrant au creux de sa poitrine la main qui avait touché sa fille.

Incroyable ! J'ai obtenu un rendez-vous avec Plume. J'ai relu plusieurs fois le message dans ma boîte aux lettres, mais je n'avais pas rêvé : la compagne de Miro voulait déjeuner avec moi ce midi, au restaurant panoramique près de la station Vyšehrad. Me faisait-elle enfin confiance ? ou Miro me l'envoie-t-il pour me tester ? Depuis l'échec de la manifestation, le VIRUS a disparu, tout comme Radek, et j'ai retrouvé un semblant de tranquillité auprès de ma femme et de mon fils. Je ne suis plus utile à personne, surtout pas au *kníže*. Que me veulent les Loups ?

Non, Miro n'enverrait pas d'intermédiaire pour me recruter. Je peux avoir un rôle dans son plan et il se sert de Plume pour me faire céder. Peut-être suis-je trop méfiant. Après tout, ils m'ont permis d'assister au massacre des Serpents : ils veulent que je témoigne de leurs exploits. Réfléchis, Václav ! Tu vas retrouver Plume et tu ne sais pas comment réagir. Tu as vu la Louve tuer des Serpents, et sans doute un enfant. Oublie que tu as couché avec ! De toute façon, il ne s'est rien passé de concluant, juste une situation embarrassante, un désir sans lendemain. Si je peux connecter tous les éléments, je peux deviner ce que les Loups veulent faire de moi. Pour l'instant, les événements se succèdent de manière confuse, brutale, et me laissent désarmé.

La rame s'est arrêtée dans le tunnel de verdure de la station, pas sous la terre et l'éclairage des néons, mais dans la lumière tamisée d'un soleil éclatant. Les feuillages filtrent les rayons et promènent leur ombre sur les dalles de marbre. Une fois dehors, je respire les parfums du printemps, une odeur d'herbe coupée et de fleurs sur le parterre. Quel printemps ! Jamais la Ville n'en a connu de si beau, de si odorant et de si lumineux. L'hiver a été chassé d'un coup, balayé par un déchaînement de verdure. Je devrais être détruit par la fin du VIRUS, la manifestation ratée, mais non, l'atmosphère de la Ville me rend joyeux, plein d'espoir. Les huit années de plomb ont disparu, envolées.

Je suis témoin d'un nouveau souffle, d'un nouvel élan qui se transmet chez tous les habitants. Pour la première fois, je me rends compte qu'ils sourient, qu'ils plaisantent. Ville et habitants se sont transformés, sous le simple effet du printemps. À bien y réfléchir, il ne s'agit pas d'un printemps ordinaire : une nouvelle énergie se diffuse et je sens l'arrivée d'un grand changement. Je ne peux pas l'expliquer, je le ressens dans mon corps.

J'ai failli me perdre dans les escaliers et les tournants, mais je trouve le restaurant, à mi-pente d'une colline, en plein milieu des arbres. Elle m'attend devant, dans un tailleur gris très chic, un long imperméable plié sur son bras. Plume ressemble à une caricature de femme d'affaires, à tel point qu'elle devient commune. Nous entrons dans le restaurant et on nous place près de la baie vitrée. Il a plu dans la matinée, toutes les tables de la terrasse ont été repoussées sous un auvent. Rien ne vient gêner la vue sur les jardins, le bas de la colline et les rives de la Vlatv au fond.

Je me souviens vaguement avoir commandé une carpe farcie au serveur, mais je suis obsédé par la présence de Plume : lumineuse, comme la première fois que je l'ai vue mais sans masque. Je guette le moindre de ses gestes pour y déceler les traces d'un mensonge. Elle me regarde avec douceur.

« J'aime ce restaurant, Václav, à cause de la terrasse et de son plancher de bois. On n'a pas l'impression d'être en ville, ici, avec les arbres, le parc du Vyšehrad. N'est-ce pas ?

— Oui. Plusieurs villages dans une seule ville, dit-on. Mais vous connaissez ce dicton mieux que moi. J'ai été surpris de votre invitation. Je ne pensais plus revoir les Loups.

— Le printemps s'installe. Je ne l'ai jamais vu ainsi depuis des années. Nous sommes gâtés. J'ai passé ma vie enfermée, à fuir la lumière, à me cacher, j'avais oublié la chaleur du soleil en plein midi. Me croyez-vous, Václav ?

— Bien entendu. Je dois vous avouer que moi-même je ne me rappelle pas un tel printemps. Que se passe-t-il réellement ? Cela fait partie du plan de Miro ? »

Plume sourit et penche la tête : « Vous discutez toujours ainsi lorsque vous déjeunez avec une femme, Václav ? Parlez-moi comme à un être normal, pas comme à la compagne de Miro. Faites un effort. »

J'ai gaffé. Derrière le sourire, je sens l'énervement et une forme de déception. Je dois m'occuper d'elle, ne plus penser à Miro. Je ne peux pourtant pas faire comme si elle n'avait rien dit et reprendre une discussion anodine.

« Je connais surtout du Vyšehrad le parc où l'on me donnait rendez-vous. Vous trouvez la situation normale, mais pas moi. Les Loups m'ont habitué à penser de manière retorse, et vous voudriez que je ne me pose aucune question ?

— Vous êtes prudent, mais je ne vous cache rien. Je veux manger avec quelqu'un, en plein midi, et profiter du soleil. N'y voyez rien d'autre, ou alors une forme d'excuse.

— Je ne vous en veux pas. Je me doute que ce n'est pas facile de vivre avec Miro…

— Vous ne savez rien ! Vous ne le connaissez pas. Il n'est pas si… »

Plume cherche ses mots, hésite. Je sens des larmes au coin des yeux. Elle n'en peut plus.

« Il n'est pas si égoïste, vous voulez dire ? Il ne fait pas qu'utiliser les autres, les instrumentaliser, les traiter comme des objets. Vous voulez convaincre qui ? Vous ? »

Plume secoue lentement la tête de droite à gauche. Elle boit un peu d'eau.

« Il a recommencé à s'absenter pour la retrouver. Il passe ses nuits avec l'hologramme de sa fille. Je pensais qu'après l'éradication des Serpents, il reviendrait diriger les Loups. Il le devait une fois sa vengeance obtenue. Mais non, il refuse de redevenir le Vlk.

— Il a abandonné son plan ?

— Je ne sais plus. Non, je ne crois pas, mais uniquement parce qu'il le doit à la Guilde, il partira après. Il veut vivre avec sa fille. Il n'y a plus que cela qui compte. Elle l'attire comme un aimant, le mange de l'intérieur, le dévore. Ce n'est qu'un fantôme ! Merde !

— Vous préférez le Miro qui vous rend soumise ? Vous préférez ce rôle de femelle alpha, juste bonne à être la compagne du Vlk ? Comment pouvez-vous accepter cet esclavage ? Uniquement parce que vous faites partie du clan. »

Plume ne répond pas immédiatement. Elle avale une bouchée et retire deux arêtes. Pendant deux minutes, je n'entends que le bruit de ses couverts et des miens. Elle ne semble pas fâchée, juste contrariée. Soudain, elle repose son couteau.

« Miro est l'être le plus fragile que je connaisse, Václav, et c'est pourquoi il nous fascine tous les deux. Il ne suscite pas la pitié, mais sait nous attendrir. Il nous domine avec un pouvoir si subtil et puissant qu'il peut paraître horrible. Oui, c'est un monstre à vos yeux, parce que vous n'avez considéré que le

pouvoir de sa domination. Mais, moi, j'ai vu l'autre Miro. Non,
c'est le même, seulement nous ne savons pas le voir, nous ne
savons pas le comprendre. Si je reste à ses côtés, c'est pour
cette raison.

— Vous voulez le comprendre ? Par transmission de pensée
alors ! Il ne donne rien, vous le savez. Vous attendez quoi ? Un
tête-à-tête romantique où il déballera tout et pleurera dans vos
bras ? Qu'avez-vous appris depuis que vous êtes avec lui, franchement ? Vous savez juste que vous ne remplacerez jamais sa
fille dans son cœur ! Quelle victoire ! Vous vous sacrifiez, c'est
tout. »

Plume se tait, mais ses yeux affirment que je me trompe.
Elle continue de manger avec élégance. Si elle n'était si belle,
sans doute la mépriserais-je. Nous finissons le repas dans un
semi-silence, juste ponctué par des remarques sans importance. Au café, elle déchire la nappe en papier et écrit un mot
sur un bout qu'elle plie en deux. Les serveurs ont ouvert les
portes vitrées de la terrasse. Plume se lève et m'invite à la
suivre dehors. Le parquet de bois crisse.

Elle s'accroche à la balustrade et regarde en contrebas. Je
vois des arbustes, un chemin, quelques fleurs. Le repas m'a
tellement énervé que cet après-midi de printemps en devient
terne. Pourquoi une femme si intelligente peut-elle se mentir à
ce point ? Elle prend presque des poses, le nez en l'air, pour
mieux profiter du soleil. Elle se comporte comme une gamine
qui minaude, jouant un jeu de séduction plus dû au vin qu'à
une volonté propre. Elle vaut mieux que cela, ou alors je me
trompe sur toute la ligne.

« Václav ! Vous pouvez aller me chercher mon imperméable ? Vous serez gentil. »

Plume me fait une œillade, mais je ne la trouve pas appropriée. Je ressens une telle lassitude que je retourne chercher son
vêtement sans rien dire. Elle aurait pu y penser avant ! Elle

l'avait posé sur le dossier de sa chaise et il s'est froissé. Qu'elle
se débrouille avec, je ne suis pas son valet. Je me retourne vers
la terrasse.

Plume a disparu. Je traverse pour atteindre la balustrade en
courant. J'ai juste le temps d'apercevoir une silhouette grise au
milieu des arbres en contrebas. Elle a sauté. Pourquoi ? Par
réflexe, je fouille dans les poches de son imper et j'y retrouve le
bout de nappe en papier, avec juste une phrase de sa main : « Je
vous prouverai que Miro ne pense pas qu'à sa fille. »

Et maintenant, je fais quoi ?

« Décidément, vous laisser seul avec un membre du couple
alpha nous coûte pas mal d'énergie ! »

Serval ne cache pas sa colère. Il me jetterait bien sa chope
de bière à la figure, mais il se retient. Miro n'a pas bronché en
m'écoutant.

« Je pense que nous étions seuls sur la terrasse du restaurant.

— Vous pensez ou vous en êtes certain ? me demande Serval avec insistance. J'en ai un peu assez de devoir soutirer des
indices à droite à gauche parce que le témoin principal a une
mémoire à trous. On va la retrouver où, cette fois ? Dans les
égouts, dans un arbre ? Il me ferait presque regretter les Serpents : ils disposaient de tout le matériel nécessaire pour faire
recouvrer la mémoire, eux. Une injection et vous auriez pu me
dire jusqu'au nombre d'arêtes de votre carpe farcie !

— Serval. »

Miro coupe son lieutenant d'un geste de la main. Le *kníže*
ne semble ni en colère ni inquiet. Je le soupçonnais déjà de ne
pas attacher beaucoup d'importance à sa compagne, et je vois
que j'avais raison.

« Nous ne gagnerons rien à torturer ce brave Václav, Serval. Il est victime des coïncidences. Plume est partie, je suis là, il n'y a pas de mal. Elle reviendra quand elle le voudra.

— Mais…

— Vous supportez mes absences sans rien dire, sans montrer votre désapprobation ou votre déception. Je suis le Vlk et je quitte la tanière même quand je ne suis pas en mission. Par respect, vous n'engagez pas de duel de succession, alors que vous pourriez. Vous me suivez parce que vous êtes la meute et que je suis votre chef. Nous sommes tous victimes de notre animalisation. Nous avons établi une hiérarchie et des règles qui nous ont conduits à imiter les loups. Pourtant, nous vivons, aimons, souffrons comme des humains, pas comme des animaux. Alors, mettons en suspens nos règles et réagissons comme notre espèce doit le faire. Plume ne veut plus assumer la tâche d'être Louve. Qui peut lui en vouloir ? Surtout pas moi. Patientez, comme vous l'avez fait avec moi. Elle reviendra. »

Serval baisse la tête et ne semble pas apprécier le monologue de Miro. Fenris a fermé les yeux, appuyé contre le mur, tandis qu'Ysengrin demeure impassible. Les lieutenants de Miro réfléchissent, chacun à sa manière. Encore une fois, le Vlk met leur fidélité à l'épreuve. Quand va-t-il cesser de jouer avec les siens ?

La nuit est tombée. Serval a quitté la pièce, suivi par Fenris. Ysengrin hésite à partir, mais Miro demeure silencieux. Bientôt, je me retrouve seul avec le Vlk.

« Vous n'allez pas rechercher Plume ?

— Pas tout de suite, en tout cas. Elle peut se débrouiller toute seule sans l'aide de la meute. Nous nous fondons tellement dans les mécanismes de la Ville que nous en adoptons les mêmes travers : nous détestons ce qui nous éloigne de la norme et nous prenons peur.

— Personne ne m'a encore demandé de quoi j'ai discuté avec Plume. Ça n'intéresse personne ?

— Vous voulez le dire ?

— Non.

— Voilà. Si vous aviez jugé utile de nous le raconter, vous l'auriez fait. Ce qu'elle a pu vous confier ne m'intéresse pas. Disons que l'interprétation que vous pourriez en faire ne me révélera rien sur ses motivations réelles.

— Vous ne cherchez pas à la comprendre. Vous avez votre idée et vous pensez détenir la vérité ! Vous êtes pareil que Bláha et tous ces dictateurs. Peu importe ce que pense le petit peuple, vous êtes tellement intelligent avec votre "plan". Vous ne vous trompez jamais ? »

Miro hoche la tête en souriant puis s'étend sur son lit. Je n'aime pas son allure, sa nonchalance ; comme si aucune remarque ne pouvait l'atteindre. Je n'arrive même pas à croire qu'il puisse aimer sa fille. Cela pourrait faire partie de son fameux plan. Quelle naïveté de la part de Plume ! Croire que Miro tenait à elle.

« Vous pensez qu'il suffit d'écouter les gens pour les comprendre, Václav ? Un déjeuner, un peu d'intimité et voilà, votre interlocuteur se livre, sans mensonges, sans dissimulation ? Gouverner les hommes serait facile s'il suffisait d'entendre leur douleur, d'apprécier leurs mots. Les paroles sur nous-mêmes ne sont qu'un entrelacs de mensonges et de vérités. Demandez l'avis d'un psy ! Plume veut donner une cohérence ou une raison à ses souffrances. Elle offre une interprétation de sa vie pour la supporter. J'ai comme principe de ne pas me fier aux propos de mes hommes sur eux-mêmes. Je n'y trouverai aucune vérité, juste le constat d'un malaise. Je dois pourtant les diriger et j'y parviens parce que je les observe aussi minutieusement que le civi-satellite le fait au-dessus de nos têtes. Oui, Bláha et moi sommes identiques, mais je n'ai pas besoin d'une machine. Ils me respectent parce que je prends des décisions, pas parce que je les comprends. Si je me trompe, ils changent de chef, voilà la règle. Ils peuvent se révolter, ils en ont le droit. Ne cherchez pas plus loin la différence entre le Commandeur et moi.

— Vos erreurs peuvent coûter la vie à des gens qui vous aiment. Il n'y a pas que des mensonges.

— Ai-je dit le contraire ? Je n'ai pas envie de démêler le vrai du faux, parce que je n'ai pas envie de connaître le passé de chacun. Je prends les gens tels qu'ils se présentent, tels que je les ressens. Tous ici construisent une image de ma personne et s'en accommodent. Ils me connaissent peut-être mieux que moi-même, mais je m'en moque : ils n'ont rien à y gagner. Un peuple n'a pas besoin de connaître l'intimité de son chef, il a besoin d'une présence, d'une incarnation du pouvoir, ou alors il se berce de mensonges et accepte qu'on lui mente. J'ai décidé de ne rien dire sur moi pour ne pas mentir. Plume... »

Miro s'arrête, hésite, puis reprend : « Plume a cru voir la vérité en moi. Je n'ai pas le courage de l'en dissuader. »

Que fait-il, le Vlk, si ce n'est me parler de lui en ce moment même ? À quel point ment-il ? J'essaie de me souvenir des paroles de Plume, mais aucune ne m'aide. Je me rends compte que nous n'avons fait que discuter de Miro à ce déjeuner, je me sens bien désarmé maintenant. J'ai gardé dans ma poche le bout de papier de la Louve, mais je ne sais pas comment en parler. Sans doute a-t-il raison : Plume a voulu comprendre le Vlk, mais en vain. Il n'existe peut-être pas d'autre vérité que cet homme, allongé sur un lit, en train de regarder le plafond, aucune grandeur ou noblesse cachée, aucun secret dissimulé, juste un être humain capable d'une empathie telle qu'il en devient extraordinaire.

« Il ne vous vient pas à l'idée que votre compagne puisse vous mettre à l'épreuve, directement ? Elle s'est enfuie, ne l'ou-bliez pas, elle n'a pas dit au revoir. Pourquoi l'avez-vous choisie comme Louve ? »

À cette question, Miro se redresse. Il me fixe du regard :
« J'ai eu raison de ne pas vous sous-estimer, Václav. »

Puis il se recouche, silencieux. Je n'ai plus ma place, je peux
partir. Je me dirige vers la porte lorsque l'on frappe. Ysengrin
entre : « Un membre des Lions est arrivé, ils ont repéré Plume
dans un de leurs établissements. »

Miro fait la moue, se relève et va chercher un boîtier dans la
commode à côté de moi. Puis il sort en passant devant Ysengrin. Ce dernier fronce les sourcils et me regarde.

« Václav, venez avec moi.

— Je n'ai rien à faire avec vous. C'est une histoire entre lui
et Plume.

— Il a pris des cartouches de modification ADN, je crains le
pire. Vous n'êtes pas un Loup, peut-être pourrez-vous le rai-
sonner. »

Il veut la tuer ? L'instant d'avant il me dit qu'elle peut vivre
sa vie et il la condamnerait dix minutes plus tard ? Absurde !
J'accompagne Ysengrin dans le couloir et il m'explique le
contenu des cartouches : « Quand Miro vous a tiré dessus, il
vous a injecté un virus qui a répandu un gène modificateur. Il a
reprogrammé votre ADN pour qu'il soit reconnu par Gaïa. Le
processus est réversible, au point qu'on peut injecter un agent
qui vous transforme en élément pathogène. Je ne sais pas ce
que Miro a pris mais je connais le boîtier. Si vous aimez Plume,
vous devez venir. »

Je n'ai pas le temps de répondre que nous nous retrouvons
dans la salle commune. Ysengrin me fait signe de rester près de
lui contre la balustrade. Au milieu des Loups, juste en face de
Miro, un individu fortement maquillé discute. Je n'arrive pas à
savoir s'il s'agit d'un homme ou d'une femme, tant les vêtements sont ambigus : une jupe sur un pantalon de velours, des
bijoux et des bagues, une chemise qui laisse deviner une poitrine compressée. Les Lions s'occupent principalement de la

prostitution et de tout le commerce lié au sexe, mais je n'ai jamais vu un de leurs membres. J'ai toujours soigneusement évité le quartier des putes en banlieue.

« On l'a vue entrer dans un de nos peep-show, il y a une heure, raconte le Lion. Normalement, je n'aurais rien dit, mais il s'agit de la Louve. Vous savez, les clients sont parfois bizarres, ils peuvent s'en prendre aux autres dans les cabines. Ce n'est pas que je craigne pour sa vie, mais c'est mauvais pour les affaires si on trouve un cadavre.

— Bien, on y va et on la ramène. Ne vous inquiétez pas, vous ne trouverez pas de macchabée, enchaîne Miro. Serval, Ysengrin, Fenris, vous venez. »

Ysengrin hoche la tête et interpelle le Vlk : « J'emmène Václav. Il ne s'agit pas d'une opération dangereuse. Je le prends sous ma responsabilité.

— Il n'y a rien à voir pour lui.

— Je l'espère. »

Miro fait la moue, mais il se détourne et marche vers la sortie de la tanière en lançant : « Au moins, qu'il ne nous ralentisse pas ! »

J'ai surtout connu la Ville de nuit, en la parcourant avec les Loups. Ses bâtiments sombres, ses ruelles sales n'ont désormais plus le même caractère insolite. Je m'habitue à cette face étrange. Je m'aventure dans des quartiers que, de jour, j'aurais préféré éviter, mais je me sens en sécurité près d'Ysengrin et des autres. Nous marchons vite, presque au pas de course. Pour ne pas attirer l'attention des passants, nous nous sommes séparés en deux groupes et je me retrouve seul avec Ysengrin, à l'arrière.

Des femmes et des hommes paraissent attendre à chaque coin de rue, tandis que les néons illuminent les rues pour indiquer la présence de boîtes de nuit. Je passe devant l'entrée d'un bar sombre aux vitres couvertes par des tentures, où des tableaux d'un goût douteux, collés sur les battants de porte, ne laissent aucun doute sur le spectacle à l'intérieur. Une musique langoureuse monte dans le quartier et nous enveloppe, telle une guimauve poisseuse et obscène. C'est cette ambiance sonore que je supporte le moins. Les filles que je croise, surmaquillées, habillées court, ne me font aucun effet : je connais leur métier. Je n'éprouve ni pitié ni dégoût ; il ne s'agit pas de mon monde. Mais la musique, avec ses accents putassiers, cette manière de vouloir vous attirer et de vous hypnotiser pour vous soutirer du fric, me révolte. Je m'indigne pour pas grand-chose, mais je le ressens ainsi.

Nous tournons à gauche et empruntons une rue plus déserte, en pente douce. Impossible de rater le peep-show, avec ses flèches de néon sur le toit et ses pin-up lumineuses sur les murs. La gérante attend dans sa cabine de verre, mais plus aucun client n'arrive. Un homme vient vers nous, un autre Lion.

« Elle s'est présentée y a une heure comme cliente. On l'a conduite aux cabines de la salle trois. Après le show, elle n'est pas repartie.

— Que fait-elle ? demande Miro.

— À vous de voir. Elle y est encore. La porte de la salle est bloquée de l'intérieur, vous devrez la forcer. Je ne pense pas qu'elle soit armée. Faites ce que vous voulez, c'est pas mes oignons, mais pas de traces. »

Sans attendre, le Lion fait un signe à la caissière du peep-show et ils traversent la rue pour s'engouffrer dans l'immeuble d'en face. Miro sort son pistolet et vérifie les cartouches.

« Vous m'attendez, je n'en ai pas pour longtemps. »

Personne ne réagit. Je n'arrive même pas à croire à ce que je vois. Il va vraiment la tuer ? Le Vlk passe la caisse et entre à l'intérieur. Dès qu'il a disparu, Ysengrin m'interpelle :

« Allez, Václav, vous me suivez.

— Il ne veut personne, répond Serval.

— Je ne le laisserai pas tuer Plume pour une raison de fierté. Il peut me démettre, mais je suis son second, j'ai le droit de penser aux intérêts de la meute avant ceux de Miro. Si le couple alpha est brisé, nous devrons lancer le plan avec une guerre de succession entre les femmes. Il ne pense qu'à lui-même.

— Tu ne nous donnes pas la vraie raison, Ysengrin, intervient Fenris. Tu veux sauver Plume, tout simplement, comme tu as voulu sauver Perle, comme tu as voulu sauver Mirabelle. Tu es bien trop civilisé pour être un Loup, Ysengrin, trop humain, même.

— Si vous m'en empêchez, je… »

Fenris lève la main pour interrompre Ysengrin : « Comme il y a huit ans, tu pars pour sauver le clan et nous restons en arrière, Serval et moi. L'histoire se répète toujours selon des modes différents. Cette fois, tu veux aussi protéger Miro. Je n'ai jamais eu ton courage, alors pourquoi se battre ? »

Ysengrin se tourne vers un Serval demeuré sombre, les mâchoires serrées, son regard témoignant d'une violence contenue. Puis, soudain, il hoche la tête. Sans un mot de plus, Ysengrin se dirige vers le peep-show et m'entraîne à sa suite.

Murs tapissés, lumière tamisée, l'intérieur est beaucoup moins provocant que l'extérieur. Je perçois les battements assourdis d'une musique derrière les cloisons. Ysengrin me désigne le trois en lettres de néon sur l'entrée d'un couloir en arc de cercle. Une série de portes avec des numéros. Nous ouvrons la quatrième, heureusement vide, uniquement éclairée par une lampe rouge au plafond. La cabine est recouverte de velours pourpre et violet, avec un grand écran noir au fond et un siège au milieu. Un distributeur de papier hygiénique est accroché de guingois sur la gauche, tandis qu'une poubelle déborde à droite en un magma blanc et jaunâtre. Le sol, le siège et le mur du fond sont couverts de taches non identifiables mais dont la nature ne fait aucun doute. Je manque de glisser sur un préservatif usagé.

Ysengrin ne paraît pas gêné par la saleté et l'odeur piquante de la cabine, il sort une carte de son blouson et la passe dans la fente à côté de l'écran noir. Aussitôt, ce dernier disparaît en une neige colorée et laisse voir la salle à travers la vitre.

La musique jaillit par les haut-parleurs, une techno cra-chouillante, avec un rythme lourd et assourdissant. Je devrais éteindre le son en appuyant sur les boutons de la console qui est apparue sous la vitre, mais je ne peux pas. Je suis fasciné par ce que je vois. Un spot stroboscopique éclaire par flashes le couple placé au centre de la salle circulaire. Des coussins un peu partout, une décoration faite de tentures, rien pour vrai-ment distraire le regard de la scène. Au milieu, un homme grogne en donnant des coups de reins. Devant lui, il tient les hanches de sa partenaire, penchée en avant, gémissante.

Plume. Nue, ballottée sous les coups de son partenaire, elle s'agrippe aux coussins à terre comme pour s'en faire un appui, mais elle glisse. Elle ferme les yeux, et je ne parviens pas à savoir si c'est de plaisir ou de douleur. Le mec continue, sans rien dire, sans doute totalement ahuri par la musique et les flashes du stroboscope. La scène centrale tourne sur elle-même et on peut mieux apprécier la position. Il l'encule avec force. Je n'arrive pas à croire que je vois la même Plume que ce midi, si élégante dans son tailleur. Elle est devenue un pantin, un objet. Est-ce bien ce qu'elle cherchait ? Vraiment ?

La porte d'entrée de la salle s'ouvre doucement, le couple n'a rien remarqué encore. Ysengrin s'est emparé du boîtier métallique contenant le papier hygiénique. Il est prêt à frapper pour briser la vitre. Miro entre dans la salle alors que le couple lui tourne le dos. Il les observe. Combien de temps va-t-il rester immobile dans la salle, au milieu de la musique et du crépitement du stroboscope. Mes yeux pleurent et me font mal, mais je ne détourne pas le regard.

La scène centrale pivote et le strip-teaser peut enfin voir Miro. Comme s'il avait reçu une décharge électrique, il se jette en arrière et repousse Plume sur les coussins. Elle s'effondre, comme désarticulée. Je vois l'homme parler, crier peut-être, mais je n'entends rien de compréhensible. Miro a sorti son pistolet et, sans ouvrir la bouche, tire. La balle se fiche à la base du cou et retombe à terre. Une seule piqûre peut suffire. Le gars recule, ne paraît pas blessé, à peine un filet de sang sur sa poitrine huilée. Plume n'a pas bougé, les fesses en l'air, dans une posture grotesque. Il se passe une minute et puis, dans une série de craquements, une masse spongieuse couverte d'épines se détache du mur et soulève les tentures. Dans la pénombre, j'en distingue mal la forme, mais les éclats du stroboscope font luire le métal de cette chose. Le strip-teaser hurle, je l'entends vraiment, sa voix domine les samples. L'instant d'après, il a disparu.

J'ai dû fermer les yeux par réflexe pour ne pas voir les piques jaillir de l'ombre mouvante et grouillante. Peut-être ai-je aperçu une pointe bleutée traverser le bras ou la cuisse, mais je n'en suis pas certain. J'ai pu rêver cette scène, ou la cauchemarder, ou ai-je refusé de l'imprimer dans mon cerveau ? Toujours est-il que lorsque je regarde de nouveau la salle, il ne reste plus que Miro et Plume. Cette dernière s'est relevée pour s'asseoir en tailleur, plus du tout ridicule, mais au contraire impériale. Je suis persuadé qu'elle a observé la mort du strip-teaser sans émotion. Tout n'a été qu'un interlude, qu'un moment d'égarement et d'oubli ; face à Miro, Plume retrouve grandeur et majesté avec une facilité qui la rend cruelle. Le Vlk soutient le regard de sa compagne, mais je ne sens pas chez lui un sentiment de victoire, juste une lassitude.

« Venez, Václav, me souffle Ysengrin. Il nous faut vraiment partir.

— Mais il va la tuer !

— Non, il l'aurait déjà fait. Miro n'est pas un homme qui gâche ses balles. »

À contrecœur, je laisse Plume et Miro se regarder sous la lumière du stroboscope, enveloppés dans le bruit d'une musique techno.

Ysengrin sort le premier du peep-show. Il étend les bras au-dessus de lui en bâillant bruyamment. Je sens bien le soupir de soulagement de Serval. Fenris se contente de sourire. Les deux lieutenants paraissent heureux. Serval rudoie Ysengrin en lui pétrissant l'épaule de la main droite, l'air gai comme un gamin. Moi, je ne peux oublier la mort d'un innocent.

Miro arrive dans la rue le premier, le visage fermé. Il se retourne pour faire place à Plume. Habillée du blouson du Vlk, elle s'avance parmi nous, nue, fragile, la peau blanche sous les lumières des néons. Elle n'a pas honte, elle ne baisse pas la tête. Elle fixe tout le monde avec intensité et autorité. Personne n'ose répondre à ce regard. Seuls Ysengrin et moi avons aperçu entre deux flashes de stroboscope une autre femme, mais là, en plein milieu d'une rue sombre, elle sort victorieuse : Miro est venu la chercher. Elle ne frissonne pas et le bitume du sol ne semble pas blesser ses pieds. Elle a imposé sa volonté au Vlk : il a tué pour elle. Fallait-il en arriver là ? Je trouve le moyen bien trop extrême, grossier. Je ne vois pas d'élégance au fait de se faire enculer dans un peep-show, mais tout autour de moi les Loups admettent le triomphe de Plume.

La Louve passe parmi nous et descend la rue. Pour la première fois Miro la suit. Fenris et Serval les accompagnent.

« Ysengrin ! »

Le second se tourne vers moi, il possède toujours ce regard doux et tendre qui me semble si incongru dans la circonstance.

« Vous voulez savoir, Václav ? Vous regardez la scène et ne comprenez pas les acteurs. Vous avez côtoyé Miro et Plume, vous avez partagé nos vies et suivi nos opérations, rien ne vous a été caché et pourtant, au moment où il vous faut rassembler toute cette expérience, vous vous trouvez démuni. Que voulait démontrer Plume, qu'a montré Miro, les réponses vous manquent.

— C'est juste une histoire de cul, banale, le mari jaloux, la femme soumise et rien ne change. Un pauvre mec est mort, mais Plume retourne sagement au foyer. »

Ysengrin rit, les mains sur les hanches.

« Vous n'avez rien appris de Miro ni de nous. Le Lion a commis une faute : on ne baise pas dans un peep-show. Si Miro ne l'avait pas tué, son chef l'aurait fait. Après…

— Plume s'est offert du bon temps et redevient la Louve. Pourquoi ?

— Vous étiez là avec moi, Václav. Quand Miro et Plume se sont regardés, il s'agissait d'un conflit de pouvoir. Pour la première fois depuis longtemps, Plume et Miro ont joué à égalité. Elle lui a montré qu'elle existait et il a été obligé de l'admettre. Ne cherchez pas plus, vous seriez déçu.

— Qui êtes-vous pour vous satisfaire d'une telle situation ? Vous trouvez de la noblesse à un crime et considérez la tromperie et le mensonge comme un art. Miro se moque de vous, de nous tous. Il manipule les silences, se sert de son regard et de phrases sibyllines et vous courez derrière pour en comprendre la signification. Vous seuls attribuez du sens et du pouvoir à Miro. Il n'en a pas ! C'est juste un être humain.

— Vous avez raison. Le pouvoir de Miro consiste dans cette forme supérieure du mensonge, mais que vouliez-vous de plus ? Que la Guilde soit une entreprise de bienfaisance, une sorte d'aristocratie rebelle. Nous demeurons des voyous et des criminels, avec des règles d'airain qui peuvent causer notre mort dans la seconde. Des voleurs ne peuvent pas sauver le monde, ils ne s'intéressent qu'à eux-mêmes. Nous ne sommes pas des êtres magiques ou des dieux, nous nous adaptons à notre milieu et nous préférons l'ombre. Vous jugiez votre propre vie médiocre et tranquille; vous rêviez de danger et d'aventure. Continuez de rêver, Václav, mais ne nous demandez pas de ressembler à votre chimère. »

Je cherche quoi répondre, mais Ysengrin s'éloigne en courant, sans même me dire au revoir. Je n'ai pas senti de colère dans sa voix, ni de déception, un léger brin de mépris peut-être. Je n'arrive pas à bouger, je me sens vidé de l'intérieur comme si on m'avait arraché le cœur.

J'ai cru pouvoir devenir autre chose qu'un œil au milieu des Loups. Je ne voulais pas être considéré comme un simple journaliste. Je me suis bercé de cette certitude et Ysengrin vient de la briser. Je suis resté à la surface des événements, sans pouvoir intervenir, mais qu'ai-je compris des Loups et de la Guilde ?

Rien. Absolument rien, juste une écume. Miro m'a ouvert la tanière sans risque : je suis demeuré aveugle et sourd tout le temps.

Miro, couché sur le dos, regardait pensivement le plafond. Les mains croisées derrière la tête, il observait les fissures qui traversaient le plâtre. Plume se redressa et, appuyée sur son coude droit, caressa la poitrine de son amant. Délicatement, elle se pencha pour embrasser ce corps qu'elle aimait tant, puis regarda le *kníže* dans les yeux. Elle finit par rencontrer son regard.

« Pourquoi es-tu ainsi avec moi ? Pourquoi rester seul quand je suis avec toi ?

— Perle disait que j'avais un cœur trop petit pour aimer plus d'une personne. Je pense qu'elle avait raison. Je suis le chef de la Guilde, le chef du clan et un père. J'essaie de ne pas tout gâcher. C'est si difficile…

— Comment peux-tu te satisfaire… ? »

Plume se remit sur le dos, dans le bruit de froissement des draps. Énervée, elle frottait ses jambes dans le lit. Elle ne parvenait pas à comprendre que quelqu'un pouvait la faire jouir si intensément sans amour. Václav avait été maladroit, fruste, mais sa passion était manifeste. Miro ne ressentait rien. Il jouait une partition avec des goûts d'esthète, sans plaisir particulier. À peine entendait-on un soupir lorsqu'il éjaculait en elle. Le gargouillement du journaliste était risible, mais au moins il sonnait vivant. Était-ce cela faire partie du couple alpha ? Tout le clan s'unissait autour d'un fait : la copulation entre les deux partenaires. Qu'importe que ce soit par amour ou par devoir, chaque membre du clan paierait pour entendre Plume crier de plaisir. Elle n'avait pas le droit d'exiger plus du *kníže* : il n'était d'ailleurs pas capable d'en donner plus. Que cette vie lui paraissait triste… Alors quoi, le clan ne pouvait survivre qu'autour d'une verge et d'un vagin. Qu'est-ce qui avait pu conduire à ce simulacre de couple ? Le pouvoir ?

Bien sûr, Plume savait qu'elle détenait une position enviée dans le clan. Elle pouvait commander, tuer qui elle voulait sans en référer à Miro. Peu de femmes dans la Guilde possédaient autant de liberté, à part Svetlana Orel. Dans le vide laissé par la mort de l'ancien chef, la jeune femme avait convaincu la Guilde. Elle avait acquis son autonomie contre le chef des Cafards, ce clan dont elle était issue. Possédant le secret des anesthésiques, Svetlana était devenue la première femme dont dépendrait le sort des hommes. Comment elle, Plume, pourrait arriver à ce que Miro dépende d'elle ?

« C'est uniquement parce que j'incarne la Louve que tu ne m'as pas tuée tout à l'heure ? N'est-ce pas ? »

Miro se renfonça dans son oreiller, il eut un léger mouvement d'indignation, mais passager.

« En partie.

— Bon sang, jamais tu ne te mets en colère ! »

Plume se redressa à nouveau et plongea dans le regard fatigué de Miro. Sa tête bouillonnait. Elle voulait lui faire mal, qu'il réagisse, qu'il exprime quelque chose.

« Ce type m'enculait, et tu ne peux savoir combien j'ai pris du plaisir à ça ! Sentir sa bite dans mon cul, jamais tu ne me feras hurler comme il m'a fait hurler ! Jamais je n'ai autant joui, parce que jamais tu n'as osé ça ! Il m'a défoncée et j'ai senti sa force, et si tu n'avais pas été là…

— J'étais là, c'est tout. Il n'appartenait pas au clan, et tu ne l'aimais pas. Je ne cherche pas à assouvir tous tes fantasmes… »

Plume baissa la tête : Miro avait raison, comme à chaque fois. Et elle ne parvenait pas à le détester. S'il était venu la chercher, c'était parce qu'elle avait quitté le clan, pas parce qu'elle se faisait sauter par un autre. Il avait déjà connu cela avec Perle. Peut-on s'habituer à voir sa femme coucher avec son second, ou avec des inconnus ? Peut-être même éprouvait-il du plaisir à cette idée ? Toujours le même schéma qui se répète, c'est ça ?

« Pourquoi m'avoir choisie, alors ?

— Comme Louve ? Parce que c'était en toi, dans ton regard, dans tes attitudes. Un peu farouche et volontaire, comme le sont toutes les femelles alpha.

— Je ne te parle pas de ça ! Je te parle du jour de nos quinze ans. »

Miro soupira profondément. Il regarda Plume, mais sans cette indifférence polie qu'il avait toujours avec elle. Il se leva du lit et alla ouvrir un coffre. Il en sortit un socle de métal, rectangulaire, et le posa à côté d'elle. Miro se coucha et appuya sur un bouton.

Grésillement. L'air qui s'électrise puis s'irise. Plume fut hypnotisée par le ballet des grains de couleur qui tournoyait autour du socle. Puis la projection se précisa. Il s'agissait d'une vue de la Terre prise du ciel. Océans bleus marbrés d'éclats d'argent, terres ocre rayées de vert, la planète était superbe. La voix de Miro accompagna la rotation du globe :

« Il ne me reste rien d'autre de mon héritage. Juste ce projecteur holographique et des cartes mémoire. Mon père n'a jamais voulu s'en séparer, sauf à sa mort. Il disait que c'était un souvenir de l'humanité. »

Miro ouvrit la main et lâcha des carrés de silicium.

« Il me montrait la Terre tous les soirs, même quand je revenais tard. Il souhaitait que je comprenne que la planète constituait notre seul bien. Moi, je nous faisais vivre en volant. La conscience planétaire, c'est bien quand on a l'estomac rempli. Mais mes rapines ne suffisaient pas. Ma première chance fut d'être repéré par les Grands Loups avant d'être arrêté par la police. Mais c'est Moro qui me sauva vraiment. Étonnant, hein ? Elle cherchait à placer son fils dans une famille normale : il n'avait aucun don pour devenir un Loup. Micha, le Vlk de l'époque, nous a échangés, et ma mère perçoit toujours une pension à ce titre. Mon père est mort un an plus tard. J'avais dix ans, et il ne m'a transmis que cet hologramme. Je ne me souviens plus de son visage. »

Plume approcha son doigt de la projection et arrêta la rotation de la planète. Elle dessina un arc de cercle dans l'air et le globe partit dans l'autre sens.

« Je n'ai ni héritage, ni visage. Mon frère et moi avons été abandonnés, poursuivit Plume. Wolfen était l'aîné, et il prenait toutes les décisions. Nous n'avons jamais connu la chance, et même en la provoquant, elle ne nous souriait pas. Mon frère a cherché les Grands Loups, mais ils l'ont renvoyé dans la rue, après l'avoir battu. Il y est retourné et en est revenu encore plus blessé. Des mois entiers à souffrir avant d'être accepté. Je l'ai suivi. Je n'avais pas le choix. On ne nous a rien appris : nous appartenions au cercle extérieur, à cette bande de Loups qui n'accèdent que rarement à la tanière et qui peuvent à tout moment être pris par la police et récolter une identification ADN. »

Plume écarta le doigt de la projection et regarda Miro dans les yeux. La planète reprit sa course normale.

« Nous n'avions pas le droit à l'erreur. Aussi, je n'ai jamais rencontré une personne plus fière et plus impatiente que mon frère quand il a pu participer à la cérémonie. Il devenait enfin Grand Loup ! »

Miro éteignit le projecteur et changea la carte à l'intérieur. Quand il ralluma, un galop de cheval s'emparait d'une plaine virtuelle. La bête, d'un noir d'ébène, levait des flammes de poussière derrière elle. Le poil, impeccable, luisait au soleil couchant, tandis que des montagnes au loin se paraient de rouge et de rose.

« Je n'y ai pas accordé d'importance, reprit Miro, la cérémonie appartenait à l'ordre des choses. De tous les élèves de Micha, j'étais le plus doué et on m'emmenait déjà dans les missions importantes. Devenir Grand Loup ne représentait qu'un rite de passage, sans plus. Je regardais ailleurs. J'ai quand même apprécié la liberté qu'on nous accordait avant quinze ans. Je ne possédais pas d'implant hormonal, je n'avais aucune responsabilité et nous nous amusions beaucoup, garçons et filles. »

Plume soupira et se releva. Quand elle frôla la projection, le cheval se cabra. Elle regarda Miro, un peu coquine : « Ne me fais pas croire que tu as choisi l'étalon par hasard. Tous pareils ! D'accord, nous étions libres, mais nous étions des gamins. Les garçons voulaient juste un trou pour jouir et voilà. Pas d'engagement, pas de caresses, vous ne teniez jamais longtemps. Une belle brochette d'éjaculateurs précoces. Mais, bon sang, les filles avaient droit à la contraception. Je voulais en profiter, mais avec quelqu'un qui m'aime, *hampejz*! Tous pareils… sauf toi, le soir de la cérémonie, au milieu de ces jeunes de quinze ans.

— Je ne me souviens même pas avoir vu Wolfen, ce jour-là. Je me trouvais parmi les élèves mais je t'ai immédiatement repérée.

— Mon frère ne me surveillait pas, il était ébloui par la scène, la présence des Grands Loups, ce sentiment d'être arrivé au but. Nous avons juste croisé nos regards.

— Tu es partie vers la salle de service, je t'ai suivie. Qui pouvait penser que deux adolescents se désiraient autant alors que la cérémonie se déroulait?

— J'ai poussé les balais et dégagé la table du cagibi qui servait pour le ménage. On a mis quoi, même pas trente secondes pour se déshabiller? Record battu. Mais tu t'es soudain arrêté pour me regarder, comme jamais personne ne l'a fait auparavant. Pendant un moment, j'ai cru être humaine, pas un Loup. Je garde en mémoire chacune de tes caresses, chacun de tes baisers. Nous avons fait l'amour en silence, tendrement, sans violence. Après, j'ai voulu détruire ce souvenir. J'ai voulu oublier cette nuit de mille façons, mais j'ai échoué. »

Miro, silencieux, tendit la main vers la joue de Plume et la caressa. Puis il éteignit une nouvelle fois le projecteur holographique. Nouveau changement de carte. Désormais, la mer frappait des amas de granit sur une côte déserte. L'écume s'éleva et retomba, découvrant la pierre brun-rose, fouettant les arbustes qui résistaient au vent. Le couple observait le vain duel entre la terre et l'océan.

« Je suis devenu Grand Loup en même temps que Wolfen. Désormais, la loi de la meute m'interdisait de toucher une Louve. Seul le couple alpha pouvait copuler. Il n'existait aucune exception, même pour les lieutenants. Les anciens se chargeaient de nous calmer, mais la privation était pénible. Ils nous faisaient enchaîner les missions pour nous abrutir, mais je ne pense pas que cela suffisait. J'aurais bien payé pour des injections de bromure, mais Micha voulait que nous acceptions nous-même la situation, sans camisole chimique.

— Les femmes n'avaient pas le choix, elles. J'ai reçu mon implant hormonal le jour de mes seize ans. Le médecin m'en a longuement expliqué le fonctionnement : j'ai pleuré pendant trois jours. La contraception nous devenait interdite parce que l'implant se cale sur les cycles menstruels. Il m'a dit que l'éthynil-estradiol des pilules avait des effets secondaires cardio-vasculaires que l'implant ne compensait pas. Moi, tout ce que je voyais, c'est qu'on brisait ma vie, juste au moment où elle commençait.

— Certaines femmes se suicident après la pose de l'implant, paraît-il.

— C'est tellement simple de mourir pour une Louve : il suffit de tomber enceinte. Les modifications hormonales dérèglent l'implant et la mort survient au bout de douze heures. Ma colocataire est morte en une nuit, en vomissant et crachant du sang. Je me souviens encore de ses cris, et moi, dans l'autre coin de la pièce. Je n'ai pas appelé les médecins pour qu'ils l'opèrent. Elle avait voulu mourir ainsi. Elle a fini par se vider de son sang sur le lit. Cette odeur de pourriture… elle me poursuit encore.

— Il y avait un moyen : l'implant parturiant. Il bloque l'ovulation et met en sommeil le cycle menstruel ; il débraie l'implant hormonal quand une femme désire avoir un enfant.

— Mais il était réservé à la Louve du couple alpha. Toujours la hiérarchie ! On avait beau nous dire qu'il affaiblissait les capacités de l'implant hormonal, on voyait bien que l'alpha n'en souffrait pas. Perle en tirait l'essentiel de sa force et de son autorité sur nous. Voilà la vraie raison de sa limitation : conforter le pouvoir de la Louve alpha. Comment le clan peut-il tenir sans exploser dans ces conditions ? Devenir Grand Loup

valait-il un tel sacrifice ? Nous sommes moins qu'humains. Et
Václav qui a cru le contraire ! Pitoyable. »

Plume s'était jetée en arrière violemment en prononçant ces
mots. Elle laissait éclater sa colère sans désigner de coupable.
Qui était-elle pour condamner ? Les Loups offraient une communauté et promettaient une protection, la chaleur d'une
tanière. Serait-elle capable de vivre en dehors, sous la menace.
La vie d'une femme n'était pas glorieuse chez les Loups, mais
jamais personne n'aurait eu de geste déplacé. Il suffisait de res-
pecter des règles claires et explicites. Rien à voir avec la vie des
gens normaux, tous ces codes flous dont il fallait tenir compte
en permanence. Plume se savait incapable de survivre en
société. La liberté n'existait pas pour les voleurs, à part peut-
être en prison.

Cette fois, Miro toucha la projection et un bloc de granit
tomba d'une falaise pour s'écraser en contrebas, soulevant des
gerbes d'écume.

« Micha est mort d'un coup, un soir de juin. Je n'avais pas
vingt ans. Je devais prendre une décision : renoncer à jamais au
titre ou me lancer à corps perdu dans les duels. Affronter les
Grands Loups plus expérimentés, affronter Serval et Ysengrin,
ou abandonner. Moro a décidé pour moi, comme toujours. J'ai
passé un mois entier à me battre dans une arène sous le regard
des autres. J'ai vu des mutilés, des gens pleurer ou devenir fous,
mais je les ai vaincus. Je suis devenu le plus jeune Vlk ayant
jamais conduit la meute. Le soir même, j'ai pleuré Micha.
Moro ne m'a jamais pardonné ces larmes.

— Vous pensez que seuls les Loups se battent, mais vous
avez tort. Les femmes s'enferment volontairement, se noient
dans un flot de caresses et d'amour. Elles pensent échapper
ainsi à leur misère, mais je n'ai pu m'y résoudre. Je les voyais
sous les douches, à se lécher et se frotter les unes contre les
autres, mais il me restait ton souvenir. À la mort de Micha, tout

le monde connaissait le nom de la nouvelle Louve après Moro :
Perle, Perle la divine, la grande et sublime Perle, déjà carnas-
sière. Elle ne s'est pas contentée d'une victoire sans combat.
Elle avait compris qu'un duel assurerait son pouvoir sur nous.
Alors elle a milité pour que tu autorises des implants partu-
riants pour les compagnes des lieutenants. Elle l'a obtenu, et ta
décision a tout déclenché : une furie, comme les hommes n'en
ont jamais connu.

— Je pensais diminuer la tension, offrir plus de possibilités…

— Tu as concentré le pouvoir au profit de Perle. Comment
t'en vouloir ? Tout cela servait ton autorité, surtout pour un
Vlk aussi jeune. La règle des Loups se trouvait respectée, que
dire de plus ? »

Plume caressa la main de Miro au-dessus de la projection
holographique et la mer gonfla et se souleva encore. Ses vagues
déferlaient et l'eau jaillissait entre les pierres.

« Pour moi, tout s'est déroulé un soir dans le grand sauna de
la tanière. Je nageai dans la piscine tandis que Perle et sa cour
nous observaient depuis les gradins. J'allais sortir de l'eau
quand Améthyste s'est jetée sur moi. Tout le monde savait que
je refusais les attouchements et que je ne participais pas aux
orgies. On me mettait à l'épreuve. Améthyste m'avait plaquée
contre un rebord et sa langue fouinait dans mon sexe à la
recherche du clitoris. Tu connais la force de la fille, il est
presque impossible de lui résister. Elles pensaient toutes qu'en
me faisant jouir elles me feraient revenir dans la course à l'implant. Mais j'ai réussi à me dégager. Je l'ai poussée au fond de
l'eau en enfonçant mes ongles dans son sein droit jusqu'au
sang. Quand j'ai senti qu'elle n'avait plus d'air, je l'ai remontée
et bloquée sur le rebord opposé. Là, j'ai pincé sa chatte jusqu'à
la faire crier dans tout le sauna. Puis je l'ai soulevée hors de
l'eau et je l'ai lancée sur le carrelage. Le médecin m'a dit
plus tard que j'avais failli faire exploser mon implant hormonal

sous la charge. Améthyste a roulé jusqu'aux pieds de Perle, du sang coulant abondamment d'entre ses jambes. J'ai vraiment joui en voyant ça, j'ai même aimé cette victoire et ce goût de sang. »

Plume se tut une minute, pensive. Elle cherchait ses mots : « J'ai compris que j'étais pareille à Perle, pareille à toutes ces femmes qui se battaient. Alors je suis sortie de l'eau, j'ai quitté le sauna sous les gloussements des amies de Perle. Mais, dans le couloir, à l'embranchement qui relie le quartier des hommes à celui des femmes, j'ai tourné à gauche. Je ne suis pas retournée dans ma chambre, au milieu des tentures et des parfums. Non, j'ai traversé le quartier des hommes, toujours nue, dégoulinante de sang et d'eau. J'ai demandé s'il existait une chambre vide, et on m'y a conduite. Les Loups m'ont regardée, eux qui la plupart du temps n'avaient plus touché de femme depuis l'âge de quinze ans, et jamais, jamais je n'ai senti leur désir. Ils m'ont accueillie comme un des leurs, simplement. Ainsi suis-je devenue la Vierge de la meute, et je le serais restée à jamais si Perle n'était pas morte. »

Il régnait un silence apaisant dans la chambre, au milieu des pièces de musée. La fenêtre entrouverte laissait passer la brise et rafraîchissait le couple. Miro coupa la projection. Quand il leva les yeux vers Plume, il paraissait moins sûr de lui.

« Est-ce que tu m'en veux de t'avoir choisie ? Je n'ai jamais aimé Perle, mais le clan voulait notre couple. J'ai cru un instant retrouver le souvenir de cette soirée avec toi, mais j'avais vieilli, je n'avais plus quinze ans, d'autres événements se sont interposés entre ce souvenir et moi. Nous nous sommes menti par lassitude. »

Une dernière fois, il inséra une carte. L'appareil projeta le buste d'une jeune fille blonde, habillée d'une veste émeraude. Un bandeau blanc disciplinait ses cheveux. Elle chantait, les joues roses et bien rondes, l'œil pétillant.

« Mon père disait qu'il s'agissait de sa mère, un enregistrement pris avant l'effondrement corporatiste. Crois-tu que cet être a existé ? Crois-tu que nous avons été heureux, un jour ?

— Nous croyons retrouver le passé, mais non. Tu fais la même chose avec ta fille, tu veux retrouver son souvenir, mais elle est perdue.

— Non, elle a évolué, elle communique à sa façon, elle vit, nous avons juste été séparés.

— Miro… Pourquoi te faire autant de mal alors que tu connais la vérité mieux que moi ? Hanna sera toujours entre nous ? Les hologrammes sont-ils plus réels que moi ? »

Plume glissa sa main sous les draps.

« Quand je pose ma main ici, je ne suis pas une image. Tu es obsédé par une projection, comme ton père. Je te donne tout de moi et tu préfères tout livrer à un fantôme. »

Miro caressa la cuisse de Plume et passa la main sur les lettres incrustées dans la chair.

« Je n'ai rien à livrer, aucun secret. Je ne reproduirai pas ce qui s'est passé avec Perle. Je veux juste te promettre que je vais apprendre à connaître la femme que tu es devenue depuis mes quinze ans. Un jour, nous redeviendrons humains, Milena. »

Et en entendant ce nom gravé dans sa chair, son véritable et unique prénom, Plume ne put retenir ses larmes. En un seul mot, Miro lui offrait plus que tout autre homme ne l'avait jamais fait, sans violence, sans démonstration de pouvoir, juste un amour sincère.

Plume éteignit l'appareil holographique et fit disparaître l'enfant.

Cette nuit-là, Miro et Milena ne firent pas l'amour. Ils dormirent enlacés, juste pour attendre ensemble le lever du soleil.

CHAPITRE IX

FIN DE PARTIE

Je vais retourner travailler ce matin. Mon chef m'a appelé pour un reportage. Je n'arrive toujours pas à réaliser que je continue ma vie sans problème, malgré la fin du VIRUS. Radek ou les autres ne m'ont plus contacté, tout le monde se terre. Nous n'utilisions pas de pseudonymes, il suffit qu'une personne parle et nous tombons tous. Pourtant, je vois le soleil chaque matin à travers les rideaux.

Olga dort, elle ne s'est jamais émue de mes absences et se concentre sur notre fils. Je ne peux plus lui dire la vérité, car je ne sais plus si ce que j'ai vécu était ou non un rêve. J'ai peut-être imaginé le VIRUS et les Loups. Olga me paraît de nouveau belle, malgré ses mensonges intimes. Elle n'a jamais voulu que mon bien, par pur amour. Plume imitait ce sentiment, elle pensait rendre Miro heureux mais sans y parvenir. Olga lui demeure supérieure et je sais pourquoi je vis avec elle.

Moi, je dois partir ce matin, prendre le métro et retrouver le bâtiment noir de la MT. Je me déplace en silence et je referme la porte de l'appartement derrière moi. Ma vie recommence dans toute la force de sa régularité. Je redeviens un citoyen ordinaire après avoir vu tous les mécanismes du décor. Je me retrouve spectateur et je dois m'enthousiasmer devant la représentation. Je suis condamné à cette tromperie.

Le printemps florissant constitue le principal changement notable dans ma vie. Les odeurs du matin sont agréables, sans les parfums lourds des cuisines, le chou que l'on fait cuire dans les restaurants. Il règne une atmosphère vivifiante, presque piquante dans le froid matinal. Les marchés de rue dévoilent leurs marchandises et les premiers clients arrivent. Je passe entre deux étals et descends l'escalier vers la plateforme du métro.

Je poinçonne mon ticket et j'emprunte l'escalator. Les publicités n'ont pas disparu, malgré leur utilisation par le VIRUS. L'armée ne craint vraiment plus rien. Elle...

BIENTÔT DANS LA VILLE, UNE GRANDE FÊTE POPULAIRE !

... laisse ce réseau parallèle en état. Nous n'avons même pas réussi à lui faire peur. Il ne sera rien resté de nos efforts, juste...

Un grand défilé dans les rues ! Des chars fleuris,

... une cicatrice dans le bitume d'une avenue et deux immeubles en moins. Seulement, notre organisation n'en était pas la cause, nous avions juste fourni les slogans. J'avais pas mal travaillé pour les mettre au point, d'ailleurs.

De la musique ! Venez célébrer le printemps au rythme de la parade ! Venez vous amuser et

Je me demande si je suis capable de me souvenir de ce que j'ai écrit. Cette époque me paraît si lointaine, je...

chanter. Le grand défilé du printemps. Au son des tambours, accourez ! Plein de surprises vous attendent !

... me demande si j'en serais encore capable. Toutes ces nuits passées à...

Les panneaux ! J'ai l'impression qu'ils comportent toujours leur message. Juste une intuition, mais ce sentiment constitue le principe de ces annonces. Pour vérifier mon hypothèse, il me suffit de m'arrêter sur le quai et de fixer une affiche : une publicité pour une agence d'intérim, avec un ouvrier du bâtiment, casqué et propre comme s'il sortait d'un laboratoire. Je regarde le titre, le slogan…

Pour fêter le printemps, un grand défilé ! Une grande surprise pour tous les habitants, la parade de la Ville, avec des chars, de la musique, pour danser et s'amuser dans les rues. Venez nombreux lorsque vous entendrez les tambours, venez nombreux pour assister à la plus grande fête du printemps jamais connue. Venez à notre grande revanche contre l'hiver, ce soir !

J'avais raison ! Les samizdats ont été remis en service. Pas la peine de se demander qui est derrière tout ça. Miro m'a utilisé pour tester son système, il voulait en connaître les effets pour s'en servir plus tard. Son plan se met en place. La manifestation n'était qu'une répétition, il n'y a jamais cru : il voulait juste les chars. Qu'importent mes slogans, mes idées, mes idéaux, ils n'étaient qu'un brouillon du message qu'il voulait faire passer. Une fête, une simple fête mais avec un but précis que j'ignore encore. Je voulais le bien de la Ville. Radek m'avait convaincu et je croyais dans la révolte contre le pouvoir de l'armée. À quoi sert une parade contre l'autoritarisme du Commandeur ? Est-ce ainsi que Miro veut renverser Bláha ?

Oui, il va se protéger derrière la foule et tirer avec les chars. Il va les emmener, tel le flûtiste de Hamelin, vers le Hrad, vers le Château, pour prendre d'assaut le palais présidentiel. Les gens suivront, enivrés par la musique et les tambours, ils oublieront la peur de l'armée. Peut-être les Loups s'aideront des Cafards pour diffuser des drogues et désinhiber les gens. Les morts de la manifestation n'étaient rien en comparaison de ce qui se prépare. Le *kníže* va sacrifier la population pour triompher de Bláha.

Arrivé dans mon bureau à la rédaction du journal télévisé, je fouille mon portefeuille. J'ai gardé des dizaines de tickets de carte bancaire mais, au milieu, je trouve la carte que je cherche.

Je pensais l'avoir égarée. Un numéro de téléphone et un nom, tout ce qu'il me reste de ce matin-là.

« Allô, inspecteur Nikolaj Beránek ? Václav Matransky à l'appareil. Je voudrais vous parler. »

Au fil des ans, la station Můstek avait évolué en hauteur. Les grandes inondations de la Vlatv avaient englouti par vagues successives les quais et les escaliers. Pour résister, les ingénieurs avaient construit des digues, des énormes pompes et défiguré le parc František pour y installer les générateurs électriques. Si ces bouleversements n'avaient pas empêché de nouvelles inondations, ils en avaient diminué le coût. Il restait de ce traumatisme la grande coupole sur la place Wencesl, une énorme verrue de verre couvrant des jardins suspendus, des couloirs blanc hôpital et un enchevêtrement d'escalators pour diviser et répartir les passants. Le réseau des galeries et plateformes alimentait les grands magasins tout autour. Dans ce ballet quotidien, un café aux murs rouges, aux tables collées contre une balustrade de verre, offrait une pause.

Václav et Nikolaj y buvaient et regardaient la foule descendant dans les niveaux inférieurs de ce qui était devenu un complexe commercial au milieu du centre historique. Sous la coupole, la chaleur devenait étouffante, à peine compensée par la climatisation. Les gens traversaient les niveaux, se croisaient, se bousculaient parfois, s'ignoraient souvent, obsédés par leur but, la proximité, la peur de l'autre. Car le lieu n'était pas une simple plateforme d'échange qui faisait se croiser plusieurs lignes de métro, plusieurs flux de personnes, non, la coupole était le cœur même de leur existence, chaque habitant ne vivait que pour alimenter les niveaux, en oxygéner les couloirs et disparaître ailleurs. Sinon, pourquoi entrer dans ces artères ?

À l'écart du battement régulier des allées et venues, le journaliste et l'inspecteur discutaient. Václav témoignait des actes de Miro, expliquait le mouvement de renaissance de la Guilde, les rares éléments du plan qu'il connaissait et beaucoup du reste qu'il supposait. L'inspecteur écoutait dans un mélange de fascination et d'inquiétude. Pour la première fois, quelqu'un lui ouvrait une fenêtre vers le monde de ses ennemis, vers la vie de Miro, vers cet être qui lui avait pris deux coéquipiers. Le journaliste lui permettait de saisir une logique nouvelle, celle de la Guilde, avec ses règles, sa dureté et ses monstres. À l'instant où il apprenait l'existence du clan des assassins, il apprenait son éradication, en une seule nuit sans qu'aucun cadavre n'ait été découvert. Il connaissait la Guilde mais ne pouvait imaginer une telle puissance, surtout après le coup d'État. Nikolaj fut pris d'une sensation de vertige en écoutant le journaliste : il ne pourrait pas, à lui seul, contrecarrer Miro. Il se sentait faible, démuni, isolé. Que faire ?

« Là ! »

Václav avait crié sans bouger, fixant l'entrée de la coupole par-dessus l'épaule de Nikolaj. Ce dernier tenta de se retourner, mais le journaliste l'en dissuada : « Miro vient d'entrer !

— Il se déplace en plein jour, seul ?

— Oui. Mais le Vlk ne se promène pas au milieu d'une foule sans raison. Je suis certain que cela signifie que le défilé approche. Quelle heure avez-vous ?

— 17 h 48.

— Suivons-le. »

Le temps de quitter le café, Václav et Nikolaj descendaient l'escalier mécanique au moment où Miro atteignit le niveau inférieur. Les deux hommes se frayèrent un passage entre les gens. Václav monta même sur la main courante et se laissa glisser pour arriver plus vite en bas.

Ils tournèrent à gauche.

Un gros afflux de voyageurs passait sous les arcades de l'entrée du métro. Ils croisaient les clients du grand magasin Maj et ceux qui se dirigeaient vers le vendeur de meubles. Václav crut perdre de vue Miro, mais la grande chevelure blonde du Vlk dominait le gris des pardessus et des imperméables. Le journaliste allait faire un signe à Nikolaj lorsqu'il aperçut une silhouette blanche aux côtés du *kníže*. Il se frotta les paupières mais se rendit à l'évidence. Alors il continua d'avancer. L'inspecteur rattrapa Václav.

« Vous vous êtes fait remarquer en descendant ainsi, Miro pourrait nous voir.

— Je crois qu'il s'en fout.

— Comment ? »

Václav leva la main et désigna la jeune fille aux cheveux d'argent qui marchait pieds nus sur les dalles de pierre. Nikolaj fronça les sourcils, il avait le sentiment d'avoir rencontré cette personne, une impression fugitive de déjà vu.

« Je n'ai pas eu le temps de vous parler d'elle, reprit Václav. Cette jeune fille a causé tellement d'événements que j'ai du mal à savoir par où commencer. Retenez seulement que vous voyez la propre fille de Miro, Hanna.

— Ce monstre a une fille ?

— Avait. Elle est morte il y a plus de huit ou dix ans, je ne sais pas très bien. Il s'agit d'un hologramme.

— Il marche avec une projection, ici ? Il est fou, toute l'armée voudrait l'arrêter et il se balade dans le métro avec sa fille !

— Non, justement… Il n'est pas fou. »

Nouvel afflux, Miro se glissa dans le flot et parut protéger sa fille en lui entourant les épaules. Les gens s'écartaient et s'éloignaient, sans faire attention à l'iridescence de la projection, sans remarquer les pieds nus, le teint blafard et la robe blanche. Ils accéléraient le pas, remontaient leur sac à l'épaule et changeaient de main leur attaché-case. Ils couraient presque pour sortir du second escalier mécanique, dans un bruissement de vêtements qui se frôlent et le claquement sec des talons. Miro descendit, toujours plus bas, vers la zone d'échange des lignes C et A.

Cette fois, Václav et Nikolaj ne se précipitèrent pas derrière lui. Une dizaine de marches au-dessus, ils attendirent, tentant de se faire discrets. Miro s'était placé derrière sa fille et regardait droit devant lui.

« Les Loups ne raisonnent pas comme nous, indiqua Václav, et Miro encore moins. Il sait que le meilleur endroit pour se cacher, c'est la foule, mais par n'importe laquelle : celle qui se déplace. Plus les gens se trouvent dans un endroit confiné, obligés de partager leur intimité, plus ils se créent des œillères, s'enferment, se camisolent. »

Au même instant, un individu pressé dévala l'escalator et bouscula Miro. Il jeta un regard derrière lui, s'excusa, puis continua sa course.

« Nous sommes des animaux, inspecteur, et nous avons gardé dans nos instincts le principe de périmètre de sécurité, cette distance subtile qui nous permet d'accepter la présence de l'autre. Si je me rapproche de vous et franchis cette barrière invisible vous ressentez une agression. Mais notre espèce a évolué pour devenir sociale, et chaque jour nous mettons à l'épreuve cette proximité contrainte. Miro peut traverser la Ville avec sa fille, notre aveuglement et notre indifférence lui servent de protection.

— Quel risque ! Il estime que personne dans cette foule ne prendra le temps de le regarder et d'alerter quelqu'un ?

— Oui, il évalue exactement les réactions de tous les habitants, y compris vous et moi s'il nous a déjà repérés. Nous sommes à l'heure de pointe. Quand les gens sortent des bureaux, seul compte le désir de rentrer. »

Miro sembla pousser sa fille devant lui, mais il se replaça rapidement à ses côtés. Nikolaj et Václav les rejoignirent en restant à distance. Le Vlk ne s'était pas retourné une seule fois.

De nouveau ils se retrouvèrent dans les couloirs au plafond bas, à suivre les flèches jaunes et rouges qui indiquaient les stations des deux lignes. Toujours le croisement, toujours les flux, et au milieu la forme blanche d'Hanna, lumineuse, si éclatante que Václav ne comprenait pas comment on pouvait l'ignorer. Un phare en pleine nuit et aucun bateau n'y faisait attention. Les lycéens riaient entre eux en rentrant des cours et les étudiants préparaient une soirée dans un bar. Une marée humaine se déplaçait dans les souterrains de la Ville, elle grimpait les escaliers, tournait, se brisait contre les embranchements, elle ondulait de manière douce mais mécanique. Et la gamine qui distribuait des tracts pour un concert ne regardait pas le visage des gens qui prenaient ses feuilles, et le musicien, perdu dans sa mélodie de jazz, soufflait dans sa clarinette sans ouvrir les yeux. La fille de Miro passait inaperçue dans le flot, la routine, la régularité du battement sous la coupole.

Enfin, Miro arriva sur le quai de la ligne A, juste au moment où la rame entrait. Encore un nouveau flux, encore un nouvel échange et rien ne se passait. Václav et Nikolaj hésitèrent, puis montèrent dans le compartiment suivant. Collés contre la vitre qui les séparait de celui de Miro, ils observaient le père et la fille. Les voyageurs qui se laissaient ballotter, le nez vers le sol, paraissaient dormir ou se concentrer sur eux-mêmes, pris dans une méditation étrange. Que pouvait-il y avoir de plus important qu'eux-mêmes ? Rien, se dit Václav, à part un hologramme blanc et lumineux, debout au milieu de la rame, qui ne réagissait pas aux oscillations. Rien, se dit Nikolaj, à part le chef de la Guilde du crime, l'homme le plus puissant et le plus dangereux de la Ville. Rien à part un monstre.

« La légende du golem dit que lorsqu'il se déplaçait dans le vieux quartier juif, ceux qui le rencontraient devenaient incapables de décrire son apparence et son visage.

— Je ne connais pas cette histoire, inspecteur.

— C'est normal, le conte attribue ce mystère au caractère magique de la créature, mais ceux qui l'ont retranscrit ainsi ont eu tort : il en va de la nature humaine de ne jamais regarder en face ce qui dérange. Le créateur du golem connaissait les mécanismes humains, sa nature peureuse, il avait parfaitement compris la Ville. On le qualifiait de mage, mais c'était un savant d'un genre particulier. Comme Miro, il avait acquis une connaissance parfaite de la psyché humaine.

— Sauf que Miro n'est pas à l'origine de l'hologramme.

— Peu importe, il est le maître du golem, cela suffit. »

Les deux hommes furent surpris lorsque Miro descendit de la rame. Ils le suivirent et se retrouvèrent un peu perdus sur l'immense quai. La lumière d'Hanna les guida.

« Il va sortir et nous aurons plus de mal à le filer, expliqua Nikolaj. Où sommes-nous ?

— Želivské.

— La salle de la grande dalle. Il va prendre l'escalier est pour y arriver. »

L'inspecteur sortit son *paměčítač* et composa une série de numéros. Les écrans de la station se couvrirent de nouvelles inscriptions et les voyageurs s'arrêtèrent pour regarder les changements. Des métros étaient annoncés comme annulés.

« Venez. J'ai bloqué les couloirs annexes et la porte d'entrée de la salle. J'espère diminuer le débit des passants. Pour le reste, je vais improviser. Il faut arrêter Miro ici, pas après.

— Il doit aller organiser le départ du défilé, les autres Loups vont s'inquiéter s'ils ne le voient pas.

— Raison de plus, je ne veux pas suivre Miro jusqu'à leur repaire et me trouver au milieu de ces tueurs.

— Ce sont des voleurs, pas des assassins.

— Ça reste à prouver. »

Nikolaj continua de pianoter sur cet appareil qui émettait des séries de sifflements et de grognements. De son côté,

Václav ne pouvait s'empêcher de penser qu'il avait oublié un élément important. Il connaissait la station pour y être venu avec Miro. Elle n'était pas ordinaire. Parce qu'ils organisaient l'arrestation du Vlk, les deux hommes avaient pris du retard, même après avoir stoppé les escaliers mécaniques. Ils montèrent au pas de course. Václav, peu habitué, s'essouffla vite, mais l'inspecteur, lui, grimpait vite, sans effort. Le journaliste remarqua le pistolet dans la main de Nikolaj. Depuis quand les flics portaient-ils des armes ? Encore quelques mètres. Václav avait la vue qui se brouillait et ses mollets le brûlaient. Il distinguait le plafond voûté et les formes épineuses des statues, quand il entendit la voix forte de Nikolaj : « Miro, arrêtez-vous, je vais tirer ! »

Václav ne put s'empêcher de sourire. Alors, maintenant, qu'allait faire le *kníže* ? En atteignant enfin la salle de la dalle, le journaliste fut surpris de constater à quel point elle était déserte. Les portes fermées, les escalators en panne et un policier tenant un homme et une fille en joue, cela avait suffi pour faire disparaître tous les habitués. Personne ne voulait assister au spectacle. Pourtant, la scène était spacieuse. Miro, au centre, sa fille à ses côtés, face à l'inspecteur. Ce dernier n'était qu'à un mètre de Václav, il avait pointé son arme sur le Vlk juste au sortir de l'escalier.

Le *kníže* ne paraissait pas surpris ; en tout cas, il dissimulait sa réaction derrière son sourire. Il n'avait plus d'issue, et même les statues autour de lui ne le protégeraient pas des balles de Nikolaj. Il ne portait pas son armure, que pouvait-il espérer ?

« Bonjour, inspecteur, je me souviens de vous. Notre dernière rencontre remonte à un siècle ou presque, il me semble.

— Non, un mois à peine, mais vous n'avez pas pu me voir cette nuit-là. Cette fois, vous allez me suivre, je me suis entraîné au tir, ne me sous-estimez pas.

— Une autre nuit. Étonnant. Ah, Václav. Voyez, j'avais raison à votre sujet ! »

Le journaliste fut secoué à l'instant même : « Un jour, vous me trahirez, Václav. » Miro avait prononcé cette phrase le soir de sa disparition, mais elle était restée gravée. Il l'avait bien jugé. Même proche de la défaite, le Vlk obtenait une grandiose victoire. Václav s'était comporté exactement comme Miro l'avait prévu, comme s'il n'y avait qu'un seul chemin, qu'une seule option : la trahison.

« Si vous m'aviez plus fait confiance, tout aurait été différent.

— Je vous laisse cette illusion. Maintenant, vous allez demander à votre ami d'ouvrir les portes et de me laisser partir. J'ai à faire.

— Pas question, coupa sèchement Nikolaj, j'ai attendu vingt ans pour vous coincer, des années pour me venger et vous coffrer enfin. Vous m'avez pris deux vies, celles de mes collègues, parce que j'étais trop faible pour réagir et les protéger. Désormais, je tiens l'arme et je n'ai pas peur de vous. Fin du voyage.

— Je me souviens de votre coéquipier dans les ruines, mais admettez que j'étais en état de légitime défense, je lui avais conseillé de ne pas insister.

— Suffit ! Et ma collègue sur les quais ? Elle ne savait pas tirer, elle ne pouvait pas vous faire de mal, elle était inexpérimentée. Vous l'avez tuée d'un coup. »

Miro hocha lentement la tête. Il jeta un coup d'œil à Hanna.

« Oui, cette nuit-là. Dans ce cas, vous ne visez pas la bonne personne. La personne qui a tué votre collègue est à côté de moi. »

L'inspecteur abaissa le canon de son arme et resta une minute à observer la fille de Miro. Elle arborait un demi-sourire, une marque de tendresse qui désarçonna Nikolaj. Václav ne comprenait pas ce que disait Miro : il semblait dire la vérité, mais comment interpréter ses mots ?

« Arrêtez votre jeu, Miro ! Votre fille n'est qu'un holo-gramme ! Votre golem n'est qu'un leurre. Assumez vos actes, je croyais que vous aviez de l'honneur… »

Václav se concentra. Miro donnait des indices, il fallait les déchiffrer. Il connaissait le rôle d'Hanna dans la Ville. Un élé-ment le dérangeait : il se trouvait dans un lieu que le *kníže* avait lui-même qualifié d'extraordinaire. Pour quelles raisons ? Il n'y avait que les statues, avec leurs piques et leurs pointes, la dalle de pierre, rien d'autre, même pas de caméras.

« Vous méprisez les gens, les règles, et même les morts. C'est terminé, Miro, suivez-moi.

— Ne pointez pas cette arme vers moi, votre *paměčitač* ne vous protégera pas.

— Qu'est-ce que cela vient faire ici ?

— Vous faites partie du système de sécurité de la Ville et votre appareil vous identifie. Il vous permet d'analyser les menaces et d'enquêter sans être considéré comme hostile. Václav aurait dû vous expliquer cela, vous auriez compris que votre arme ne sert à rien. Le système de sécurité empêche les défenses d'attaquer ses propres cellules. La nuit où votre col-lègue est morte, ma fille a choisi de me protéger et a sacrifié votre amie. Je suis désolé, mais certains lymphocytes peuvent en éliminer d'autres parfois. Vous vous trouvez dans la même situation. Laissez-moi partir, je ne désire pas votre mort. »

Václav analysa les propos de Miro et comprit : les statues donnaient la solution. Le journaliste s'approcha doucement de l'inspecteur et voulut le désarmer. Ce dernier se rebiffa : « Encore une trahison, Václav ! Vous le croyez ?

— Je sais ce dont le projet Gaïa est capable, je l'ai vu.

— C'est de la foutaise ! Il a tué ma collègue et il brode une histoire incompréhensible. Écartez-vous ! »

La main ferme, Nikolaj visa Miro. Le Vlk secoua la tête, plein de reproches. Le visage d'Hanna commença par se crisper, perdant son sourire, la respiration courte et ses épaules se soulevant rapidement, comme si la panique s'emparait d'elle, elle percevait la détermination de l'inspecteur. Il avait bien le doigt sur la détente, il n'hésiterait pas. Il se foutait même d'arrêter Miro, il voulait se débarrasser de ses souvenirs, de ces morts, de cette chasse perpétuelle. En finir, à jamais.

Václav eut juste le temps de se jeter sur Nikolaj et de détourner l'arme, mais la détonation retentit dans la salle, tel un coup de canon. Les deux hommes roulèrent dans l'escalier mécanique.

Cela leur sauva la vie.

Hanna ouvrit la bouche pour crier, mais aucun son ne sortit. La Ville l'avait entendue.

Et du mur, des statues, de la dalle, des dizaines, des centaines, des milliers de piques et d'épines de pierres jaillirent en une seconde, se déployèrent, grandirent, s'épaissirent, dans une croissance accélérée, perçant les plaques métalliques du tunnel qui protégeait Václav et Nikolaj, les faisant exploser en poussière dorée. Une forêt de lances grandit dans la salle, sous la protection des statues qui paraissaient soutenir la voûte en poursuivant leur quête vers la lumière. Dans l'enchevêtrement grinçant de ces arbres minéraux et métalliques, Miro regardait sa fille, droit dans les yeux. Elle souriait, heureuse de le voir en vie, tandis que derrière elle les piques grossissaient, devenaient des troncs qui donnaient naissance à d'autres générations d'épines. Ces plantes crevèrent la voûte d'un seul coup, la découpant en milliers de débris. Une pluie colorée tomba sur Miro et pailleta la projection holographique d'Hanna. Seuls, le père et la fille s'admiraient. Entre deux lances de métal, Václav observa l'étrange couple épargné par cette floraison mortelle. Était-ce dû à un pinceau de lumière qui s'infiltrait, mais le journaliste fut certain que Miro brillait, autant que sa fille. Il rayonnait.

La station Želivské se détruisit doucement, percée par un buisson épineux qui ne disparut jamais. Et, quand il cessa de grandir, des bourgeons apparurent. Le printemps s'était installé et la Ville l'accompagnait en offrant ses propres fleurs de pierre et de métal.

Quand Nikolaj se releva, il avait mal au dos, à la tête et à divers autres endroits qu'il n'identifiait pas encore. Son premier réflexe fut de lever son arme vers Václav qu'il apercevait en haut de l'escalator, à trois mètres devant.

« Vous n'en avez pas fini avec ce joujou ? lâcha le journaliste. Vous avez failli nous tuer. »

L'inspecteur reprit ses esprits et regarda les épines de métal qui crevaient le tunnel. Il pensait avoir rêvé mais les pointes qui jaillissaient des murs n'étaient pas factices.

« Où est Miro ? demanda-t-il après s'être remis debout.

— Il est sorti dans la rue, j'ai perdu sa trace.

— Vous avez raison, la parade démarre dans trois heures, à la nuit tombée. Nous devons le retrouver. S'il s'est arrêté ici, ce n'est pas par hasard. Son point de départ ne se situe pas très loin. Vous avez accompagné les chars, Václav, vous devez avoir une idée. »

Le journaliste se rappela le hangar, les fumées d'usine ; il était reparti par les souterrains et n'avait pas pu voir l'extérieur. Par où étaient arrivés les Loups ? Le chemin depuis la rue Želivské ne paraissait pas assez long.

« Votre machine peut trouver une carte des égouts ? On doit pouvoir refaire le trajet. »

Rapidement, l'inspecteur projeta une carte de la ville sur un mur, avec le circuit des collecteurs en gros traits noirs. Václav suivait une ligne partant du carrefour où avait eu lieu la manifestation et retrouvait les tournants pris par l'équipe ce jour-là. Il s'approchait des cimetières quand Nikolaj l'interpella : « Les hangars sont là! de l'autre côté du cimetière militaire. J'en suis certain.

— L'intuition? Vous appelez vos collègues?

— Non, que je sois seul ou à plusieurs n'y changera rien, je me ferai tuer pareillement si la Ville désire nous sacrifier. En revanche, j'ai des contacts avec l'armée. Le problème, c'est qu'ils se sont repliés sur le Hrad et Miro a dû disposer des hommes pour surveiller leurs mouvements. Ils sauront quoi faire, mais je dois leur donner des informations plus précises sur le parcours du défilé. Allez, on prend l'autre sortie et on y va. Tout n'est pas terminé! »

Le soleil se couchait quand Václav et Nikolaj traversèrent le cimetière de Želivské. Ils arrivèrent en vue des hangars au moment où le ciel se parait de teintes mauves et orange. Le *pamĕčítač* croisa l'emplacement des hangars avec les déclarations officielles, le registre du commerce et divers fichiers. Les recoupements limitèrent la recherche à deux grands bâtiments, tous occupés, mais dont les propriétaires payaient sans retard leurs charges et impôts. Václav avait convaincu l'inspecteur qu'il fallait prospecter du côté de la normalité et pas du côté du bizarre. Le premier hangar s'avéra plein, avec juste deux gardiens pour surveiller les entrées. Les deux gars accueillirent l'inspecteur Nikolaj sans montrer aucune nervosité et le laissèrent jeter un coup d'œil sur les caisses à l'intérieur. Rien de spécial.

Le deuxième hangar était le plus grand, avec plusieurs ouvertures et une façade de briques rouges. Personne aux entrées, aucun bruit à l'intérieur, l'inspecteur fut déçu. Václav partageait sa grogne, il pensait vraiment avoir saisi le mode de pensée des Loups quand ils voulaient se fondre dans la Ville. En faisant le tour du bâtiment, il repéra une échelle métallique qui menait à la porte d'entrée d'un étage. Il invita Nikolaj à le suivre et monta. Arrivé sur la plateforme grillagée, il se pencha pour voir à travers les baies vitrées sur les côtés. Il s'attendait à une intense activité, mais le hangar était désert.

« Que fait cette société, inspecteur ?

— Elle vend des pièces détachées pour électroménager.

— Bon, alors expliquez-moi pourquoi je n'ai pas des centaines de mètres d'étagère pour ranger les pièces, ainsi que des robots pour manipuler, chercher, empaqueter et envoyer la marchandise ? »

Nikolaj se remit à sourire : « Parce que cette société est autant spécialisée en pièces détachées que moi en danse classique.

— Bon, la serrure me paraît simple, si vous avez une épingle ou quoi que ce soit, je pense pouvoir…

— Ben voyons. J'ai bien mieux que ça. »

Un sifflement accompagna les mots de l'inspecteur et ce dernier approcha son *paměčítač* de la serrure. On entendit un léger claquement et la machine couina de plaisir. Sans attendre, les deux hommes s'engouffrèrent dans le hangar.

Dans la pénombre, Václav repéra l'escalier qui descendait. Avec précaution, il s'ingénia à faire le moins de bruit possible. L'inspecteur voulait utiliser le faisceau lumineux de son appareil, mais le journaliste l'en dissuada. Leurs yeux s'habituaient au noir et ils repérèrent deux grosses masses sombres sous d'immenses couvertures. Václav s'avança vers la plus proche et souleva un bord.

« Pas la peine de vous fatiguer, Václav, vous savez très bien ce qui se trouve en dessous ! »

Le journaliste ferma les yeux et ne put s'empêcher de sourire. Il avait reconnu la voix qui s'était élevée derrière lui. Une voix charmeuse et calme. Encore une fois, l'individu ne s'était pas fait surprendre. Même quand on pensait avoir l'initiative, Miro vous la reprenait avec élégance. Il jouait souvent, gagnait toujours, mais vous laissait le plaisir de la partie. Les lumières du hangar s'allumèrent d'un coup, dans le claquement des disjoncteurs. La meute entourait les deux hommes.

Ysengrin s'approcha de Nikolaj et lui confisqua son *pamĕčítač*. Il le déposa sur une caisse en bois, et retourna près de Miro. Personne ne parlait, et seul le bruit des bottes d'Ysengrin résonnait dans le hangar. Le Vlk s'adressa à Václav : « Bienvenu, cher ami, je me devais au moins de vous montrer le résultat de toutes nos années de travail. Je vous félicite d'être arrivés jusqu'à nous : vous avez appris un ou deux trucs en nous côtoyant. Je sais ce que vous pensez. Vous vous dites que je vous ai utilisé, manipulé, que je me suis servi de vous pour tester les messages des samizdats. Vous vous trompez à moitié. J'ai vu en vous une opportunité.

— Vous ne pouvez jamais considérer autrement les gens autour de vous. Vous avez parfaitement conscience de votre pouvoir et vous en abusez. J'ai même participé volontairement à votre plan.

— Oui, et il s'est accompli dans des conditions optimales. Sans vous, nous n'aurions jamais pu organiser la parade.

— Vous vous rendez compte que tout repose sur un hasard, celle de notre rencontre au centre du civi-satellite ? Sans elle, votre plan, votre autorité sur la Guilde, tout aurait disparu. »

Miro émit un léger gloussement moqueur. Il jeta un coup d'œil à Fenris à sa droite et sourit.

« Le hasard, vous y croyez ? Vous pensez que le VIRUS représentait un véritable mouvement de rébellion, né de la volonté de Radek et d'autres ? C'était un mensonge.

— Comment ? Vous pensez que rien ne peut exister en dehors de la Guilde ?

— Le projet Gaïa a été conçu selon le principe de l'homéostasie. Ni bonheur, ni malheur, juste un monde entre blanc et noir. La population n'est ni satisfaite, ni gênée par sa situation, elle oscille et se contente des petits bonheurs quotidiens, de la répétition. Si vous regardez objectivement la situation, qualifier Bláha d'oppresseur vous paraîtra exagéré. Il ne commet pas d'assassinats politiques, sa censure se révèle anodine, il ne possède aucun travers du dictateur. Aussi, quand j'ai appris l'existence d'un mouvement de résistance, je me suis posé une question : qui pouvait en avoir eu l'idée et surtout le besoin ? Puisque le projet Gaïa interdit jusqu'à l'idée même de transgression, qui avait pu imaginer et mettre en place un tel mouvement ? Je n'ai pas envoyé Fenris pour vous surveiller, vous le comprenez maintenant.

— Radek était un professeur, une personne intelligente qui s'est bien rendu compte à quel point le régime de Bláha était illégitime. Des tas d'autres individus pensent la même chose…

— Penser, bien sûr, mais agir ? On ne risque pas la vie d'individus pour un problème de morale politique. Il était seul, et pourtant il a transmis ce virus à d'autres individus. J'ai vite flairé la mauvaise affaire, mais il me manquait l'élément central. La trahison des Serpents me l'a fourni : Radek était un des leurs.

— Un professeur d'université ? Il ne savait pas se battre, comment aurait-il pu être un assassin ? »

Miro se déplaça de côté, pour faire face à Václav.

« Les assassins ont longtemps pratiqué l'immersion et le reconditionnement. Quand vous devez tuer un chef d'État, la meilleure place se trouve souvent dans le cercle des proches. Il faut du temps pour y entrer et se faire accepter, c'est pourquoi les Serpents ont développé des drogues spécifiques qui permettaient de modifier la personnalité. Un peu comme sous hypnose, on vous greffe une nouvelle personnalité, de nouveaux souvenirs. Vous n'avez plus conscience de votre appartenance au clan des assassins, ce qui diminue les risques de vous faire prendre, mais vous remplissez votre mission. Radek y est parvenu. Il suivait des ordres enfouis dans son subconscient et l'un d'entre eux vous a envoyé à moi. Le Had' connaissait mes réactions. J'ai répondu comme il le voulait, mais il a perdu quand même. Alors, Václav, croyez-vous tant que ça aux coïncidences ? »

Le journaliste se tut. Nikolaj prit la parole : « Alors, même la rébellion était manipulée par la Guilde ? Vous êtes derrière tous les coups tordus, j'en viens presque à croire que vous êtes à l'origine du projet Gaïa ! »

Miro partit dans un immense éclat de rire, si tonitruant qu'il se communiqua à Serval, Ysengrin, Fenris et les autres Loups, même Plume rit.

« Vous ne savez pas à quel point vous avez raison. Inspecteur, répondit Miro, notre intérêt commun, à vous et à moi, c'est de limiter la délinquance anarchique, celle qui empoisonne les rues le soir, casse les abribus et vole les voitures pour les brûler. Nous avons besoin d'ordre, comme vous, afin de poursuivre tranquillement nos affaires. C'est pourquoi nous n'avons jamais vu le projet Gaïa comme un danger. Honnêtement, je n'en avais pas perçu tous les détails. Seulement, je m'étais lié avec le principal chercheur à l'origine du projet et il nous a fourni une protection contre les attaques du système.

— Dans le cas contraire, la Guilde aurait été définitivement détruite ? »

Encore une fois, Miro sourit, de manière plus tendre mais pas moins ironique : « Je ne me trompe jamais quand je juge une personne. C'est mon pouvoir, comme le dit Václav. Je n'ai jamais bâti mon plan sur des hypothèses hasardeuses. Les surprises viennent du moment où l'événement se produit, pas de l'événement en lui-même. Une fois le mouvement enclenché, il se poursuit jusqu'à sa fin. Ysengrin ! Dégagez les hexapodes ! »

Aussitôt, une armée de Loups tira les bâches et souleva les couvertures. En deux minutes, les deux chars de la parade apparurent. Chacun avait été doté d'une plateforme avec une rambarde, les pieds cachés sous des rideaux de tissus et du carton-pâte tandis que le canon se trouvait dissimulé sous un décor d'arbres et de palmiers pour l'un, une déesse de plâtre pour l'autre. Colorés, pailletés, enguirlandés, les chars des Loups annonçaient la fête. On voyait les enceintes des haut-parleurs à côté de la tourelle et ce qui paraissait être des fusées de feu d'artifice sur l'arrière. Il était possible de monter par une échelle métallique et la plateforme semblait assez solide pour laisser les gens danser. Des gens feraient la fête sur ces engins de mort.

« Vous allez mener les habitants vers le Hrad, n'est-ce pas Miro ?

— Oui, Václav, j'organise une grande fête populaire et, cette fois, l'armée n'y pourra rien. Votre idée de manifestation partait d'un bon sentiment, mais il aurait fallu choisir un lieu moins exposé et moins sensible. Je vous ai laissé cette liberté, ne me rendez pas responsable de votre échec. Vous seriez étonné de savoir à quel point vous avez toujours été libre, mais vous êtes tel que vous êtes et pour m'empêcher d'accomplir mon plan il aurait fallu un autre homme.

— Je ne vous laisserai pas faire », s'écria Nikolaj, désespéré.

Miro soupira : « Vous encore moins que Václav. Vous n'avez pas compris votre rôle dans le projet Gaïa. Il existe dans le système immunitaire une classe particulière de lymphocytes qui a pour fonction d'organiser la réponse face à une attaque. Ces lymphocytes T CD4 sont couplés à ce qu'on appelle le Complexe Majeur d'Histocompatibilité, constitué d'un ensemble de gènes. Il permet de reconnaître l'adversaire, de distinguer le soi et le non-soi. J'arrête l'explication ou je vous dis ce qu'il y a dans votre *paměčítač* ?

— Des gènes de reconnaissance… Une banque de données.

— Le CMH est plus complexe encore, mais il vous aide à

un point que vous n'imaginez pas. Toutefois, pour ce qui nous concerne, il est votre principal obstacle à mon arrestation. Le projet Gaïa nous reconnaît et nous protège, si vous nous mettez en danger, votre appareil transmettra l'ordre de votre propre destruction. Votre collègue en a été victime. Alors, vous allez gentiment rester dans ce hangar, le temps que nous terminions le plan et je vous rendrai votre liberté. J'espère que vous avez apprécié la course, mais j'ai à faire.

— Vous allez utiliser les citoyens comme des pions pour mettre Bláha échec et mat ? Combien allez-vous en sacrifier ?

— Je suis un très mauvais joueur d'échecs, Václav. Vous devriez le savoir. Il se trouve que j'ai des objectifs plus intéressants que d'éliminer un roi. La Guilde va retrouver son pouvoir, recouvrer sa puissance perdue depuis huit ans. Nous étions des parasites, nous deviendrons des commensaux. Oui, inspecteur, nous sommes des agents utiles pour la survie de la Ville, mais le projet Gaïa n'en tient pas compte. Votre corps contient des bactéries, des micro-organismes qui pullulent et se développent pour se nourrir et protéger en même temps. La Guilde prend ce dont elle a besoin dans la Ville, mais régule ses activités illégales, prévient leur développement anarchique et contient le crime dans des proportions acceptables. Vous, les flics, vous venez après, mais la plupart du travail, nous l'accomplissons en nous servant au passage. Bláha l'avait déjà compris en nous attaquant il y a huit ans : notre destruction était la condition du projet Gaïa tel qu'il le concevait. Ce soir, nous obtiendrons l'application complète du projet, comme il aurait toujours dû être, et comme je l'avais accepté ! »

Nikolaj regarda Václav. Ce dernier semblait terrifié et admiratif. Les deux hommes se laissèrent entraîner en arrière par les Loups, puis attacher avec des cordes à un radiateur. Ils n'opposèrent pas de résistance, ils se sentaient vaincus.

Les chars sortirent des hangars à la tombée de la nuit. Ils se dirigèrent en silence vers la Vinohradská. Miro s'était installé sur le premier, juste au-dessus de la cabine des opérateurs, entre deux arbres en plastique. Ysengrin dirigeait le deuxième de la même manière, coincé contre les cuisses de plâtre de la déesse. Le gros de la meute attendait dans les rues et déclencherait les festivités en annonçant le défilé. Pour l'instant, les moteurs des chars brisaient à peine le calme de la rue. Les guirlandes oscillaient sur les rambardes de métal et les jupes de tissu flottaient suffisamment pour laisser voir les pattes des hexapodes. Assise, les jambes dans le vide, Plume accompagnait Miro sur le char. Pour une fois, elle devait juste suivre le mouvement, sans aucune responsabilité, il fallait profiter de la fête.

Il n'y aurait aucun combat cette nuit.

La parade vira à gauche à un carrefour et emprunta la Slezská. Miro voulait entrer dans la Vieille Ville par la place Karel, avant de s'enfoncer dans les ruelles pour atteindre le pont Charles. Très longtemps auparavant, des rois avaient emprunté cette route pour leur couronnement. Le *kníže* faisait de même. En vue de la place de la Paix, Miro ordonna qu'on allume les haut-parleurs. Après deux sifflements de larsen, la musique sortit des enceintes et se déversa dans les rues. Le signal était lancé, les habitants n'avaient plus qu'à venir.

Ils arrivèrent par bandes, toujours accompagnés d'un Loup. Des grappes de trois ou quatre individus, inquiets ou étonnés, étaient attirées par la musique, ses rythmes, ses percussions, une mélodie dansante, envoûtante, exotique. Le corps ne demandait plus qu'à bouger en mesure, les épaules étaient prises de soubresauts et la foule qui s'agglomérait autour des chars commençait à se trémousser. Le défilé passait entre de grands immeubles aux façades allumées : tous les habitants regardaient par leur fenêtre la troupe étrange qui s'emparait de la rue. Une fusée partit dans les airs.

Dans le hangar abandonné, l'inspecteur Nikolaj se débattait avec la corde. Ses poignets saignaient, mais il parvint à se dégager.

« Inutile, lâcha Václav, même si nous nous échappons, nous ne pourrons rien faire.

— Ils ont oublié d'emporter mon *paměčítač*, je peux alerter les autorités. L'armée doit être prévenue.

— Entendu. S'ils ne peuvent pas attaquer Miro, ils peuvent sans doute l'empêcher d'atteindre le Hrad. »

Nikolaj se détacha et aida le journaliste à faire de même. Tous deux se dirigèrent vers le boîtier oublié par les Loups. L'inspecteur le remit en marche et lança un message en direction de Seidl.

« Bon, nous avons accompli notre part, mais en se dépêchant, on peut assister au défilé. Venez, Václav, je veux voir si Miro va s'en sortir ! »

Les deux hommes filèrent du hangar en courant et tentèrent de trouver un véhicule pour combler leur retard.

Sur son char, le *kníže* laissait venir les gens qui voulaient danser sur la plateforme. Il les accueillait en souriant et en blaguant, une bière à la main. La scène semblait bondir mais elle avait été construite pour supporter ce genre de supplice. La fête prenait tournure et la population se mêlait aux Loups. Plusieurs centaines de personnes s'agglutinaient maintenant et certains avaient spontanément constitué des groupes de musique. Des chars rudimentaires, montés sur des voitures et des bus se joignaient à ceux des Loups et alimentaient la confusion. Personne ne remarquait le cliquetis mécanique des pattes métalliques à chaque tournant, les formes particulières à l'arrière qui rappelaient la tourelle d'un canon et tout ce qui contredisait l'aspect pacifique de ces engins. Dans les brumes de la fête, la population s'étourdissait pour oublier toutes ces années de grisaille.

Serval les remarqua en premier au fond d'une rue. Une, puis deux, un dôme argenté, un long tentacule de métal. Rapidement, telles des méduses, elles sortirent de terre et s'élevèrent. L'une d'entre elles brisa un mur entier pour se détacher de sa gangue de béton et lança ses pseudopodes en avant pour prendre appui et avancer. Elles n'approchaient pas du défilé, elles restaient en retrait dans la rue Korruni, mais elles apparaîtraient à tous quand la parade s'engagerait dans l'Anglická. Le lieutenant s'approcha de Miro : « Elles sont là, elles nous entourent et nous surveillent. »

Le *kníže* sourit : « Nos deux prisonniers ne le sont pas restés longtemps. Ils ont bien accompli leur part du travail.

— Oui, mais je ne comprends toujours pas pourquoi tu as besoin des cellules dendritiques. Elles peuvent attaquer n'importe qui et causer la panique.

— Elles ont principalement pour fonction d'évaluer la menace et de l'analyser. Elles ne constituent pas un danger pour les habitants. En revanche, j'en connais certains qui ne vont pas aimer leur présence, mais alors pas du tout.

— Mais pourquoi tu veux lancer ce mode de défense ? L'armée ne m'est jamais apparue suicidaire.

— Elle n'a pas trop le choix, ses forces sont trop loin, la police trop dispersée. Les cellules dendritiques sont conçues pour pallier l'absence des uns et des autres. D'autre part, nous traversons la zone du métro, près du circuit lymphatique, là où s'échangent le maximum d'informations. Le civi-sat ne survolera notre zone que dans vingt minutes. Dans ces conditions, ils utilisent leur ultime chance. L'armée n'a pas l'intention de sortir les cellules de leur rôle d'observatrices, elles devront disparaître quand les militaires interviendront. Seulement...

— Seulement, souffla Plume, il y a Hanna. »

Le cortège quitta l'avenue pour investir la place de la Paix. Les chars lancèrent des fusées de feu d'artifice et la musique prit de l'ampleur. La foule grossissait, chacun était absorbé par la danse, montait sur les chars pour s'exhiber puis redescendait. Lorsque la première cellule dendritique apparut, personne ne paniqua. Telle une lente méduse argentée, elle appuyait ses tentacules sur les murs pour avancer en flottant. Les appendices de métal se lançaient dans l'air avec élégance pour s'agripper à la pierre en projetant des échardes. La tête ondulait quand certains bras se rétractaient sous le dôme, tandis que d'autres poussaient pour attraper un immeuble plus en avant. L'étendue de la place l'empêchait de traverser, mais elle suivait les façades, dans un mouvement continu de rétractation-lancement de ses tentacules. La vision paraissait tellement magique qu'elle semblait participer de la fête. Les habitants ne percevaient pas de menace dans cette forme métallique qui glissait entre les immeubles. Le dôme reflétait les couleurs des feux d'artifice, renvoyait la lumière des réverbères et des projecteurs. Le défilé continua dans cette atmosphère étrange pour emprunter l'Anglická puis la Zitna.

Miro n'avait pas bougé, toujours assis, mais un homme s'était approché de lui. Costume noir, dents de requin, Žralok venait d'apparaître à la fête.

« Nous suivons votre parcours depuis plusieurs minutes et je suis impressionné. Pour une fois, je vois à quoi sert mon fric. Je pensais à un plan plus sanglant et plus direct, mais il te correspond bien. Il nous aura fallu huit ans pour avoir la réponse. Fabuleux ! Cette fête me plaît tellement que je vais sans doute te proposer un rééchelonnement de ta dette.

— Ah, non, je crois que tu as mieux à faire. »

Le Requin fronça les sourcils et regarda Miro de travers. Le *kníže* se leva et regarda vers le deuxième char. Un homme en descendit et grimpa rapidement par l'échelle pour rejoindre le Vlk.

« Il me semble que des excuses s'imposent, Žralok », lança Miro.

Le Requin sourit de toutes ses dents pointues en voyant Fenris apparaître et secoua la tête : « Avoue que je pouvais avoir des doutes.

— J'ai choisi mes hommes pour ne jamais devoir douter d'eux. »

En entendant ces mots, Fenris trembla d'émotion, même Miro s'en rendit compte. L'homme pleurait en silence, les larmes coulaient sur ses joues sans déformer ses traits. Le Vlk ne put reprendre sa phrase tant la réaction de son lieutenant l'étonna. Žralok inspira puis baissa la tête : « Fenris, je vous prie de m'excuser d'avoir vu en vous un traître. Les Requins sont puissants, mais se trompent de cible parfois et prennent les humains pour des proies. Le *kníže* vous a toujours défendu et vous lui devez la vie, mais je crois que vous savez tout cela. Pardonnez-moi. »

Fenris hocha la tête, incapable de parler. Aucun chef de clan n'admet une erreur en public, par principe, pour asseoir son autorité. En demandant pardon, le Requin offrait plus qu'une annulation de dettes, un cadeau énorme et inestimable pour les gens de la Guilde : Fenris de Myš, le transfuge, se voyait publiquement honoré. Il était reconnu comme le lieutenant fidèle et dévoué de Miro, et plus jamais on ne pourrait le soupçonner de traîtrise. Il avait été enfin récompensé.

Nikolaj et Václav arrivèrent dans la Vieille Ville par la place Wencesl. Le conducteur qui les avait pris en stop soupira d'aise

en les voyant partir. Les deux hommes se dirigeaient au son de
la musique et aux éclats des feux d'artifice dont les reflets couvraient les immeubles de rouge, de bleu et de jaune. Ils allaient
rejoindre le cortège lorsqu'une forme métallique leur barra la
route. Nikolaj poussa le journaliste contre un porche et ils évi-
tèrent le tentacule d'une cellule dendritique plongeant dans le
sol pour avancer. Toujours majestueuse, la méduse scintillante
lançait de nouveaux bras pour atteindre un toit et se hisser dessus. Un fêtard éméché qui s'était éloigné fut attrapé par une
dendrite. Comme un serpent, l'appendice s'enroula autour de
sa victime, puis le souleva de terre. L'alcool et les drogues
conservaient l'homme dans un état euphorique. Il riait alors
qu'on l'emportait. La cellule continua sa marche lente entre les
toits et les rues en générant de nouveaux bras et pseudopodes.
Elle déposa l'individu sur un balcon, cent mètres plus loin,
après l'avoir longuement palpé. Il ne se posa pas de questions,
il frappa à la porte-fenêtre en demandant à boire et finit la nuit
sur le tapis du salon en ronflant. Imperturbables, les cellules
poursuivaient leur route tout autour de la fête. Elles agrippaient des passants, les soulevaient, les lâchaient en sécurité,
puis avançaient de nouveau en oscillant.

Finalement, Nikolaj et Václav purent passer et ils remontèrent la file. Les habitants s'étaient déguisés, grimés et
maquillés en animaux ou en uniformes divers, des arlequins
côtoyaient des colombines, des chevaliers croisaient des dra-
gons, marquis et marquises dansaient autour d'un orchestre de
jazz monté sur un pick-up. La foule grouillait, gigotait, se tré-
moussait, ondulait en mouvements amples à gauche ou à
droite, poussait des cris, levait les bras, sautait, s'arrêtait, puis
reprenait la marche. On se serrait, se frôlait, dans un brouhaha
énorme, un chaos gigantesque et joyeux. Des confettis partout,
de l'eau qu'on jette en l'air pour diminuer la chaleur, l'odeur de
sueur et d'alcool, les bouteilles de bière qui volent et se brisent

sur les trottoirs. Une fête absolue s'emparait de la Ville et débarquait dans les rues. On jouait, on dansait parmi des inconnus, on se libérait de tout, de ses peurs, de sa petitesse et de ses mesquineries. Qu'importait le réveil le lendemain, un long hiver se terminait, pas seulement celui de l'année, mais une période longue de huit années.

Nikolaj et Václav atteignirent enfin les premiers chars. Nikolaj reconnut tout de suite Miro, assis entre les arbres. Il discutait avec un homme en costume noir, incongru dans cette atmosphère colorée. Václav, lui, regardait les gens sur la plate-forme danser de manière frénétique et suggestive, collés les uns aux autres. L'une des femmes se démenait plus que tous les autres. En deux mouvements, elle avait enlevé sa chemise et son soutien-gorge.

Olga.

Václav regarda sa femme, ses seins ballotter de droite à gauche, ses postures lascives. Elle continua à se déshabiller sous le regard des autres, sous le regard de Miro, sous le regard de son mari. Elle se foutait du monde et de leurs regards, elle se mettait à l'aise, le corps luisant de sueur, accueillant les mains des hommes sur ses hanches et ses fesses. Elle aussi se faisait plaisir, envoyait tout en l'air pour s'amuser, pour se défouler. Ses pieds battaient la mesure. Olga se laissait entraîner sur le char de Miro, sans connaître l'issue, sans penser aux consé-quences, elle désirait cette liberté et cette folie, peu importait le reste. Elle voulait, un soir, ne plus être la femme gentille et douce, exprimer ses vraies pulsions, ses désirs profonds, là où ils n'ont pas d'importance. Une expérience sans lendemain.

Et, au milieu de la foule, se trouvait Václav. Plus jamais il ne verrait sa femme de la même façon. La douce et gentille Olga qui se laissait si bien faire, l'image même de la mère au foyer tranquille, s'était transformée avec le défilé. Était-ce d'ailleurs une métamorphose ou une révélation ? Que connaissait-il vrai-

ment des désirs de sa femme. Václav observait les déhanche-
ments d'Olga, une sensualité qu'il ignorait ou qu'il avait voulu
ignorer. Miro n'aurait jamais été surpris ainsi, il aurait déjà su
profiter des envies de cette femme pour la placer sous son pouvoir. Oui, il aurait exploité cette part étrange sous le masque de
la banalité. Mais Václav n'avait rien vu, et n'aurait sans doute
pas su quoi faire de cette connaissance. Désemparé, il laissa sa
femme au milieu d'inconnus et se plaça derrière le char pour
ne pas la voir.

La parade se faufilait dans les rues étroites de la Ville, laissant derrière elle les chars trop larges ou trop hauts pour passer
sous certaines arcades. Seuls les hexapodes avançaient toujours, menant une foule immense, dansante et chantante. Puis
tout ce monde arriva en vue du pont Charles.

Elles étaient des dizaines, leur tête flottant dans l'air, leurs
tentacules agrippés aux statues. Silencieuses, les cellules dendritiques avaient pris possession du pont et attendaient Miro.
Dans l'éclat des feux d'artifice, les surfaces métalliques étincelaient comme des réverbères dans la nuit. Une cellule grimpée
sur le dôme verdâtre de l'église des Croisiers projeta un pédon-
cule vers le sol, puis se rétracta. L'apparition soudaine provo-
qua un début de panique chez les fêtards, mais les Loups ne
battaient pas en retraite. Ils voyaient devant eux la tour d'entrée
du pont et ne faiblissaient pas.

Miro se leva et bouscula les gens sur la plateforme. La
femme de Václav tomba à ses pieds, mais il la releva doucement, sans aucun geste déplacé. Il fixa Olga et lui transmit l'assurance que la foule ne courait aucun danger. Une sorte de
flamme dans le regard du Vlk était apparue. Olga sourit et se
sentit revigorée. Elle contourna Miro et se hissa sur la tourelle
du char, au milieu des arbres de carton-pâte. Dominant la foule,
elle se remit à danser au son de la musique, ses bras invitaient

les gens à se rapprocher du char, à poursuivre la route. Quand Miro ordonna d'avancer de nouveau, le cortège reprit sa marche en fixant cette déesse nue qui en appelait à leur courage.

Le premier char passa la porte ogivale de la première tour sous la surveillance de deux cellules dendritiques accrochées aux murs. Limaces ou araignées, elles ne réagissaient pas. Aucune réaction non plus après les deux premières statues, pourtant elles aussi couvertes de cellules argentées. La musique ne s'était pas éteinte, mais la foule ne chantait plus, tant elle se sentait cernée par ces monstres ondulants. Serval s'approcha de Miro : « Nous sommes au début du pont et les gens ont peur. Nous ne tiendrons pas longtemps ainsi. Tu crois que c'est un tour de Bláha ?

— Non, c'est leur mode d'analyse et de traitement. Le lieu leur appartient. Les cellules ne nous attaqueront pas, je te le promets. Elles déterminent le degré de menace, elles recueillent des informations. Monte le son des haut-parleurs !

— *Sakra !* J'ai la trouille aussi, Miro ! On dirait des animaux avec leur tête qui flotte. Ce sont vraiment des machines ?

— Oui. Leur poche interne gonflée à l'hélium leur permet de se déplacer en suspension et la technologie de leurs tentacules est la même que celle de nos armures. Nous l'avons donnée à l'armée, je te le rappelle.

— Ouais, mais les armures nous protègent. Là, je ne vois que des machines absurdes. »

Miro sourit, jeta un coup d'œil autour de lui, remarqua les gens assis sur la plateforme, ébahis par la vision depuis le pont, et Olga qui continuait de danser, inconsciente.

« Serval, décidément, tu auras toujours du mal à accepter la réalité.

— C'est pourquoi tu m'as choisi, Miro. Tu as toujours eu besoin d'un abruti comme moi ! »

Le Vlk partit dans un grand rire.

Contrairement aux craintes de Serval, la foule ne fuit pas lors de la traversée du pont Charles. Elle conserva son allure craintive et silencieuse, sous les auspices menaçants des cellules dendritiques qui formaient une haie d'honneur impassible, laissant flotter au vent leurs tentacules ; et quand le dernier char eut passé sous les doubles tours ouvrant le quartier de Malà Strana, elles se levèrent et glissèrent le long des statues. S'aidant les unes des autres, elles grimpèrent les rives de la Vlatv pour rejoindre le cortège.

La montée vers le Hrad par la rue Neruda se déroula dans une liesse renouvelée après l'épisode du pont. Les gens oublièrent leur peur et se défoulèrent. D'autres hommes et femmes nus rejoignirent la femme de Václav. Ce dernier ne put supporter davantage l'exhibition d'Olga et, avec l'accord de Nikolaj, quitta le cortège pour emprunter des rues plus petites. Après avoir pris les escaliers, il se retrouva sur la place du Château.

L'armée s'y était regroupée et avait installé ses postes de mitrailleuses et des fourgons anti-émeutes. Elle n'hésiterait pas devant la foule. Un nouveau massacre s'annonçait. Au milieu des soldats appuyés derrière les grilles, le Commandeur Bláha se tenait debout, les bras croisés, les yeux fermés, comme occupé à écouter la musique et les chants. Des feux d'artifice illuminèrent la place, se reflétant dans les vitres du palais présidentiel. Pas loin de lui, Seidl donnait des ordres, faisant déplacer fourgons et unités. Il conversait par radio avec les tireurs d'élite sous les toits. Le calme qu'il affichait, en écho à celui de Bláha, surprit Nikolaj et Václav. Ils s'attendaient à plus de nervosité, c'est à peine si l'officier qui les interpella tandis qu'ils montaient les dernières marches vers le Hrad haussa la voix. Ils furent rapidement dirigés vers Seidl qui semblait commander toute la garnison du Château.

« Bonjour, inspecteur, nous avons reçu votre appel, mais je crains qu'il ne soit arrivé un peu tard. Félicitations tout de même, vous avez bien mené votre enquête. Dommage qu'elle vous ait conduit à Miro.

— Vous allez massacrer tout le monde ? demanda Václav, inquiet.

— La fin de cette partie n'est pas encore écrite, monsieur. Comme depuis le début, la Ville décidera de l'issue. »

Václav allait ajouter une phrase, mais le claquement d'un feu d'artifice le pétrifia. Le char de Miro pointait son nez sous les vitres du palais Schwarzenberg. La parade avait atteint son but.

Le flot humain s'était concentré dans les rues et n'avait pas envahi la place, il restait sous la protection de la musique diffusée par les enceintes. Le deuxième char fit une embardée à gauche et accéléra pour se trouver à la hauteur de son compagnon. Les deux engins s'arrêtèrent quand ils furent bien en face de la rangée de mitrailleuse ct à portée des lances à eau des fourgons. La musique disparut, le rêve et la folie aussi. Un écho lointain rappela que plus bas, de l'autre côté de la Vlatv, des fêtes improvisées se déchaînaient. La Ville tout entière s'abrutissait dans les réjouissances, mais pour la foule présente devant le Hrad, la réalité lui explosait à la figure, sombre et dure comme le casque des militaires.

Les Loups avaient fait évacuer les plateformes des chars. En dix secondes, les décors et les guirlandes avaient été jetés à terre, révélant les canons des tourelles. Deux chars uniques affrontaient une garnison. Le Commandeur avança d'un pas calme au milieu de ses hommes, tandis que Seidl suivait sa progression depuis l'arrière d'un fourgon. Nikolaj et Václav furent autorisés à demeurer près du général. Bláha dépassa les premières lignes et fit une dizaine de pas seul, devant ses hommes. Moins de cent mètres le séparaient du char de Miro.

« Alors, voilà, c'est vraiment la fin ? »

Miro se leva et s'appuya contre le canon de la tourelle, dans une posture presque désinvolte. Il offrit au Commandeur le silence de la place, juste perturbé par le cliquetis métallique des réverbères secoués par le vent, puis répondit : « Après huit années, j'estime que nous avons bien joué. Aucun de nous n'a abandonné et tu peux accepter ta défaite sans honte. »

Bláha éclata de rire si fort que Václav l'entendit depuis le fourgon de Seidl. Il ne se forçait pas, il riait vraiment.

« Tu crois toujours vaincre, et tu ne doutes jamais. J'ai failli te tuer une bonne paire de fois et tu te comportes comme si tout se déroulait parfaitement, sans aucun obstacle. Irrésistible, hein ?

— Succès et échecs font partie du cours de la partie que nous menons, Joszef. J'en tiens compte, mais ils ne me perturbent pas. Un sage et un abruti sont tout aussi prévisibles pour celui qui les connaît. J'ai toujours reconnu ton intelligence et j'ai conçu ma stratégie en conséquence. Tu ne pouvais me surprendre.

— Ah oui ? Et que vas-tu faire maintenant ? J'ai placé des tireurs d'élite, suffisamment de mitrailleuses et d'hommes pour t'étriper et tu fanfaronnes ? Tu ne possèdes que deux chars ! Peut-être crois-tu qu'Hanna va te protéger, comme elle l'a fait depuis huit ans, mais tu oublies la nature de cette place : elle est dépourvue de tout système de défense lié au projet Gaïa. Personne ne viendra te sauver, Miro ! »

Le Vlk ne répondit pas, il demeura silencieux, mais Serval l'interpella : « Tu le savais ? Tu nous as amenés ici en sachant que le système ne te protégerait pas. Toujours aussi suicidaire Miro, mais…

— Suffit. Je connais la situation. Écoute bien autour de toi… »

Serval fronça les sourcils et tendit l'oreille. Des sortes de craquements, des roulements sourds, métal contre pierre, surgirent de tous côtés. Cela grinçait, crissait, criait, de manière mécanique et chaotique. Cela venait de derrière les murs, sous les remparts et les arcades, les tuiles cliquetaient sur les toits, mais rien ne se montrait. Bláha jeta un coup d'œil derrière lui, aperçut Seidl, ce dernier secoua la tête. Le Commandeur recula d'un pas : « Déverrouillez vos armes et préparez-vous à tirer ! »

De son côté, Miro eut un sourire fugace, puis lança : « Démarrez les chars et armez les canons. Lancez une salve de contre-mesures électronique et saturez la place. Je veux un champ d'ondes magnétiques immédiatement ! »

Seidl eut juste le temps de protéger son centre de commande avant le brouillage général. Il avait encore la main sur les détentes électroniques des mitrailleuses, Miro n'avait pas pu bloquer le déverrouillage. Le général fit un signe à Bláha pour le rassurer et ce dernier se tourna vers le *kníže* : « Bien joué, je comprends pourquoi tu voulais ces chars, ils possèdent quantité d'armes à effet électromagnétique. Il y a huit ans, nous avons commencé l'assaut avec ce type d'armement. Un poil trop tard, cependant.

— Pour qui ? »

Et tandis que Miro prononçait ces mots, les grandes masses métalliques des cellules dendritiques basculèrent dans la place. Elles glissèrent du palais Schwarzenberg, apparurent sur le toit du palais présidentiel et se déhanchèrent sur le pavé. Par deux ou trois, elles coupèrent les issues et empêchèrent la foule de fuir, puis elles s'approchèrent des combattants et lancèrent leurs tentacules. Des dizaines et des dizaines de bras se propulsèrent vers le canon de Miro, les fusils des tireurs d'élite et les mitrailleurs, un immense réseau argenté se déploya entre les deux côtés de la place et n'épargna personne. Même Václav fut entouré d'un pseudopode au niveau de la taille. En l'observant, il remarqua qu'il pulsait une lumière rouge et de fines épines apparaissaient à la surface de temps en temps. Les cellules dendritiques prenaient possession de la situation. Seul Bláha n'était pas menacé, mais, cerné, il ne pouvait espérer grand-chose.

« Tu disais, Joszef ?

— Salaud ! Tu savais qu'en saturant la zone, tu empêcherais l'identification. Résultat, les cellules attendent et suspectent tout le monde. Si l'un de nous tire, il sera considéré comme l'agresseur, au mépris de son identification ADN.

— Oui, elles ont le pouvoir de tuer les lymphocytes comme vous. J'adore ces cellules, je dois avouer ; avec les macrophages, elles sont parmi les plus amusantes.

— Bon, mais toi non plus tu ne peux rien faire. Alors, on va attendre quoi, qu'elles se retirent comme la marée ? On a l'air bien idiots comme ça. Et puis, après tout, qu'en ai-je à foutre de tout ça ? Je vis dans un palais, alors que je suis un militaire. Je m'ennuie. Je m'en tape de toute cette idée de jeu, de partie à gagner ou perdre. Foutaises ! Tu adores jouer, mais je n'ai pas envie de vaincre ou même de perdre. Est-ce là le seul sens de nos vies ? Dominer l'autre ? Montrer qu'on est le plus fort ? Tu sais bien que c'est faux ! Alors je vais donner l'ordre de tirer, Miro, je vais en finir une bonne fois pour toutes avec le pouvoir, le passé et l'honneur. On crèvera tous ensemble, comme on aurait dû crever depuis longtemps ! C'est fini, Miro ! »

Seidl descendit de son fourgon et observa le Commandeur depuis l'extérieur. Il ne semblait pas fatigué, mais habité d'une rage intense. Le général eut l'impression de revoir l'ami qu'il avait connu et se surprit à l'aimer alors qu'il allait causer sa mort. Autour de lui, les soldats ne tremblaient pas, ils étaient entraînés pour obéir. Miro se dressa et avança sur la plateforme du char. Ses cheveux blonds, son allure solide et noble, il n'avait pas changé en huit ans, constata Seidl.

« Non, Joszef, tu ne donneras pas l'ordre de tirer et je vais te dire pourquoi. Tu auras ton massacre, bien sûr, mais il sera l'œuvre des cellules dendritiques. Elles élimineront toutes les menaces puis analyseront notre ADN. Elles remarqueront qu'il n'a pas de souche unique et qu'il comprend aussi des séquences de celui d'Hanna. Or, durant le défilé, elles ont procédé à l'identification des participants, moi, comme les autres. Des dizaines de fêtes similaires se déroulent à l'instant où nous parlons et susciteront une réponse identique : l'attaque et la destruction. Mais cette fois, les policiers et les macrophages réagiront et combattront les dendritiques. Ton ordre va provoquer une réponse auto-immune généralisée. Tu vois où je veux en venir…

— Tu as reconstitué artificiellement le syndrome de Griscelli. Comme tu ne pouvais pas te servir des macrophages, tu as utilisé les cellules dendritiques parce qu'elles peuvent tuer et analyser sans surveillance humaine. Tu as reproduit dans la Ville le schéma qui a tué ta fille. Dément…

— Je te connais autant que tu me connais. Nous tenons tous les deux à une personne unique, elle est la seule qui nous retient dans la vie. »

Le Commandeur baissa la tête.

« Tes conditions ?

— Svetlana Orel vous donnera un programme à intégrer dans le projet Gaïa. Il nous permettra de mener nos missions dans des conditions de sécurité suffisantes. Le civi-satellite sera mis en veille.

— Mais nous ne pourrons plus réguler…

— La Guilde le fera, comme elle le faisait par le passé. Nous avons vécu comme un parasite, nous devenons un élément de la flore commensale, nécessaire à tout organisme. Nous nettoyons et profitons. De la même manière, vous nous faciliterez l'implantation dans les villes que vous avez conquises et transférerez une partie de vos gains de victoire à l'intention des Requins. Nous avons vécu grâce à eux, ils seront récompensés. Pour le reste, je vous laisse le pouvoir, je n'ai jamais cherché qu'à étendre mon territoire, le reste m'indiffère. Rien ne changera pour les habitants, personne ne le souhaite. »

En entendant ces mots, Václav eut la nausée. Les Loups avaient vaincu, mais la population n'avait été qu'un jouet dans les mains de Miro. Cette parade n'avait été qu'une illusion de libération : le gris du quotidien reprendrait ses droits dès le lendemain. Juste une drogue facile. Il ne resterait rien du VIRUS, rien des rêves entrevus. Le pouvoir ne connaissait aucune morale et ne récompensait que les plus forts et les plus impitoyables. Le projet Gaïa avait tranché, et son jugement se révélait sévère pour les habitants : il ne tolérait aucune révolte contre le prince de la Ville.

CHAPITRE X

APRÈS LA PARTIE

Sous les remparts du Château, dans le jardin du Hrad, Václav se promenait. Un gros sac en bandoulière, des lunettes de soleil, il profitait de l'après-midi d'été. Un mois après la parade de printemps, la chaleur avait tué toute résistance de la population contre le marché passé entre la Guilde et l'armée. La vie continuait. La hausse de la criminalité ne dépassait pas un seuil suffisant pour inquiéter, la presse étouffait les affaires de corruption les plus voyantes, et tout le monde paraissait satisfait. Pas heureux, certes, mais un contentement béat s'était emparé des citoyens. Le soleil, sans doute. Les effets de la fête se faisaient encore sentir et les gens se raccrochaient à ce souvenir : il fut un temps où l'on dansait et s'amusait.

Le travail et le quotidien avaient repris sans bouleverser personne. Václav continuait de jouer les journalistes obséquieux et dociles, trop heureux qu'on le laisse continuer. Il n'avait pas pu oublier le déchaînement d'Olga sur le char de Miro. Quelque chose s'était brisé, il ne parvenait plus à lui faire confiance. Il ne pensait pas qu'elle le trompait avec un autre homme, mais elle le dupait, simplement. Une autre femme dormait en elle, mais Olga la cachait pour se conformer au rôle d'épouse. Václav devait se rendre à l'évidence : il ne connaissait pas sa femme. Il aurait bien aimé avoir une once des capacités empathiques de Miro, mais il en connaissait le prix. Alors il vivrait sur ce mensonge. Seul son fils Pavel le dissuadait de partir : il ne pouvait quitter Olga sous prétexte qu'il n'avait pas été suffisamment intelligent pour comprendre ses désirs profonds.

La situation de Václav n'était pas la pire, même à ses yeux. Il avait repris contact avec Nikolaj et assistait à la déliquescence du système policier. La plupart des flics n'avaient pas été préparés à la recrudescence des crimes, et les plus compétents étaient découragés par le nouveau comportement de leurs *paměčitač*. Ces derniers refusaient de fonctionner sur certaines affaires et n'analysaient pas les traces et empreintes, même quand elles paraissaient évidentes. Les serveurs classaient les enquêtes ou interdisaient l'accès à certaines bases de données. Un chaos général se disséminait et s'amplifiait dans les postes de police. Nikolaj avait déjà vécu une telle situation, huit ans auparavant, mais elle n'était pas apparue de manière aussi cynique et subite. Son propre appareil avait cessé ses couinements, comme si on lui avait enlevé toute personnalité. Pour l'inspecteur, ce signe annonçait qu'il devait prendre sa retraite.

La Guilde avait obtenu une victoire totale, même en laissant l'armée gouverner la Ville. En vérité, personne ne savait vraiment qui était au pouvoir. Le Commandeur n'habitait plus le palais présidentiel. Avec Seidl, il était reparti à la conquête d'autres villes pour construire un nouveau projet : un pays. Les affaires intérieures ne le préoccupaient plus et des fonctionnaires se chargeaient des affaires courantes. Une ou deux garnisons patrouillaient une fois par semaine, sans grande conviction. Cet affaiblissement de l'armée constituait la seule consolation de Václav, mais il aurait préféré une vraie victoire, pas un marchandage.

L'essentiel du système qui dominait la Ville restait en activité. Le projet Gaïa n'avait été que modifié, mais sa monstruosité première demeurait. Václav pensait à Hanna, aux cellules dendritiques, aux macrophages. Il voulait y mettre fin.

Václav avait repéré une large meurtrière dans la Tour Blanche à l'arrière des remparts du Hrad. L'escalade ne présentait aucune difficulté pour qui avait du bon matériel. En cette fin d'après-midi, personne ne se promenait dans les jardins du Château. Václav déballa son sac à l'aplomb de la tour et accrocha mousquetons et pitons à la ceinture. Il jeta un dernier coup d'œil autour de lui, puis grimpa.

Le début fut facile, la roche n'était pas trop abîmée et les prises se succédaient sans problème. Il arriva au pied des remparts en moins de dix minutes. Un espace d'un mètre de large entre la base rocheuse et le mur lui permit de préparer la deuxième phase d'escalade. Il sortit son premier piton, un marteau et entreprit d'enfoncer la pointe dans un interstice. Le métal s'enfonça de cinq centimètres. Václav allait fixer la corde lorsque le piton se mit à tourner sur lui-même puis à jaillir hors du mur, telle une flèche, en sifflant. Le son dura pendant sa chute avant de se perdre entre les arbres. À l'endroit d'où il était parti, le joint s'était reconstitué pour ne laisser aucun espace. Václav se déplaça de plusieurs mètres pour une nouvelle tentative, mais cette fois le piton lui frôla l'oreille en volant. Malgré ses imperfections visibles, le rempart n'offrait aucune prise. Le Château était protégé par un joint malléable et intelligent.

Václav ne se mit pas en colère, il s'en voulait d'avoir été naïf. Miro lui avait dit que le Hrad était le bâtiment le mieux défendu de la Ville. Il n'avait pas menti. Le journaliste allait descendre quand une série de cliquetis se fit entendre au-dessus de sa tête.

Une échelle de corde et de barreaux métalliques tombait depuis la meurtrière qu'il voulait atteindre. Sans trop réfléchir, Václav attrapa le premier barreau et, après avoir vérifié la solidité de l'échelle, monta. Il ne regarda pas en arrière, refusa de penser à l'éventualité qu'à l'autre bout le mystérieux aide décide de tout lâcher, et poursuivit son ascension. Quand il approcha l'ouverture de la meurtrière, un bras puissant agrippa son col et le hissa à l'intérieur de la Tour Blanche. Václav reconnut immédiatement Serval.

« Décidément, personne ne peut surprendre Miro et les Loups, commença-t-il.

— Moins fort, je risque ma peau en vous aidant. Le Vlk ne sait rien. »

Pendant qu'il remballait l'échelle, Václav demeura dans un coin de la pièce, le dos contre le granit glacé.

« Vous n'êtes guère prudent, monsieur le journaliste. Croyez-vous que nous vous laisserions sans surveillance ? Quand j'ai appris que vous aviez acheté des pitons et des cordes, j'ai tout de suite compris. Remerciez-moi d'avoir intercepté vos cerbères, sans moi vous ne seriez jamais arrivé en bas de la falaise.

— Je ne comprends pas.

— Comme d'habitude. Vous n'êtes pas là pour comprendre, mais pour agir. Nous visons le même but : la destruction du projet Gaïa. Vous pourrez peut-être y parvenir. Miro n'est plus dans la tanière, il ne cesse de se balader avec sa fille pour je ne sais quel plaisir morbide. J'en ai assez. Encore, qu'il s'en aille, je m'y faisais, mais il a entraîné la Louve et laisse Ysengrin tout faire. Nous n'avons plus de couple alpha et nous ne pouvons même pas engager un duel de succession. Plume accompagne Miro dans sa folie. Vous devez y mettre un terme. »

La porte de bois qui fermait la pièce s'ouvrit dans un claquement sourd, laissant apparaître le visage de Svetlana Orel.

« J'ai anesthésié le chemin jusqu'à la cathédrale. Il ne rencontrera aucun obstacle et les gardes sont en veilleuse. Une chose m'inquiète : je ne parviens pas à situer Miro et Plume. J'ai réenclenché le civi-satellite mais je ne vois rien. Nous ne connaissons pas sa position.

— Serval, pourquoi n'y allez-vous pas tout seul ? Je suis certain que vous pouvez…

— J'ai connu Hanna, je l'ai connue en vie. Je veux mettre fin à ses souffrances, mais je suis un Loup. Václav, si Miro apprend que je vous aide, il me tue. Il vous épargnera si vous réussissez. Faites-moi confiance, il ne se vengera pas de vous.

— Pourquoi donc ?

— Il sait que vous êtes capable d'un tel acte, il l'a vu en vous. S'il voulait vraiment protéger Hanna, il vous aurait déjà tué. »

Václav frissonna. Alors Miro désirait la mort de sa fille mais n'osait la tuer ? Le courage de Miro s'arrêtait là, de la même manière que Bláha n'a pas pu se sacrifier. Tous victimes de la même lâcheté. Ils ont tué des dizaines, des centaines d'individus et devant la mort d'un enfant ils abandonnent. Que disait Plume déjà ? Que Miro est le plus fragile des hommes. Le plus couard oui, ainsi que la plupart des Loups ! Voilà pourquoi la Guilde enviait les habitants, parce qu'eux seuls possédaient le vrai courage de vivre, malgré tout, malgré la douleur et l'effort. Václav se releva et tourna la tête vers Svetlana : « J'y vais. »

La chef des Aigles disparut derrière la porte et le journaliste suivit. Serval l'interpella une dernière fois : « Le monde que vous créerez ne sera ni plus juste, ni plus injuste. Vous n'aimerez sans doute pas le chaos qui va suivre, mais vous réparerez notre plus grande erreur. »

Václav hocha la tête et referma la porte.

Svetlana l'attendait dans la Ruelle d'Or, au milieu des pavés disjoints et des façades colorées.

« Les caméras externes sont débranchées, mais par sécurité nous longerons les murs. Ne me quittez pas d'un mètre et ne touchez à rien autour de vous. Souvenez-vous de la première fois que vous êtes entré dans le bâtiment du civi-sat. Regardez ce que vous auriez dû faire. »

Une fois sortis de la ruelle, ils se faufilèrent jusqu'à la basilique Saint-Georges. Svetlana arrêta Václav d'un geste de la main et l'amena près de lui pour qu'il regarde la place entre la basilique et la cathédrale Saint-Guy.

« Vous voyez sur la gauche et la droite, les deux paires de gardes ? J'ai brouillé leur vision périphérique et envoyé des films historiques dans leur vision centrale. Ils sont sourds et aveugles, mais ils peuvent détecter un déplacement si vous les frôlez. Les caméras ne réagiront que si vous vous précipitez, alors restez calme, faites comme si tout vous semblait normal, et il en ira de même pour le système de surveillance. Avancez droit vers la cathédrale, tournez à droite et empruntez la ruelle du Vicaire. Après, vous vous retrouverez sous le porche d'entrée. La porte de gauche n'est pas fermée, j'y ai veillé. Ensuite, c'est à vous de jouer. Soyez prudent, Miro peut se trouver dans la cathédrale en ce moment même. Souvenez-vous que rien n'est jamais perdu avant le dernier coup, même avec le *kníže*. Une fois terminé, traversez les deux cours et vous vous retrouverez sur la place du Hrad. Bonne chance.

— Pourquoi faites-vous cela, Svetlana. Vous avez besoin du projet Gaïa…

— J'ai tenu la Guilde entre mes mains, mais ce pouvoir m'a été octroyé par Miro. Alors je revendique mon entière liberté. L'Éther, le grand mythe des Aigles, n'a pas disparu, il dormait. Par votre acte, vous allez le faire renaître, dans chaque rue et chaque pierre, parce que vous allez obliger les gens à se connecter, à se parler, à prendre conscience des uns et des autres. Il abolira tout pouvoir, tout ce qui fait jouir Miro et les autres. Vous allez annoncer la fin de tous ces jeux. »

Václav se frotta le menton et inspira profondément plusieurs fois, comme pour plonger en apnée. Un dernier souffle, un dernier regard vers Svetlana Orel et un premier pas sur la place Saint-Georges. Il avança dans un demi-songe au milieu des gardes et sous l'œil des caméras. Confiant dans les conseils d'Orel, son pas se fit le plus calme possible, comme un touriste descendant la Wencesl. Rien ne semblait réel, même pas les formes sombres et menaçantes des arcs-boutants de la cathédrale Saint-Guy. Le soleil du soir projetait l'ombre des tours sur toute la place. Bientôt, Václav se trouva sous leur protection. Il contourna le bâtiment et atteignit la porte d'entrée. Les propos rassurants de la chef des Aigles ne parvenaient pas à dissiper son sentiment de vulnérabilité.

La porte grinça et Václav plongea dans le noir de la cathédrale. Ses yeux s'habituèrent lentement à l'obscurité et la sérénité des lieux l'aida pour calmer sa respiration. Cette qualité de silence le réconfortait, lui donnant un puissant sentiment de sécurité. La lucidité lui rappela qu'il entrait au cœur du projet Gaïa, au maximum du danger.

Remis de ses émotions, Václav pénétra dans la nef en restant dans la travée de gauche. L'intérieur avait été débarrassé de toutes les chaises et meubles, révélant un carrelage clair dépourvu de décorations. À cette heure du soir, le soleil frappait directement la rosace de la façade et projetait des rayons colorés, bleus, rouges et mauves sur le sol. La voûte immense conférait une noblesse magique à l'édifice, faisant se rencontrer arcades et piliers en une harmonie minérale. La cathédrale offrait sa magnificence à Václav. Mais le journaliste cessa bien vite de contempler cette beauté ancienne, il quitta la travée pour se présenter devant le chœur, environné des couleurs projetées par la rosace. Une voix intérieure lui soufflait qu'il ne devait pas oublier toute prudence, qu'il ne devait pas se placer en plein centre sous les fenêtres du transept, mais il ne pouvait résister à la vision.

La châsse trônait à la place de l'autel ; une construction d'argent, d'étain et de verre qui se déployait en plein chœur. Un tombeau de métal étincelant, resplendissant de lumière. Debout au centre, dans un cercueil de cristal rempli d'un liquide bleu-vert, reposait une jeune fille aux cheveux blancs, les yeux clos. Et de chaque côté, un catafalque entourait le cercueil, couvert de cadrans et de diodes vertes et rouges. À travers la paroi trans-lucide, Václav remarqua des milliers de fines aiguilles plantées dans le corps de la fille. Aucun doute, il contemplait Hanna, l'individu qui ne survivait que par le projet Gaïa, ou à cause. Les aiguilles devaient servir à synchroniser le système immuni-taire humain et les différents organismes artificiels qui prenaient en charge la défense de la Ville. Alors un seul être pouvait com-mander toute une ville ?

Václav se pencha vers les panneaux de commande à droite et à gauche. Il repéra les boutons et voulut les manipuler quand une voix surgit de l'ombre d'une travée : « C'est inutile, Václav.

— Vous ne pouvez laisser votre fille dans cet état, Miro, il faut en finir. Elle souffre depuis huit ans. Vous ne m'arrêterez pas, même si je dois mourir, je…

— Le processus de réveil est déjà entamé. »

La voix était venue d'une autre partie du transept. Plume s'avança dans la lumière, belle dans cette aura de bleu.

« Miro a appuyé lui-même. Le cercueil s'ouvrira dans moins de dix minutes maintenant. »

Václav se retourna vers Plume, mais Miro avançait vers le journaliste. Son regard semblait moins glorieux, moins domi-nateur, et pourtant pas encore abattu.

« Pourquoi ? demanda Václav.

— Vous le savez très bien. J'ai passé des années à fuir cet instant, mais j'ai enfin appris à ne plus être seul.

— Vous auriez pu tout arrêter plus tôt, sans cette masca-rade. Bláha avait besoin de votre fille, il n'aurait pas pu résister si vous aviez…

— Václav. Le Commandeur m'a offert le plus beau cadeau qu'il pouvait me donner. Il m'a permis de vivre avec ma fille pendant plus de deux mois. Je n'avais jamais montré la Ville à Hanna, nous n'avons connu que les hôpitaux. J'ai pu être un père, réellement, même si je ne pouvais toucher qu'un hologramme. J'ai vu son sourire, son chant, sa joie et tout ce que j'avais espéré si elle avait triomphé de sa maladie. J'ai passé du temps avec ma fille, et ce fut grâce à Bláha. Je ne regrette aucun moment, aucune de mes absences de la tanière. Hanna m'a fait oublier que j'étais le Vlk, que j'étais un Loup. Elle m'a rendu humain.

— Pourquoi tout arrêter alors ? »

Miro regarda Plume, puis sourit faiblement et tristement.

« Désormais, je peux faire mon deuil. Je ne serai pas abandonné si je perds ma fille. J'ai enfin compris cela. »

Václav fixa Miro, mais ne trouva rien à répondre, rien à dire. Juste le silence. Un silence de cathédrale.

Le journaliste traversa la nef pour se diriger vers la sortie. Il passa près de Plume et sentit la douceur dans son regard, comme un remerciement. Il avait joué un rôle dans cette partie, et pas uniquement celui de simple instrument. Mais il ne comprendrait jamais précisément ce qu'il avait provoqué. Il était juste intervenu entre deux êtres, Miro et Plume, et avait renoué leurs liens. Rien que ça, mais pas moins.

Il atteignit la place du Château et profita de l'air pur du soir, une fraîcheur nouvelle. Il avança jusqu'au parapet bordant le côté sud de la place. De chaque côté partaient les escaliers menant aux jardins et à la rue Neruda. Les lieux semblaient abandonnés et pourtant, depuis ce point de vue, Václav pouvait admirer la Ville entière, les tours des églises, les toits orange, les façades colorées. Près des flèches de Saint-Ignace, derrière la tour de la télévision, les grands échangeurs d'air scintillaient au soleil couchant. Le réseau aérien se couvrait d'une brume en éliminant la chaleur accumulée durant la journée. L'air pulsé devenait visible et ses volutes montaient vers le ciel.

Les premiers craquements apparurent à une centaine de mètres devant le journaliste. Le trottoir se gondola subitement, projetant des pavés contre les murs des maisons et fracassant une vitre. Puis, noire et jaune, une masse spongieuse et métallique, hérissée de piques, jaillit de terre en hurlant. Le son devait venir de la mécanique, mais il semblait à Václav voir une bête agoniser sous ses yeux. La biomachine se tordit sur le sol, prise de soubresauts, puis demeura immobile. Les parties souples se détachèrent des épines de métal et l'ensemble entra en déliquescence. Un liquide noirâtre dévala la rue, se glissant dans les interstices des pavés, et il ne resta plus qu'un squelette disloqué et inoffensif.

De proche en proche, le phénomène se reproduisit, et craquements et grondements se répondaient à travers tout le quartier. Un bâtiment entier s'effondra pendant qu'une cellule dendritique explosait dans une série de sifflements aigus à mesure que l'hélium de la tête s'échappait. Les égouts débordaient de galettes rouges et spongieuses aux reflets métalliques, qui pourrissaient instantanément. La destruction s'étendait de l'autre côté de la Vlatv, arrachant des pans de mur, soulevant les routes. Les échangeurs étaient pris de mouvements étranges et dégoulinaient d'un liquide jaunâtre. Le projet Gaïa mourait dans un brouhaha immense, une apocalypse explosive. Il avait fallu huit ans pour le mettre en place et quelques minutes pour le détruire. Mais il ne disparaissait pas en silence. Il expirait dans un bruit de tonnerre, pan par pan, cellule par cellule.

Chaque habitant verrait la réalité du projet dans sa totalité, à chaque coin de rue. Et s'il était sourd et aveugle, il ne pourrait échapper à l'odeur qui montait. Un parfum âcre et lourd, une odeur de pourriture dévorant la Ville, s'insinuait dans les ruelles et les maisons. Tant que personne n'évacuerait les restes du projet Gaïa, l'air demeurerait irrespirable, empuanti par la décomposition des cellules. Pendant huit ans, la population avait vécu en ignorant les phénomènes qui prenaient possession des murs et des rues, et se satisfaisait de la sécurité que le système lui procurait. Désormais, elle devrait payer l'addition et se débarrasser elle-même de ce qui l'avait protégée. Un organisme gigantesque expirait en ce soir de juin, sous le soleil orangé et, s'il s'en réjouissait, Václav n'oubliait pas le prix payé pour la fin de cette horreur.

Serval avait raison, il n'y aurait pas de paradis derrière la fin du projet Gaïa : la vie ne s'annonçait pas facile. La reconstruction demanderait du temps, et beaucoup devrait être réappris. Mais au moins cette Ville avait un avenir et Václav goûtait le délice de cette révélation.

Tandis que la Ville souffrait de la mort de ses défenseurs, la cathédrale Saint-Guy semblait coupée du monde et de tous ces événements. Les bruits du dehors n'atteignaient pas la nef. Miro s'était approché du catafalque et observait les cadrans et les diodes. Il voyait les jauges électroniques descendre dans le rouge et les valeurs affichées quitter la zone de sécurité. À l'intérieur du cercueil de cristal, les aiguilles se repliaient et se racornissaient, coupées du système. Elles se plaquèrent contre les parois et y disparurent.

Lentement, le cercueil bascula en arrière, sans un bruit, et glissa sur le sol. Le catafalque électronique émit des signaux d'alarme, mais se tut. Miro recula et débrancha les derniers fils et tuyaux reliant le sarcophage à son support. Hanna, gisante, ne bougeait pas. Elle avait vieilli en huit ans, juste assez pour devenir une jeune fille de vingt ans. Miro la regardait d'un air admiratif. On lui avait dit que le système autoriserait sa croissance tout en la préservant, mais il n'y avait pas cru. L'enfant s'était transformée en une femme, belle, élancée, fragile.

Délicatement, il fit sauter les verrous du cercueil et bascula le couvercle. Le liquide ondula et de fines coulées se répandirent le long des parois. Miro plongea les mains dans le cercueil et souleva le corps d'Hanna hors de l'eau. Il la portait près de lui, prenant soin de ne pas laisser sa tête tomber en arrière. À moitié trempé, il descendit les marches de l'autel et rejoignit Plume. Elle avait étendu une longue couverture sur le sol et Miro y posa sa fille. Ses longs cheveux blancs s'étalèrent autour de sa tête et de ses épaules. Pendant un instant, son père resta immobile. La lumière colorée qui passait par les vitraux toucha Hanna, la couvrant de teintes bleues et rouges. Une statue semblait dormir au plein milieu de la cathédrale et resplendissait.

Une convulsion rompit la sérénité des traits. Miro se pencha vers sa fille et la prit dans ses bras tandis qu'elle toussait pour expulser l'eau dans ses poumons. Il ne s'agissait que d'un réflexe, aucune conscience n'animait ce corps. Mais le père d'Hanna caressa la joue de sa fille avec une douceur extrême, il lui murmura des mots tendres et chaleureux avec l'énergie de la tristesse. Soudain, il prit la main de Plume qui était toute proche et la serra fort contre lui. Les trois individus ne formèrent qu'un seul corps en cet instant. Miro ne voulait pas garder seul le poids de son chagrin, et pour la première fois il le partageait avec Plume.

Hanna ouvrit les yeux. Miro ne s'y attendait pas, et il redressa la tête. Sa fille le regarda, une dernière fois. Elle devait souffrir, tandis que ses cellules terminaient le combat jadis suspendu, mais elle voyait son père. Ils avaient eu la joie de se connaître, de ne pas se disputer, de s'apprendre. Et là, tandis que la Ville explosait de toutes parts, Hanna offrit à Miro un de ses derniers sourires, faible mais lumineux. Plume en frissonna.

Et, après vingt années de combat, Hanna Vlk mourut enfin.

Miro serra sa fille le plus fort qu'il put.

« *Adonai hu nachalatah vetanuach beshalom al mishkavah venomai amen.*

— Milena ?

— *L'Éternel est son héritage, et elle reposera en paix, et nous disons Amen.* Seidl m'a dit comment l'hologramme avait été lancé. Un mot juif lui a donné naissance, un autre mot juif doit accompagner sa mort. Et pour le reste… »

Miro acquiesça. Il lâcha la main de Plume et ferma les yeux de sa fille, définitivement. Et alors, alors seulement, il pleura longuement. Il avait attendu huit ans et le pouvait enfin. Car, ce soir, il n'était pas seul, il vivait sa tristesse avec sa plus proche compagne. Ils avaient fini par se pardonner et peut-être qu'un jour, celle qu'on appelait Plume et qui se nommait Milena aurait un enfant de Miro. Le jour où elle le voudrait.

Tandis que Václav exultait en assistant aux derniers soubresauts de la Ville, un couple pleurait la mort d'une enfant fragile et joyeuse. Il pouvait se réjouir, le journaliste, lui qui pensait voir l'événement le plus important de cette journée depuis ce point de vue privilégié. Mais était-il au bon endroit ? Regardait-il dans la bonne direction ? Ce soir, dans la lumière tamisée d'une cathédrale, Miro et Milena s'aimaient. Et s'ils pleuraient tous deux, ils n'avaient aucun remords. Rien ne paraissait plus essentiel à leurs yeux que le repos d'Hanna.

Tout le reste n'était qu'illusion.

TABLE

Achevé d'imprimer en janvier 2011
par l'imprimerie LEGO
à Trente (Italie)
pour le compte de
la Librairie L'Atalante

Dépôt légal : février 2011

IMPRIMÉ EN ITALIE